청염

清艶

§ 청염 §

2014년 4월 08일 초판 1쇄 인쇄
2014년 4월 10일 초판 1쇄 발행

지은이 § 지 유
발행인 § 곽중열
기획&편집디자인 § 신연제, 이윤아
발행처 § (주)조은세상

등록 § 2002-23호(1998년 01월 20일)
주소 § 경기도 고양시 일산동구 장항동 558번지 6호
Tel § 편집부(02)587-2977
영업부(031)906-0890
e-mail romance@comics21c.co.kr
블로그 http://goodworld24.blog.me

값 9,000원

ISBN 979-11-5512-438-3

CIP제어번호 : CIP2014010439

이 도서의 국립중앙도서관 출판시도서목록(CIP)은 e-CIP홈페이지(http://www.nl.go.kr/ecip)와
국가자료공동목록시스템(http://www.nl.go.kr/kolisnet)에서 이용하실 수 있습니다.

지유 장편소설

GOOD WORLD ROMANCE NOVEL

청염
清艶

"플루메리아 꽃말은 '축복받은 사람'이래요."

(주)조은세상

contents

淸艶(청염①깨끗하고 어여쁨 ②맑고 품위(品位) 있게 아리따움)

프롤로그.

경희궁 길 뒤편에 위치한 5층짜리 건물 안에 김만익 변호사의 사무실이 있었다. 낡고 오래된 라디에이터 속을 지나는 수증기가 만들어 내는 따뜻함 속에 종이 위에 흑연이 자취를 남길 때마다 기분 좋은 소리를 만들어냈다. 사각, 사각, 사각.

갈색의 낡은 소파에 앉아, 자신의 허리보다 낮은 테이블을 향해 허리를 숙인 채 공책 위에 수많은 숫자를 적어 내려가는 소녀의 하얀 손이 유독 눈에 띄었다. 테이블 위로 쏟아져 내린 긴 머리카락이 만들어내는 그림자가 귀찮은 듯 소녀는 무심결에 왼손을 들어 흘러내린 머리를 귓바퀴 뒤로 쓸어 넘기며 인상을 찡그렸다.

그 모습을 가만히 보고 있던 남자의 얼굴에 부드러운 미소가 흘렀다.

"연수야."

"네?"

입에 물고 있던 연필을 떼어내며 연수가 그에게 고개를 돌렸다.

"뭐가 그렇게 안 풀려서 인상을 쓰고 있니?"

"여사건의 확률이요, 아무리 풀어 봐도 무슨 말인지 모르겠고 답이 안 나와요……."

당장이라도 울 것 같은 연수의 표정에 의진은 자신도 모르게 피식 웃어버리고 말았다. 그가 책상 위에 있는 서류를 살피면서도 간간이 고개를 들어 자신을 오랫동안 관찰하고 있다는 것을 연수는 전혀 의식하지 못하고 있었다.

아이는 항상 그랬다.

좋아하는 일이든, 싫어하는 일이든 무엇인가 한 가지에 집중하면 연수는 시간의 흐름 따위는 잊어버렸다. 그래서 더욱 눈이 갔다.

"도와줄까?"

그가 자리에서 일어서며 물어보자, 조금 전까지 아이의 하얀 미간에 남아 있던 내 천(川)자가 사라지고 입가에 환한 미소가 걸렸다. 책상을 돌아 다가오는 그를 위해 연수가 자리를 옆으로 비켜주었다.

"어느 부분을 모르겠니?"

"음…… 확률은 어떤 사건이 일어나는 경우의 수를 모든 사건의 경우의 수로 나눠잖아요. 그런데 왜 여사건은 어떤 사건이 일어나지 않을 경우의 수를 모든 사건의 경우의 수로 나누면 안 되죠?"

"확률이 0이면 일어나지 않을 일이고, 확률이 1이면 무조건 일어나는 일인 것은 알겠니?"

"네."

연습장 위를 물 흐르듯 부드럽게 지나가는 의진의 손에서 시선을 떼지 못한 연수가 가볍게 고개를 끄덕였다.

"어떤 사건이 일어날 확률을 P라고 하면, P는 절대로 일어나지 않은 사건의 확률 0과 반드시 일어날 확률 1 사이에 반드시 들어가게 되어 있어."

연수는 흰 종이 위에 단정하게 글씨를 써내려가며 설명을 해주는 의진의 손끝을 바라보았다. 사각거리는 소리가 지나간 자리에 남은 글씨체처럼 그의 설명은 친절하고 깔끔했다.

"자 그러면 서로 다른 주사위 두 개를 동시에 던질 때, 적어도 한 개는 홀수가 나올 확률을 구해볼까?"

설명을 마친 의진이 고개를 들어 바라보자, 연수가 살포시 웃었다. 그가 꼼꼼하게 가르쳐준 덕분에 이제는 막힘없이 문제를 풀어낼 수 있을 것 같았다.

"음, 적어도 한 개가 홀수가 나오려면, 한 개가 홀수여도 되고 두 개 다 홀수여도 되니까, 하나만 홀수일 때의 확률과 두 개 다 홀수일 때의 확률을 더할 수도 있지만, E.J가 알려준 대로 여사건을 이용하면, 전체 확률 1에서 둘 다 홀수가 아닐 때의 확률을 빼면 되지요. 음…… 둘 다 홀수가 아니라는 이야기는 둘 다 짝수일 때이니까, 짝수가 나올 경우의 수 9를 전체 경우의 수 36으로 나누면, 짝수일 때의 확률은 1/4, ……따라서 구하는 확률은 1-1/4=3/4, 4분의 3 맞죠, E.J?"

문제를 쉽게 풀었다는 기쁨에 연수가 고개를 돌렸다.

자신을 빤히 바라보고 있는 의진과 시선이 맞닿았다. 가까운 거리 때문인지 그에게 나는 블루칼라 같은 시원한 향수 냄새가 연수의 가슴 깊이 스며들었다. 빨라진 심장소리가 들리는 것 같아 아이는 자신도 모르게 얼굴을 붉혔다.

상기된 연수의 얼굴과 영롱하게 흔들리는 눈빛을 본 의진은 시선을 피하는 대신 손을 들어 톡톡, 연수의 머리를 쓰다듬어주었다.

"잘했다. 발레리나 말고 수학 선생님 해도 되겠는데."

평소와는 다르게 느껴지는 그의 손길에 연수는 자신도 모르게 목을 움츠린 채 어색한 미소를 지어보였다. 연수는 그의 곁에 있는 것이 좋았다. 발레연습이 끝나고 집으로 돌아가기 싫어, 추운 거리를 헤매는 자신을 위해 이곳에서 공부를 할 수 있도록 자리를 내어준 그가 고마웠고, 가끔 마주치는 따뜻한 눈빛을 보면 마음이 놓였다.

"연수야, 차 마실래?"

연습장을 내려다보고 있던 연수가 고개를 들었다.

"제가 할게요, 수학문제 알려주셨으니까……."

머뭇거리다 연수가 다가오자 의진은 고개를 끄덕인 후 책상으로 다시 돌아가, 조금 전까지 보고 있던 서류로 다시 시선을 돌렸다.

"E.J, 커피 어떻게 마셔요?"

"네가 좋아하는 대로……."

고개를 들지 않은 채 서류만 들여다보고 있는 그의 모습에 연수는 잠시 고민을 하다, 자신이 좋아하는 대로 커피와 설탕 그리고 크림을 머그컵 안에 넣었다.

짙은 커피향에 의진이 고개를 들었을 땐 연수가 두 손으로 머그컵을 붙들고 곁에 다가와 서 있었다.

"여기요."

"고마워!"

조심스럽게 뜨거운 컵을 받아들던 의진의 손가락이 아이의 희고 가는 손가락 끝에 스쳤다. 순간 붉게 물든 두 뺨을 그가 보기 전에 연수는 고개를 돌리고, 다시 자리로 가 앉았다. 그리고 테이블 위에 얼굴을 내리고 손에 연필을 들었다.

　연수를 잠시 응시하던 그가 자리에서 일어나 사무실 창을 조금 열었다. 머그컵에서 전해지는 따뜻한 온기를 고스란히 느끼며 커피를 목으로 넘기던 그가 놀라, 고개를 돌렸다.

　'네가 좋아하는 대로……' 라고 무심히 던진 말에 기대하지 못한 선물을 받은 것 같아 좋은 기분. 홍연수라는 아이와 자신의 취향이 비슷하다는 사실에 피식 웃음이 새어나왔다.

　'Thanks Plumeria!'

　그가 오래전부터 연수를 부르던 다른 이름.

　봄이 막 시작되는 2월의 마지막 날, 차마 입 밖으로 내뱉지 못한 고마움과 함께 진한 커피향이 그의 코끝에 맴돌았다.

　홍연수가 열여섯 살이 되는 해, 의진은 아이와의 예정된 이별을 준비하며 그렇게 봄을 기다리고 있었다.

I.

어둠이 막 내리기 시작한 야회 연회장은 음식을 세팅하는 직원들로 분주했다. 예정보다 일찍 파티 장소에 도착한 남자는 나무 아래 놓인 의자에 앉아 하나 둘 모여드는 이들을 유심히 살펴보고 있었다.

송년 모임이라는 이름하에 매년 와이코로아 빌리지에서 열리는 세진그룹의 크리스마스 파티. 하와이 빅 아일랜드에 위치한 리조트까지의 교통 및 숙박비용이 모두 제공되는 이 폐쇄적인 모임에 누군가 초대된다는 것은 그들이 지금 세진에 꼭 필요한 인물이라는 것을 의미했다.

"오랜만이다."

뒤에서 들려오는 차가운 목소리에 의진의 몸이 굳었다. 조금 전까지 부드러운 표정을 하고 있던 그의 얼굴에 남아 있던 여유도 사라져버렸다.

"늦었지만 사법고시 합격한 것 축하해요."

6년 만의 재회에 의진은 '반갑다'는 인사 대신 혁진에게 축하의 인사를 먼저 건넸다. 혁진은 날카로운 눈빛으로 제 키만큼 훌쩍 커버린 이복동생의 모습을 훑었다. 그의 눈에 비친 의진은 더 이상 자신에게 맞기만 하던 열세 살의 소년이 아니었다.

"형, 아버지가⋯⋯."

"아니, 이게 누군가!"

어느새 그들 곁에 다가온 홍 회장이 혁진을 향해 먼저 손을 내밀었다.

"혁진 군 아닌가?"

"안녕하십니까? 그동안 격조했습니다."

"사법고시에 합격했다는 소식은 들었네, 늦었지만 축하하네!"

"감사합니다."

"아버님처럼 존경받는 법조인이 되길 바라네."

"네, 노력하겠습니다."

"자네는⋯⋯?"

"처음 뵙겠습니다. 송의진이라고 합니다."

일안은 자신에게 고개를 숙여 정중하게 인사하는 청년을 날카로운 눈으로 살폈다. 소문으로만 듣던 만섭의 둘째 아들 송의진, 일안은 오늘 그를 처음 보았다. 어린 나이임에도 불구하고 흔들림 없는 당당한 눈빛은 제 이복형보다 더 만섭을 닮은 듯 보였다. 강직하고 청렴하기로 소문난 송 판사의 인생에 최대의 오점이라면 단 한 번의 외도로 태어나버린 둘째 아들의 존재. 홍일안은 그 사실을 아는 몇 안 되는 인물이었다.

막역한 선후배 사이던 그들이 멀어지기 시작한 것은 일안이 공식적으로 경영권을 승계받기 시작하면서였다. 만섭은 현직 판사와 기업인의 잦은 만남은 오해의 소지가 있다며 거절했고, 일안은 그가 필요했다. 긴 시간 동안 반복되어 온 초대와 거절은 만섭의 두 아들이 오늘 이 파티에 대신 참석하는 것으로 마무리되었다.

"올해 하버드에 진학했다고 들었는데?"

많은 것을 알고 있는 홍 회장의 질문에 의진은 대답을 망설였다.

"네. J.D. 과정에 있습니다."

일안의 얼굴에 만족스러운 표정이 나타났다.

"이런, 부전자전이라더니 역시 대단하구만. 공부도 공부지만 부족한 게 많을 텐데. 언제든지 내가 도와줄 일이 있으면 부탁하게. 자네 아버지와 나 사이에 다른 것은 몰라도 경제적 도움 정도는 충분히 줄 수 있으니."

"말씀만으로 감사합니다."

의진이 홍 회장의 말을 끊었다.

이것 봐라? 어린 녀석이 자신이 둔 모든 수를 꿰뚫고 있다는 눈빛을 보이는 것이 일안은 마음에 들지 않았다.

"송 판사님 혼자 벌어서야, 힘에 부치실 텐데."

노골적으로 자신에게 내민 홍일안 회장의 손. 의진은 미동도 없이 일안의 눈을 마주했다. 아직 어리지만 알고 있었다. 홍 회장이 순수한 뜻으로 부친 곁을 맴도는 것이 아니라는 사실을.

"내가 송 판사님을 하루 이틀 봐 왔나. 대쪽 같은 양반이 굶어 죽어도 힘들다는 내색 한 번 안 하시고, 두 아들 뒷바라지에 모든 걸 거셨겠지. 자네 아버지 성품에 다른 주머니 찰 깜냥도 없을 터."

"말씀이 지나치십니다."

표정은 차가웠지만, 목소리는 흔들리고 있었다.

의진은 아직 일안의 상대가 아니었다.

"누구보다 청렴하게 오랫동안 그 일을 하신 분입니다. 비록 가진 것은 없지만, 회장님께서 내미신……."

"송의진!"

혁진의 격양된 목소리에 의진이 입을 닫았다. 홍 회장의 어깨 너머로 형의 굳은 표정을 확인하는 순간, 의진은 자신이 홍 회장의 의도에 말려들었음을 알았다.

그리고 형과 화해할 기회가 틀어져버렸음도.

화려한 조명으로 장식된 대형 크리스마스트리 아래에는 소녀의 시선을 붙잡은 인형의 집이 놓여 있었다. 노란색 벽과 짙은 갈색의 나무 지붕을 가진 집은, 뒤에 놓인 대형 크리스마스트리의 램프 색상에 맞춰 작은 전구로 화려하게 장식되어 있었다. 미국식 목조주택을 연상시키는 인형의 집 발코니에는 정교한 솜씨로 세공된 작은 목재인형 두 개가 다정히 놓여 있고, 계단 위에 앉은 강아지인형은 기분 좋은 표정을 하고 있었다.

"예쁘다!"

"연수야!"

흰색 레이스가 정교하게 패치 된 흰색 맥시 드레스를 입은 여인이 아이에게 손짓을 했다.

"엄마, 엄마, 저기 있는 인형의 집 봤어요?"

시연은 자신의 허리에 감겨오는 여린 두 팔을 놓아둔 채 딸아이의 머리를 다정하게 쓸어내렸다.

"응."

"예쁘죠?"

"응……. 연수야, 늦었어. 서둘러야 돼!"

호텔 밖으로 나온 시연이 딸의 손을 꼭 붙잡은 채 수행원의 안내에 따라 모노레일 열차에 올라탔다. 예정보다 늦은 아내와 딸의 도착에 일안의 미간에 옅은 주름이 잡혔다 사라졌다.

"늦어서 죄송해요."

홍 회장의 날선 표정을 보고도 미소를 잃지 않는 지시연의 우아한 모습에 성민이 먼저 인사를 건넸다.

"사모님, 오랜만에 뵙습니다."

고개를 숙여 인사를 하는 세진 법무팀 박 변호사의 모습에 시연이 미소를 지어보았다.

"올 한 해도 이이 곁에서 노고 많으셨어요, 박 상무님."

"노고는요. 당연히 제가 해야 될 일인데요. 아, 그러고 보니 우리 꼬마 아가씨 많이 컸구나!"

시연의 손을 꼭 잡은 채 맑은 시선으로 자신을 올려다보는 연수를 향해 성민이 웃어보였다.

"안녕하세요."

인사를 한 딸아이에게 이곳을 떠나도 좋다는 의미로 일안이 고개를 끄덕이자, 연수가 시연을 올려다보았다. 엄마의 허락까지 확인한 연수는 이런 자리가 익숙한 듯 잡고 있던 시연의 손을 놓고 음식이 놓인 테이블로 다가갔다. 함께 놀 수 있는 아이들은 없었지만, 연수가 좋아하는 먹을거리는 있었다. 아이스크림이 담긴 컵을 집어 드는 아이의 눈동자가 빛났다. 혀끝에 닿는 신선한 파인애플 맛을 음미하는 연수의 작은 입술이 만족스러운 듯 예쁘게 휘었다.

"연수야, 안녕!"

익숙한 목소리.

아이의 얼굴에서 웃음이 사라졌다. 고개를 돌리자, 붉은색 드레스를 입은 여자가 서 있었다. 선명한 이목구비를 가지고 있음에도 짙게 바른 립스틱 때문인지 연수의 눈에는 그녀의 입술만 보였다.

"연수가 올해 몇 살이지?"

이미 다 알고 있는 사실임에도, 하선은 아이의 관심을 끄는 것이 필요한 듯 조심스럽게 말을 걸어왔다.

"열 살⋯⋯이요."

"그래?"

하선이 정교하게 금빛 매니큐어가 칠해진 손을 뻗어 연수의 머리를 쓰다듬었다. 조금 전 엄마가 쓰다듬어주었을 때와는 다른 느낌, 그 이질감에 연수는 자신도 모르게 목을 움츠리며, 고개를 들어 하선의 얼굴을 쳐다보았다. 손은 연수의 머리 위에 있음에도 그녀의 시선은 저 먼 곳을 향해 있었다.

연수가 고개를 돌리자, 그 끝에는 엄마와 아빠가 서 있었다. 그 눈빛이 너무나 싫어, 연수가 머리 위에 있는 하선의 손목을 쳐냈다.

"아!"

아플 리가 없음에도 과장된 신음소리를 내뱉은 하선이 눈을 돌렸다. 순간이었지만, 설핏 그녀의 입가에 조소가 흘렀다.

"또 보자!"

아무 일도 없었다는 듯이 그녀가 연수 곁을 떠나 홍 회장 부부가 서 있는 곳을 향해 당당하게 걸어갔고, 연수는 자신도 모르게 아랫

입술을 깨물었다. 일안과 이야기를 나누던 하선이 고개를 돌려 연수를 바라보았다. 붉은 립스틱 사이로 흐르는 화려한 미소에 연수는 그만 화가 나 고개를 돌려버렸다.

아무도 모르게 파티 장소를 벗어난 연수가 와이울루아 베이(bay) 쪽으로 내려가기 시작했다. 어릴 적부터 항상 자신이 어디에 있는지, 어디로 가는지 어른들에게 미리 알려야 한다는 것을 알고 있었지만, 오늘만큼은 그러고 싶지 않았다. 홀로 어른들이 있던 장소에서 벗어나 한참을 내려오자, 연수의 키만큼 자란 플루메리아 꽃이 핀 군락이 달빛 아래 밝게 빛나고 있었다. 매혹적인 자태와 그 향기에 아이가 나무 앞으로 다가갔다.

새로운 장난감을 발견한 연수가 치마 앞자락을 들고, 꽃을 따기 시작했다. 그리고는 치마 안에 가득 담겨진 플루메리아 꽃잎을 한 움큼 집어 들었다가 다시 치마 위에 뿌렸다. 손가락 끝에 닿는 꽃잎의 부드러운 촉감에 반한 아이의 얼굴에 행복한 미소가 가득했다.

퍽.

갑자기 들린 둔탁한 소리에 흠칫 놀란 연수가 꽃잎을 만지던 움직임을 멈추었다.

"흑!"

어느 사이 아이는 플루메리아 군락을 따라 소리가 나는 곳을 향해 걸음을 옮기고 있었다. 낯선 소리가 나는 곳에 가까워질수록 불편하고 둔탁한 소리가 연수의 귓가에 더 크게 들려왔다.

"아악!"

갑자기 자신 앞에 풀썩 쓰러진 남자를 본 연수가 놀라 비명을 질렀다.

혁진의 시선이 아이에게 닿았다. 어림잡아 여덟아홉 살 정도 되어 보이는 소녀.

"젠장!"

달빛 아래서 드러난 겁에 질린 눈동자를 마주하는 순간 혁진은 욕설을 내뱉었다. 놀란 연수가 몸을 움츠렸고, 몸을 일으키려던 의진은 휘청이다 다시 바닥에 풀썩 쓰러져버렸다.

"콜록! 콜록!"

고통스럽게 거친 기침을 내뱉으며 몸을 옆으로 눕혔다.

"이번이 마지막 경고다!"

의진에게 향해 있던 혁진의 차가운 시선이 다시 연수에게 닿았고, 창백한 표정을 확인한 그가 눈살을 찌푸리며 자리를 떠났다.

"콜록! 콜록! 콜록!"

바닥에 누워있는 남자가 일어나지 못하고 몸을 돌려 숨이 넘어갈 듯 계속 기침을 해대자, 연수는 덜컥 겁이 났다. 어른들을 부르러 달려가야 하나? 누군가에게 도와달라고 소리를 질러야 하나?

연수가 망설이는 사이, 힘겹게 비스듬히 상체를 일으킨 의진이 침을 뱉어냈다. 찢어진 입술 사이로 흐르는 피를 손등으로 닦아낸 후 몸을 세워 앉았다. 피가 섞인 타액이 와이셔츠 소매에 배어들었다.

순간 비릿한 피 냄새를 지우는 꽃향기에 놀라 그가 고개를 들었다.

어느새 어린 소녀가 곁에 다가와 서 있었다. 겁을 잔뜩 집어먹은 표정을 하고 있으면서도 걱정스러운 눈빛으로 자신을 빤히 내려다보는 소녀의 행동에 의진은 자신도 모르게 인상을 찌푸리며 고개를 숙이고 말았다.

"아파요?"

청아한 목소리에 떨어지던 의진의 시선이 다시 아이의 얼굴에 닿았다. 낯선 이에 대한 두려움도 느끼지 못하고 있는 것일까?

"많이 아파요?"

살짝 떨리는 소녀의 목소리를 다시 듣고 나서야, 의진은 아이가 한껏 용기를 내고 있다는 것을 알았다. 걱정스러움은 숨기지 못한 채.

"어른들 불러올까요?"

그가 다시 쓰러진다면 당장이라도 눈물을 쏟아낼 것 같은 소녀의 맑은 눈동자에서 의진은 눈을 뗄 수 없었다. 시선을 돌리지 않는 행동에 자신의 대답을 간절히 기다리고 있다는 것이 느껴졌다.

"아니……."

부드러운 대답에 젖어 있던 소녀의 눈동자가 빛났다.

"많이 아플 것 같은데……, 어디가 제일 아파요?"

어디라고 딱히 지적할 수 없을 정도로 꽤 오랫동안 이곳저곳을 맞았으니 대답할 수 없었다.

입술이 꽤 많이 찢어졌는지 그의 턱을 타고 다시 피가 흘러내렸다.

의진이 손목을 들어 피를 닦아 내려는 순간, 소녀의 치마 가득 담겨 있던 꽃잎이 그의 허벅지 위로 한꺼번에 쏟아졌다.

짙은 꽃향기에 놀라 들숨을 멈추었다. 그와 동시에 연수의 손이 의진의 입가에 닿았다. 조금 전까지 꽃잎을 채우고 있던 치마 끝에 피가 스며들었다. 의진이 놀라 시선을 떨구자, 들려진 치마 아래로 소녀의 하얀 종아리가 눈에 들어왔다.

"우리 엄마가 마음의 상처는 사람으로 치유하는 거라고 했어요."

소녀의 입에서 튀어나온 뜻밖의 말에 의진은 놀라 아이의 얼굴을 다시 자세히 살폈다. 단아한 이목구비와 옅은 쌍꺼풀이 진 큰 눈, 흰색 머리띠 아래로 드러난 넓은 이마가 그의 시선을 끌었다. 망설이던 그가 소녀에게 물었다.

"네 이름이…… 뭐니?"

관심을 가져주는 것이 좋은 듯 아이의 눈매가 예쁘게 휘었다.

"흥……연수."

입가에 흘러내리던 피를 닦아낸 후 연수가 그에게서 한 발짝 물러서자, 손에서 떨어진 치마 끝자락에 검붉은 얼룩이 남아 있었다.

"옷…… 버렸다."

그의 말에 연수가 치마 끝을 내려다보았다. 하지만 곧 아무 일도 아니라는 듯 해맑게 미소를 지어보였다.

"괜찮아요, 빨아주는 사람이 있으니까."

아이의 대답에 그의 미간에 주름이 생겼다.

"연수야!"

"연수야!"

이름을 부르는 어른들의 목소리에 연수가 놀라 고개를 돌렸다.

"아, 혼나겠다."

서둘러 플루메리아 군락 쪽으로 다가가던 연수가 그를 향해 몸을 돌렸다.

"오빠는 이름이 뭐예요?"

잠시 대답을 망설이던 그가 입술을 열었다.

"송의진."

아이가 해사하게 웃었다.

"플루메리아 꽃말은 축복받은 사람이래요."

'고맙다.' 는 인사를 건넬 사이 없이 연수가 총총히 그에게서 멀어졌다. 아이의 모습이 사라진 후에도 미동하지 않던 의진이 허벅지 위에 흩어진 꽃잎을 물끄러미 내려다보았다. 짙은 꽃향기에 가려진 피 냄새.

"축복…… 받은 건가?"

꽃송이를 바닥에 털어내기 아쉬운 마음에, 그대로 잔디 위에 풀썩 누워버렸다. 가슴 속에 가득 차오르는 달뜬 마음 때문인지 쓰리고 아린 상처는 더 이상 아프지 않았다. 검푸른 하와이의 하늘을 가로지르는 유성의 꼬리가 그의 눈에 들어왔다. 그리고 의진은 자신도 모르게 소녀의 이름을 되뇌었다.

"홍, 연, 수."

"하아…… 하아……."

남자의 입에서 새어 나오는 거친 신음소리가 열린 발코니 창을 통해 흘러들어온 파도 소리와 뒤엉켜 원색적인 분위기를 자아냈다.

"아, 흑!"

남자가 고개를 숙여 지분대던 여자의 가슴을 세게 물자, 고통과 쾌락을 참지 못한 여자의 입에서 날카로운 신음소리가 흘러나왔다. 그런 여자의 모습이 만족스럽다는 듯 남자는 남은 여자의 한쪽 가슴마저 자신의 것으로 만들었다. 질척이는 마찰음과 원색적인 비명이 가득 찬 침실 안에서 뒹구는 두 남녀의 모습은 흡사 그들이 전생에 고모라(Gomorrah)에 있던 이들이 아닐까 하는 생각이 들 정도로 오랜 시간 서로에 대해 탐닉과 고통을 즐겼다.

절정을 맞이한 두 남녀가 쾌락 속에 동시에 신음을 내뱉자, 거친 바람 사이로 소나기가 쏟아지기 시작했다.

오랜 정사의 흔적을 고스란히 드러내는 짙은 땀 냄새와 축축함 속에 여자에게서 몸을 떼어낸 남자가 침대 헤드에 등을 기댄 채 협탁 위로 손을 뻗었다. 남자가 담배를 꺼내 물자, 여자가 팔을 뻗어 그를 위해 라이터를 집어 들었다.

딸깍.

라이터의 불빛이 여자의 얼굴에 있던 어둠을 거두어 갔다. 하선이 담배 끝을 타고 사라지는 붉은 열기를 바라보며 입을 열었다.

"오늘 연수한테 너무 심하게 했어요."

그녀의 입에서 딸의 이름이 나오자 일안은 자신도 모르게 인상을 찡그렸다.

파티 중간에 연수가 사라졌음을 알게 된 홍 회장 부부는 너무나 놀라 서둘러 사람을 풀어 연수를 찾아 헤맸다. 거대한 리조트를 제대로 구경하는데도 3일 이상이 걸릴 정도로 넓은 이곳에서 누군가 사라져버린다면, 어른이라고 해도 쉽게 찾을 수 없음을 어린 연수는 알지 못했다.

어릴 적부터 동행 없이는 어디에도 가서는 안 된다는 것을 교육시켜 왔기에 연수가 흔적도 없이 사라졌다는 것을 알았을 때 시연은 쓰러지기 일보 직전이었다. 다행히도 40여 분 만에 플루메리아 군락이 있는 곳에서 아이를 찾았지만, 연수가 친 사고 때문에 어른들의 파티는 엉망이 되어버렸다.

연수를 보자마자 시연은 창백한 얼굴로 달려갔고, 그 모습을 본 일안은 불같이 화를 냈다. 시연의 품에 안겨 겁에 질린 눈으로 자신을 올려다보던 딸아이의 얼굴이 떠올랐다. 그리고 하선을 바라보던 연수의 눈빛도.

"크리스마스 선물은 받지 못할망정 어른들만 있는 파티에 끌려나왔는데, 연수라고 심심하지 않겠어요, 아직 어린아이잖아요."

하선은 연수가 너무나 안쓰럽다는 듯 감정을 담아 남자의 마음을 흔들었다.

"참, 2주 후에 J&M그룹 한국 내 병원설립 건으로 강 회장이 입국할 예정이라고 하네요. 어떻게 해서든 이번에는 우리 쪽에서 먼저 만나봐야 해요."

"응."

하선이 일에 대한 이야기를 꺼내자, 그제야 일안이 입을 열었다. 재떨이에 담배를 비벼 끈 일안이 허리에 걸쳐진 시트를 걷어내고 침대에서 일어섰다.

"가게요?"

일안은 아무런 대답도 하지 않고 욕실로 들어가 문을 닫았다.

다음 날 시연은 늦은 점심식사 후 연수를 데리고, 돌핀 라군으로 갔다. 와이코로아 빌리지 안에는 열한 마리의 돌고래가 있어, 쇼를 보여주거나 투숙객들이 돌고래를 만져볼 수 있는 체험프로그램이 있었다.

"물지 않을까요?"

"훈련이 잘되어 있는데다가 조련사가 시키는 대로 하면 괜찮을 거야."

"Come on!"

긴장을 풀라는 듯 조련사가 연수에게 말을 건네자, 그제야 연수가 조심스럽게 손을 뻗어 돌고래를 만졌다. 손끝에 닿는 매끄러운 느낌. 생경한 감촉에 놀라 주먹을 쥐었지만, 곧 손을 다시 펴 조심스럽게 돌고래를 쓰다듬었다.

돌고래의 재롱에 연수는 자신도 모르게 물 안으로 더 걸어 들어갔고, 아이의 짧은 흰색 반바지는 어느새 흠뻑 젖어 있었다. 물가에 서서 딸아이의 까르르거리는 웃음소리를 듣는 시연의 얼굴에 행복이 넘쳐났다.

뜨거운 한낮의 햇살 아래 들리는 찰박거리는 물소리와 소녀의 청아한 웃음소리에 의진은 자신도 모르게 고개를 돌렸다. 어제 마주친 소녀였다.

'홍연수?'

아이는 제 옷이 물에 다 젖는 것도 모른 채 돌고래와 함께 놀고 있었다. 시선을 끄는 아이. 예뻤다.

외모만 예쁜 것이 아니라, 아이가 가지고 있는 맑고 따뜻한 오로라가 느껴졌다. 그가 가져보지 못한 기운에 의진은 자신도 모르게 연수라는 아이에게서 눈을 뗄 수 없었다. 한참 동안 연수의 모습을 바라보던 그가 카메라를 두 손에 들었다. 렌즈의 초점을 맞추고, 돌고래와 놀고 있는 아이의 모습을 필름에 담았다. 그리고 연수 뒤에 서 있던 여인도 함께. 손에서 카메라를 내려놓은 의진은 바닥에 놓인 배낭을 들어 어깨에 걸쳐 멨다. 그리고 코나공항으로 가기 위해 발걸음을 옮겼다.

"엄마!"

연수의 목소리에 의진이 다시 고개를 돌렸다.

엄마의 품에 안겨든 소녀의 얼굴이 기쁨으로 상기되어 있었다. 그 순간 자신을 바라보는 시선을 느낀 듯 연수의 눈이 그를 향했다. 의진의 얼굴을 발견한 아이가 그를 향해 작은 손을 크게 흔들었다.

그의 입가에 환하게 미소가 번졌다.

딸아이의 행동에 시연이 놀라 고개를 돌려 그를 바라보았다. 의진은 고개 숙여 그녀에게 인사했고, 낯선 청년의 행동을 본 시연은 미소 지으며 가볍게 고개를 끄덕였다. 의진은 자신을 바라보는 모녀를 뒤로하고, 와이코로아 빌리지를 떠났다.

'우리 엄마가 마음의 상처는 사람으로 치유하는 거라고 했어요!'

지난밤 연수가 무심코 그에게 던진 말이 떠올랐다. 의진은 그제야 혁진 또한 마음의 상처를 치유할 수 있는 사람을 만나지 못했다는 것을 깨달았다. 손을 뻗어 달리는 셔틀버스의 창문을 열었다. 상쾌하면서도 따뜻한 바람을 맞으며 의진은 눈을 감았다.

"홍연수……."

손을 흔들던 연수의 해맑은 미소가 떠올랐다.

"Plumeria."

작은 속삭임이, 파도 소리와 함께 허공 속에서 잔잔히 부서졌다.

2.

　의진이 빅 아일랜드를 떠난 다음 날, 연수와 리조트 안에서 즐거운 시간을 보내고 있던 시연에게 하선이 다가왔다.

　"연수, 갈수록 예뻐지네요."

　하선의 말에 시연은 조용히 미소를 지었다.

　"사랑받고 자란 아이라는 것이 보여요."

　밀려오는 파도에 발을 담그고 까르르 웃어대며 장난치는 연수의 모습을 바라보며 시연은 고개를 끄덕였다.

　"혼자 노는데 너무 익숙해서 걱정이에요. 연수한테 제 또래 친척이라도 한 명 있으면 좋을 텐데……."

　"제 딸도 연수처럼 혼자인걸요."

　갑작스런 고백에 시연의 표정이 놀라움으로 굳었다.

　김하선이 세진그룹에 몸을 담은 지 15년. 그 긴 세월동안 여자는 무서울 정도로 일에만 매달렸다. 전문대 출신에 가진 배경조차 없는 그녀가 대기업 상무라는 호칭을 달게 된 것은 세진그룹의 역사상 전무후무한 일이었다.

하선이 일안을 도와 비자금 관리를 한다는 것을 알았을 때 시연은 그녀가 두려웠다. 그 어떤 남자보다 더 성공과 돈에 욕심이 많은 하선이 결혼을 하지 않는 것은 어쩌면 당연한 일이라고 생각했다. 그런데 하선에게도 딸아이가 있다니……. 측은한 생각이 들었다.

"몰랐어요, 김 상무님에게 딸이 있다는 것."

시연의 목소리가 놀라움으로 떨렸다.

"제가 말씀드린 적이 없잖아요. 솔직히 한국 사회가 미혼모에게 그리 관대한 시선을 가진 게 아니잖아요."

하선의 거침없는 고백에 시연은 같은 엄마로서 가슴이 아려왔다.

"몇 살이에요? 김 상무님 아이."

시연의 관심에 하선이 미소를 지었다.

"연수보다 두 살 많아요, 초등학교 5학년. 일이 바빠서 신경을 진혀 쓰지 못하는데, 뭐든지 알아서 혼자 척척 해내서 어떨 때는 제가 더 미안한 마음을 갖게 만드는 아이죠."

그녀의 말에 드러난 딸아이에 대한 칭찬과 자부심에 시연은 고개를 끄덕였다.

"우리 연수도 곧 그래야 할 텐데……."

태어날 때부터 모든 것을 다 가지고 태어난 지시연 같은 여자가, 그리고 그녀처럼 태어난 연수가 혼자서 무엇인가 해낸다는 것, 배부른 소리였다. 하다못해 자신과 평생 함께 살아갈 남자를 선택할 때조차 부모가 골라준 대로 아무 말 없이 받아들인 여자가 아닌가?

하선은 자신의 내면에서 스멀스멀 올라오는 이 불편함의 끝이 어디인지 알고 싶었다. 영혼을 팔 수 있다면 진즉에 팔았을 것이다. 그녀도 시연처럼 예지에게만큼은 좋은 엄마이고 싶었다. 친부를 마주하고도 자신에게 그가 누구냐고 묻지조차 않는 딸아이의 차가운 눈빛이 떠올랐다. 하선이 입을 열었다.

"제 딸아이 이름 예지예요."

갑작스럽게 하선의 입을 통해서 흘러나온 아이의 이름에 시연은 고개를 돌렸다.

"이름 예쁘네요."

"사모님만 괜찮으시면, 언제 한 번 연수에게 제 딸아이를 소개시켜 주고 싶은데요."

"정말요? 김 상무님 닮아서……."

"엄마!"

어디서 발견했는지 제 주먹만 한 소라껍데기를 손에 든 연수가 시연에게 그것을 흔들어보였다. 연수를 바라보는 행복한 시연의 눈빛을 본 하선은 자신이 오랫동안 가져온 불편함의 이유를 알 수 있었다.

지시연이 무너지는 것을 보고 싶었다. 그리고 할 수만 있다면 지금 그녀가 가진 모든 것을 빼앗고 싶었다. 아니, 처음부터 욕심을 냈더라면 자신의 것이 되었을지도 모르는 그 모든 것을 다시 돌려받고 싶었다. 12년 동안 단 한 번도 일안을 아버지라 부르지 못한 사랑하는 딸 예지를 위해.

"연수에게 언니가 있다면 어떻게 하실 거예요?"

시연의 얼굴에서 미소가 사라졌다.

"무슨 소리예요?"

시연의 입을 통해서 흘러나온 새된 목소리에 하선은 고개를 돌려 연수를 바라보았다. 마음을 정한 이상 망설일 필요 따위는 없었다. 고개를 돌린 하선이 시연의 눈동자를 응시했다.

"만약, 연수에게 피를 나눈 친언니가 있다면 어떻게 하실 거냐고요?"

온몸이 부들부들 떨려왔다. 지금 자신을 향해 아무렇지도 않게 미소를 짓고 있는 김하선이라는 여자가 던진 질문. 그 의미를 떠올린 시연의 눈빛이 흔들리기 시작했다. 시연이 알고 있는 하선은 절대로 허튼소리를 할 여자가 아니었다.

"연수, 혼자…… 아니에요."

하선의 입가에 잔인한 미소가 흘렀다.

어뜩함에 시연의 몸이 휘청거렸다. 그런 시연의 팔을 하선이 붙잡았다. 맨살에 닿는 손바닥에서 느껴지는 뜨거운 열기에 시연은 팔을 내려다보았다. 어느새 시연 곁에 바짝 다가선 그녀가 귀에 대고 나지막이 속삭였다.

"연수에게 예지라는 친언니가 있다고요, 지시연 씨."

시연의 눈앞이 칠흑빛으로 물들기 시작했다.

김하선, 그 여자가 자신이 남편의 정부임을 밝혔다. 아니, 당당하게 선언했다. 시연은 아무것도 하지 못했다. 충격을 받았다. 오랜 세월 자신을 기만해온 남편과 하선의 잔혹함에 지금 서 있는 곳이 어디인지, 무엇을 들었는지조차 기억나지 않았다. 그런 자신의 모습을 보며 잔인한 미소를 짓고 있던 하선의 얼굴이 떠올랐다.

그 오랜 시간 자신의 집을 제 집처럼 드나들며, 자신을 대신해 연수를 쓰다듬고, 낮에는 회사에서 밤에는 그 둘만의 공간에서 도덕적

관념 따위는 시궁창에 처박아버린 채 탐닉했을 두 짐승의 인영人影이 떠올라 시연은 그 자리에 주저앉아버렸다.

자신의 가정을 파괴해온 하선의 머리채를 잡기는커녕, 뺨 한 대 올려붙이지 못한 시연은 해변에서 놀던 연수가 다가와 그녀의 어깨를 흔들 때까지 정신을 놓고 있었다.

"엄마?"

연수의 목소리에 시연이 정신을 차렸다.

아무것도 알지 못하는 해맑은 딸아이의 얼굴을 보자 참았던 눈물이 한꺼번에 폭풍처럼 쏟아져 내렸다. 눈물을 훔쳐 낸 시연은 연수를 데리고 호텔로 돌아왔다.

아이를 씻기고, 재운 후 잠든 연수를 바라보며 앞으로 그녀가 해야 할 일들에 대해 생각해보았다. 홍일안의 아내도, 세진그룹의 안주인도 시연에게는 무의미했다. 연수만 지킬 수 있다면, 그동안 겪어 온 인욕忍辱의 세월쯤은 참아낼 수 있었다.

집으로 돌아가야 했다. 집으로 돌아가 그녀 자신이 무너지지 않도록 마음을 가다듬을 시간이 필요했다. 시연은 수행원들이 일어나지 않은 새벽 시간을 틈타, 가방에 들어 있는 여권을 확인하고, 짐도 챙기지 않은 채 연수를 데리고 리조트를 빠져나왔다.

엄마의 낯선 행동에 연수는 영문을 몰라, 불안한 눈빛으로 시연의 얼굴과 몸짓 그리고 말, 행동 하나하나를 쫓았다.

"엄마?"

한동안 멍한 표정으로 바다를 향해 시선을 던지던 시연은 결심이 선 듯 연수의 작은 손을 꼭 잡았다. 정차해 있던 택시에 올라탄 후에야 시연은 자신의 품에 연수를 끌어안았다. 그녀의 두 눈동자는 붉었고, 피부는 하얗다 못해 실핏줄이 보일 정도로 창백해 보였다.

"엄마…… 우리 어디 가요?"

"집으로…… 갈 거야."

영문을 모르는 연수가 엄마의 가슴에 묻혀 있던 얼굴을 다시 들었다.

"아빠는요?"

대답해주지 못한 시연이 두 눈을 감았다. 고스란히 전해지는 떨림이 무서운 듯, 엄마의 허리를 끌어안은 연수의 여린 팔에 힘이 들어갔다.

"연수야, 괜찮아. 괜찮을 거야."

아이의 등을 쓸어주는 부드러운 손길, 정신을 잃어서는 안 된다는 것을 다시 알려주려는 듯 시연은 주문 같은 속삭임과 함께 마음을 잠재우기 시작했다.

브레이크 소리와 함께 급정거한 택시 안에 타고 있던 시연은 연수를 품에 안은 채 왼쪽 어깨를 자동차 좌석에 세게 부딪치고 말았다. 시연이 통증에 신음을 뱉어낼 사이도 없이 택시운전사의 입에서 흘러나온 외치는 소리에 놀라 고개를 들었다. 순간 마주 오던 차량이 속도를 줄이지 못하고 휘청거리다 가드레일을 받은 뒤 굉음과 함께 하늘로 튀어 올랐다 바닥에 떨어졌다.

찰나의 순간 엄청난 사고를 목격해버린 시연은 너무나 놀라서 숨도 쉬지 못했고, 떨리는 손으로 휴대폰을 집어든 채 구조를 요청하는 운전사의 두툼한 손만 멍하니 응시했다.

그리고 그런 시연의 정신을 들게 한 것은 연수의 목소리였다.

"엄마, 엄마?"

차 안에서 기다리라며 놀란 모녀를 뒤로하고 사고 차량을 향해 달려가던 덩치 좋은 운전사의 뒷모습이 시연의 시야에 들어왔다. 땅바닥에 뒤집힌 채 연기를 내뿜는 사고 차량 안을 향해 비명 같은 대화를 걸던 남자가 깨진 창문 사이로 한 소년을 끌어내는 모습을 본 순간 시연은 연수를 내려다보았다. 망설일 수 없었다. 기껏해야 연수 또래 정도 되었을까 싶은 아이. 머리에 피를 흘린 채 남자의 품 안에서 축 늘어진 소년의 팔이 가냘프게 보였다.

"연수야, 여기 가만히 있어야 해!"

바닥에 몸을 숙인 채 소년을 살피는 운전사에게 달려간 시연이 그 옆에 무릎을 꿇었다. 아이가 죽을지도 모른다는 두려움으로 심장이 터져버릴 것 같았다.

숨을 쉬지 않는 아이를 살리기 위해 남자를 도와 시연이 소년의 입에 공기를 불어 넣었다. 그리고 요란한 사이렌 소리와 함께 구조대가 사고 현장에 도착했다. 구조대원들의 응급처리를 바라보며 한 발 물러선 시연은 넋을 놓고 있었고, 택시운전사는 구조대를 도와 소년의 부모를 차 안에서 끌어내려고 안간힘을 쓰고 있었다.

그 소리를 들으며 시연이 고개를 떨궜다. 구조대원의 도움으로 의식을 찾은 소년의 눈동자가 흐리게 깜빡이기 시작했다. 그녀가 아닌 그 누군가를 향해.

시연이 고개를 돌렸다. 온통 눈물로 얼룩진 딸아이의 얼굴이 들어왔다. 그리고 낮은 흐느낌과 함께 연수의 작은 목소리가 소년의 귓가에 닿았다.

"이젠…… 흑, 괜찮을 거야."

살아 있다는 사실을 증명하듯이.

주행 중 장애물을 목격한 소년의 부친이 급히 핸들을 돌렸다고
했다. 하지만 그 순간 어린 아들의 손끝에 있던 사인볼이 미끄러
지며 굴러 떨어졌다. 불행히도 놓쳐버린 공은 브레이크 페달에 걸
렸고, 차는 정차하지 못했다. 그대로 가드레일을 들이받고 전복된
차량.

이날 소년은 부모를 잃었다.

*

도서관의 소파에 몸을 깊게 묻은 의진은 '논증적 글쓰기 수업'에
관한 자료집을 들여다보고 있었다. 1872년 이래 모든 신입생이 한
학기 동안 수강해야 하는 필수 강좌. 전통도 좋지만, 글쓰기에 남다
른 재능을 가지고 있어 고등학생 때 필명으로 발표한 소설로 큰돈을
번 그에게는 지루한 일이었다. 헤론 교수의 첨삭자료를 건성으로 들
척이던 그가 수첩을 꺼내 펼쳐들었다. 툭, 무릎 위로 떨어진 사진을
본 의진의 얼굴에 편안한 미소가 떠올랐다.

"뭐야?"

옆자리에 앉은 토마스가 재빠르게 낚아챈 그 사진을 들여다보더
니 놀라 고개를 돌렸다.

"뭐야, 꼬맹이잖아! 누구냐? 네 동생? 아니다. 너 동생 없잖아! 의
진, 너 혹시 네 취향……, 롤리타콤플렉스냐?"

"아니야, 인마!"

토마스의 손에서 사진을 다시 빼앗아 들었다.

"그러면? 네 동생도 아닌데, 왜 여자아이 사진을 보면서 싱글거려?"

토마스의 말에 의진은 가볍게 코웃음을 쳤다.

"기분이 좋아서."

"뭐?"

"이 아이 얼굴을 보고 있으면 기분이 좋아져."

"뭐? 야 인마, 뜬금없이 무슨 소리야? 이 꼬맹이를 보고 있으면 기분이 좋아진다니?"

토마스는 의진의 대답이 이해되지 않아 고개를 절레절레 흔들었다.

홍연수.

두 달 전 하와이 빅 아일랜드에서 우연히 마주친 소녀였다. 그 빛나는 미소가 예뻐서 무심코 눌렀던 카메라 셔터는 의진의 손에 연수라는 아이의 사진을 남겨주었다.

'우리 엄마가 마음의 상처는 사람으로 치유하는 거라고 했어요!'

소녀의 입에서 튀어나온 뜻밖의 말에 놀란 것도 잠시, '이 꼬맹이가 그 의미를 알고나 있을까?' 하는 생각에 웃음이 터져 나오려는 순간 입술에 닿았던 작고 따뜻한 손이 떠올랐다.

"너 중증이구나!"

의진의 얼굴과 꼬마 계집애의 사진을 번갈아 보던 토마스가 기가 막힌다는 듯 입을 열었다.

"그래서 이 꼬맹이가 누군데?"

토마스는 결국 궁금증을 참지 못하고 소녀에 대해서 다시 물었다.

"Plumeria."

"뭐?"

12월의 크리스마스, 따뜻한 햇살 아래서 돌고래와 놀고 있는 연수는 포니테일을 하고 있었다. 물보라를 피하려고 고개를 돌린 소녀의 입가에는 환한 미소가 가득했고, 살포시 찡그린 커다란 두 눈에는 행복이 넘쳐났다. 의진의 기억대로 사진 속 아이는 밝은 오로라를 내뿜고 있었다.

*

"이혼해줘요. 당신과 이혼하고 싶어요."

시연의 절절한 외침에도 일안은 아무 일도 없었다는 듯 재킷을 걸치고 거울을 보며 옷매무새를 다듬었다.

"아무것도 필요 없어요, 연수만 데리고 나갈게요."

마지막 말에 남자는 그제야 제 아내를 바라보았다. 전혀 감정이 묻어나지 않는 일안의 얼굴을 확인하는 순간 시연은 정신을 놓치지 않기 위해 손 안에 침대시트를 그러쥐었다.

"안 돼."

너무나 많은 의미가 담겨 있는 짧은 거절의 한 마디.

"다 가져갔잖아! 다 줬잖아! 내가 아버지로부터 물려받은 유산도 그리고 당신이라는 남자만 바라보고 산 지난 12년간의 내 젊음도! 그런데 왜? 그런데 왜……?"

흔들리는 몸을 주체하지 못하고 시연이 침대 위에 쓰러져 오열했다.

"하선 때문이라면……."

"아악!"

일안의 입에서 그 여자의 이름이 흘러나오자 시연은 비명을 지르며 머리칼을 부여잡았다.

"역겨워! 더러워! 당신하고 그 오랜 세월동안 몸을 섞으면서도 그 여자가 지난 5년 동안 아무렇지도 않게 내 집에 드나들었어! 그 여자가…… 그 여자가! 내가 아플 때 나 대신 연수를 안아주고 만지면서 그 여자가 무슨 생각을 했을 것 같아?"

시연의 절규에 일안의 얼굴이 험악하게 굳었다.

"당신 옆에, 그 여자 옆에 더 이상은 못 있어! 아무것도 필요 없어! 연수만 데리고 나가게 해줘요! 제발…… 흑…… 흑!"

아내가 여리다는 것을 알고 있었지만 이렇게 감정을 주체하지 못하는 것을 일안은 처음 보았다. 그녀를 향해 팔을 뻗으려던 일안이 다시 손을 거두어들였다.

"장인어른에게 상속받았던 유산과 당신이 내게 증여해준 세진의 주식은 다시 돌려주지. 그리고 그밖에 내게 원하는 것이 있다면 박 변호사에게 말해둬! 하지만 그 어떤 조건에서도 연수만은 안 돼!"

흐느끼는 시연을 뒤로하고 일안은 굳은 표정으로 침실을 나섰다.

K금융지주 지상욱 회장의 무남독녀 지시연과의 정략결혼은 나쁘지 않은 조건이었다. 태생적으로 그 결혼은 피할 수 없었고, 이왕에 해야 하는 것이라면 일안은 순종적이고 착한 아내를 원했다. 성적 욕구야 하선 정도면 충분히 풀 수 있었고, 그녀도 자신의 처지를 잘 아는지 일안에게 그 이상의 것은 요구하지 않았다.

갓 대학을 졸업한 스물세 살의 시연은 서툴렀지만 풋풋했고, 좋은 아내, 좋은 엄마였다. 사랑받고 자란 만큼 하나뿐인 딸에게도 다른 사람을 사랑하는 법을 알려주었다. 외탁 덕분인지, 제 엄마를 고스란히 닮은 연수의 밝고 착한 성격은 일안에게도 자식에 대한 정情이란 것을 느끼게 만들었다.

연수가 제 엄마에게 물려받은 여린 성정性情만으로 세진을 이끌어 갈 수 없다는 것을 알기에 홍 회장은 어린 딸에게 엄했고, 따뜻하게 한 번 안아주지도 않았다. 그러나 그런 그도 연수를 사랑했다. 예지에게는 눈길 한 번 주지 않을 만큼.

그런데 시연이 연수를 달라고 했다.

돈이야 넘쳐났고 원하면 얼마든지 더 줄 수 있었지만, 마음에 담은 딸 연수만큼은 어떤 일이 있어도 시연에게 보낼 수 없었다.

"그동안 안녕하셨어요?"

낡고 오래된 5층짜리 건물에 자리 잡은 변호사 사무실로 들어서는 시연의 창백한 얼굴에 오랜만에 희미한 미소가 떠올랐다.

"아니, 이게 누구야?"

예상하지 못한 뜻밖의 손님에 만익은 자리에서 일어나 시연을 맞이했다. 연륜이 느껴지는 그의 여유 어린 표정에 시연은 그제야 긴장을 풀고 환하게 웃어보였다.

"죄송해요, 자주 찾아뵈어야 하는데……."

시연의 인사에 그가 너털웃음을 지으며 고개를 흔들었다.

"바쁜 건 젊은 사람이지, 이 늙은이야 뭐……."

노장의 변호사 김만익은 故지상욱 회장의 죽마고우이자, 시연에게는 큰아버지 같은 존재였다. 대학 졸업을 눈앞에 둔 시연에게 '홍일안과 정말로 결혼할 생각이냐?'고 묻던 만익의 표정이 떠올랐다.

아마 그 무렵이었던 것 같다. 언제나 온화한 모습을 보여주었던 그가 시연의 부친에게 불같이 화를 냈던 것이.

"아저씨께 부탁드리고 싶은 일이 있어요."

시연이 서류철을 그 앞에 내밀었다.

"도대체 무슨 부탁이기에 시연이 네가 이렇게……."

미소를 띠며 서류를 넘기던 만익의 표정이 일순간에 굳었다.

시연은 김 변호사에게 그동안 자신에게 있었던 일들을 모두 털어놓았다.

"시연아?"

그 목소리에 눈물을 흘리던 시연이 고개를 들었다. 만익은 부친의 친구이기도 했지만, 일안의 스승이기도 했다.

"도와주세요. 제가 기댈 수 있는 사람은…… 아저씨뿐이에요."

그녀의 손등 위로 눈물이 떨어졌다.

하선과 일안이 오랜 세월 자신을 속여 왔다는 것을 알면서도 무너지지 않고 버틸 수 있던 것은, 오직 사랑하는 딸 연수 때문이었다. 그 둘의 외도 사실을 알게 된 지 두 달, 시연은 겉으로 괜찮아 보였지만 심장은 하루하루 메말라갔다.

이혼은 해줄 수 있지만 연수는 줄 수 없다는 남편의 말에 시연은 그를 위해 내놓았던 부친의 유산과 그녀가 과거에 보유하고 있던 세진그룹의 주식을 모조리 돌려달라고 했다. 일안은 망설임 없이 그녀가 요구한 것을 처리해주었고, 시연은 자신이 가지고 있던 보석과 가방 하나까지 처분할 수 있는 것들은 모두 처분해 현금화했다. 그리고 만익을 찾아왔다.

어떻게 싸워야 하는지 일안과 어떻게 맞서야 하는지 알지 못했지만, 앞으로 자신에게 무슨 일이 생겼을 때 어린 연수를 돌봐줄 사람은 아저씨뿐이라는 것을 시연은 알고 있었다. 그리고 유일하게 일안을 상대할 수 있는 사람도.

시연은 연수를 보살펴 달라는 부탁과 함께 만약의 경우를 대비해 아이가 홀로 설 힘을 가질 수 있을 때까지 연수에게 상속될 재산을 신탁(信託)해 놓았다. 또한 어떠한 경우에도 일안이 미성년자인 연수의 수탁자(受託者)로서의 권리를 행사할 수 없다는 조항을 다는 것을 잊지 않았다.

변호사 사무실을 나선 그녀가 승용차에 올라탔다. 아저씨 앞에서 눈물을 쏟아내는 순간, 시연은 자신이 너무나 지쳐 있다는 것을 느꼈다. 핸드백에서 꺼낸 바리움정(Valium Tab)을 입에 털어 넣었다. 의사의 처방 없이는 구할 수 없는 약. 혹여 자신이 신경안정제를 복용하고 있다는 사실을 일안이 알게 될 경우 이혼소송에 불리할까 봐 시연은 그 사실을 철저히 숨겼다.

"발레학원으로 가요."

"네, 사모님."

항상 혼자인 연수가 제 또래의 친구들을 만나고 아이답게 시간을 보낼 수 있는 곳은 학교와 발레아카데미뿐이었다. 시연이 학원 안으로 들어서자, 연수 또래의 아이들이 레슨을 받고 있는 모습이 보였다. 많은 아이들 중에서도 유독 눈에 뜨이는 아이, 연수였다.

정수리까지 묶어 올린 까만 머리와 민소매 레오타드 아래로 연수가 가볍게 춤을 출 때마다 핑크색 튀튀(Tu Tu)가 살랑살랑 나부끼는 모습이 그녀의 눈에 들어왔다. 다시 쏟아지려는 눈물을 참아내며, 시연은 딸아이의 모습을 하염없이 바라보았다. 시선을 느꼈는지 그녀를 발견한 연수가 웃으며 크게 손을 흔들고는 달려왔다.

"엄마!"

"배고프지 않아?"

아이가 고개를 끄덕였다.

"연수, 뭐 먹고 싶은데?"

"음…… 엄마가 만들어준 딸기 케이크요."

집으로 돌아오는 길에 백화점에 들러 연수가 좋아하는 딸기를 듬뿍 산 시연은 직접 케이크를 만들기 시작했다. 흰색 원피스를 입고, 아일랜드식탁 의자에 무릎을 올린 채 그녀의 모습을 한참 동안 바라보던 연수가 입을 열었다.

"엄마…… 이제는 아프지 않지요?"

딸아이의 질문에 딸기를 집어 들던 시연의 손이 허공에 멈췄다.

연수의 불안한 눈빛을 마주한 시연은 목이 멨다. 그녀가 예전처럼 웃지도, 행복한 미소를 지어보이지 않는다는 것을 아이도 느끼고 있음이 분명했다.

"응."

엄마의 대답에 안심이 된 연수가 그제야 해맑은 미소를 지어보였다.

*

"집으로 들어올래?"

일안으로부터 받은 결재 서류를 들고 그의 집무실을 나서던 하선을 향해 그가 입을 열었다.

"네?"

서류를 쳐다보며 지나가 듯 내뱉은 한 마디에 하선은 멈춰 섰다.

지난해 리조트에서의 일이 있고 일안은 하선을 찾아오지도, 그의 아내가 어떻게 자신들의 관계를 알게 되었는지도 묻지 않았다. 그래서 더 불안했다. 결국 하선은 시연을 찾아갔고, 잔인한 방법으로 그녀를 무너뜨렸다.

그리고 그날…….

지시연이 자살했다. 오후 늦게 하선이 다녀간 날이었다.

그 소식을 들은 하선은 눈앞이 캄캄해졌다. 예상하지 못했던 일.

'내 잘못이 아니야, 그 바보 같은 여자가…… 살다 보면 더한 일도 있을 수 있어! 그런데…… 홍일안을 버리는데 눈 한 번만 감으면 되는데, 그것을 못하고 어린 연수 앞에서 목숨을 끊어버리다니…… 그 미친 여자가 연수에게 모든 것을 말했을지도 몰라!'

하선이라도 아무렇지 않을 리 없었다. 시연이 얼마나 연수를 사랑했는지, 연수가 얼마나 착하고 맑은 아이인지 아기 때부터 봐온 하선은 오랫동안 악몽에 시달렸다.

제 엄마의 죽음을 목격한 연수는 표정을 잃었다. 웃지도 울지도 화내지도 않는 모습에 하선은 그제야 자신이 연수에게 한 짓을 깨달았다. 후회한다고 해도 죽은 시연을 살려낼 수 없었다. 그리고 예지를 위해 자신이 선택한 것을 포기할 생각은 더욱더 없었다.

그리고 일안이 그녀에게 다시 시선을 돌렸다.

"그게 무슨?"

그가 한 말의 의미를 알았지만, 다시 물었다.

"예지 데리고 삼성동 집으로 들어와라."

그날의 사건 이후 죽은 듯이 조용히 있던 하선의 오랜 기다림이 승리하는 순간이었다.

"생각해볼게요."

몸을 돌려 사무실을 나가는 그녀에게 일안의 목소리가 들렸다.

"예지는 호적에 올려줄게. 단, 결혼식은 올리지 않는다. 그리고 일은 될 수 있으면 그만두는 조건이다."

문손잡이를 향해 손을 뻗던 하선의 동작이 멈췄다. 제안이 아니었다. 고개를 돌리는 순간 일안의 차가운 눈동자가 그녀를 응시하고 있었다. 그를 선택할지, 영원히 곁을 떠날지 묻고 있었다. 홍일안은 누가 시연을 송두리째 흔들어 놓았는지 모든 것을 알고 있다는 눈빛을 하고 있었다.

지시연이 자살하고 8개월 만의 일이었다.

3.

소담스럽게 쌓인다면 제법 낭만적일 크리스마스이브, 갑자기 내린 폭설로 도심은 차들이 뒤엉켜 말 그대로 주차장을 방불케 했다.

빠앙, 빠앙.

"제발 좀 가자!"

광화문 한복판에 발이 묶인 남자는 오늘 같은 날, 자신이 차를 가지고 나온 것을 후회했다. 예정보다 한 시간이나 늦게 목적지에 도착한 차가 호텔 입구에 들어섰다. 급한 마음에 '발렛파킹을 할까?' 망설일 사이도 없이 호텔 직원이 허리를 숙였다.

"죄송하지만, 주차장은 저 아래쪽에서 차를 돌리셔야 합니다."

그 말에 의진의 입에서 피식 웃음이 흘러나왔다. 고급 대형세단이 즐비한 특급호텔 입구에 세워진 낡은 중고차가 반가울 리 없었다. 주차요원의 안내대로 핸들을 돌려 지하주차장에 차를 대고, 의진은 조수석에 놓인 넥타이를 집어 들었다. 급한 마음에 빠른 손놀림으로 타이를 매고, 백미러로 매무새를 확인한 후 차에서 내려섰다.

늦어진 도착에 서둘러 엘리베이터를 향해 걸어가던 의진의 눈에 흰색 미니드레스를 입은 여학생의 모습이 들어왔다.

저도 모르게 발걸음을 멈추었다.

'낯익은 얼굴, 누구일까?'

끼이익, 조용한 주차장 안에 울려 퍼지는 날카로운 쇳소리에 의진은 인상을 찡그렸다. 창백한 아이의 손이 주차된 차량 옆을 스칠 때마다, 불편한 소음이 그의 귀에 들려왔다. 그리고 그 자리에 고스란히 남은 스크래치 자국을 본 자신의 눈을 의심했다. 심장박동이 빠르게 뛰기 시작했다.

섬광처럼 스치는 기억에 심장이 멎는 것 같았다.

그 아이였다.

기억 속에 있던 작은 소녀는 어느새 그의 가슴팍만큼 훌쩍 자라 있었다. 드레스를 입은 아이의 모습은 낯설었지만, 허리까지 찰랑거리는 긴 머리칼과 윤기가 흐르는 흰색 머리띠는 그대로였다.

'홍연수, 너 지금?'

연수가 하고 있는 행동에 대해 이해하기도 전에 요란한 차량경보음이 울렸다. 몸을 움츠리게 만들 정도의 시끄러운 소음에 의진의 얼굴은 일그러졌으나, 연수는 표정 하나 변하지 않고 아무 일도 없다는 듯 손가락 끝으로 검정 세단의 측면을 유유히 긁고 있었다. 그 움직임이 너무나 익숙해 보여 그는 숨을 멈추었다. 그의 시야에 아이의 손에 들린 날카로운 송곳이 들어왔다.

"홍연수!"

남자의 목소리에 연수가 고개를 돌렸다.

아주 천천히.

찰나의 순간 연수의 눈빛을 본 의진은 너무나 놀라 깊게 숨을 들이마셨다. 생기를 잃은 눈동자, 5년 만에 본 소녀의 눈동자에는 그가 기억하는 따뜻함이 전혀 남아 있지 않았다.

　주차원의 비명 같은 외침이 들려오자, 의진은 아무런 생각도 할 수 없었다. 달려가 아이의 손목을 붙잡았다. 톡, 연수의 손에 있던 작은 송곳이 바닥에 떨어졌다. 소리를 치며 달려오는 호텔직원을 뒤로하고 의진은 연수를 끌어다 조수석에 태웠다. 떨리는 손으로 다급하게 차키를 꽂고, 호텔주차장을 허겁지겁 다시 빠져나오기까지 그는 연수의 얼굴을 확인하지 못했다.

　남산 쪽으로 차를 돌린 의진은 시내가 한눈에 내려다보이는 곳에 차를 세웠다. 연수를 처음 목격하고 미친 듯이 뛰던 그의 심장은 이제는 제 속도를 찾은 것 같았다. 안도의 한숨을 내쉬었다.

　낯선 남자의 손에 이끌려 강제로 차에 태워졌음에도 연수는 너무나 조용했다. 시동을 끈 후 고개를 돌렸을 때, 아이는 차창 밖을 물끄러미 바라보고 있었다.

　그제야 그의 눈에 연수의 모습이 오롯이 들어왔다. 무릎이 드러난 치맛단이 풍성한 흰색 미니드레스와 그 위에 걸친 옅은 회색의 밍크 볼레로. 무릇 '호텔에서 있던 행사에 참석하러 왔던 것이 아닌가?' 하는 생각이 들었다. 추울까 싶어 시동을 다시 건 그가 차량 히터의 온도를 높였다.

　"안녕……, 플루메리아!"

　딱히 어떤 말을 먼저 건네야 할지 모르던 그가 먼저 입을 열었다.

　그제야 연수가 고개를 돌려 처음으로 의진의 얼굴을 응시했다. 의미를 모르겠다는 눈빛 아래 숨겨진 관심의 표현. 혹여 기억하지 못할 수도 있었지만, 의진은 소녀가 자신에게 남긴 마지막 말을 건네고 싶었다. 오래전의 일이지만, 그가 기억하고 있다는 것은 알려주고 싶었다.

"연수야, 플루메리아 꽃말은 '축복받은 사람'이라고 했지?"

그 순간 아이의 눈동자가 크게 일렁였다.

이제까지 아무런 감정도 비치지 않던 맑고 커다란 눈. 그 눈빛이 달라졌음을 느낀 의진이 연수에게 먼저 손을 내밀었다. 그런데 손을 잡는 대신 연수가 두 손으로 얼굴을 감싼 채 소리 내어 울기 시작했다. 아주 서럽고 슬프게.

"흑...... 흑......."

갑작스럽게 우는 이유를 모르는 그의 손이 허공에서 떠돌다 연수의 머리에 닿았다. 어떻게 달래야 하는지 알 수 없었지만, 머리를 쓰다듬는 그의 입에서 "다시 만나서 반갑다, 꼬맹아!"라는 진심어린 인사가 새어나왔다.

하늘 위를 하얗게 수놓았던 함박눈이 그치고, 노을이 진 겨울 하늘이 조금씩 감노랗게 물들어가기 시작했다.

연수의 울음소리가 잦아들자, 의진이 재킷 안에 있던 손수건을 꺼내 내밀었다. 고개를 들어 그를 바라보는 얼굴 위로 눈물 자국이 선명했고, 채 떨어지지 못한 눈물이 커다란 눈 안에 그렁그렁했다.

심장이 조여들었다. '도대체 왜?'라는 말이 입 밖으로 나오려는 것을 의진은 간신히 참아내며 아이를 향해 환하게 웃어보였다.

"못 본 사이에 많이 컸네!"

그의 인사에 연수가 붉게 변한 눈을 크게 떴고, 눈가에 맺혀 있던 눈물이 의진의 손등 위로 똑 떨어졌다. 손수건을 들고 있는 그의 손마디에 힘이 들어갔다.

"뭐야? 설마 몰라보는 거야?"

울고 있던 아이를 앞에 두고 웃고 있는 가슴이 싸했다. 대답 대신 손수건을 받아든 연수가 눈물을 닦고 코를 풀었다. 그 모습을 보니 조금 안심이 되었다.

밀려오는 허기에 멋쩍은 듯 시간을 확인한 그가 차문을 열었다.

"배고프다. 잠시만."

오전부터 새로 탈고한 소설의 교정 작업에 매달리느라 점심도 거른 의진은 주차장 끝에 있는 간이매점으로 달려갔다. 그의 뒷모습에 연수의 시선이 머물러 있었다. 의진이 마지막으로 건넨 말을 들었을 때, 연수는 그를 기억해냈다.

엄마와 보낸 마지막 크리스마스.

호텔 로비에 놓인 인형의 집에서 눈을 뗄 줄 모르던 연수를 다정하게 부르던 엄마의 아름다운 모습도, 파티에서 사라져버린 일로 아빠에게 혼이나 울던 자신을 안아주던 따뜻한 품도, 그리고 돌고래와 놀던 자신의 모습을 바라보며 행복하게 미소 짓던 표정도 그날이 마지막이었다. 리조트를 떠나는 의진을 발견하고 손을 흔들었을 때, 그가 엄마에게 고개를 숙여 인사했다.

그리고 다음날 오후, 바닷가에서 엄마가 울었다. 너무나 어려서 이유는 알지 못했다. 예전처럼 웃지 않는 엄마의 모습에 불안했다. 그리고 하선이 집에 찾아온 날, 다시 울기 시작한 엄마. 너무나 슬퍼서 따라 울었는데, 잠에서 깨어나 보니 시연이 연수의 곁을 떠나있었다. 잊을 수 없는 기억과 고통.

아팠다. 아프다고 표현하고 싶은데 방법이 없었다. 우는 방법도 잊어버렸다. 발레를 할 때 몸이 아프다는 것을 느낄 때면, 몸이 대신 울고 있는 것 같았다.

그런데 오늘 의진이 건넨 말에…… 다시 울어버리고 말았다.

딸깍, 차 문이 열리는 소리에 멍하니 도심을 내려다보던 연수가 고개를 돌렸다. 매서운 바람이 파고들었다. 갑자기 밀려드는 한기에 연수가 몸을 부르르 떨었다.

"자, 핫초코야."

그가 내민 종이컵 위로 달콤한 초콜릿 향이 올라왔다.

의진의 긴 손가락을 내려다보며 연수가 받아들기를 망설이자, 상냥한 목소리가 귀에 다시 들려왔다.

"뜨거우니까 조심해."

망설이던 두 손을 들어 조심스럽게 종이컵을 받아들자, 그가 운전석에 앉은 후 차문을 닫았다.

"맛있는 것 사주고 싶은데, 아쉽지만 따뜻한 음식은 이것밖에 없다."

종이에 싸인 핫도그를 연수에게 건넸다. 받아들지 않자 의진이 자신의 핫도그를 무릎 위에 올려둔 후 연수에게 줄 핫도그의 포장을 벗겨 냈다.

"자……."

무심결에 종이 포장지를 반쯤 벗겨 낸 음식을 받아 바라만 보고 있는 연수의 표정을 확인한 그가 고개를 돌리고는 자신의 것도 포장을 벗겨 냈다. 아무런 말없이 핫도그를 베어 먹으며 창밖을 바라

청염 49

보는 그 모습에 연수도 조심스럽게 손 안에 쥐고 있던 핫도그를 한 입 베어 물었다.

"홍연수, 메리 크리스마스!"

고개를 올려 바라본 의진의 얼굴에 빛나는 미소가 가득했다. 그의 크리스마스는 행복해 보였다.

조금 전까지 그렇게 격하게 울어 놓고, 핫도그를 든 채 자신을 바라보는 맑은 눈동자와 마주치는 순간 의진의 머릿속은 수많은 생각으로 가득했다.

짧은 시간이었지만, 그의 기억 속 연수는 모르는 사람에게도 겁 없이 다가와 웃음을 건넬 만큼 마음이 열려 있었다. 그런데 지금의 눈앞에 있는 연수의 표정은 너무나 낯설었다.

주차장에 있는 차를 아무렇지도 않게 긁어 놓고, 그 모습을 목격한 자신을 보고도 당황하거나 도망치지 않았다. 그리고 그의 질문과 인사에도 좀처럼 반응을 보이지 않는 아이.

무엇이 연수를 이렇게까지 바꾸어 놓았는지 의진은 궁금했다.

연수가 반쯤 먹다 남긴 핫도그의 포장을 다시 여민 뒤, 어디에 놓아두어야 할지 망설이자 그가 손을 내밀었다.

"다 먹은 거야?"

연수가 말없이 고개를 끄덕였고 의진은 아이의 손에서 핫도그를 빼앗아 들었다. 포장을 다시 벗기고 남긴 핫도그를 남김없이 먹어치우자, 연수의 얼굴에 설핏 당황한 표정이 서렸다.

한 번도 자신이 남긴 음식을 누가 먹는 모습도 다른 사람이 먹던 음식을 함께 나누어 먹어본 적도 없는 연수에게 그의 행동은 너무나 낯설고 당황스러웠다. 너무나 잘 알고 있는 사이라는 듯 스스럼없이 다가서는 그의 행동도 그랬다.

그런 연수의 표정을 알아본 의진이 먼저 입을 열었다.

"하루 종일 굶어서 배가 많이 고팠거든."

그가 커피를 다 마신 후 홀더에 컵을 내려놓았고, 재킷 안에 들어 있던 휴대폰이 울렸다.

"죄송합니다. 급한 사정이 생겨서요. 집에 가서 말씀드리겠습니다. ……네."

몇 년 만에 한국으로 돌아온 그를 위해 마련된 가족 모임이었다. 약속된 저녁식사 자리로 향하던 중 연수가 사고를 치는 것을 우연히 목격했고, 호텔에 갔던 목적도 잊어버리고 함께 도망쳐 버린 것이었다.

순간의 선택이었지만, 그때의 상황을 다시 떠올려보아도 의진은 연수를 혼자 내버려두지 못했을 것이다. 보나마나 호텔은 난리가 났을 것이며, 가족들은 사라진 연수를 찾고 있을 것이다. 의진은 연수를 호텔에 다시 데려다 주어야 할지, 집으로 데려다 주어야 할지 망설였다. 통화를 마친 그가 연수를 물끄러미 쳐다보았다.

"집에 데려다 줄까?"

연수는 대답이 없었다.

"호텔로 다시 돌아가면 혼날 것 같은데……."

"……."

걱정스러운 눈빛을 바라보던 연수가 차창 밖으로 시선을 돌렸다. 호텔로 다시 돌아가도 돌아가지 않아도 상관없다는 듯.

또다시 사라져버린 감정.

"홍연수? 그럼 어디 가고 싶은 곳이라도 있니?"

연수가 고개를 돌려 의진을 바라보았다. 그가 진심으로 자신의
의견을 묻고 있다고 느낀 연수가 천천히 대답했다.

"조금…… 멀어요."

원하는 곳에 데려다 주겠다는 대답 대신 그가 환하게 웃어보였다.

파티에 초대된 인사들과 이야기를 나누고 있던 일안 곁으로 수행
비서인 도진이 다가왔다. 보고를 받은 일안의 표정이 굳었다.

"잠시 실례하겠습니다."

그와 이야기를 나누던 이들이 자리를 비켜주자, 주변을 다시 한
번 확인한 일안이 물었다.

"그래서, 피해 차량은?"

"8대입니다."

일안의 왼쪽 뺨에 미세한 경련이 일었다.

"손해를 입은 차량의 차주에게 비밀을 유지하는 조건으로 새 차
로 교환해주겠다는 의사를 전달했습니다. 호텔 측도 이 일로 시끄러
워지는 것을 원하지 않고, 그 정도 보상이면 사과의 뜻을 전달하기
에는 과할 정도로 충분하다고 흔쾌히 받아들였습니다."

"연수는?"

"저…… 그게……."

망설이는 목소리에 일안의 눈빛이 차가워졌다.

"도망갔습니다."

"뭐?"

"주차요원이 달려갔을 때는 한 남자와 차를 타고 호텔을 급히 빠
져나갔다고 합니다. 목격자 말이, 둘이 아는 사이 같다고……."

홍 회장의 표정이 굳어졌다.

"연수 보디가드들은 그동안 뭘 하고?"

"한 명에게는 호텔 내 플라워 숍에서 꽃을 사다 달라고 부탁한 후 단체 관광객들로 로비가 혼란한 틈을 타서 도망쳤던 것 같습니다."

오늘 같은 연수의 돌출행동은 처음 있는 일이 아니었다.

잔잔한 호수 같은 아이였다.

시연이 죽고 6개월 만에 일안은 정신병원에 있던 연수를 데리고 집으로 돌아왔다. 더 이상 울지도 웃지도 않는 연수가 다시 반응을 보인 것이 하선이 예지를 데리고 집으로 들어온 날이었다.

거실을 날카롭게 가르는 연수의 비명은 그칠 줄 몰랐다. 아이를 안고, 흔들고, 달랬지만 가는 목에 시뻘건 핏줄이 올라와도 비명을 멈추지 못하는 어린 딸아이의 모습에 일안은 처음으로 두려움이라는 것을 느꼈다. 연수도 시연을 따라갈 것 같은.

그날 이후 일안은 연수를 내버려두었다. 아이가 원하는 대로 할 수 있도록 모든 것을 허락했다. 연수가 무슨 짓을 하던 일안은 화를 내지도, 반대하지도 않았다. 수행원들을 붙이는 것을 극도로 싫어해서 평상시에는 운전기사만 붙여두었지만, 이맘때만 되면 연수가 치는 어처구니없는 사고 때문에 한시도 마음을 놓을 수 없었다.

매장에 진열되어 있는 고가의 도자기를 의도적으로 깨뜨리거나, 오늘처럼 다른 이의 차를 보란 듯이 긁어 놓는 것은 이제 일상적인 일이 되어버렸다. 특히 가족이라는 이름하에 하선과 동행해야 되는 때 연수의 그런 돌출행동이 더 심해졌다.

"누군지, 빨리 알아봐! 연수도 찾아내고!"

"남성의 신원을 알아냈습니다만, 저…… 그게…… 송만섭 판사님 둘째 아들입니다."

일안이 놀라 고개를 돌렸다. 그의 눈빛은 연수를 데리고 간 녀석이 자신이 알고 있는 그 송의진이 맞는지 묻고 있었다.

"호텔 일식당에 송 판사님 이름으로 예약되어 있었습니다. 아마도 가족 모임에 오는 길이었던 것 같습니다."

"어떻게 할까요?"

홍 회장은 하와이에서 의진이 연수를 만난 적이 있었던가를 떠올려 보았지만 기억이 나질 않았다.

"어디 있는지 위치만 알아봐. 그리고 소란 피우지 말고 조용히 연수만 데리고 오고."

오래된 기억이었지만, 자신을 응시하던 송의진의 차가운 눈빛이 떠올라 일안은 인상을 쓰고야 말았다. 그 녀석이 왜? 우연이었겠지.

도진이 자리를 뜨자 일안이 몸을 돌렸다. 그의 시선 끝에 연회장 한쪽에서 미소를 지으며, 제 엄마와 이야기를 나누고 있는 예지의 모습이 눈에 들어왔다.

차가 어둠이 깔린 공원묘지 입구에 도착하자, 연수는 망설임 없이 먼저 차에서 내렸다. 그가 호텔이든, 집이든 원하는 곳에 데려다주겠다고 했을 때 아무런 반응을 보이지 않던 연수가 가고 싶다고 말한 곳이 이곳이라는 사실에 의진은 놀랐었다.

빌려 입어 헐렁한 모직코트를 어색하게 걸치고 저만치 앞서서 걸어가는 아이의 뒷모습을 바라보며, 의진은 머릿속에 떠오르는 수많은 궁금증에 대한 답을 찾고 있었다.

'그동안 네게 무슨 일이 있었던 거니?'

가녀린 몸이 휘청거릴 정도로 매서운 칼바람이 불었지만, 연수는 언덕을 오르는 것을 멈추지 않았다. 칠흑빛 대기 사이로 퍼지는 가로등 불빛과 바람 소리만이 그들 사이에 존재했다. 재회 후 처음으로 보이는 적극적인 행동이었지만, 바람에 나부끼는 머리카락과 코트 자락 때문인지, 위태롭게 보여 의진은 시선을 뗄 수 없었다.

커다란 회전문을 힘겹게 밀고 연수가 대리석이 깔린 차가운 중앙 홀 안으로 혼자 들어서자, 그 뒤를 쫓는 의진의 발걸음이 빨라졌다. 알 수 없는 불편함. 안타까움. 차가운 대리석 바닥을 지나, 납골당 안으로 들어선 연수가 멈춰 섰다. 코트 주머니에서 빠져나온 손을 들어 조심스럽게 유리벽을 쓰다듬었다. 연수의 옆모습을 바라보던 의진의 시선이 천천히 돌아갔다.

그곳에 낯익은 여인의 얼굴이 있었다. 서른여섯 꽃다운 나이에 세상을 떠난 홍연수의 엄마, 지시연이 잠들어 있었다. 그리고 그 순간 의진은 그날이 연수가 엄마와 보낸 마지막 크리스마스였다는 것을 알았다.

사진 속의 엄마의 모습을 보며 흐느끼는 아이를 품에 안고 의진은 오랫동안 그 자리에 서 있었다. 아무것도 물을 수도 없었고, 울지 말라고 달래줄 수도 없었다. 의진이 연수를 다시 차에 태우고 서울로 돌아왔을 때 시간은 이미 자정이 지나 있었다. 집 주소를 물어도 좀처럼 대답하지 않는 연수의 모습에 망설이던 그가 경찰서로 차를 돌리려는 순간 그들이 탄 차 앞으로 검은색 세단이 갑자기 끼어들었다. 급브레이크를 밟았다.

순간적으로 앞으로 몸이 쏠리면서도 조수석을 향해서 팔을 뻗은 손에 아이의 쇄골이 닿았다. 연수가 놀라 잠에서 깨어났다.

"괜찮아?"

놀란 질문에 대답하지 못한 채 연수가 잠에서 깨기 위해 눈을 비비는 사이, 앞차에서 한 남자가 내려섰다. 검정 코트를 입은 무표정한 남자의 얼굴에 의진은 인상을 찡그렸다. 화가 난 그가 막 운전석 문을 열려는 순간 뜻밖에도 남자는 조수석 쪽으로 다가왔다.

똑, 똑. 조수석 창문을 두드리는 남자의 얼굴을 확인한 연수가 아무 말 없이 차에서 내려섰다.

"홍연수?"

영문을 몰라 그가 연수를 불렀다. 대답 없이 남자를 따르던 연수가 갑자기 몸을 돌려 차로 돌아왔다. 입고 있던 의진의 코트를 벗어 개켰다. 그리고 조수석 시트 위에 살포시 올려두었다.

"연수야?"

그의 얼굴을 본 연수가 고개만 숙여 부언의 인사를 했다.

의진은 도심의 어둠 속으로 사라져 가는 검은 세단에서 한동안 시선을 떼지 못했고, 무표정하게 인사를 건네던 연수의 얼굴을 떠올렸다.

'홍연수…… 도대체…… 너는?'

수많은 의문과 걱정 속에 그의 가슴 속에 연수는 다른 기억을 새겼다. 그리고 한 달의 시간이 지났다.

그 해 서울의 겨울은 어느 때보다 춥고 매서웠다.

*

"그래서 3월까지 한국에 있겠다고? 인마, 튕겨도 정도껏 튕겨라.

너 그러다 개털 된다."

격양된 토마스의 말에 의진은 피식 웃음을 흘렸다.

하버드를 최고의 성적으로 마치고 숨마 쿰 라우데(Summa cum laude)와 토머스 후프스상까지 수상한 그에게 수많은 기업과 로펌에서 함께 하자며 손을 내밀었지만, 대학 졸업 후 의진은 맨해튼에 있는 작은 법률 사무소에서 인턴으로 일하며 새 소설을 쓰기 시작했다.

E.J라는 필명으로 내는 두 번째 소설이었다.

2년간의 집필을 마치고, 한국에 돌아온 의진은 두 달 정도는 어머니와 함께 시간을 보내고 싶었다. 다시 미국으로 간다면 언제 한국으로 돌아올지 기약할 수 없었다. 쓰고 싶던 글도 마쳤으니, 이번에 나간다면 전공을 살려 변호사로서 일을 배워볼 예정이었다.

"그래서 그동안 뭐 할 건데?"

"글쎄?"

"배부른 자식!"

"나 없는 동안 재미있게 보내라!"

심드렁한 대답에 화가 난 토마스는 거칠게 전화를 끊었다. 열네 살 때부터 함께 한 인연은 가족만큼 깊었다.

의진이 1층으로 내려갔을 때 만섭은 전화 통화를 하고 있었다.

"네, 한 번…… 이야기는 해보겠습니다."

계단을 내려오는 아들을 발견한 만섭이 손짓으로 의진을 불렀다.

"네, 들어가십시오."

통화를 마친 그가 서 있는 의진을 올려다보았다.

"이야기 좀 하자구나."

의진이 맞은편 소파에 앉았다.

"3월까지는 한국에 있을 예정이라고?"

"네."

"그동안 뭘 할지 계획이라도 있는 게냐?"

아들에게 의사를 묻는 만섭의 태도가 조심스러웠다. 그가 지금의 아내와 재혼하고 두 부자가 함께 산 것은 7개월 남짓, 의진에게 아버지가 어려운 것처럼 의진 또한 그에게는 편안한 아들이 아니었다. 부족한 부모 때문에 너무나 일찍 철이 들어버린 아들.

"아니요, 아직……."

"그래? 그럼 내일 누굴 좀 만나고 왔으면 하는데."

아들을 바라보는 그의 표정에 기대감이 서렸다.

'변호사 김만익' 이라 쓰인 낡은 명패가 붙은 철문 앞, 의진은 크게 심호흡을 한 후 문을 열고 사무실 안으로 들어섰다. 비좁은 사무실에 있는 두 개의 커다란 책상과 낡은 소파 그리고 여기저기 흩어진 서류에 얼굴을 파묻고 있는 백발의 남자가 눈에 들어왔다.

"저……."

의진의 목소리에 그제야 남자가 고개를 들고 그를 바라보았다. 두꺼운 돋보기안경 아래로 비치는 남자의 눈매가 제법 매서웠다.

"안녕하십니까, 송의진이라고 합니다. 아버지께서 찾아뵈라고 하셔서 왔습니다만……."

그 인사에 만익이 돋보기를 벗어 책상 위에 아무렇게나 던져놓고 자리에서 일어섰다.

"앉지."

그가 자신의 책상과 출입구 사이에 놓인 낡은 소파를 가리키자,

의진은 고개를 숙여 인사를 한 후 자리에 앉았다.

"차는 다방커피밖에 없는데, 괜찮나?"

만익이 전기 포트의 전원을 켜자, 의진이 일어나 성큼 다가갔다.

"네, 제가 하겠습니다."

어느새 자신의 곁에 다가와 종이컵을 받아든 의진을 살피는 만익의 눈빛이 날카로웠다. 테이블 위에 컵이 놓이고, 의진이 다시 자리에 앉자 만익이 먼저 입을 열었다.

"자네 아버지 얘기로는 하버드를 수석으로 졸업을 했다고 하던데?"

"네."

"다시 나갈 예정이라고 들었는데, 맞나?"

"네, 지금 하고 있는 일이 있어서 마무리되는 대로 3월에는 다시 나갈 예정입니다."

"그래?"

"네."

"나에 대해서는 들었나?"

의진의 눈에 당황스러움이 고스란히 드러났다. 그 모습에 만익은 피식 웃어버렸다.

"나쁜 눈이야!"

"네?"

"변호사가 되기에는 나쁜 눈이라고!"

갑작스러운 지적이었지만 의진의 눈동자는 빛났다.

"아직 경험이 없어서 그렇다고는 해도 너무 착한 눈을 가지고 있으면, 잡아먹히기 딱 십상이지."

부친의 대학 때 스승이라는 노장의 인권변호사. 몇 마디 말과 눈빛만으로 사람을 꿰뚫어보는 직관력에 감탄하며 의진은 온화한 미소를 지었다.

"한 번 해보겠나?"

"뭘 말씀입니까?"

"일!"

"저는 아직……."

"오래는 아니고 딱 두 달만. 내가 개인적 사정으로 두 달 동안 사무실을 비워야 하는데, 사무실을 마냥 비워둘 수는 없고, 그렇다고 자네에게 소송 일을 맡길 수도 없고, 한 가지 일만 제대로 해주면 되는데…… 보수도 굉장히 높아."

그의 의사와는 상관없다는 듯 밀어붙이는 만익을 향해 의진은 단호하게 대답했다.

"죄송하지만, 한국에 있는 동안 일을 할 생각은 없습니다."

거절 의사에도 만익은 집요했다.

"그러지 말고 한 번 생각해보게. 자네라면 잘해낼 수 있으리라 생각하네! 어디 보자……."

결국 의진의 의사는 별로 중요하지 않다는 듯 책상 앞으로 간 만익은 서류철을 뒤져 그의 앞에 파일을 하나 내려놓았다.

"한 번 살펴보게. 5년 전에 내가 부탁 받은 일이네. 이제 조금씩 처리해주어야 하는데, 내게 좀 다급한 사정이 생겨서 말이야. 더도 말고 덜도 말고 딱 두 달만 부탁하네."

부친의 말이 없었다면 의진은 이곳에 오지 않았을 것이다. 그런데 부친의 연로한 스승이 간곡히 청하고 있었다. 망설이던 의진은 자신의 앞에 놓인 파일을 열었다.

"그 아이를 위해 아이 엄마가 전 재산을 신탁하며, 내게 부탁한 내용이네."

이야기에 귀를 기울이며 자신 앞에 밀어준 서류철을 한동안 내려다보던 의진은 잠시 망설였다.

거절하고 싶었다.

한국에 들어온 목적은 명확했고, 그는 계획 밖에 있는 일에 발을 담그는 것을 원치 않았다. 하지만 어느새 그는 자신도 모르게 서류를 넘기고 있었다. 그리고 그의 시선이 닿는 곳에 오랫동안 그가 가지고 있던 사진 속 소녀가 있었다. 부친의 스승, 김만익 변호사가…… 홍연수, 그 아이를 의진에게 부탁하고 있었다.

"연수는 내게는 손녀 같은 아이일세. 그 아이 엄마, 시연이가 내게는 친딸이나 다름없었으니……."

만익은 기억을 더듬는 듯 두 눈을 감았다.

"세진그룹 홍일안 회장이 그 아이의 아비일세."

뜻밖의 사실에 놀란 의진의 표정이 굳었다.

"홍일안, 그 짐승만도 못한 놈이 14년 동안 자신의 정부를 옆에 끼고 있었네. 그것도 모자라 연수와 시연이 사는 집을 제 집처럼 드나들게 했지. 김하선은 오랫동안 홍일안의 정부이자 그놈 비서였으니까. 시연인 그 사실에 충격을 받았고, 그리고…… 이곳에 다녀간 날 그 아이가 목숨을 끊었네. 불행하게도 연수, 그 어린 것이 그 모습을 목격한 모양이야."

무심코 서류를 넘기던 의진의 손이 멈추었다. 숨을 쉴 수 없었다.

심장이 조여드는 것 같았다.

"연수는 그 충격으로 제 엄마를 잃고 나서 반년 동안 정신병원에 입원해 있었네. 그리고 연수가 퇴원한 지 두 달 뒤…… 홍일안은 김하선과 재혼을 했지."

만익은 흔들리는 의진의 눈동자를 뚫어지게 바라보았다.

"내가 자네에게 이 일을 왜 맡기려고 하는지 아나?"

아무런 대답을 하지 못했다.

"자네 눈빛 때문이라네. 자네가 연수라는 아이를 몰라도 적어도 측은지심 정도는 가져줄 수 있을 것 같아서."

의진의 눈동자가 일렁였다.

제 이복형에게 몇 달 동안 매를 맞으면서도 어미의 행복을 위해 그 사실을 말하지 못했던 어린 의진의 성정을 만익은 알고 있었다.

"일이라고 해봤자 거창한 것은 아니지만 연수, 그 아이를 위해서는 필요한 일이니까……. 해보겠나?"

의진은 망설일 수 없었다. 거절할 수 없었다.

그렇게 해맑던 연수가 지금은 어떻게 바뀌었는지 그의 눈으로 직접 보아버렸기 때문이었다. 그리고 의진의 가슴 속에 홍연수라는 아이의 이름이 안타까움으로 각인된 날이었다.

연습을 마친 연수가 발레아카데미를 빠져나오자, 언제나처럼 학원 앞에서 연수를 기다리고 있던 운전기사가 차의 뒷좌석 문을 열어주었다. 집으로 돌아가기 싫다는 의미로 고개를 저어보인 연수는 차에 올라타는 대신 무작정 걸었다.

1월 말, 매서운 겨울바람이 옷깃 속까지 파고들었다.

어디로 갈까 망설이던 연수는 지하철역으로 들어갔다. 중학교에 입학한 이후에는 혼자서 마음껏 서울 시내를 돌아다녔으니, 이제 혼자 지하철을 타고 버스를 타는 것에는 익숙해져 있었다.

목도리도 없이 얇은 캐시미어 코트 하나만 걸친 채 한 시간 가까이 혼자서 거리를 헤맨 아이의 볼과 귀는 어느새 빨갛게 얼어 있었다.

경복궁으로 향하던 연수의 시선을 공연 안내 게시판이 붙잡았다. 러시아 노보시비스크 국립발레단의 '백조의 호수' 포스터.

사냥을 나왔다가 악마 로트바르트의 마법에 걸려 백조가 되어버린 오데트 공주의 모습을 우연히 호숫가에서 보게 된 지크프리트 왕자는 그녀와 사랑에 빠진다. 악마의 마법에 걸려 낮에는 백조의 모습으로 밤에는 사람의 모습으로 살아가야 하는 오데트 공주.

로트바르트의 마법을 풀어줄 수 있는 것은 진정한 사랑뿐이라는 오데트 공주의 슬픈 사연에 지크프리트 왕자는 그녀에게 사랑을 맹세하고 헤어진다. 그리고……

포스터에서 한동안 눈을 떼지 못하고 그 자리에 서 있던 연수가 공연 날짜를 확인한 후 가방에서 수첩을 꺼내 들었다. 막 수첩을 펼쳐들려는 연수의 귓가에 낯익은 목소리가 들려왔다.

"홍연수?"

이름을 부르는 소리에 연수가 고개를 돌렸다.

송의진, 그 사람이 놀란 표정으로 자신을 바라보고 있었다.

예상하지 못했던 일을 수락하고 변호사 사무실을 나와 세종로까지 걸어 나온 의진의 시야에 한 소녀의 모습이 들어왔다.

발레 공연 포스터에서 눈을 떼지 못하는 아이.

얼마나 오랫동안 그 자리에 서 있었는지 연수의 흰 뺨과 머리카락

사이로 드러난 귀는 이미 빨갛게 얼어 있었다.

크리스마스이브, 그렇게 헤어지고 연수에 대해 궁금한 점이 있었지만 오늘 그는 너무나 많은 것을 한꺼번에 알아버렸다. 혹여 연수가 '도망쳐 버리지는 않을까?' 하는 불안함에 아이에게 무작정 다가가 먼저 인사를 건넸다. 수첩을 들지 않은 아이의 빈손을 잡았을 때 손바닥에 닿는 차가움에 흠칫 놀랐다. 꽁꽁 얼어버린 손을 잡고 끌다시피 해 따뜻한 곳을 찾아 시선을 움직이는 의진의 심장은 가파르게 뛰었다.

'홍연수'라는 아이가 홍일안 회장의 딸이라는 사실보다 지시연의 자살 소식이 의진을 송두리째 흔들었다. 어린 딸아이를 바라보던 시연의 눈빛, 그가 찍은 사진 속 그녀는 행복해 보였다. 그런데…….

온몸이 꽁꽁 얼어 있는 연수가 의진의 손에 이끌려 커피숍 안으로 들어섰다.

바깥과의 온도 차 때문인지 갑자기 따뜻한 곳에 들어오사, 연수의 머릿속은 울리는 것 같았다. 아이의 멍한 표정에 의진이 실내 안쪽에 위치한 소파에 연수를 앉혔다. 어지러운지 이마귀를 한 손으로 매만지는 연수를 한참 동안 바라보던 그가 먼저 말을 건넸다.

"우연치고는 너무 극적인데."

그의 알 수 없는 말에 연수의 눈이 동그래졌다.

차를 주문하고 카운터 앞에서 기다리던 의진이 연수를 향해 고개를 돌렸을 때 아이는 테이블 위에 놓아둔 자신의 핑크색 수첩을 멍하니 내려다보고 있었다. 주문한 차를 들고 그가 자리로 돌아오자 연수가 무엇인가 수첩에 적고 있었다.

"뭐야?"

연수가 느린 동작으로 수첩을 덮고, 입을 열었다.

"발레…… 공연 일이요."

"그래?"

연수가 고개를 끄덕였다.

"같이 가도 돼?"

연수가 고개를 갸웃거렸다.

"그 공연 같이 보러 가도 되냐고 네게 묻는 거야."

허락을 구하는 의진은 환하게 웃었고, 연수는 자신 앞에 앉아 있는 그의 얼굴을 오랫동안 바라보았다.

송의진.

이 사람은 항상 행복해 보인다. 아니, 하와이에서 만났을 때는 아파보였는데, 지금은 행복한 것 같았다. 그리고 볼 때마다 미소를 짓고 있었다. 연수는 '백조의 호수' 공연을 꼭 보러 가고 싶었다. 자신만의 영역에 누군가가 들어오는 것이 익숙하지 않았지만, 이 사람은…… 괜찮을 것 같았다.

"네."

간결한 대답에 의진의 얼굴에 온화한 미소가 다시 떠올랐다. 나쁘지 않은 사람 같았다. 추위에 꽁꽁 얼어 있었던 손이 온기에 부드러워졌다. 수첩에 그 약속을 적는 연수의 손이 살짝 떨리고 있었다.

"하아, 하아, 하아……."

세종문화회관 아래의 그 많은 계단을 단숨에 뛰어오른 후 숨이 가쁜 듯 의진 앞에 선 연수가 코트의 앞섶에 오른손을 올린 채 헐떡였다.

"죄송해요······ 하아, 하아! 차가 너무 많이 막혀서······."

미안한 눈빛으로 자신을 보는 연수에게 의진은 웃으며 대답했다.

"아니, 나도 금방 왔어."

그의 손이 아이의 머리를 다정하게 쓰다듬었다. 그제야 안심이 된 듯 연수가 가볍게 고개를 끄덕였다. 순간 아이의 얼굴에서 살짝 미소를 본 것 같다는 착각이 들었다. 연수를 데리고 공연장 안으로 들어서기 전 의진은 공연 팸플릿을 사서 연수에게 건넸다.

"자."

받아들기를 망설이는 표정에 다시 가볍게 손목을 들어보였다.

"받아! 함께 처음으로 발레 공연을 보러 온 기념이야."

기념이라는 말이 낯설었지만 연수는 그가 건넨 팸플릿을 조심스럽게 두 손으로 받아든 후 고개를 숙였다.

"감사합니다."

공연 시작을 알리는 버저(buzzer)가 울리고, 어둠이 내려오자 오케스트라의 연주를 시작으로 제1막이 시작되었다. 커다란 무대에 시선을 고정시킨 채 발레 공연을 보는 아이의 눈빛은 반짝였다. 연수의 표정에는 조금씩 변화가 생기기 시작했지만, 정작 의진은 공연에 집중하지 못했다.

'나에게 다녀간 날 시연이가 목숨을 끊었네, 불행하게도 연수, 그 어린 것이 그 모습을 목격한 모양이야.', '자네가 연수라는 아이를 몰라도 적어도 측은지심 정도는 가져줄 수 있을 것 같아서······.'

만익에게 들었던 말이 의진의 머릿속을 헤집었다. 자신이 선택한 일이 이 아이에게 어떤 영향을 끼치게 될지 처음으로 두려운 생각이 들었다. 그리고 확신할 수 없었다. 자신의 선택이 과연 옳은 것이었는지에 대해서.

휴식 시간에 연수를 데리고 홀로 나온 의진은 연수에게 차를 권했다. 팸플릿을 사준 기념으로 자신이 커피 값을 내겠다는 아이의 말에 의진은 나직이 소리 내어 웃었다. 차를 마신 후 의진이 화장실에 간 사이 연수는 공연 기념품을 둘러보고 있었다.

연한 핑크색의 공연용 공단 발레슈즈가 눈에 들어왔다.

다섯 살 때부터 발레를 시작했지만, 연수는 아직 신어보지 못했기에 더 손이 갔다. 손끝에 닿는 부드러운 감촉에 연수가 오랫동안 신발을 만지작거렸다.

"홍연수, 그거 내가 사줄까?"

뒤에서 낯선 목소리가 들렸다.

화들짝 놀라 고개를 돌린 연수의 눈에 자신을 빤히 쳐다보는 이의 눈동자가 들어왔다. 강지윤, 예지 언니의 남자친구, 그가 자신을 바라보고 있었다.

"연수야!"

의진의 목소리에 연수가 고개를 돌렸다. 그가 손짓하고 있었다.

아쉬움을 뒤로 한 채 손에 들고 있던 토슈즈를 테이블 위에 내려놓고, 연수는 그를 향해 총총히 걸어갔다. 연수가 곁에 다가서자, 의진은 언제나처럼 부드럽게 웃어보였다.

연수의 머리를 다정하게 쓰다듬어주는 낯선 남자 얼굴을 본 순간 지윤은 미간을 좁혔다. 누구지? 처음 보는 사람이었다. 홍연수에게 저렇게 친근하게 다가서는 사람이 있다는 사실에 지윤은 저도 모르게 인상을 쓰고야 말았다. 공연의 재시작을 알리는 버저 소리에 지윤이 다시 시선을 떨구었다.

아쉬움이 섞인 그의 눈빛만이 발레슈즈 위에 맴돌았다.

공연을 본 후 밖에 대기하고 있던 차에 올라타기 전 연수가 의진에게 남긴 말이 떠올랐다.

'원래 차이콥스키의 음악은 비극을 전제로 쓴 것이래요.'

그랬다.

그들이 함께 본 '백조의 호수' 결말은 지크프리트가 악마를 물리치고 둘이 행복을 찾는 결말이었지만, 차이콥스키의 원작은 운명의 소용돌이에 휩싸인 오데트 공주와 지크프리트 왕자의 비극적 사랑 이야기였다. 비극적 결말은 인민을 감상주의적 사고방식에 빠뜨릴 수 있다고 하여, 구소련 시대에는 환상적인 이야기 구조를 가진 스토리는 금지되었다.

현대에는 안무가의 따라 비극과 해피엔드의 두 가지 해석이 존재했지만, 막상 연수의 입을 통해 '비극'이라는 단어를 들은 의진은 적잖게 충격을 받았다. 그리고 그 순간 의진은 공연을 보는 내내 자신을 괴롭혔던 의문에 대한 답을 찾아냈다.

적어도 자신이 만익을 대신해 아이를 돌봐주는 두 달 동안만은 연수의 입에서 '비극'이라는 단어가 다시는 나오지 않기를 간절히 바랐다. 그리고 연수가 전처럼 행복하게 웃을 수 있기를.

의진은 책상 위에 펼쳐둔 서류로 눈을 돌렸다.

지시연은 연수가 열여섯 살이 되는 해부터 아이가 사용할 수 있는 계좌를 따로 만들어 두었다. 또한 아이가 원하면 유학을 보내달라는 부탁도 잊지 않았다. 하지만 부친인 홍 회장의 허락 없이 연수가 유학을 갈 수 있을지 만무했고, 의진은 아직 연수에 대해서 잘 알지 못했다. 만익이 남겨 놓은 연수의 파일에는 매주 금요일 발레연습을 마치면 아이가 집에 가지 않고, 들르는 몇 군데 장소들이 적혀 있었다.

우연을 가장한 만남, 그 속에서라도 의진은 연수가 웃는 모습을 보고 싶었다. 시간을 확인한 후 서둘러 사무실을 나서는 그의 발걸음이 빨라졌다. 가슴에 모락거리는 작은 소망과 함께.

언제나 그렇듯 연수는 금요일 발레연습을 마치고 기다리고 있던 차를 돌려보낸 후 지하철역으로 향했다. 시청역에서 내려 덕수궁 돌담길을 천천히 걸었다.

겨우내 앙상함만이 가득했던 나뭇가지에 작은 꽃눈들이 아기자기 하얗고 보송한 솜털을 머금고 예쁘게 돋아 있었다. 나뭇가지 사이로 스며드는 따뜻한 햇살 아래 서 있는 것이 눈부셔 고개를 돌리던 연수가 이름을 부르는 소리에 손을 내렸다.

"홍연수."

짙은 카멜색 코트, 그린 스트라이프 티셔츠에 검은색 바지를 입은 단정한 차림의 남학생이 연수를 내려다보고 있었다.

일주일 전에 공연장에서 마주쳤는데…….

언니의 남자친구, 그와 또 만났다. 예지를 따라 집에 간혹 놀러 오는 경우가 있었지만, 최근 들어 언니가 없는 곳에서 지윤과 마주치는 일이 잦아졌다. 언제부터였을까?

"어디 가는 길이었니?"

연수는 대답하지 않고, 그의 얼굴만 빤히 쳐다보았다. 여간해서는 언니와 이야기를 나누지 않는 것처럼 이 사람과도 이야기를 나누어본 적이 없었다. 아니 한 번 있었다. 집에 처음 놀러 왔던 날, 예지가 키우는 개, 루스가 가지고 놀던 야구공이 누구 것인지 궁금해 했다. 그때 뭐라고 대답했더라? 기억이 나지 않았다.

지윤이 한 발짝 다가오자, 연수는 한 발짝 뒤로 물러섰다.

"아직 추운데, 왜 이러고 다녀?"

모든 것을 다 알고 있다는 듯 바라보는 눈빛이 연수는 불편했다.

"괜찮으면……, 어디 들어가서 따뜻한 차라도 마실래?"

거절의 대답으로 연수가 고개를 저었다. 실망하는 지윤의 시선을 피했다.

그 사람이다!

송의진, 그가 걸어오는 모습이 연수의 시야에 들어왔다. 발걸음을 옮기려는 순간 지윤이 손목을 붙잡았고, 연수는 움찔 놀라 고개를 돌렸다.

"저기……, 이것 가져가! 네게 주려고 샀어."

네? 그가 왜 자신에게 이것을 주는지 이유를 묻기도 전에, 연수의 왼손에 작은 종이가방을 쥐여준 지윤이 성급히 뒤돌아가 버렸다.

"연수야?"

고개를 돌렸을 때 눈부신 햇살을 등지고 의진은 연수를 보고 있었다. 그의 웃는 모습이 '예쁘다!' 라는 생각이 처음 들었다. 하얗고 보드라운 솜털이 돋아난 꽃눈처럼 그 미소는 따뜻했다.

"그동안 잘 지냈니? 어디 가는 길이었어?"

손에 들려진 종이가방을 내려다본 연수가 다시 고개를 들었다.

"그냥 날씨가 좋아서…… 산책하고 있었어요."

"그래? 어디 가는 길은 아니었다는 거네."

들뜬 목소리에 연수는 고개를 끄덕였다.

"그럼…… 네게 보여주고 싶은 곳이 있는데 같이 갈 수 있니? 가까운 곳인데."

그는 오늘도 행복해 보였다. 의진의 제안에 연수는 말없이 고개를 주억거렸다. 동행하는 길에 갑자기 멈춰선 그가 연수를 향해 손을 내밀었다. 연수가 놀라 눈을 동그랗게 떴다.

"내 손이 부끄러운데……."

연수가 주저주저 손을 내주었다. 기온은 낮았지만 오후에 내리는 햇살은 봄이 곧 올 것이라는 것을 알려주려는 듯 나른함이 느껴질 정도로 포근했다. 의진은 연수와 함께 보폭에 맞추기 위해 느리게 걸었다.

집으로 돌아갈 방법을 찾아줄 마법사를 만나기 위해 붉은 벽돌 위에 새겨진 황금색 벽돌 길을 따라 오즈를 여행하는 도로시처럼, 연수도 그와 벽돌 위에 새겨진 노란 벽돌을 따라 조용히 걸었다. 인도 위에 서 있는 커다란 전신주에 길이 막히자, 의진이 연수를 끌어당겼다. 가볍게 스치던 그의 몸에서 블루 컬러의 바다처럼 청량한 향기가 났다. 연수의 손이 떨렸다.

마침내 그들이 도착한 곳은 작고 아담한 공원이었다.

"어때, 예쁜 공원이지?"

연수가 고개를 끄덕였다. 정동貞洞 뒤편에 이런 공원이 있다는 사실을 처음 알았다.

"여름이 되면, 또 다른 느낌이 들 거야."

한여름의 풍경을 미리 알려주는 의진의 말에 의아해 그를 올려다보았다. 부드러운 표정과는 달리 날렵하면서도 선이 뚜렷한 턱과 이목구비를 한 그의 옆모습이 연수의 눈에 들어왔다.

'잘생겼구나!'

연수의 입가에 희미하게 미소가 걸렸다.

고개를 돌리던 의진의 눈에 아이가 웃는 모습이 들어왔다. 공원이 마음에 든 것이겠지. 잡고 있던 손에 힘이 들어갔다. 같은 자리 다른 꿈, 연수가 자신을 보고 해사하게 웃고 있다는 사실을 정작 의진은 알지 못했다.

"그 종이가방은 뭐야?"

연수가 시선을 떨구었다.

"몰라요."

"뭐?"

연수가 무릎에 종이가방을 올리고, 안에 들어 있던 가늘고 긴 상자를 꺼냈다. 뚜껑을 열자, 그 안에는 그와 공연을 보러 간 날 보았던 공연용 발레슈즈가 들어 있었다.

"발레슈즈네."

연수는 대답하지 못하고 자신의 무릎 위에 놓인 신발만 내려다보고 있었다. 이걸 왜?

"선물…… 받은 거야?"

"네?"

"선물 받은 거 아니야?"

왜 강지윤이 자신에게 이 발레슈즈를 건네주고 갔는지 알지 못했기에 당황스런 표정이 연수의 얼굴에 나타났다 곧 사라졌다.

"연수야? 유학 가고 싶다고 생각한 적은 없니?"

그의 다른 질문에 연수가 고개를 돌렸다. 가슴이 뛰었다.

"발레 공부하러 유학 갈 생각해본 적 없었니?"

고개를 숙여 무릎 위에 놓인 발레슈즈를 다시 내려다보았다.

"한 번도…… 생각해본 적 없어요……."

발레를 하는 이유는 있었지만 사실이었다.

빠른 대답에 의진은 마음이 아렸다.

"그렇다면 이제부터 한 번 고민해보는 것은 어떨까? 발레를 끝까지 할 생각을 조금이라도 가지고 있다면."

왜 의진이 자신이게 이런 말을 하는지 연수는 이해할 수 없었다. 엄마가 곁에 있을 때는 발레가 너무 좋았는데, 지금은…… 발레를 하는 것이 너무 아팠다. 그래도 연수는 포기할 수 없었다. 울고 싶은데 울음이 나오지 않을 때 발레를 하면 몸이 대신 울어주는 것 같았기에.

"연수야, 넌 원래 잘 웃는 아이잖아. 발레도 울기 위해서 하는 것보다 웃기 위해서 하면 더 행복하지 않을까?"

순간 연수의 가슴 위에 무엇인가 '쿵!' 하고 떨어져버린 것 같았다. 자신이 왜 발레를 하는지 그에게 말한 적이 없는데, 의진은 모든 것을 알고 있다는 듯 웃으라고 말하고 있었다. 가슴속에서 순식간에 터져버린 슬픔은 결국…… 연수의 커다란 두 눈을 타고 흘러내렸다. 상자 안에 들어 있는 핑크색 공단 신발 위로 눈물이 떨어져 얼룩을 남겼다.

그의 손등이 연수의 볼에 닿았다. 따뜻했다. 흘러내린 눈물을 부드럽게 닦아주는 손길에 가슴 속에 있던 무엇인가 와르르 무너져 내린 것 같았다.

"흑…… 흑……."

왜 이 사람 앞에서는 자꾸 우는 모습만 보이게 되는 걸까? 울지 않으려고 입술을 깨물어보고, 눈에 힘도 주었지만, 참으려고 해도 눈물이 멈춰지지 않았다. 연수의 입 밖으로 흐느낌이 새어나오자, 의진이 살포시 아이를 끌어당겨 자신의 어깨를 빌려주었다. 아주 오래전 시연이 어린 연수에게 해주었던 것처럼.

그리고 이 날, 연수는 엄마 이외에 자신의 마음을 알아주는 또 다른 사람이 이 세상에 존재한다는 사실을 처음으로 알게 되었다.

집으로 돌아와 방으로 들어가려던 연수가 예지와 마주쳤다.

하선을 닮아 화려한 외모를 타고난 예지는 단발머리를 하고 있어도 나이보다 조숙해 보였다. 그리고 항상 사람들의 시선을 끌었다.

"홍연수, 잠깐만!"

예지의 시선이 종이가방에 닿아 있었다.

"그거 뭐야?"

대답을 하기도 전에 그녀가 연수의 손에서 종이가방을 낚아챘다.

처음 보는 예지의 창백한 표정에 연수는 눈만 동그랗게 떴다.

홍예지와 홍연수가 같은 공간에 있으면서 생긴 무언의 약속이 하나 있었다. 다른 사람의 영역에는 들어가지 않는다는 것. 물론 연수는 그 룰을 철저히 지켰지만, 예지는 그 경계선을 가끔 넘어섰다. 그리고 이 날의 홍예지의 행동은 특히 이상했다. 종이가방에서 꺼낸 상자를 바닥에 뒤집어엎고 나서야 불같은 예지의 행동이 멈추었다.

그들의 발 앞에 떨어진 것은 공연용 발레슈즈였다.

"발레슈즈네?"

무례한 행동에 대한 첫마디치고는 아무렇지도 않게 내뱉는 말에 연수는 질려버렸다. 홍예지, 너 정말!

"뭘 줄 알았는데?"

뜻밖에 날선 연수의 대답에 예지의 손이 파르르 떨렸다.

지난주 지윤을 만났을 때 그가 들고 있던 종이가방 같았다. 무엇이 들어 있는지 궁금했지만, 내용물을 물어도 대답 없이 쓸쓸한 미소만 짓던 표정에 예지는 더 이상 묻지 못했다. 그런데 연수가 똑같은 가방을 들고 있었다. 바닥에 나뒹구는 발레슈즈를 보는 순간 '무엇을 기대했던 것일까?' 라는 생각에 얼굴이 붉어졌다.

고등학교 입학식 날, 신입생 대표로 인사를 하는 강지윤의 모습을 본 순간 홍예지는 숨을 쉴 수가 없었다. 태어나서 처음으로 가져본 이성에 대한 관심이었다. 하지만 그의 주변을 맴도는 아이들은 많았고, 그의 눈은 항상 다른 곳을 향해 있었다. 그 무관심은 예지를 더 안달하게 만들었다. 공부로 그와 경쟁했고, 임원이 되면서 자연스럽게 함께 할 수 있는 시간이 많아졌다.

어느 날 임원회의 후 예지의 수첩에서 사진이 한 장 떨어졌다.

너무나 커버린 후에 만들어진 가족, 그 가식을 숨기려는 듯 홍예지는 습관적으로 그것을 들고 다녔다. 절대로 단란할 수 없는 세진그룹 홍일안 회장 일가의 가족사진을, 그가 집어 들었다. 한참 동안 바라보던 사진을 돌려주며 지윤이 물었다.

"가족?"

예지는 순간 당황했다.

"응, 부모님과…… 동생."

그러냐는 듯 고개를 끄덕이던 지윤의 손에서 낚아채듯 건네받은 사진을 다시 수첩에 넣고 돌아섰을 때 그의 목소리가 들렸다.

"안 닮았네, 동생이랑."

충격을 받았다. 귀로 들어온 전기가 척추를 타고 온몸에 흐르는 것 같았다. 교실에는 둘뿐이었고, 거칠어지는 자신의 숨소리만이 들리는 것 같았다.

지윤은 모든 것을 이미 알고 있다는 듯 웃어보였다.

"그래서?"

목소리가 날카로워졌다.

"아니 그냥…… 자매인데 안 닮은 것 같아서."

주변에서는 미쳐 날뛰는데 언제나 별게 아니라는 듯 지나쳐버리는 그의 이런 태도가 예지를 더욱 불안하게 만들었다. 아무 일도 없었다는 듯 지윤이 교실 밖으로 나가려고 했을 때 평생 먼저 꺼내지 않을 말을, 홍예지가 그 순간 내뱉었다.

"너……, 나랑 사귈래?"

가슴이 거칠게 뛰었다. 거질이든, 수락이든 그 대답을 듣기 전에 심장은 말라버릴 것 같았다.

한참 동안 그녀의 눈을 바라보던 지윤이 답을 주었다.

"그래."

담담하고 너무나 간단한 대답.

그 한 마디만 남긴 채 눈앞에서 사라져버렸다. 그리고 친구가 되었다. 연인도 친구도 아닌 아주 애매한 사이. 함께 있으면서도 함께 있지 않은 느낌에 불안했지만, 지윤의 그 태도는 1년 전이나 지금이나 변함없이 똑같았다. 그래서 흔들리다가도 다시 마음이 놓인다.

그런데 연수가 들고 있던 종이가방을 본 순간 미친 짓을 해버렸다. 서울 시내에 똑같은 종이가방은 수백 장, 수천 장 있을 텐데 무슨 짓을 해버린 것인지……. 바닥에 쏟아진 내용물을 확인하는 순간 안도했다. 핑크색 공단 발레슈즈는……, 강지윤과는 먼 세상에 존재하는 것이었다. 홍예지의 이복동생 홍연수가 끔찍이도 사랑하는 발레의 부속물. 그것은 연수가 사는 세상에만 존재했다.

*

전년도 소송자료의 정리가 끝나고 퇴근을 위해 의진이 고개를 들었을 때, 연수는 낡고 좁은 소파 위에 몸을 웅크린 채 잠들어 있었다.

피곤했을 것이다. 발레 동작은 부드럽고 아름답지만, 자연의 법칙을 거스르는 동작을 만들어내기 위해서 발레리나는 뼈를 깎는 고통을 감수해야만 했다. 어린 연수에게도 그 고통은 더하면 더 했지, 덜하지는 않을 것이라는 생각에 가슴에 아련한 통증이 찾아왔다.

연수를 깨우기 위해 다가선 그가 맞은편 소파에 앉아, 잠든 아이의 얼굴을 조용히 살펴보았다. 한 팔로 머리를 받치고, 고치처럼 몸을 말고 잠들어 있는 모습이 나비가 되기를 기다리는 애벌레 같았다. 낮고 고른 아이의 숨소리에 맞춰 가늘고 긴 속눈썹이 미세하게 떨리고 있었다.

"엄마……."

흘러나온 흐느낌에 의진의 표정이 굳었다.

"엄마…… 흑……."

무슨 꿈을 꾸고 있는지, 연수의 눈가에 눈물이 맺혀 있는 것을 본 그가 놀라 허리를 숙였다.

"연수야."

놀라지 않게 조용한 목소리로 불렀다.

이마에 옅은 주름을 만들어버린 꿈, 그 때문인지 연수가 좀처럼 잠에서 깨어나지 못하자 결국 그가 아이의 어깨를 가볍게 흔들었다.

"홍연수, 일어나!"

연수가 눈을 뜨고 그를 올려다보는 순간 가녀린 콧등을 타고 또르르 눈물이 흘러내렸다. 의진은 자신도 모르게 손가락으로 아이의 콧등과 눈가에 남은 눈물의 흔적을 닦아주었다. 젖은 눈동자는 그에게 고정되어 있었고, 연수는 미동하지 않았다.

"연수야, 그만 일어나. 늦었다."

머리를 살포시 토닥여준 후 의진이 자리에서 일어서는 순간 연수가 그의 손을 붙잡았다. 놀란 표정으로 아이를 내려다보았다.

"뭐라고…… 불러야 돼요?"

그를 올려다보는 연수의 젖은 눈동자만이 흐릿한 조명 아래 반짝이고 있었다. 자신만을 바라보는 아이의 간절한 눈빛을 본 순간, 의진은 연수의 손을 떨쳐내지 못했다. 지시연이 죽은 후 처음으로 홍연수가 타인에게 관심을 가진 날이었다. 그의 가슴이 뜨거워졌다.

"E.J…… E.J라고 불러. 연수 네가 날 그렇게 불러주면 좋겠다."

목소리는 차분했다.

그 이름이 부모조차 알지 못하는 소설가로서의 필명이라는 것을 연수에게 알려주지 못했다. 하지만 적어도…… 떠나기 전에 이 아이에게만큼은 자신의 비밀 하나 정도는 남겨주고 싶었다.

비밀상자처럼.

"일어나, 집에 데려다 줄게."

그의 손을 잡은 채 소파에서 일어선 연수가 한 발짝 다가섰다.

"고마워요, E.J."

옅은 미소를 짓는 연수의 얼굴에 남은 눈물 자국처럼 그의 가슴이 촉촉이 젖어들기 시작했다.

봄이 오고, 3월이 되어 새 학기가 시작되자 연수는 발레연습 후 사무실을 찾아오는 대신, 매주 토요일이면 의진과 정동공원에서 만나 이야기를 나누거나 함께 공연을 보러 다녔다.

"E.J, 저요 예고에 지원할 거예요."

의진이 돌아보았다.

연수의 시선은 공원에 있는 흰색 정자亭子에서 뛰어노는 꼬마들에게 머물러 있었다. 타인에게 관심을 보이고, 자신을 조금씩 표현하기 시작한 연수. 그 모습에 가슴이 뭉클했다.

그리고 연수는 자신의 꿈을 조금씩 찾아가고 있었다.

"E.J는 꿈이 변호사였나요?"

"응. 나의 꿈이기도 했지만, 어머니의 꿈이기도 했지. 어머니가 날 위해 자신의 꿈을 포기하셨거든……."

그의 알 수 없는 대답에 연수는 고개를 갸웃했다.

"대학생 신분으로 여자 혼자 아이를 낳아 키운다는 것은 쉬운 일이 아니었거든."

"E.J 엄마도 우리 엄마처럼 좋은 엄마였나 봐요."

연수가 그를 바라보았고, 의진은 대답하는 대신 미소를 지으며 아이의 머리를 쓰다듬어주었다.

"연수야, 예술 고등학교에 진학하고 나중에 발레를 더 배워야겠다는 생각이 들면…… 그때는 미국으로 올래?"

그 순간 연수의 얼굴에 남아있던 미소가 사라졌다. 의진이 건넨 말끝이 '갈래?'가 아닌 '올래?'라는 사실에 연수는 그의 눈동자를 바라보았다.

"내 꿈이 변호사냐고 물었지? 그 변호사가 되기 위해 난 2주 후에 미국으로 돌아가야 돼. 한국에는 잠시 어머니를 뵈러 나온 거였거든."

예상치 못한 만남과 갑작스러운 이별에 대한 통보. 연수는 아직 그와 헤어질 마음의 준비가 되어 있지 않았다. 다시 한 번 잔인한 고통이 파고들었다.

"연수야, 난…… 네가 지금보다 더 밝게 웃고, 지금보다 더 행복하게 춤추는 모습을 보고 싶다. 그리고……."

그 말이 끝나기도 전에 이미 연수는 고개를 숙인 채 눈물을 떨어뜨리고 있었다. 아렸지만, 그와 연수가 가야 할 길은 따로 정해져 있었다. 연수의 눈물이 마를 때까지 의진은 말없이 아이의 머리를 쓸어주었다. 그리고 그날 이후…… 연수는 정동공원에 나타나지도, 김만익 변호사 사무실에도 찾아오지도 않았다.

"그래, 그동안 어땠나?"

의진은 두 달 만에 본 만익의 안색을 살폈다. 그의 얼굴은 상해 있었다.

"어디 편찮으십니까?"

질문에 만익이 피식 웃었다.

"두 달 사이에 제법 눈이 날카로워졌군."

의진을 바라보는 만익의 눈동자가 빛났다.

"변호사님?"

"간암일세."

그 대답에 의진은 충격을 받아 아무 말도 하지 못했다.

"시연이가 남겨놓은 재산을 관리하고는 있지만, 아무래도 연수가 성인이 될 때까지는 버티기 힘들 것 같네. 비겁한 선택이었는지 모르지만, 자네가…… 내가 맡아왔던 일을 해주겠나? 수탁자인 내가 이 일을 맡길 사람을 찾지 못하면, 결국 연수 그 아이 앞으로 남겨진 재산 관리는 부친인 홍일안이 전부 맡게 될 걸세."

죽음을 앞둔 연로한 변호사는 마지막 의뢰인의 부탁을 끝까지 지키기 위해 필사적이었다.

"변호사님!"

"자네라면 믿고 맡길 수 있을 것 같은데…… 내 말이 틀렸나?"

만익의 눈빛은 날카로웠지만, 표정은 편안해 보였다.

"미국으로 출국하기 전에 몇 가지 서류에 사인만 하면 되네. 자네가 챙겨가야 할 서류들은 내가 이미 준비해 놓았고."

아찔한 상황에 의진은 두 눈을 감았다. 자신 앞에서 해사하게 웃던 연수의 얼굴이 떠올랐다. 홍연수, 상처받을 것이다.

그가 두 달 동안 연수를 만난 것은 웃음을 찾아주고 싶어서였지, 이런 관계가 되기를 원한 것이 아니었다. 연수가 자라고, 언젠가 그가 직접 그 모든 것을 건네줄 때 무엇이라 말해야 하는 걸까? 내가 네 재산의 관리자였다고? 그래서 의도적으로 네게 접근했다고?

운명은 잔인했다. 송의진, 그가 연수에게 다가갈 수 없는 가장 큰 이유를 만익은 그의 손에 남겨주었다.

쾅, 쾅, 쾅.

다급하게 낡은 철문을 두드리는 소리에 만익은 소파에서 일어나 사무실 문을 열어주었다.

"하아, 하아!"

가쁜 듯 거친 숨을 몰아쉬며 상기된 얼굴을 한 연수가 그 앞에 서 있었다. '이 아이가 이곳에 왜?'라는 의문을 갖기도 전에 아이의 입에서 뜻밖의 이름이 터져 나왔다.

"E.J 아니 송의진 변호사님 어디 있어요?"

만익을 바라보는 연수의 눈빛은 간절했다.

'네가 왜 의진이를?'

무심코 아이에게 대답을 주었다.

"오늘 출국한다고 했으니, 지금쯤 공항으로 가고 있을 게다. 7시 반 뉴욕행 비행기라고 했던 것 같은데……."

"감사합니다!"

그의 말이 끝나기가 무섭게 연수가 고개를 숙여 인사를 하고 좁은 계단을 달려 내려갔다. 서두르는 폼이 너무나 위태로워 보여 만익은 아이를 붙잡지 못했다. 순간 그는 자신이 무엇인가 놓쳤다는 것을 깨달았다. 오래전부터 두 아이가 서로 알고 있었던 것이 아닌가 하는……. 하지만 모든 일을 돌이키기에는 만익에게 남아 있는 시간이 그리 많지 않았다.

건물 밖으로 뛰쳐나온 연수가 무작정 도로로 뛰어들었다. 지나치는 택시를 향해 다급하게 손을 흔들었고, 차가 서자마자 연수는 서둘러 택시에 올라탔다.

그가 떠난다.

2주 전, 공원에서 미국으로 돌아가 변호사가 될 것이라는 그의 이야기를 들었을 때, 연수는 눈물을 쏟아내었다. 그리고 다시는 변호사 사무실에 찾아가지 않았다.

그런데 그가 오늘 떠난다.

꼭 만나야 하는데…….

짧은 교복 치마에 긴 머리를 휘날리며 연수는 미친 듯이 공항 안을 헤매어 다녔다. 수많은 인파 속에 그를 찾고 있었지만, 너무나 마음이 급해서 아무것도 눈에 들어오지 않았다. 연수의 심장은 터져버릴 것 같았다. '인천발 뉴욕행 비행기의 탑승이 곧 완료될 예정'이라는 안내 방송을 듣는 순간 연수의 눈에서 눈물이 흘러내렸다.

가버렸다. 송의진.

그가 떠나기 전에 꼭 하고 싶은 말이 있었다. 그런데…….

감정을 주체하지 못한 연수의 눈에서 하염없이 눈물이 흘러내렸다. 뿌옇게 변한 시야 때문에 고개를 숙이고 눈물을 닦으려는 연수의 귀에 그의 목소리가 들려왔다.

"연수야?"

연수가 고개를 들었다. 눈물 때문에 일렁이는 사람들 속에 의진의 모습을 확인하는 순간, 연수는 달려가 그의 품에 와락 안겼다.

"미안해요, 미안해요! 화난 것이 아니었는데…… E.J도 엄마처럼 아무런 말없이 떠나버릴까 봐…… 흑…… 흑……!"

연수의 눈물에 그의 가슴이 젖어 들었다. 그리고 아이의 고백에 심장도 조여들었다.

"홍연수?"

"흑…… 흑……!"

울고 있는 연수를 조심스럽게 가슴에서 떼어낸 그가 한 발짝 물러섰다. 눈물을 닦아주었다.

"연수야, 난 맨해튼에 있을 거야. 그러니까……."

의진은 더 이상 아무 말도 말할 수 없었다. 그의 미래가 정해지지 않은 것처럼 아이의 미래 또한 아직 정해지지 않았으니까.

그가 배낭의 포켓을 열고 꺼낸 봉투를 연수에게 건넸다.

"네게 이걸 꼭 전해주고 싶었어. 자."

그가 건넨 봉투를 연수가 받아들었고, 머리를 쓰다듬던 그의 손이 멈추는 순간 뜨거운 입술이 연수의 하얀 이마에 닿았다.

"안녕, 플루메리아!"

연수가 작별 인사를 건네기도 전에 그가 연수를 놓아버린 채 출국장 안으로 들어가버렸다. 그의 모습이 눈앞에서 사라저버리지, 홀쩍이던 연수가 손등으로 눈물을 닦아낸 후 봉투를 열었다.

그 안에는 환한 미소를 머금은 채 돌고래와 함께 놀고 있는 어린 연수와 그런 딸아이의 모습을 행복하게 바라보는 지시연의 모습이 담긴 사진이 들어 있었다.

사진 속의 엄마는 행복해 보였다. 그리고 연수에게도 말해주는 것 같았다. 행복해지라고, 행복하게 웃으라고.

끝내 연수는 슬픔을 참지 못하고 바닥에 주저앉아 무릎에 얼굴을 묻고 울었다. 그동안 울지 못했던 울음을 다 쏟아내려는 듯.

송의진이……, 홍연수 곁을 처음 떠난 날이었다.

4.

2년 후.

검은색 레오타드와 연습용 튀튀(Tu Tu)를 입은 소녀가 바닥에 앉아 있었다. 근육을 풀기 위해 허리를 옆으로 깊게 숙여 손끝으로 발끝을 잡는 동작은 물이 흐르듯 자연스러웠으며, 느렸고, 익숙해 보였다. 스트레칭을 마친 후 다리를 끌어당겨 무릎을 세운 소녀가 왼발을 조심스럽게 매만졌다. 군데군데 피부가 벗겨진 상처가 쓰라렸지만, 익숙한 솜씨로 발가락 하나하나를 토 테이프(toe tape)으로 꼼꼼하게 감쌌다. 발레슈즈를 신고 끈을 고정시킨 후 자리에서 일어선 연수의 모습은 초연超然해 보였다.

연습실 구석에 앉아 있던 세나가 음악을 틀자, 연수가 춤을 추기 시작했다. 경쾌하고 빠른 음악의 반복이 계속되는 라 바야데르 감자티 베리에이션(variation, 변주곡). 연수의 머릿속은 자잘한 링킹 스텝을 잊지 않기 위해 분주했지만, 춤 동작은 깃털처럼 너무나 가벼워 보였다.

프랑스 출신 안무가 마리우스 프티파가 러시아 황실 발레단을 위해 만든 인도 무희(La Bayadere)는 회교사원의 무희 니키아와 전사들의 지도자 솔라르의 비극적 사랑이야기이다. 지고지순한 니키아에게서 솔라르를 빼앗으려는 감자티 공주는 자신이 원하는 것이라면 무엇이든 쟁취하려는 악녀였고, 그 춤을 표현하기 위해서는 화려하고 많은 테크닉이 필요했다. 샷세 그랑젯떼와 아바레스크 세트 그리고 그랑젯떼가 반복되는 스텝.

톡, 톡, 톡. 음악에 맞추어 플로어에 떨어지는 연수의 발레슈즈 끝에서 경쾌한 소리가 난 것도 잠시, 마지막 그랑젯떼를 하던 연수가 중심을 잃고 갑자기 바닥에 쿵, 주저앉았다.

충격을 전해주는 울림이 연습실 안에 크게 울려 퍼졌다.

"연수야, 괜찮아?"

세나가 다급하게 달려왔다.

왼쪽 발목을 부여잡은 채 고개를 끄덕이는 연수의 이마에는 송골송골 땀이 맺혀 있었다. 무릎 위까지 올라오는 저릿한 통증에 발목을 부여잡은 연수의 가는 손이 미세하게 떨렸다. 세나가 연수를 부축해 벽에 기대게 했을 때 음악은 이미 끝나 있었다.

발레리나로서 타고난 몸을 가지고 있지만, 연수의 발목은 튼튼하지 못했다. 잦은 부상은 아이의 몸을 괴롭혔고, 아플 때마다 다른 친구들처럼 곁에서 챙겨주는 엄마가 없다는 사실이 조금 더 아팠다. 하지만 연수는 예고에 입학했고, 의진과 약속한 대로 웃었고, 친구도 만들었다. 그리고 행복한 마음으로 춤을 추었다. 하지만 가끔씩……, 현실은 연수를 다시 울고 싶게 만들었다.

오늘 같은 날, 어리광을 피울 사람이 연수에게는 필요했다.

"그만 가자!"

연수의 말에 세나가 고개를 끄덕인 후 가방에 주섬주섬 물건을 챙겨 넣었다. 교복으로 갈아입고, 학교를 나선 둘이 교문 앞 비탈진 언덕을 조심스럽게 내려왔다. 그리고 언제나 그렇듯이 연수는 세나와 학교 옆에 있는 한의원의 문을 열고 안으로 들어갔다.

"연수 왔구나."

"안녕하세요."

간호사가 웃으며 먼저 인사를 건네자, 회색 에이라인 스커트에 흰 블라우스를 입은 연수가 긴 머리가 앞으로 흘러내릴 정도로 고개를 숙여 인사를 했다. 세나와 나란히 낡은 소파에 앉아 진료를 받을 차례를 기다렸다.

"여름방학 때 어디 안 가?"

세나의 물음에 연수는 대답할 수 없었다. 엄마가 떠난 후 여행을 간 적도 가고자 한 적도 없었다. 가족 여행은 더욱더.

"응……."

"홍연수."

"네?"

부르는 소리에 연수가 자리에서 일어나 진료실 안으로 들어갔다.

"또 말썽이야?"

이미 연수의 상태를 알고 있는 한의사 선생님은 절뚝거리는 아이의 걸음을 보자, 얼굴부터 찡그렸다. 연수는 말없이 고개를 끄덕였다.

평창동 서울예고 정문 옆 김성일 한의원에는 방과 후 학생들이 유난히 많이 드나들었다. 무용을 전공하는 학생들이 다치는 경우가 잦아 다른 곳보다 학생 환자들이 넘쳤다. 그래도 대부분 보호자를 동반하고 오는데, 연수는 늘 혼자였다.

예쁜 외모에 기억에 남는 인상을 가진 아이였지만, '이 아이를 돌봐줄 사람이 곁에 없는 것일까?' 하는 생각이 들 정도로 연수는 혼자서 이곳을 제 집처럼 드나들었다. 예고 입학 후부터 혼자 이 한의원을 드나들었으니, 그가 아이의 얼굴을 본 것도 어느새 5개월이 넘어가고 있었다.

"근력운동을 자주 해서라도 발목을 튼튼하게 만들든지 해야지, 이래서 어디 견디겠니?"

연수도 알고 있는 사실이었지만, 마음처럼 몸이 그리 쉽게 움직여주지 않았다. 성일이 안쓰럽게 발목을 살폈다.

"손 좀 줘 볼래?"

손을 내밀자, 그가 맥을 짚고 연수의 인색을 다시 한 번 확인했다. 치료실로 자리를 옮기고 침을 놓아준 성일이 아이의 왼쪽 발목을 다시 한 번 살핀 후 고개를 들었다.

"오늘은 물리치료까지 받고 가고, 약은 지어 놓을 테니 내일 와서 찾아가라."

"네."

연수가 고개를 끄덕였다.

"아, 그 약 보약이다."

"네?"

놀란 표정으로 고개를 든 연수를 향해 성일이 웃어보였다.

"홍연수를 위한 보약이라고. 우리 한의원 장기 단골 환자한테 주는 특별 서비스!"

연수는 당황스런 표정을 숨기지 못했지만, 성일은 미소로 답을 대신하고 연수가 앉아 있는 침대의 칸막이 커튼을 닫아 주었다.

며칠 전 성일에게 한 통의 전화가 걸려왔다.

연수의 보호자라며, 아이를 위해 보약을 지어달라는 전화였다. 비용은 얼마가 들어도 상관없으니, 연수가 건강해지도록 좋은 약재를 사용해 달라는 말과 함께 이후에도 꼭 약을 챙겨달라는 부탁이었다. 신분을 명확히 밝히지 않은 남자의 전화에 성일은 당황했지만, 그 순간 아이의 얼굴이 떠올라 '그렇게 하겠다.' 고 했다. 연수의 체력은 너무나 떨어져 있었다.

한의원을 나와 세나와 길 건너 아이스크림 가게로 들어간 연수는 좋아하는 파인애플 아이스크림을 주문한 후 자리에 앉았다.

"여름방학 때 여행 안 갈 거면, 제주도에 같이 갈래?"

연수가 대답하지 않자, 세나가 다시 입을 열었다.

"외할머니가 이번 방학 때는 꼭 놀러 오라고 하셨는데, 엄마와 아빠는 일 때문에 바빠서 못 가신데. 나 혼자서는 가기 싫단 말이야. 연수야, 응? 홍연수, 제발!"

졸라대는 세나의 행동에 연수는 흐리게 웃었다. 고등학교 입학 후 유일하게 마음을 털어 놓을 수 있는 친구였다. 방학 동안 집에 있는 것보다 세나와 함께 보내는 것이 덜 힘들 것 같기도 했다.

"그래, 가자."

세나가 환하게 웃었고, 그렇게 연수의 여름방학 계획은 세워졌다.

다음날 수업이 끝난 후 한의원에서 챙겨준 묵직한 약상자를 들고 연수가 집 안으로 들어오자, 아주머니가 나와 상자를 받아 주었다.

"웬 약이야?"

"단골 한의원 선생님이 보약을 해주셨어요."

"아이고, 그래! 연수 학생도 이제는 몸을 좀 챙겨야 한다니까. 사모님이 매일 예지 학생만……."

하선이 서재에서 나오는 모습을 본 청주댁이 얼른 입을 닫고 상자를 들고 주방으로 들어가 버렸다.

귀가한 연수를 발견한 하선이 아이의 모습을 빠르게 훑었다. 어느새 연수는 훌쩍 자라 있었다. 그녀의 반대에도 불구하고 연수는 예고에 입학했고, 여전히 발레를 했다. 타고난 재능을 숨길 수 없다고, 꽤 알려진 대회에 나가 수상을 했다는 소식이 들려왔다.

대학입시를 앞둔 예지를 핑계로 연수에게 전혀 신경을 쓰지 않았지만, 1년 전 갑작스럽게 과외를 받고 싶다는 아이의 말에 가정교사를 붙여주었다. 내색은 하지 않아도, 영어공부에 필사적으로 매달리는 모습을 본 하선은 연수가 유학을 가고 싶어한다는 것을 일았다. 하선은 될 수 있으면 이 기회를 놓치고 싶지 않았다. 한국에서 연수를 데리고 있어 봤자 지금처럼 불편할 것은 뻔했고, 떠난다고만 한다면 일안을 설득해서라도 연수를 외국으로 내보낼 생각이었다.

"좀 앉아 볼래?"

인사도 없이 2층으로 올라가려던 연수가 그 소리에 돌아오자, 하선이 서류봉투를 내밀었다.

"나도 나름 눈치가 백단이라서 말이지. 영국에 있는 발레학교 자료야. 한 번 살펴보도록 해."

연수는 봉투에 눈길조차 주지 않았다.

"미국으로 갈래요."

뜻밖의 대답에 자료를 밀어주던 손이 멈췄다.

"미국? 왜? 고등학교도 그렇고 영국으로 가는 게……."

연수가 고개를 저었다.

"SAB(The School of American Ballet)로 갈 거예요!"

완벽한 거부의 뜻.

봉투 안에 있는 자료를 꺼내 다시 연수에게 내밀던 하선이 놀라 고개를 들었다. 유학을 어디 갈지 다 정해 놓았다고?

"SAB는 정규 고등학교 과정이 없잖니! 발레가 아무리 좋아도 고 등학교 졸업장은 필요하잖니. 학교는 졸업해야지!"

"공부는 PCS(Professional Children's School)에서 하면 돼요."

하선은 순간 당황했다. 연수가 이렇게까지 구체적으로 자신의 진 로에 대해 결정했을 것이라고 생각하지 못했다. 말이 쉽지 정규고등 학교 과정과 발레스쿨을 동시에 다니겠다는 연수의 말에 하선은 기 가 막혔다. 예술전문 사립학교 입학은 쉽지 않았다.

"공부가 어디 그렇게 쉽니? 너처럼 매일 춤만 추던 애가?"

날카로운 지적에도 연수는 전혀 동요하지 하지 않았다.

그랬다. 연수는 확실히 달라져 있었다. 여전히 하선과 대립하고 있었지만, 중학생 때처럼 말도 안 되는 사고를 치고 집에 끌려오거 나, 무단결석으로 학교에서 연락이 오는 일도 더 이상 없었다. 시연 이 죽은 이후 좀처럼 자기표현을 하지 않는 아이였는데…….

"아주 오래전 일도 기억해낼 만큼 저 머리 좋아요."

하선을 응시하는 연수의 눈빛은 싸늘했다. 하얗게 변한 하선의 낯빛을 뒤로하고 연수가 조용히 일어나 2층으로 올라갔다.

글로벌 로펌 M&H의 52층 회의실에는 팽팽한 긴장감이 감돌았다.

클리포드사의 임원이 돈을 횡령한 사건과 관련, 주주들이 경영진을 상대로 그 관리책임을 물어 집단소송을 걸었다. 회사 입장에서는 횡령을 당한 것도 억울한데, 증권 집단소송이라니. 잘못했다가는 엄청난 배상금을 지불해야 될지도 모르는 상황이 될 수도 있었다. 대형고객을 잃느냐, 지키느냐의 사활이 걸려 있는 소송에 열 명이 넘는 변호사들로 전담팀을 꾸리고, 만약의 변수에 대비해 4시간째 마라톤 회의 중이었다.

"그래……, 재판에서 승소할 가능성은?"

"불확실합니다. 2007년에도 비슷한 판례가 있었지만 사측이 패소했습니다."

의진의 대답에 멀린 맥그라스가 입을 열었다.

"자네라면 어떻게 하겠나?"

"합의하겠습니다."

예상치 못한 대답에 회의실에 있던 이들의 시선이 일제히 그에게 쏠렸다. 그들은 고객을 위해서 싸우고 있는 것이었다.

"의진, 우리는 고객의 돈을 지켜주기 위해 있는 거네!"

피터의 격양된 반응에도 의진의 표정에는 변화가 없었다.

"네, 그건 알고 있습니다. 하지만 작은 것을 버리고 큰 것을 가지려면 때로는 위험해 보이는 일을 지나쳐서는 안 된다고 생각합니다."

"그래서 자네는 합의금이 소송배상금보다 적을 것이라고 확신하나?"

"네!"

망설임 없는 대답에 멀린의 눈매가 가늘어졌다.

"이유는?"

"안타깝지만, 클리포드사는 그리 깨끗한 회사가 아닙니다. 이번 횡령사건으로 소송을 당했지만, 어쩌면 외부적으로 보이는 것은 빙산의 일각일 수 있습니다. 잘못했다가는 재판이 진행되는 동안 이전에 있었던 다른 일이 터질 가능성이 큽니다."

"이전에 있었던 일이라니?"

의진의 신호에 그의 비서가 미리 준비해둔 자료를 배포했다.

"조사에 의하면, 지난해 클리포드사가 텍사스에 있는 유전개발과 관련해 몇 가지 불법적인 방법으로 일을 진행했던 것 같습니다. 당시에는 책임자가 문책을 당하는 선에서 일이 급하게 마무리되었지만, 아직 뇌관은 남아 있습니다."

배포된 조사 자료를 확인한 멀린은 숨을 들이마셨다.

"이 사건이 터지면, 소송은 이번 한 번만으로 끝나지 않을 겁니다. 잘못했다간 정부로부터도 소송을 당할 수도 있습니다."

설명을 듣고 있던 멀린이 손가락으로 책상을 두드렸다.

"자신 있나?"

"네."

"그렇다면 이번 일은 자네가 한 번 맡아보게. 지는 것 같지만 이기는 결과를 가져올 수 있도록 말일세."

그의 전폭적인 지지에 의진은 환하게 웃어보였다.

장시간의 회의를 마치고 자신의 사무실로 돌아온 의진은 의자에 깊숙이 몸을 묻고 넥타이를 조금 느슨하게 풀었다. 그의 시선이 책상 위에 놓인 액자 위에 머물렀다.

빛나는 아이의 미소. 액자 안에는 하와이에서 찍은 연수의 사진이 들어 있었다. 그가 서울을 떠나던 날, 가슴에 안겨들며 울음을 쏟아내던 연수의 모습이 떠올랐다. 우는 아이의 눈물도 다 닦아주지 못한 채 모질게 등을 돌리고 비행기에 올라탄 그였지만, 오랫동안 연수의 마지막 모습이 잊히지 않아 의진은 맨해튼으로 돌아와서도 한동안 잠을 이룰 수 없었다.

그리고 한국을 떠난 지 3개월 뒤 김만익 변호사의 부음을 들었다. 그의 부탁대로 연수 앞으로 남겨진 신탁을 관리해주고, 한 달에 한 번씩 아이의 일상에 대한 보고를 받는 것은 그의 또 다른 일이 되어 있었다. 행여 홍 회장이 자신과 연수와의 관계를 알게 되는 것이 부친에게 누가 될까 싶어, 연수에게 연락도 하지 않았다.

어느새 연수는 열일곱 살이 되었다. 이제는 웃고 있는지, 행복하게 춤을 추고 있는지 궁금했다. 간간이 아이가 잘 지내고 있다는 소식과 대회에 나가 수상을 했다는 보고를 들었다. 그리고 오랫동안 발목 치료를 위해 학교 옆 한의원에 다니고 있다는 이야기도 함께.

김하선이 연수를 챙길 리 만무했고, 아이 혼자서 5개월이 넘게 한의원을 제 집처럼 드나든다는 말에 가슴이 아팠다. 연수가 올여름은 조금 덜 힘들게 보냈으면 하는 마음에 보약을 지어달라고 부탁했다. 그렇게 해서라도 가슴에 담은 부담감을 덜고 싶었다. 해맑게 웃는 어린 연수의 사진을 보고 그가 기분 좋게 미소를 지었던 기억은 이제 측은지심으로 변해 있었다.

*

연수가 세나와 제주도 여행을 마치고 돌아왔을 때 이미 서울은 한여름의 무더위가 절정에 달해 있었다. 여독으로 늦게까지 침대에서 벗어나지 못한 연수는 오후가 다 되어서야 간신히 일어나 1층으로 내려갔다.

"연수 학생, 점심 먹어야지?"

"네."

아무런 생각 없이 식당으로 들어서던 연수가 방문객의 얼굴을 보자, 그 자리에 우뚝 서버렸다. 그 모습에 지윤이 고개를 들었고 그의 시선을 따라 예지가 연수를 바라보았다.

"일어났네."

언니의 말에 연수가 고개만 까닥한 후 식탁 앞에 앉자, 연수 몫의 음식이 테이블 위에 놓였다.

"전복삼계탕이야, 여름인데 기력이 떨어져서 공부하는데 힘들다고 사모님이……."

고3인 예지를 위해 만든 음식이었다. 수저도 들지 않은 채 음식을 물끄러미 내려다보는 연수의 눈동자가 흔들렸다.

의진이 서울에 있을 때 연수를 내자동에 있는 삼계탕 집에 데리고 간 적이 있었다. 밸런타인데이를 얼마 앞둔 겨울이었다.

"이 집…… 이렇게 낡아 보여도, 삼계탕 하나로 60년 넘게 장사를 해온 곳이야. 미국에 있을 때 삼계탕 생각이 나면 가끔 한국식당에 가기는 했지만, 그래도 이 집에서 먹었던 맛과 같지는 않더라고. 열세 살 때 아버지 따라서 처음 이곳에 왔었어."

그날…… 왠지 모르게 어릴 적 이야기를 털어놓는 그의 표정은 슬퍼 보였다. 그리고 엄마에게 데려다 줘서 고맙다며 내밀었던 선물을 그에게 전해주지 못한 날이기도 했다. 정교하게 세공된 루비가 들어간 백조모양의 크리스털 열쇠고리. 고가의 물건이라 받을 수 없다는 거절의 표현도 그다웠다.

"예쁘구나! 그런데 이렇게 좋은 걸 받아도 될까?"

그 물음에 연수는 애처로울 정도로 고개만 끄덕였다. 차마 말하지 못했지만 오랫동안 모아둔 용돈으로 누군가를 위해 연수가 처음 산 선물이었다. 의진이 받지 않을 것이라는 것을 느끼는 순간 아이의 얼굴에 짙은 실망감이 스쳤다.

"네가 가지고 있다가, 언젠가 처음으로 내 앞에서 춤을 추게 되는 날……, 그날 내게 준다면 더 뜻깊은 선물이 될 것 같은데, 어때?"

부드러운 거절의 표현.

E.J 앞에서 무대에 오를 수 있는 날이 올까? 누군가 앞에서 춤을 춘다는 것을 생각해보지 않은 연수에게 그는 미래를 이야기하고 있었다. 춤에 대한 열정도 그에 대한 관심도 그때는 알지 못했다. 하지만 의진 옆에 있으면 조금은 더 행복해질 수 있을 것 같은 기분이 들었던 날이었고, 그리고 그 기억은 지금의 연수가…….

"홍연수?"

예지의 목소리에 연수가 멍하니 고개를 들었다.

"너 지윤이 몰라?"

연수는 대답하지 않았다.

"오랜만이다."

그의 인사에 젓가락을 들던 연수의 손이 멈췄다. 오랜만이라고 하기에는 긴 시간이 아니었다. 2주 전 세나와 제주행 비행기를 타기 위해 공항에 갔을 때 그와 마주쳤다. 친척을 만나러 오사카에 가는 길이라고 했던가?

"아, 안녕……하세요."

어색한 인사에 지윤이 피식 웃었다.

"네가 나한테 인사한 것 처음이다."

연수는 당황했다. 그와 인사를 나눌 만큼의 관계를 가지고 있지 않았다. 그는 여전히 홍예지 때문에 가끔씩 집에 들르는 불청객 중 한 사람일 뿐이었다. 연수는 고개를 돌려 언니의 얼굴을 살폈다. 예지의 표정에 아무런 변화가 없자, 앞에 놓인 음식을 먹기 시작했다.

"얘가 원래 이래, 사람이 뭘 물어도 대답하지 않고."

지윤의 입가에 설핏 미소가 돌았지만, 예지는 그 숨겨진 의미를 알지 못했다. 간간이 오가는 둘 사이의 대화를 들으며 연수는 조용히 식사를 했다. 오사카 여행, 진학할 대학에 대한 이야기였다.

"발레 한다며?"

자신에 대한 관심, 그것도 언니 앞에서.

그가 발레슈즈를 준 것도 그리고 그 이후 종종 발레공연장에서 둘이 마주쳤다는 사실을 홍예지는 모른다. 공연이든 대회든 연수는 항상 누군가와 함께 있었고, 그는 혼자였다. 하지만 공연을 보러 오는 그의 모습은 언제나 자연스러웠다. 처음에는 우연인 줄 알았는데, 언제부터인가 그것이 아니라는 것을 연수는 느끼기 시작했다. 그를 보면 연수는 피했다. 공항에서도…….

연수가 고개를 들자, 대답을 달라는 듯 그가 바라보고 있었다.

"네."

"발레 힘들지 않아?"

그는 이 상황을 즐기고 있는 것 같았지만, 연수는 고개를 돌리지 않아도 예지의 눈빛이 달라졌다는 것을 느낄 수 있었다.

"아니요."

"풋!"

질문에 대한 대답이라고는 '네'와 '아니요.' 뿐이니 대화가 계속 이어질 리 없었지만, 지윤은 집요했다.

"예지하고는 안 싸워? 보통 자매들이나 형제들은 자주 다투잖아."

결국 연수는 인내심을 버렸다. 탁, 젓가락을 소리 나게 식탁 위에 올려두고 자리에서 일어나 인사도 없이 2층으로 올라갔다. 양치질을 하고, 침대에 다시 누운 연수는 강지윤이 돌아갈 때까지 방 밖으로 나가지 않았다.

그와 마주치는 것은 위험했다. 불같은 성격의 언니가 사실을 알게 되는 순간, 무슨 일이 벌어질지 아무도 몰랐다. 연수에게는 이런 고민보다 당장 해야 할 것들이 너무나 많았다. 공부, 발레연습 그리고 유학에 필요한 것을 준비하기에도 시간은 모자랐다. 강지윤은 홍예지의 세상에 있는 사람. 그런데 가끔 그와 마주할 때면 연수는 자신이 뭔가 잊고 있다는 생각을 떨칠 수 없었다. 정원의 나무 그늘 아래서 들려오는 쓰름쓰름 매미 소리에 연수의 마음 한구석에 알 수 없는 두려움이 조금씩 생겨나기 시작했다. 그게 무엇일까?

"여자친구는 있나?"

멀린의 질문에 의진이 의아한 표정을 지었다.

"괜찮다면 저녁식사에 한번 초대하고 싶은데, 어떤가?"

1년 전 있었던 클리포드사 소송 건으로 더욱더 실력을 인정받은 의진은 M&H의 변호사 중에 이미 주목받는 신예新鋭가 되어 있었다. 하지만 멀린은 실력도 실력이었지만, 의진의 깨끗한 사생활이 더 마음에 들었다. 권력과 탐욕이 넘쳐나는 맨해튼에서 M&H의 변호사 정도면 유혹을 받을 기회가 많았을 터.

그럼에도 송의진의 주변은 지나칠 만큼 깨끗했다. 적을 만들지 않는 것도 능력이었지만, 그것보다 사람들을 잡아끌고 제 사람으로 만드는 실력이 뛰어났다. 그래서 더 곁에 두고 싶었다.

평소 계획 없이는 어떠한 일도 하지 않는 멀린의 성격을 아는 의진은 개인적으로 자신을 초대하는 이유가 궁금했다.

"죄송하지만, 실례가 되지 않는다면 초대해주시는 이유를 여쭤봐도 되겠습니까?"

직설적인 반응에 멀린이 크게 웃었다.

"집으로의 초대가 부담이 된다면, 다음 주에 ACGA와 함께 하는 자선행사가 있는데 어떤가?"

"좋습니다."

미국자선기부협회의 자선행사라는 말에 의진은 흔쾌히 대답했다.

"그래? 그럼 다음 주 금요일 저녁에 보도록 하지."

대답이 만족스러운 듯 멀린의 눈매가 부드럽게 풀어졌다.

40년 전부터 미국의 기부 문화는 많이 달라져 있었다. 언제부턴가 부호들은 일회성 기부가 아닌 자신들이 원하는 곳에 원하는 방식으로 기부하기 시작했고, 그 돈이 어디에 어떻게 쓰이는지 모니터하길 원했다. 그리고 기부액에 따른 세금 혜택도 꼼꼼히 챙겼다. 글로벌 로펌 M&H 같은 곳에서 일하는 변호사들은 고액의 연봉을 받았다. 기부 등을 통해 세금공제를 원하는 것은 그들도 마찬가지였다.

"기부하기 전에 자신의 수입과 재정 계획, 가족의 요구 사항, 분배 방식 등 다양한 요소를 먼저 검토하는 것이 중요해요. 계획 없는 기부는 아무리 고액 기부자라고 하더라도 지속적인 기부를 할 수 없게 만드는 위험 요소를 안고 있죠."

세 명의 남성들에게 둘러싸여 정부의 세제 혜택에 대해 이야기를 늘어놓던 여자는 어느새 계획기부 전도사가 된 것처럼 말하고 있었다. 하지만 의진을 불편하게 하는 것은 멀리 떨어져 있음에도 언제부터인가 자신을 바라보는 여자의 시선이었다.

"평소에 눈치가 없다는 소리 듣지 않나요?"

트레이 위에 막 술잔을 내려놓고 돌아서는 의진의 뒤에서 여자의 목소리가 들렸다.

"만나서 반가워요, 조세핀이에요, 조세핀 맥그라스!"

의진은 멀린이 자신을 이곳에 초대한 이유를 알 것 같았다. 당당하게 악수를 청하는 그녀의 손을 내려다보았다. 여자가 입은 보라색 드레스처럼 단정하게 손질되어 있었다.

"의진입니다, 의진 송."

"아까 제가 했던 질문이요, 평소에 눈치가 없다는……."

조세핀의 말에 그가 피식 웃었다. 의도를 모르지 않았다.

"아닌가 보네요. 적어도 한 번쯤은 물어올 줄 알았는데."

여자는 명랑했고 당당했다.

"혹시 같은 대학 출신인가 했습니다. 제가 알아보지 못하는 것이 아닌가 하고."

그의 대답에 조세핀의 미소가 순간 사라졌지만, 그녀는 이런 의진의 태도에 더 흥미를 느꼈다.

"예일에서 정치외교학을 전공했어요. 지금은 뉴욕시 커뮤니티보드(Community board)를 위한 행정업무를 도와주는 일을 하고 있고요."

"자선행사에 관심이 있어서 온 겁니까?"

조세핀이 의진의 눈을 바라보았다. '괜찮은 녀석이 아닌, 욕심나는 녀석'이라는 아버지가 한 말의 의미를 조금 알 수 있을 것 같았다. 그렇게 노골적으로 관심을 보였는데도, 보스의 딸이라는 것을 알면서도 변하지 않는 남자를 보는 순간 승부욕이 생겼다.

"아니요. 솔직히 말하면 그쪽 보러왔어요. 궁금했거든요. 아버지가 그렇게 입이 닳도록 칭찬하는 남자가 어떤 사람인지."

"그래서 결과는?"

직설적으로 물어오는 그의 질문에 조세핀은 마음을 굳혔다. 자존심 따위 버려도 좋을 것 같은. 처음으로 남자에게 먼저 손을 내밀었다.

"우리 친구 할래요?"

"풋!"

기분 좋은 미소와 함께 그가 나직이 소리 내어 웃었다.

"이성 친구를 원하는 것이라면…….."

"아니요, 그냥 편안한 친구. 시간이 있을 때 함께 차 마시면서 오늘처럼 제가 좋아하는 정치에 대해서 이야기해도 좋고, 그쪽이 좋아하는 법에 대해서 이야기해도 좋고……, 어때요?"

부담 없고 솔직한 제안에 온화한 미소를 띤 의진이 이번에는 먼저 손을 내밀었다. 놓고 싶지 않을 만큼 따뜻하고 포근했다. 조세핀은 처음으로 가지고 싶은 남자를 만났다고 확신했다. 지금은 이 남자와 그냥 친구로 시작하지만, 언젠가는 달라질 수 있을 것이라고.

관계의 시작은 지금부터이니까.

*

1년 후.

휴대전화를 어깨 위에 올린 채 손에 든 여권을 갈무리해서 가방에 넣는 연수의 눈이 빠르게 공항 내부를 훑었다.

"뉴욕에는 잘 도착했니?"

"네."

공항까지 배웅을 해준 김도진 실장의 전화였다.

"네가 경호는 싫다고 해서 차만 보냈다. 공항 밖에 대기하고 있을 게다."

지시연이 죽은 후 홍 회장의 지시로 그가 연수를 대신 챙겼지만, 도진은 아버지만큼 불편한 사람이었다. 그리고 그녀를 가장 가까이서 지켜본 사람이기도 했다.

"그리고 급한 일은 문자로 넣어둔 번호로 연락하면 현지 직원이 나와서 처리해줄 거다."

"네."

"그럼…… 끊는다."

"저기…… 아저씨……, 고마워요."

처음으로 연수가 그에게 고마움을 전했고, 짧은 침묵이 이어졌다. 그 속에는 많은 의미가 담겨 있었다.

연수가 아플 때도, 말도 안 되는 사고를 쳤을 때도 모든 뒷수습은 도진이 해왔다. 그리고 그는 여전히 연수와 홍 회장을 이어주는 역할을 하고 있는 사람이었다. 그것이 자의든, 타의든, 그의 일이든.

"홍연수."

"네?"

"이제, 사고는 치지마라!"

그 말에 연수가 옅게 웃었다. 도진과의 통화를 마친 후 공항청사를 나가자, 한여름의 태양이 뜨겁게 아스팔트를 달구고 있었다. 끓어오르는 지열 때문에 아지랑이가 눈앞에 아른거렸다. 연수를 먼저 알아본 운전기사가 다가와 인사를 건네며 짐을 대신 받아 들었다.

"링컨센터로 가주세요."

연수의 표정에는 설렘이 가득했다. 바깥에 스치는 풍경을 놓치지 않고 고스란히 눈에 담았다. 심장이 거칠게 뛰었다.

맨해튼. 이곳 어딘가 그가 있다.

"짐은 맨션에 먼저 가져다 놓아주세요. 학교에 잠시 들렀다 주변을 좀 둘러보고 집까지는 혼자 찾아가볼게요."

차에서 내려선 연수의 눈에 브로드웨이와 암스테르담 사이에 있는 앨리스 툴리 홀(Alice Tully Hall)의 거대한 유리벽이 눈에 들어왔다. 눈물이 날 것만 같았다. 계절이 다시 한 번 바뀌고, 예지는 지윤과 같은 의과대학에 입학했다. 고등학교 2학년이 된 연수는 들어가길 그토록 간절히 원했던 고등학교와 SAB로부터 입학허가를 받았다. 지난 일 년 동안 일주일에 한두 번은 코피를 쏟아낼 정도로 홍연수가 공부도 발레도 열심히 노력한 결과였다.

보고 싶었다.

알려주고 싶었다.

그와의 약속대로 잘 웃고, 행복하게 지내고 있다고.

두근거리는 마음으로 건물 안으로 들어간 연수는 엘리베이터를 타고, SAB로 올라갔다. 문이 열리는 순간, 눈에 들어온 것은 온통 흰색이었다. 고결함이 느껴지는 리셉션과 라운지 그리고 스튜디오를 연결하는 모든 벽이 순백색으로 가득 채워져 있었다. 유리창 너머로 스튜디오 안에서 여름학기 수업을 받는 학생들의 모습이 보였다. 시간표를 체크하고 입학에 필요한 몇 가지 서류에 추가로 사인한 후 연수가 건물 밖으로 나왔다.

미리 준비해온 지도를 가방에서 꺼내 펼쳐들고 건물의 위치와 길을 확인한 후 센트럴파크 웨스트 쪽으로 향했다. 앞으로 연수는 이 길을 걸어서 다닐 생각이었다. 맨션 입구에 도착하자 경비원이 연수에게 먼저 인사를 건넸다.

"안녕하세요."

"안녕하세요, 오늘부터 907호에 살게 된 연수라고 해요, 연수 홍이요. 잘 부탁합니다."

어린 여학생의 환한 미소에 경비원 잭슨이 쓰고 있던 모자를 가볍게 들어 인사했다.

엘리베이터를 타고 올라와 연수가 아파트에 들어서자, 앞으로 혼자 지내게 될 실내가 한눈에 들어왔다. 거실 중앙에 있는 소파 위에 가방을 내려놓은 연수가 머리를 대충 묶어 올리고, 한국에서 먼저 도착한 박스를 풀었다. 짐이라고 해봤자, 연수가 그동안 공부하던 책과 옷가지가 전부였지만, 이제부터 모든 것을 혼자 해야만 했다. 옷 정리도 요리도 그리고 맨해튼에 있을 E.J를 찾는 것도 모두 다 열여덟 살, 홍연수 혼자만의 몫이었다.

*

오랜 연습으로 조금은 지쳐가던 날, 연수는 며칠 전 한의사 선생님이 보내준 홍삼 엑기스를 입에 물고 식탁 위에 놓인 노트북의 자판을 두드리고 있었다. 인터넷 검색창을 띄우고 변호사 중에 E.J이라는 이름을 검색해보았다. 하지만 검색창에 뜨는 것은 소설가 E.J뿐이었다. 'Eu-Jin Song'이라는 이름으로 검색해보았지만, 검색창에 뜨는 것은 Mr. Song이라는 수많은 다른 변호사들뿐이었다.

망설이던 연수는 장난삼아 소설가 E.J에게 메일을 보냈다.

To: EJ_novel@gxmail.com
From: YeonSoo_Hong〈cheongyeom1224@gxmail.com〉
Date: 20XX. 5. 5
안녕하세요, 소설가 E.J님.

저는 SAB에서 발레를 배우고 있는 연수라고 합니다.

이렇게 무례하게 메일을 보내는 것에 먼저 양해를 구합니다.

제가 간절히 찾고 있는 사람의 이름이 소설가님의 필명과 똑같은데, 그를 찾을 수가 없어서…….

조금은 슬픈 마음에 E.J님께라도 메일을 쓰고 싶었습니다.

다음 주에 링컨센터에서 SAB워크숍이 열릴 예정이에요.

E.J님, 만약 뉴욕에 계신다면, 시간이 되신다면 제 발레공연을 보러와 주실 수 있으신가요?

E.J님이 제가 찾는 그 사람이 아니더라도 공연에 와 주시면 정말 기쁠 것 같아요!

무례한 메일이었다면 용서해주세요!

참, 대신 E.J님이 쓰신 소설책은 꼭 사서 볼게요.

언젠가…… 만나게 되면, E.J님 소설책에 이렇게 사인해주세요.

'무례한 발레리나, 연수에게' 라고요!

항상 E.J님의 행복과 건강을 기원합니다.

망설이다 막상 전송 버튼을 누르고 나니, 연수는 '아차.' 싶었다.

하지만 메일은 발송되어버렸고 보낸 메일을 지울 수는 없었다. 장난스럽게 보낸 메일의 내용을 다시 보며, 연수는 피식 웃어버렸다. 일주일 후면 공연이 시작될 예정이었고, 그때까지 끝내놓아야 할 과제물은 산더미처럼 쌓여 있었다.

노트북 전원도 끄지 않은 채 연수는 식탁 위에 쌓아 놓은 수학책을 펼쳤다. 도저히 풀리지 않는 수학문제를 풀기 위해 연수는 밤늦게까지 글씨를 끼적이다 'E.J가 곁에 있다면 물어볼 수 있었을 텐데…….' 라는 그리움을 뒤로 한 채 그대로 잠이 들어버렸다.

*

소설가 E.J 앞으로 도착한 메일을 열어본 의진은 한참 동안 컴퓨터 화면에서 눈을 떼지 못했다.

홍연수.

그에게는 안타까운 이름이었다. 아이가 장난스럽게 보낸 메일이 그에게 와 있었다. 자신이 누구인지, E.J가 누구인지도 모른 채 연수는 발레공연에 와 달라고 했다.

지난해 여름, 그는 연수가 SAB에 입학했다는 소식을 들었다. 아이는 생각보다 열심히 하고 있었다. 뒤늦은 유학으로 적응하는 것이 쉽지 않을 텐데, 고등학교에서의 생활도, 발레스쿨에서도 잘 적응하고 있는 것 같았다.

작년 크리스마스이브, 방학인데도 연수가 한국으로 돌아가지 않고 홀로 맨해튼에 있다는 소식을 듣고 의진은 무작정 차를 몰고 발레스쿨로 갔다. 연수가 그곳에 있는지조차 알지 못했지만, 차를 세워두고 기다렸다.

얼마나 시간이 지났을까?

그의 시야 안에 낯익은 인영이 들어왔다. 아이보리색 모직코트를 입고 회색 장갑을 낀 연수.

서점에 들러 책을 잔뜩 샀는지, 아이의 손에는 링컨센터 책방의 커다란 쇼핑백이 들려 있었다. 2년 반 만에 다시 본 연수는 어느새 소녀에서 예쁜 숙녀로 훌쩍 자라있었다. 눈을 뗄 수가 없었다. 얼어버린 보도 위를 조심스럽게 걸으며, 꽃가게에 들러 크리스마스 장식용 리스를 사가지고 나온 연수가 베이커리에도 들러 무엇인가 주문하고 다시 나왔을 때는 아이의 얼굴에는 행복한 미소 가득했다.

정동공원에서 그가 '더 많이 웃었으면 좋겠다.'고 '행복하게 춤을 추었으면 좋겠다.'고 했던 부탁대로 연수는 웃고 있었다. 엄마와 마지막으로 보낸 크리스마스 이후 울기만 했던 아이였는데, 달라져 있었다. 그런데 그런 연수의 모습을 본 의진은 웃을 수 없었다.

연수가 69번가 맨션으로 들어가는 것을 확인한 후에도 의진은 오랫동안 그 자리를 떠나지 못했다. 아이를 바라보는 아련한 아픔도 여전히 가슴 속에 남아 있었다.

'홍연수, 너는 내게……?'

폭풍처럼 밀려드는 혼란스러운 감정에 의진은 그날 이후 사무실 책상 위에 놓아두었던 사진을 서랍 깊숙이 넣었다. 송의진 사전에 없던 이성 친구와의 만남도 가졌다. 멀린의 소개로 만난 조세핀과 가끔 만나 차를 마시며, 이야기도 나누었다. 조세핀은 의진에게 여자로 다가오길 원했지만, 변함없는 그의 태도에 등을 돌리는 대신 친구로 곁에 남았다. 마음이 바뀌길 기대하며.

"무슨 생각해?"

조세핀의 목소리에 의진이 고개를 들었다.

"응?"

"무슨 생각을 하기에 그렇게 넋을 놓고 있어."

조세핀의 지적에 그의 입가에 남아 있던 흐린 미소가 사라졌다.

"아까 말한 Kelo 재판 말이야, 비슷한 케이스라면 이번에도 시市에서 승소하는 것이 가능할까?"

Kelo 재판은 사유지를 재개발사업 목적으로 강제적으로 수용하는 것에 반발한 New London市 시민들이 위헌 소송을 제기했던 사건이었다.

"글쎄 2005년도 소송에 대한 대법원 판결은 5대 4라는 근소한 차이로 시의 손을 들어주었지만, 언제든지 변수는 존재하는 거니까. 특히 재판에서는."

"뉴욕시 개발공사(ESDC)는 시의회에서……."

서류를 내려다보던 조세핀은 그가 자신의 말에 전혀 귀를 기울이지 않는다는 것을 깨달았다.

창밖에 시선을 두고 있는 그 얼굴로 손을 뻗으려는 순간 의진이 먼저 고개를 돌렸다.

"공연…… 보러 갈래?"

"응? 무슨 공연?"

"발레."

뜻밖의 제안에 조세핀의 얼굴에 기쁨이 차올랐다.

SAB 공연에는 학생들의 가족들 외에도 많은 사람들이 찾아왔다.

먼저 '발레 공연을 보러 가자.' 했던 의진이 기대와 달리 워크숍 프로그램에 데리고 오자, 조세핀은 알 수 없는 불안함에 그의 얼굴을 살폈다. 그런데 의진의 표정은 차분했다.

"뭐야? 학예회야?"

약간은 불만어린 말투에 그가 피식 웃어보였다.

발레 공연의 시작과 함께 학생들의 춤이 시작되었다. 두 번째 프로그램이 끝나고, 세 번째 작품인 바로크협주곡(Concerto Barocco, 요한 세바스찬 바흐의 'D단조의 두 개의 바이올린 콘체르토'에 맞추어 조지 밸런친이 안무한 발레 작품)의 공연이 시작되자, 제1악장에서는 8명의 여자 무용수들이 나와 춤을 추기 시작했다.

"네가 발레에 관심이 있는 줄은 몰랐는데……."

나직이 속삭이자 의진의 입가에 미소가 떠올랐다. 여자의 마음을 흔들어 놓는. 그리고 그 순간 조세핀은 의진의 눈빛이 변하는 것을 보았다. 무엇인지 몰라도 언제나 잔잔한 호수 같았던 송의진을 흔들고 있는 대상이 눈앞에 있음이 분명했다. 놀란 그녀가 그의 시선을 따라 고개를 돌렸다. 누구를 보고 있는 것일까?

무대 위 두 번째 줄 중앙에서 춤을 추는 동양인 여학생의 모습이 조세핀의 눈에 들어왔다. 커다란 두 눈에 투명한 피부, 여러 아이들 중에 섞여 있어도 눈에 띄는 가는 선이 아름다운 몸매를 가지고 있는 발레리나. 의진의 시선은 그 아이에게 머물러 있었다.

의진은 연수가 춤을 추는 것을 처음 보았다. 가슴에 아픔으로 남아 있던 어린 소녀는 어느새 뼈를 깎는 고통을 이기고, 세상을 향해 날아가기 위해 날갯짓을 하기 시작했다. 우는 방법을 몰라서 춤을 추는 대신, 가장 좋아하는 발레를 통해 희로애락喜怒哀樂을 표현할 수 있게 되어버렸다. 혼자 더 넓은 세상을 향해 날아갈 준비가 된 다 자란 백조처럼 연수는 날개를 막 펼치려 하고 있었다.

더 이상 송의진의 도움이 필요 없는, 혼자서 꿋꿋하게 날아갈 준비가 되어버린…… 백조, 홍연수.

바로크 협주곡이 끝나기도 전에 의진이 자리에서 일어났다.

"그만 가자!"

"뭐?"

갑작스러운 그의 행동에 놀라 조세핀도 일어나 황급히 그의 뒤를 따랐다. 공연 중에 시야를 방해하는 그들을 향한 관객들의 원성에도 불구하고 좁은 의자와 관객들의 다리 사이를 지나 통로로 빠져나왔다. 밖으로 향하는 육중한 문을 밀기 위해 손잡이를 잡은 의진의 손끝에 힘이 들어갔다. 순간의 망설임이었다.

그들이 홀을 빠져나오기 전에 프로그램이 끝났고 관객들의 박수 소리가 들려왔다. 더 이상의 망설임 따위는 허용되지 않았다. 어두운 공연홀을 빠져나오자, 빛이 쏟아져 들었다.

"잠깐만, 의진!"

당황한 목소리에 그가 자리에 멈춰 섰고, 고개를 돌렸다. 항상 이성적이다 못해 때로는 차갑게 느껴지는 송의진의 눈동자 속에서 흔들림이 읽혀졌다. 왜? 무엇 때문에? 너, 설마?

"지금…… 뭐하는 거야?"

처음 보는 그 모습에 조세핀의 목소리는 떨렸고, 의진은 그녀를 가만히 응시했다. 깊이를 알 수 없는 눈빛을 확인한 순간 조세핀의 심장은 내려앉는 것 같았다. 지금 저 안에서 춤을 추고 있는 발레리나가 누구인지, 그 아이가 의진에게 어떤 의미인지 묻고 싶었다.

찰싹, 뺨을 후려칠 때 만들어진 마찰음이 홀에 울리는 동시에 의진의 얼굴에 선명한 손자국이 남았다. 저 안에 있는 아이가 이 남자에게 어떤 의미인지는 몰라도, 그가 다른 여자를 보러 온 자리에 자신이 끌려왔다는 사실 정도는 조세핀도 알 수 있었다.

"비겁해, 이 나쁜 자식아!"

의진은 쓴웃음을 지었다. 알고 있었다. 비겁했다.

자신이 혼자 이곳에 온다면 무슨 짓을 저지를지 의진은 두려웠다. 연수에게서 도망치고 싶었지만, 동시에 아이를 보러오고 싶은 마음을 숨길 수 없었다.

"이용해!"

일순 의진의 표정이 굳었다.

"네가 저 아이에게서 도망치고 싶으면, 날 이용하라고."

대답할 사이도 없이, 조세핀이 그의 얼굴을 붙잡고 입술을 밀어 붙였다. 키스였다.

그래 이렇게라도 해야 한다면.

떨어져 있던 그의 손이 온몸으로 부딪혀 오는 조세핀의 가는 허리를 세게 끌어당겼다. 두 눈을 감았다. 뜨거운 숨결이 얽히는데도 의진의 심장은 차가워져만 갔다.

홍연수, 여리고 작은 소녀, 세진그룹 홍일아 회장의 딸, 그의 부친인 송만섭 판사를 이용하려는 남자의 딸, 그리고 그의 플루메리아. 잊어야 했다. 연수가 잘 지내고 있다는 것을 확인했으니, 지금처럼 멀리 떨어져 있는 것이 연수를 위한 길이고, 자신을 위한 것이라고 이성은 소리치고 있었다.

키스가 끝났고, 흐트러진 호흡을 가다듬으며 그를 올려다보는 조세핀의 눈동자는 흔들리고 있었다. 입술에 선명하게 남은 립스틱 자국을 지워주기 위해 조세핀이 손을 들자, 의진이 그녀의 허리를 놓았다. 자신의 손수건으로 입술을 닦고 돌아서는 순간 의진의 시선을 붙잡는 얼굴이 있었다.

연수.

그 아이가 놀란 눈으로 그를 바라보고 있었다.

의진은 눈을 뗄 수가 없었다. 도망치려고 해보아도 자신을 붙잡고 있는 연수의 눈빛은 그를 바닥으로 순식간에 끌어내렸다. 선뜻 다가오지도 못하면서, 커다란 눈에는 눈물을 가득 담고 있었기에.

그 눈빛에 이끌리듯 연수에게 한 발짝 다가서려는 그를 조세핀이 붙잡았다. 간절한 눈빛으로 고개를 저었다. 여기서 저 아이에게 다가가면, 더 이상 멈추지 못할 것이라는 경고였다.

"의진?"

떨리는 목소리가 들렸다. 이성은 멈춰야 한다고 소리치고 있었다.

"가자, 바래다줄게!"

"응?"

망설임 없이 조세핀의 팔꿈치를 붙잡고 몸을 돌렸다. 자신을 좇는 연수의 시선을 느꼈지만 뒤돌아보지 않았다.

저 아이에게 더 이상 다가서지 말라고 붙잡아 놓고도, 차갑게 돌아서는 그의 행동에 오히려 조세핀은 당황했다. 팔을 붙잡고 있는 손은 뜨거운데, 그의 얼굴에는 아무런 감정이 드러나 있지 않았다. 그의 보폭에 맞추느라 조세핀이 잔걸음으로 뛰는 듯이 건물 밖으로 끌려나왔다.

그가 멈추어 섰다.

"미안……하다."

"뭐?"

"미안해, 그래도…… 오늘만은 안 되겠다."

의진은 손목을 비틀어 자신을 붙잡고 있는 조세핀의 손을 떼어냈다. 순간 그녀의 얼굴에 안타까움이 서렸다. 조세핀이 의진을 붙잡기 전에 그가 다시 홀 안으로 뛰어들어갔다.

'홍연수.'

자신을 끝까지 좇는 아이의 마지막 눈빛을 그는 떨쳐내지 못했다. 연수가 어떠한 상처를 가지고 있는지 아는 의진에게 저 아이를 이곳에 홀로 남겨둔 채 돌아서는 잔인한 행동 따위는 할 수 없었다. 내려왔던 계단을 다시 뛰어오르는 동안 의진은 연수가 사라져버렸을까 봐, 혹여 그 사이 무슨 일이라도 생겼을까 봐 너무나 두려웠다. 그리고 그가 마지막 계단을 오르는 순간, 연수의 눈동자가 다시 닿았다. 자신을 돌아보던 그 모습, 그 시선대로 아이는 꼼짝도 하지 않은 채 그 자리에…… 그렇게 서 있었다.

결국 그가 먼저 부르고야 말았다.

"연수야!"

그 목소리에 그를 바라보고 있던 연수가 참았던 눈물을 쏟아냈다.

"흑……흑…….."

공연용 분장이 눈물에 흘러내리는 것도 모른 채, 그 자리에서 가는 두 손으로 얼굴을 감싼 채 울고 있었다.

의진은 한 치의 망설임도 없이 연수에게 다가갔다.

"연수야, 홍연수?"

불러도 연수는 고개를 들지 않았다. 그가 들썩이는 아이의 가냘픈 어깨를 가슴에 끌어당겼고, 연수의 머리를 쓰다듬으며 다정한 목소리로 진심을 말했다.

"보고 싶었다."

목 안이 뜨거워졌다.

마지막 말에 열아홉 살이 되어버린 연수가 그의 품에 안겨 소리 내어 울기 시작했다. 그리고 그 순간 의진은 인정하지 않을 수 없었다. 아주 오래전 송의진의 마음속에 이미 이 소녀가 들어와 버렸다는 사실을.

의진은 연수가 울음을 그칠 때까지 그렇게……, 서 있었다.

준비된 마지막 프로그램이 모두 끝나고 사람들의 박수소리가 들려오자, 의진은 연수를 무대로 통하는 복도로 데리고 갔다. 그들이 다가가자, 관계자가 발레복 차림의 연수를 보고 그에게 달려왔다.

"무슨 일이에요?"

"이 아이 보호자입니다. 너무 오랜만에 만나서……, 많이 울었는데 좀 돌봐주시겠습니까?"

손수건을 꺼낸 그가 연수의 젖은 얼굴을 닦아주었다.

"들어가서 옷 갈아입고 나와. 여기서 기다리고 있을게."

약속의 말에 연수가 그를 올려다보았다. 환하게 미소 짓는 그의 얼굴을 확인하고 나서야 연수는 가볍게 고개를 끄덕이고, 그에게서 멀어져갔다.

'홍연수.'

그의 머릿속은 연수에 대한 생각으로만 가득했다.

심연深淵 깊숙이 숨겨 놓았던 감정들이 그 자신도 주체하지 못할 정도로 물 위로 퐁퐁 떠올랐다. 태어나서 처음 본 것을 제 어미인 줄 알고 쫓아다니는 오리새끼처럼, 연수가 자신을 바라보고 있다는 것도, 그리고 그 아이에겐 죽은 시연을 대신해 마음을 줄 누군가가 필요하다는 것도 알고 있었다. 연수를 그렇게 만들어버린 것이 자신이기에 그는 아무것도 할 수가 없었다.

아이에 대한 감정은…… 사랑인데, 연수는 아니었다.

옷자락을 조심스럽게 끌어당기는 손길에 의진이 고개를 들었다.

청바지에 흰 티셔츠를 입고 바닥에 끌릴 것 같은 커다란 가방을 들고 서 있는 연수의 모습이 그의 눈에 들어왔다. 정수리까지 묶어 올렸다 풀어 내린 머리 때문인지, 긴 머리칼이 어깨 위로 부드럽게 물결을 그리고 있었다. 한동안 운 탓인지 눈은 발갛게 부었고.

그가 손을 들어 연수의 머리를 쓰다듬었다.

"이제 다 운 거지?"

부끄러운 듯 연수가 시선을 피하며 고개를 끄덕였다.

57번가 코너에 있는 식당에 도착해 연수와 마주 앉고 나서야 의진은 얼굴을 바로 보았다.

"메뉴는 어떤 걸로 할래?"

연수가 조심스럽게 시선을 내려 메뉴판을 살폈다.

"로스티드 베비 비프 샐러드요."

샐러드만 고르자, 의진은 연어 요리와 와인 그리고 탄산수를 추가로 주문한 후 웨이트리스에게 메뉴판을 건넸다.

"이제 숙녀가 다 됐네."

미소를 짓는 연수의 얼굴이 붉어졌다.

"어떻게 내가 온 줄 알았어?"

"네?"

그 질문에 연수는 대답할 수 없었다.

자신이 참가한 프로그램이 끝날 무렵 관중석에서 들려오던 웅성거림. 눈부신 조명 때문에 확인할 수 없었지만, 심장이 너무나 뛰어서 혹시나 하는 마음에 무대 뒤로 나오자마자 연수는 달려 나갔다.

그리고 그곳에 그가 서 있었다. 아주 아름다운 여자와 키스를 나누고 있는 E.J가. 순간 연수는 너무나 슬펐다. 다시 만나게 된 것은 너무나 기뻤지만, 그가 이미 멀리 가버린 것 같아서.

"연수야?"

시선을 떨어뜨리고 있던 연수가 그를 바라보았다.

"오늘 공연 멋있었어, 아니 발레니까 아름다웠다고 해야 하나?"

"아마도요."

환하게 미소 짓는 연수의 모습에 그의 심장이 뛰었다.

"E.J는 변호사가 됐나요?"

"응, 제법 돈 잘 버는."

그 말에 연수가 해맑게 웃어주었다.

그가 꿈을 이룬 것이 기쁘다는 듯.

아주 청염하게.

식사를 마치고 그들은 식당을 나왔다.

"가자, 집까지 데려다 줄게."

"아니에요, 혼자 갈 수 있어요. 몇 블록만 가면 되고……."

"위험해."

"네?"

"아무리 큰 대로변이라고 하더라도 어두워지면 여자 혼자 다니는 것은 위험하다고. 특히 뉴욕에서는."

걱정스럽게 보는 그의 눈빛에 연수는 고개를 끄덕였다.

"약속할게요, 아무리 가까운 거리라도 밤에는 혼자 다니지 않겠다고요."

명랑한 대답에 그가 웃었고, 연수의 머리를 가볍게 쓰다듬은 후 택시를 잡기 위해 먼저 발걸음을 옮겼다.

'E.J 지금처럼 천천히 걸어요. 너무 멀리 가지도 말고, 사라지지도 말고. 그렇게 해줄 수 있죠?

연수는 묻고 싶다. 그 순간 그가 고개를 돌렸다.

"가자!"

눈물이 쏟아질 것 같아 연수가 입술을 깨물었다.

타박타박, 달려가 미소를 지으며 손을 내밀고 있는 그의 손을 꼭 잡았다. 따뜻했다. 이 사람 곁에 있다는 사실만으로 손에 힘이 들어갔다. 오후에 심장에 새겨진 생채기가 더 이상 아프지 않았다.

그들은 나란히 택시를 탔고, 의진은 차가 센트럴파크 웨스트 88번지에 도착하자 차에서 내려 연수에게 가방을 건넸다.

"늦었다. 조심해서 들어가."

돌아서서 다시 택시에 올라타려는 그를 연수가 불러 세웠다.

"E.J, 잠깐만요!"

커다란 숄더백 안을 한참 뒤지던 연수가 주먹을 쥔 손을 그에게 내밀어보였다.

"약속했던 것이에요."

주먹을 내려다보던 그가 손을 내밀자, 그 위로 낯익은 물건이 떨어졌다. 오래전 그가 받기를 거절했던 백조 모양의 열쇠고리. 시간이 지났어도 영롱한 빛을 뿜어내는 조각은 여전히 아름다웠다.

지금 그 앞에 서 있는 연수처럼.

"제가…… E.J 앞에서, 처음 무대에 오르게 되면 받아준다고 했던 선물이에요. 기억하세요?"

쉽게 받을 수 없었던 선물. 기억하고 있었다.

의진은 열쇠고리를 움켜쥔 채 다른 손으로 연수의 머리를 가볍게 토닥인 후 택시에 다시 올라탔다.

"그만 들어가라."

"저기…… E.J, 연락처…… 알려주시면 안 돼요?"

허리를 숙여 택시 안에 앉아 있는 그를 바라보는 연수의 눈빛은 거절할 수 없을 정도로 간절했다. 의진은 아주 느린 동작으로 재킷 안에 있던 명함을 꺼내 연수에게 건넸다.

"저기……."

아이의 눈빛을 다시 확인하는 순간 망설임은……, 깨끗하게 지웠다.

"또 보자."

불안해하던 연수가 해맑게 웃으면 손을 흔들었다. 택시가 더 이상 시야에 들어오지 않자, 연수는 명함으로 시선을 내렸다.

글로벌 로펌 'M&H'의 로고 아래에 세련되고 깔끔한 서체로 인쇄된 글자가 한눈에 들어왔다. 그의 이름을 보는 연수의 얼굴에 화사한 미소가 피어올랐다.

"Lawyer Eu-Jin Song"

이름을 나지막이 되뇌는 연수의 입가에 살포시 팬 보조개, 그 위에 새롭게 시작된 두근거림.

5월의 미풍에 머리칼이 부드럽게 날렸다.

어느덧 계절은 여름으로 성큼 다가서고 있었다.

연수는 가끔씩 먼저 전화를 걸어 의진의 안부를 궁금해하거나,

함께 영화나 공연을 보러 가줄 수 있는지 물었다. 로펌 일이 아주 바쁠 때를 제외하고는 그는 연수를 위해서 기꺼이 시간을 내주었다.

"E.J 저요, D클래스로 올라갔어요."

흥분한 연수의 표정을 본 의진은 미소를 지었다.

"그동안 꽤 열심히 했나보구나."

"꽤요? 아니, 아주 열심히 한 건데……."

연수는 생각보다 그가 자신의 실력은 인정해주지 않는다는 생각에 입술을 삐쭉거렸다. 아이 같은 모습에 의진은 소리 내어 웃었다.

"졸업한 후의 진로는 어떻게 할 생각이니?"

아직 시간은 있었다. 모든 계획을 사실대로 이야기해주려던 연수가 조심스럽게 대답을 피했다. 아직 정해진 것은 아니니까.

"그때가 되면 생각해보려고요……. E.J, 다음 주 일요일에 우리 센트럴파크로 피크닉 가요!"

그가 피식 웃었다. 제 집 앞에 있는 공원으로 소풍을 가자는 제안을 하는 연수가 아직 아이 같다는 생각을 지울 수 없었다.

조용히 대답을 기다리는 연수의 기대에 찬 눈빛에 의진은 차마 거절하지 못했다.

"시간은?"

"오후 1시?"

"너무 늦은 것 아니야?"

"아니요, 제가 오전에 좀 할 일이 있거든요."

연수가 해맑게 웃었다.

약속한 날, 의진은 맨션 앞에서 연수를 기다렸다. 커다란 피크닉

바구니를 들고 연수가 나타났다.

"뭐야?"

"우리가 먹을 점심이요."

의진은 무거워 보이는 바구니를 받아들고 머리를 쓰다듬어 주었다.

길을 건너 공원 안으로 들어가 적당한 자리를 찾았다. 의진이 그늘이 진 나무 아래 얇은 담요를 깔고 그 위에 준비해온 피크닉 바구니를 놓아주자, 연수가 바구니 안에 얼굴을 파묻고 무엇인가 주섬주섬 꺼내기 시작했다. 참치샐러드 샌드위치, 손질 후 플라스틱 그릇에 예쁘게 잘려 담긴 과일 그리고 샴페인과 글라스까지.

"설마 네가 이걸 혼자 다 준비했어?"

그가 놀라워하자 연수가 기쁜 듯 고개를 끄덕였다.

"설마?"

"정말이에요, 예전에는 요리라고는 전혀 못했지만, 미국에 온 지도 이제 1년이 넘었는걸요. 저도 먹고 살려면 어쩔 수 없어요."

아이의 입에서 흘러나온 대답에 그가 연수의 코를 꼬집었다.

"아야!"

의진의 반응에 화가 난 듯 연수가 입술을 샐쭉하게 내밀고, 그는 기분 좋게 소리 내어 웃었다. 귓불이 붉어진 연수가 창피한 듯 음식으로 시선을 떨구었다.

"맛있겠다. 어디……."

먹기 좋게 잘린 샌드위치를 한입에 넣었다.

"윽!"

의진이 인상을 쓰자 연수의 얼굴이 하얗게 변했다.

"이상해요?"

당장이라도 울어버릴 것 같은 아이의 표정에 의진은 입에 남아 있던 샌드위치 조각을 삼킨 후 웃어보였다.

"아니, 아주 맛있다."

연수의 얼굴에 웃음꽃이 피었다. 점심을 먹고, 의진은 연수와 나란히 앉아 각자 가지고 온 책을 읽었다. 한낮의 태양은 뜨거웠지만, 커다란 나무 아래 그늘은 더위를 피하기 충분했다.

"E.J, 잠깐만 기다려요. 커피 사가지고 올게요."

연수가 자리에서 일어났지만, 의진은 읽고 있는 책에서 시선을 떼지 못한 채 고개만 끄덕여주었다. 커피를 파는 곳까지 다녀오는데 조금 시간이 걸렸지만, 연수는 그가 기다리고 있다는 생각에 설레었다. 손에 들린 아이스커피를 빨대로 마시며 연수가 그가 있는 곳으로 돌아왔을 때, 의진은 읽고 있던 책을 가슴 위에 펼쳐둔 채 잠이 들어 있었다.

커피를 잔디 위에 올려둔 후 조심스럽게 그의 곁에 다가앉은 연수는 가만히 의진의 얼굴을 내려다보았다. 한국에서는 오빠 같은 느낌이 들었는데, 지금의 변호사 송의진에게서는 그런 느낌이 없었다. 어른이라서 그럴까? 뭐라고 설명할 수 없는 느낌. 예쁘다고 하면 화낼 것 같았지만, 눈을 감고 있는 얼굴은 붉은 입술을 빼면 석고 조각상 같았다. 자신도 모르게 손을 뻗어 그의 콧대를 만져보려다 화들짝 놀란 연수가 손을 거두었다. 찰나의 망설임.

입가에 장난스런 미소가 스쳤다.

연수가 자신의 긴 머리카락을 뒤에서 그러모아 왼손으로 잡고, 고개를 숙였다. 잠들어 있는 그의 입술 위에 연수의 입술이 살며시 닿았다.

연수 자신도 느끼지 못할 만큼 스치듯 아주 가벼운 키스.

쿵쾅거리는 심장 소리를 들으며 오랫동안 의진을 바라보고 있어도 그가 잠에서 깨어나지 않자, 연수는 바닥에 놓아두었던 아이스커피를 다시 손에 들었다. 그리고 그 자리를 벗어났다. 아직 커피를 사 가지고 돌아오지 않았던 것처럼.

연수의 모습이 저 멀리 사라져갈 때쯤 그가 천천히 눈을 떴다. 코끝에 맴도는 진한 커피향과 함께 연수가 남긴 입술의 감촉이 선명하게 각인되어 남아 있었다.

심장의 떨림과 함께 그가 나지막이 속삭였다.

"홍연수……, 사랑한다."

5.

"세나야, 사랑하면 행복할까?"

"아마도……."

"그런데 왜 마리아 다닐로바(Maria Danilova, 1793-1810)는 열일곱 살에 죽었을까?"

"실연의 아픔을 견디지 못했데."

"열일곱은 사랑하기에는 너무 어린 나이일까?"

"사랑했으니까, 어리지 않았을 거야."

"그래도 죽었잖아."

"사랑의 열병을 앓았으니까."

"바보 같아!"

"뭐가?"

"사랑하는 사람을 남기고 죽어버린 것."

"다닐로바를 유혹한 사람은 바람둥이였는데."

"알베르(Albert)의 거짓말에 속아 죽은 지젤처럼?"

"응."

"일라리옹(Hilarion)이 알베르의 정체를 지젤에게 알려주지 않았다면 지젤은 죽지 않았겠지?"

"어쩌면……."

"아니다, 원래 지젤은 심장이 약했으니까 알베르의 정체를 모르고 사랑했어도 죽었을 것 같아."

"그래도 죽어서도 사랑하잖아."

"미르타(Myrtha)가 지젤에게 알베르를 유혹하도록 시켰지만 그를 사랑해서 살려준 것처럼?"

"응."

"그래도 그와 영원한 이별을 고하기 전에 함께 춘 춤은 슬프지만 행복했을 것 같아."

"지젤의 사랑을 뒤늦게 깨달은 알베르는 절망했잖아."

"사랑을 받는 사람보다 주는 사람이 더 강한 사람이래."

"누가 그래?"

"우리…… 엄마가."

"난 그래도 받고 싶어."

"난 주고 싶은데."

"누구한테?"

"그 사람한테."

"그 사람이 누구야?"

"아주 멀리 있어."

"어디?"

"맨해튼."

"맨해튼? 뉴욕?"

"응."

"가면 되잖아."

"그렇겠지?"

"응."

"빨리 어른이 되었으면 좋겠어."

"마음껏 사랑하게?"

"응."

"다닐로바도 우리처럼 열일곱에 사랑했잖아."

"그래도……."

"그 사람 진짜 좋아하는구나?"

"아마도, 그런 것 같아."

"부럽다, 좋아하는 사람이 있다는 게……."

나무 아래 놓인 대리석 벤치 위에 앉은 지윤의 손에 동영상 플레이어가 들려 있었다.

"뭐 해?"

머리 위로 드리워진 그림자에 그가 고개를 들었다. 궁금증을 가득 담은 눈빛으로 기기를 내려다보는 예지의 시선에 지윤은 보고 있던 동영상을 끄고, 이어폰을 뺀 후 줄을 말아 한 손에 들었다. 옆에 자리를 잡고 앉은 예지가 낮은 한숨을 내뱉으며 입을 열었다.

"강지윤, 우리 친구 맞아?"

"5년인가? 친구로 지낸 지?"

예지의 눈썹이 미세하게 떨렸다.

언제나 그랬다. 처음 예지가 사귀자고 먼저 손을 내밀 때부터 지윤은 항상 같은 자리에 있었다. 한 발짝 다가가면 한 발짝 뒤로, 한 발짝 물러서면 한 발짝 앞으로 다가와 그 둘은 언제나 변하지 않는 관계를 이루고 있었다. 시간이 지나도 영원히 만날 수 없는 평행선처럼.

"참, 오랫동안 같이 있었다. 우리……."

농담으로도 듣고 싶지 않은 지윤의 말에 예지는 자신도 모르게 그의 오른팔을 끌어당겼다.

"지윤아!"

그제야 그가 고개를 돌려 예지를 바라보았다.

예쁜 외모와 어디에 내놓아도 질 것 같지 않은 다부진 성격과 영리함. 세진그룹 홍일안 회장의 큰딸이라는 조건까지, 홍예지를 설명할 수 있는 단어는 무수히 많았다. 그런데 문제는 그런 예지가 가지고 있는 것들이 지윤의 눈에는 하나도 들어오지 않았다.

시작은 연수였다.

빅 아일랜드에서 사고가 있던 그날, 지시연은 어린 지윤의 목숨을 구했다. 한국어에 반응하는 소년의 눈빛에 시연은 연수를 데리고 병원까지 동행했고, 사고 소식을 듣고 달려온 소년의 조부를 처음 만났다. J&M그룹의 강 회장. 아들과 며느리의 죽음 앞에서 흔들리던 그를 대신해 시연과 연수가 아주 잠시나마 아이 곁을 지켰다. 서울로 돌아가야 한다는 사실도 잊은 채. 그리고 그날 저녁 시연은 소년의 조부가 마련해준 자가용 비행기를 타고, 서울로 돌아왔다.

아주 오랜 시간이 흐르고 난 후 지윤은 홍예지의 수첩 안에서 떨어진 사진을 보고 나서야, 그날 자신과 마주친 소녀가 예지의 동생이라는 사실을 알았다. 그날 연수 곁에 있던 지시연의 모습이 떠올랐다. 분명 엄마라고 했는데…….

망설임 따위는 필요하지 않았다. 연수를 보기 위해 예지와 친구가 되어 홍 회장의 집을 드나들었고, 두 자매가 다른 세상에 살고 있다는 사실을 알게 되었다. 그리고 눈에 띄게 달라져버린 연수.

처음에는 자신의 눈을 의심했다.

연수가 시연과 병원을 떠나던 날, 톰 시버(Tom Seaver)의 사인볼을 보고 미소를 짓던 소녀는 더 이상 존재하지 않았다. 연수에 대한 관심은 상처로 다가왔다. 아파서 자꾸 시선이 가는 상처, 도려내려고 해도 도려내지지 않아서 자꾸 그 주위를 서성이게 만드는…… 홍연수.

그리고 그 예쁜 소녀는 지윤에게 이제 여자가 되어 있었다.

멈출 수 없는 바람, 시작도 연수였고 끝도 연수여야 했다.

홍예지가 아니라.

*

마틴 교장이 내민 서류를 연수는 가만히 내려다보고 있었다.

"ABT(American Ballet Theater) 수습단원으로 들어가 볼 생각 없나?"

"저는…….."

"알고 있네, 자네가 이미 한국에 있는 몇몇 발레단으로부터도 입단 제의를 받은 것을."

"네."

"그쪽에 비하면 ABT 쪽 조건이 그리 좋지 못하다는 것은 알고 있네. 가족들과도 떨어져 지내야 하고, 설사 입단한다고 해도 솔리스트 승급까지의 경쟁도 훨씬 치열할 테니까. 아니면, 따로 마음에 정해둔 곳이라도 있나?"

"아니요, 아직 없습니다."

"그러면 한 번 검토해보게. 우리 학교 출신의 재능 있는 무용수들이 이곳에 남아준다면, 나로서는 이보다 더 기쁘고 감사한 일이 없지."

그 제안에 연수는 떨리는 가슴을 부여잡고 고개를 끄덕였다. ABT 입단 제의를 받은 것은 기쁜 일이었다. 너무나 간절히 바라던 일. 뉴욕에 남고 싶었다. 그가 이곳에 있으니까.

발레연습이 끝나고, 연수는 집까지 걸었다. 베이커리에 들러 바게트와 미리 주문해둔 생일 케이크를 받았다. 11월 말 뉴욕 날씨는 매서웠다. 장갑을 끼지 않은 연수의 손가락 사이로 차가운 바람이 스며들었다.

"안녕하세요, 잭슨!"

"안녕하세요, 미스 홍!"

연수의 인사에 경비원 잭슨이 미소 지으며 인사를 건넸다. 이번 여름 연수의 열아홉 번째 생일이 지났다는 것을 알게 된 후 잭슨은 그녀를 부를 때 연수가 아닌 Miss Hong이라는 호칭을 사용했다. 어느 날 갑자기 어른이 되어버린 것 같아, 그 호칭이 너무 어색해 "예전처럼 그냥 편하게 이름을 불러주었으면 좋겠다."는 연수의 말에 잭슨은 환하게 웃었다. "앞으로 유명한 발레리나가 될지도 모르는데, 그럴 수 없다."며 고개를 저었다.

집으로 들어서자마자, 연수는 케이크를 냉장고 안에 넣고 코트를 벗었다.

"콜록, 콜록!"

오전부터 컨디션이 좋지 않았는데, 감기 기운이 있는 것 같았다.

침대에 눕고 싶었지만, 사람을 집으로 초대해 놓고 누워 있을 수만은 없었다. 세수를 하고, 무릎까지 닿는 흰색 니트 원피스로 갈아입은 연수는 머리를 그러모아 하나로 올렸다. 시간이 있으면 땋아 올리고 싶었지만, 시곗바늘은 벌써 오후 6시를 조금 넘기고 있었다.

흘러내린 머리를 대충 모아 핀으로 고정시킨 후 연수는 주방으로 가 앞치마를 두르고 저녁 준비를 시작했다. 고기 손질은 자신이 없어서 오늘 정한 메뉴는 해물 크림 파스타. 샐러드를 먼저 준비한 후 테이블 위에 올린 후 스파게티 면을 삶고 손질된 해물을 넣어 소스를 만들었다. 음식을 세팅하고, 돌아서려 하는데 도어벨이 울렸다. 기다리는 손님이 도착했다.

연수는 서둘러 앞치마를 벗고, 현관으로 다가갔다.

"어서 오세요, E.J!"

연수가 그를 향해 환하게 웃어보였다.

맨션에 처음 초대를 받은 의진의 두 손에는 작은 화분과 와인이 한 병 들려 있었다.

"내가 너무 늦은 건 아니지?"

그 말에 연수가 벽에 걸린 시계를 살폈다.

"아닌 것 같은데요, E.J는 언제나 칼처럼 정확해요."

연수의 미소에 의진은 화분을 먼저 건넸다.

"고마워요, 그런데 무슨 화분이에요?"

꽃도 피지 않은 초록색 화분의 정체가 궁금한 듯 눈동자를 굴렸다.

"키우면서 천천히 알아 맞춰봐."

의진의 말에 연수는 입을 삐죽거렸다. 그런 연수의 표정에 의진은 가볍게 머리를 토닥여주고는 집 안으로 먼저 들어섰다. 거실 창문 너머로 어둠이 내려앉은 공원의 풍광이 한눈에 들어왔다. 거실과 일체형의 주방이 있는 맨션. 따뜻한 느낌이 나는 목재를 이용한 인테리어 장식과 높은 천장이 매우 인상적이었다.

"집 좋은데……."

그 말에 연수가 미소 지었다.

"좀 넓죠, 혼자 지내기에는…… 그래도 그 덕분에 밖에 못 나갈 때는 거실에서 발레연습도 할 수 있어요."

아이 같은 대답에 의진은 고개를 끄덕였다.

"배고프죠? 손 씻고 와서 앉아요."

"역시 홍연수, 갈수록 요리 실력이 느는구나!"

식탁에 차려진 음식들을 보고 의진은 감탄했다. 의진이 손을 씻으러 화장실로 들어가자 연수는 냉장고에서 케이크를 꺼낸 후 초를 꽂았다. 스물여덟.

자신의 생일케이크 위에 있던 초보다 아홉 개 더 많은 초를 내려다보며 연수는 의진과의 나이 차를 실감했다. 화장실에서 나와 막 식탁으로 다가오던 의진이 노랫소리에 멈칫했다.

"Happy Birthday to you……."

연수가 머리에 파티용 고깔모자를 쓰고, 촛불이 켜진 케이크를 들고 그에게 한 걸음 한 걸음 다가왔다. 그의 생일을 축하하는 노래가 연수의 입에서 흘러나왔다. 일렁이는 촛불 뒤로 말간 연수의 얼굴이 빛을 발하고 있었다.

"……dear my E.J, Happy Birthday to you!"

의진은 눈을 뗄 수가 없었다.

"촛불 안 꺼요? 소원을 비는 것 잊으면 안 돼요!"

넋을 놓고 바라보는 그를 향해 해맑게 웃으며 연수가 어서 불을 끄라고 재촉했다. 촛불을 끄자, 케이크를 식탁에 올려놓은 연수가 의진의 팔을 끌어다 의자에 앉혔다.

연수가 준비한 음식을 먹는 의진은 조용했다. 맛있다는 칭찬도 자신을 위해 생일 파티를 해주어서 고맙다는 말도 해주지 않았다. 의진의 눈치를 살피며 음식을 먹던 연수가 먼저 입을 열었다.

"E.J 오늘 내가 뭐 실수했어요?"

그제야 고개를 들고 그녀를 물끄러미 바라보았다.

'난 네게 무엇이 되고 싶은 것일까? 처음 만났을 때처럼 네가 그 모습 그대로 소녀로 남아 있다면 지금보다는 네 곁에 있는 것이 힘들지 않을 것 같다. 난 널 어떻게 해야 할까, 널……'

자신의 눈치를 보며, 불안함에 흔들리는 연수의 눈빛에 의진은 두 눈을 감았다. 저 아이가 자신을 필요로 할 때까지만 곁에 있어주 겠다고, 곁에 있는 것을 허락해 달라고 빌었는데, 연수가 그를 향해 손을 내밀 때마다 그를 붙잡고 있는 인내의 끈은 자꾸 가늘어지고 있었다. 어느 순간 그 인내의 끈이 툭 하고 끊어져버릴 것 같은 두려 움에 의진의 심장은 조여들었다.

"E.J?"

연수의 목소리에 의진은 눈을 떴다.

"아니, 너무 감격해서 할 말을 잊어버렸어."

그 말에 연수가 해사하게 웃었다. 그의 가슴이 눈꽃처럼 시리도록 하얗게 녹아내렸다.

식사를 마치고, 와인을 마시던 의진 앞에 연수가 조심스럽게 상자를 하나 내밀었다.

"선물이에요."

"뭐야?"

"E.J가 직접 풀어 봐요."

수줍게 얼굴을 붉히는 연수의 모습에 의진은 리본을 풀고 상자를 열었다. 고급 가죽케이스로 만든 사진액자였다.

액자를 펼치자 그의 눈에 발레복을 입은 연수의 모습이 들어왔다. 우아하게 두 팔을 벌리고 허공에 날아올라 있는 흑백 사진은 연수가 더 이상 소녀가 아닌 아름다운 발레리나라는 사실을 각인시켜 주었다. 그리고 다른 한쪽에는 의진이 4년 전 공항에서 연수에게 건네주었던, 어린 연수의 사진이 끼워져 있었다. 얼마 전까지 그의 사무실 책상 위에 놓여 있던 그 액자 속 사진처럼.

"제 첫 포트폴리오 사진이에요. 예쁘죠?"

그가 부드럽게 웃었다.

"앞으로 유명한 발레리나가 될 홍연수의 첫 프로필 사진을 갖게 될 행운을 드리는 거예요. 그리고 고마워요, E.J."

의진은 고개를 들어 청염하게 빛나는 눈동자를 바라보았다.

"E.J가 없었다면, 그리고 그 사진을 E.J가 제게 주지 않았다면, 전 지금처럼 행복하게 춤추지 못했을 거예요."

진심어린 고백에도 그는 무표정했고, 아무런 말도 해주지 않았다.

"에이, 뭐야! 칭찬 받을 줄 알았는데……."

연수는 억울한 듯 자리에서 일어나 그에게 성큼 다가왔다.

"잘했다고 칭찬 안 해줄 거예요? 머리도 쓰다듬어……."

고개를 숙인 후 그의 팔목을 들어 자신의 머리 위에 가져다 대는 연수의 행동에 의진의 표정이 굳었다. 늘어진 니트의 목둘레 위로 깊게 파인 하얀 쇄골이 시선을 잡았다.

"홍연수?"

연수가 고개를 돌리자 의진과 눈을 마주보게 되었다.

서로의 숨결이 느껴질 정도로 가까운 거리. 너무나 놀라 연수는 그의 팔목을 붙잡은 채 움직이지 못했다. 숨이 멈췄다. 그런 연수의 두 눈을 뚫어지게 바라보던 의진이 먼저 입을 열었다.

"연수야, 이제 어린아이가 아니잖아! 그러니까 이렇게 네 머리를 쓰다듬어 주는 것은 오늘이 마지막이다."

미소를 지어보이며, 틀어 올린 연수의 머리카락이 풀어지지 않게 살포시 그가 머리를 쓰나듬어 주었다. 그리고는 조용히 자리에서 일어났다. 연수의 머리에 손을 올린 채 다른 한 손으로 식탁에 놓여 있던 액자를 집어든 그가 연수를 내려다보았다.

의진의 행동을 지켜보는 연수의 눈동자가 일렁였다.

"오늘 정말 고마웠다."

'왜요? 왜 그러는데요?'

불안한 마음에 연수의 심장이 미친 듯이 뛰기 시작했다.

'가려는 거 아니죠?'

연수는 튀어나오려는 소리를 어렵게 삼켰다. 현관 옆에 걸어 놓은 코트를 집어 들고 맨션을 나서려는 의진을 향해 연수가 다급하게 입을 열었다.

"E.J?"

떨리는 목소리에 그가 멈춰 섰다.

"오늘…… 자고 가면 안 돼요? 저기 그러니까…… 내 말은 게스트 룸도 있고……."

의진의 어깨가 굳었다. 둘의 숨소리만 들리는 적막감 속에 그는 연수를 돌아보지 않았다.

"Good-night!"

연수가 잘 가라는 인사를 건넬 사이도 없이 의진은 떠나버렸다.

닫힌 문을 멍하니 바라보며, 미동도 하지 못한 채 연수는 그렇게 서 있었다. 뭉클거리는 가슴 때문에 오랫동안 눈물이 쏟아질 것 같았다.

*

"언제까지 한국에 있을 생각인 게냐?"

"지금 하고 있는 공부는 마쳐볼까 싶습니다."

"의사가 될 것도 아니면서, 무슨 허송세월을. 그만 미국으로 들어오너라. 곧 네 부모 기일이다. 그 정도 하고 싶은 대로 살았으면 이제는 하기 싫은 일도 할 줄 알아야지."

"생각해보겠습니다."

"오래 기다리게 하지 말거라."

"네."

조부와의 전화를 끊은 지윤의 시선은 창밖을 향했다.

부모의 갑작스런 죽음 후 부초처럼 떠돌던 지윤이 공부를 핑계로 열다섯 살이 되던 해 한국에 들어왔으니, 햇수로 벌써 6년이었다.

내년이면 본과 과정이 시작되니, 의대를 그만둔다면 지금이 가장 적절한 시기였다. 하지만 연수가 발레스쿨을 마치고 한국으로 돌아오려면, 앞으로 반년은 더 기다려야만 했다. 조금만 그가 다가가려고 해도 지레 겁을 먹고 도망가 버리는 연수 때문에 지윤은 무던히도 애를 태웠다. 아직은 일방적이라고 해도 연수가 그의 마음을 모르지는 않을 터.

처음은 연수를 보기 위해 홍예지와 친구가 되었지만, 오히려 그런 관계가 독이 되었다. 후회했다. 그래서 예지와 의식적으로 거리를 두는 것을 잊지 않았다.

연수가 유학을 간다는 사실을 알았을 때 지윤은 망설였다. 예상 밖의 일이었다. 부서질 것처럼 위태롭기만 했던 소녀는 어느새 단단한 껍질을 조금씩 깨고, 힘겹게 세상 밖으로 나왔다. 그리고 이제 나는 방법을 배우기 위해 조금씩 날갯짓을 하기 시작했다. 그리고 조금씩 소녀에서 여자가 되어가고 있었다.

세상을 살아가면서 좋아하는 것 한 가지를 가지기 위해서는, 자신이 싫어하는 열 가지를 해야 한다는 것을 지윤은 알고 있었다. 누군가 지금 이 순간 그에게 그것이 무엇인지 묻는다면, 지윤은 망설이지 않고 대답할 자신이 있었다.

강 회장이 그가 이곳에 있는 것을 허락한 것도 단 하나의 이유였다. 죽은 지시연을 대신해 연수에게라도 빚진 목숨 값 정도는 갚을 기회를 달라는 지윤의 말.

어린 지윤이 손에서 놓쳐버린 사인볼처럼 운명은 어디로 흘러갈지 알 수 없었지만, 고인이 된 부친을 대신해 그도 언젠가는 J&M 그룹에 발을 들여야 한다는 것을 알고 있었다.

한동안 생각에 빠져 있던 지윤이 수화기를 집어 들었다.

"접니다. 내년 학기에 학교를 옮길 수 있는지 알아봐 주십시오. 콜롬비아 정도면 좋을 것 같습니다."

전화 통화를 마친 지윤이 문을 열고 발코니로 나갔다. 발밑에 펼쳐진 건물과 자동차가 제법 작게 느껴졌다.

"홍연수, 곧 만나게 될지도 모르겠다."

초겨울로 접어든 서울의 하늘이 조금씩 회색빛을 띠기 시작했다.

*

의진이 집을 다녀간 이후 불안한 마음에 연수는 일주일 동안 매일 그에게 전화를 걸었다. 하지만 연수는 의진과 통화할 수 없었고 그의 비서가 대신 메시지를 남겨주겠다는 말만 했다. 정말 울고 싶었다.

E.J로부터 명함을 받은 후 그에게 연락을 하는 것은 항상 자신이었다는 것을 연수는 뼈저리게 깨달았다. 그전에는 몰랐는데, 지난 7개월 동안 그를 끈질기게 쫓아다닌 것은 연수였다. 그는 이미 어른이고 예쁜 여자친구도 있다는 사실을 알고 있었지만, 한 발짝 다가가기도 전에 자꾸만 멀어져가는 의진의 모습에 서글픔이 왈칵 밀려왔다.

"콜록! 콜록! 콜록!"

좀처럼 멈추지 않는 기침에 리브레 코치가 연수에게 다가왔다.

"병원에는 다녀왔니?"

연수의 이마를 짚으며 걱정스럽게 물었다.

"네."

힘겹게 간신히 대답을 내뱉었다. 코치가 두 손을 들어 연수의 얼굴을 살피더니, 안 되겠는지 고개를 흔들었다.

"이 상태로는 무리야, 연수. 발레리나한테는 몸이 생명인 것 몰라!"

연수는 아무 말도 하지 못했다.

"일주일 동안 스튜디오 출입 금지야!"

"네? 하지만⋯⋯."

아픈 것도 서러운데, 연습도 못한다는 생각에 눈물이 쏟아질 것 같았다.

"내 말 들어! 학교에는 내가 이야기해둘 테니까⋯⋯ 걱정하지 말고!"

"네⋯⋯."

"다음 주에 학교에 다시 나올 때는 펄펄 날아다닐 정도로 건강해져서 와야 된다."

리브레의 격려에 연수는 고개를 끄덕인 후 자신의 짐을 챙겨 스튜디오를 나왔다. 옷을 갈아입고, 학교를 나서기 전 연수는 병결신청 서류를 작성했다. 평소에는 가뿐하게 걸어서 돌아갈 거리였지만, 몸이 너무나 무거워 힘겹게 택시에 올라탔다.

거의 기다시피 해서 맨션으로 돌아온 연수는 코트도 벗지 못한 채 침대에 쓰러져 눈을 감았다. 잠들어 가는 의식 속에서 연수는 나지막이 속삭였다.

"E.J⋯⋯ 보고 싶어⋯⋯."

톡, 톡, 테이블을 손가락으로 치는 소리에 의진이 고개를 들었다.

랭스턴이 운영하는 카지노와 관련된 소송을 맡게 된 의진을 토마스가 직접 찾아왔다.

"무슨 생각을 하기에 사람이 들어왔는지도 모르고 정신을 놓고 있냐?"

첫인사에 의진은 어색한 미소를 지었다.

"웃지마, 인마! 정들어!"

의진이 키폰의 버튼을 눌렀다.

"리사, 미안하지만 10분만 전화 연결하지 말아요."

토마스가 입을 열었다.

"폼 나는데! 그렇게 피 터지게 공부하더니만, M&H에 없어서는 안 될 고귀한 변호사가 되셨다니 축하한다."

"쓸데없는 소리 하지 말고 앉아."

의진의 말에도 토마스는 아랑곳하지 않고 어슬렁거리며 사무실 안을 꼼꼼히 살폈다. 먹이를 찾는 하이에나처럼……. 그런 그의 눈에 책상 위에 놓여 있는 가죽 액자가 눈에 들어왔다. 의진이 말릴 사이도 없이 그가 액자를 집어 들었다. 의진의 표정이 굳었다.

"와우! 예쁜데!"

평소 같으면 천하의 바람둥이 토마스 랭스턴의 입에서 여자에 대한 칭찬이 나오는 것을 흥미롭게 지켜볼 의진이지만, 지금 그 대상은 그가 모른 척할 수 있는 대상이 아니었다.

"가만…… 이게 누구야? 플루메리아?"

의진의 미간에 깊은 주름이 생겼다.

"야, 의진…… 너 설마! 이 꼬마가 이 발레리나야?"

소녀의 사진을 보며 행복한 미소를 짓고 있는 것을 목격한 그가 이 사진을 놓칠 리 없었다. 장난스럽게 말을 건네던 토마스의 눈에 의진의 차가운 표정이 들어왔다. 순간 토마스는 액자를 펼쳐 의진이 잘 보이도록 책상 위에 곱게 세워 놓았다. 그리고는 입을 열었다.

"좀 앉아라! 얘기 좀 해야겠다."

의진의 시선은 사진 속 연수에게 고정되어 있었다.

"그래서 문제가 뭔데? 천하의 송의진이 그 여자 아니, 그렇게 오랫동안 가슴에 품어놓고도 그녀에게 가지 못하는 이유가 뭐냐고?"

토마스는 참을 수 없다는 듯 그를 다그쳤다.

"연수는…… 연수 그 아이는…… 내게 플루메리아였고, 동생 같은 아이였고, 아픔이었고…… 사랑이다."

"그래서? 결론은 사랑이잖아! 그럼 되는 거 아니야?"

토마스는 의진의 말이 이해가 되지 않는다는 듯 고개를 저었다.

그런 토마스를 물끄러미 바라보던 의진은 친구에게 모든 깃을 털어놓았다. 연수를 만나게 된 사건과 지시연의 자살, 부친을 이용하려는 홍일안 회장의 야욕 그리고 고인이 된 김만익 변호사와 연수가 상속받게 될 재산의 수탁자가 된 그 모든 일련의 사건들을 하나도 빠짐없이 이야기해주었다.

"미치겠구만!"

꼬여 있는 관계가 단순히 둘 만의 일이 아님을 알았다.

"그래서? 네가 이 아이, 아니지, 이 여자를 포기하겠다고?"

의진은 아무 말도 하지 못했다.

빛과 같은 아이였다. 자신이 욕심내기에는 너무나 깨끗하고 맑아서, 두렵게 만드는 아이.

"내가 보기에는 아니다. 너 이 여자가 다른 사람과 결혼하고, 그 남자의 품에 안기고, 그 남자의 아이를 낳고 사는 것 참아낼 자신 아니, 잊고 살 자신 있냐?"

의진의 얼굴에 고통의 흔적이 일었다.

"내가 보기엔 오리 새끼는 이 여자가 아니라 너다 인마! 장장 햇수로 8년이다! 네가 이 사진 끌어안고 있는 걸 본 게! 그런데, 잊어?"

토마스의 손이 의진의 목을 끌어당겼다.

"잘 생각해봐! 이건 이성理性의 문제가 아닐 수도 있다. 그리고 이 여자가 널 사랑하지 않는다고 누가 보장하냐?"

의진의 입가에 쓰디쓴 미소가 지나갔다.

아무 말 없이 토마스의 어깨를 톡톡 두드린 후 의진은 소파에서 일어나 데스크 앞에 앉았다. 사진 속에서 환하게 미소 짓는 연수의 표정이 그의 눈에 들어왔다. 의진이 그렇게 도망치듯 맨션을 떠난 후 연수가 계속 연락을 해왔지만, 전화를 의도적으로 피한지도 어느덧 일주일이 넘었다. 잠시 생각에 잠긴 의진이 수화기를 들었다.

당장이라도 연수의 안부를 확인해야 했다. 전화를 걸었다. 집으로 그리고 연수의 휴대폰으로. 계속되는 발신음에도 대답이 없자 의진은 일어나 코트를 집어 들었다. 사무실을 나서는 의진의 굳은 표정을 보며, 토마스가 그를 향해 소리쳤다.

"사랑은 멍청하게 하는 거야, 인마!"

차를 세우기가 무섭게, 주차 미터기도 확인하지 않은 채 의진은 빌딩 안으로 뛰어들어갔다.

그를 아는 잭슨이 먼저 인사를 건넸다.

"안녕하세요, 미스터 송!"

"안녕하세요, 잭슨. 혹시 연수 집에 들어왔나요?"

그의 다급해 보이는 표정에 잭슨이 놀라 대답했다.

"네, 오늘은 나가는 것을 못 봤고 어제 오후에는 평소보다 일찍 들어왔는데 컨디션이 안 좋아 보이던데……."

그의 대답이 끝나기가 무섭게 의진은 1층 로비에 있는 벨을 눌렀다. 수차례 눌러도 대답이 없자 그가 잭슨에게 물었다.,

"열쇠 누가 가지고 있죠?"

"네?"

"만능열쇠 누가 가지고 있냐고요?"

"제가 가지고 있지만, 위급한 경우가 아니면……."

"위급한 경우일 겁니다. 집도, 연수의 휴대폰으로도 연락이 안 돼요!"

"그래도……."

의진이 그를 끌고 엘리베이터에 올라탔다.

탕, 탕, 탕.

"연수야, 홍연수!"

잭슨이 만능키로 현관문을 열기 전에 의진이 문을 두드렸지만, 아무런 대답이 없었다.

"열어봐요!"

"네? 네!"

당황한 잭슨이 문을 열자, 의진은 안으로 뛰어들어갔다. 열린 침실문 사이로 침대에 쓰러져 있는 연수를 발견하고 달려가 품에 안았다.

"연수야! 홍연수!"

두꺼운 모직 코트가 축축할 정도로 땀에 흠뻑 젖어 있는 것을 느낀 의진은 불덩이 같은 연수의 얼굴과 목을 만지고 비명을 질렀다.

"잭슨, 구급차 불러요!"

문 앞에서 어쩔 줄 몰라 하던 잭슨이 전화기로 뛰어가자, 의진은 연수의 코트를 벗기기 시작했다. 물먹은 솜인형처럼 축 늘어져버리는 연수의 모습에 심장은 미친 듯이 뛰었다. 덜덜 손이 떨려 코트 단추가 자꾸 그의 손 안에서 미끄러졌다.

미안하다.

정말 미안하다.

심장이 찢어져버릴 것 같은 격통을 참아내며 의진은 연수의 창백한 얼굴에서 눈을 떼지 못했다. 자신의 코트도 벗은 그가 연수를 안아 올린 후 욕실로 들어갔다. 연수를 품에 끌어안은 채 욕조에 앉은 그가 배수관을 막고 수도꼭지를 돌려 차가운 물을 틀었다. 실내라고 해도 12월 영하의 날씨 속에 물은 얼음장 같았으나, 끓고 있는 연수의 몸은 불덩어리 같았다. 당장이라도 녹아버릴 것처럼.

"잭슨!"

비명 같은 부름에 잭슨이 큰 덩치를 끌고 욕실로 얼굴을 내밀었다.

"구급차는요?"

"불렀어요! 눈 때문에 도로 상황이 안 좋아서. 빨리 도착하기는 힘들 것 같은데……."

"냉장고에 가서 얼음 가져와요! 빨리요!"

의진의 명령에 상황 파악을 한 잭슨이 냉장고 안에 있는 얼음을 모조리 꺼내 들고 뛰어왔다. 그리고는 의진이 연수를 안고 들어가 있는 욕조 안에 얼음을 털어 넣었다.

어느새 연수를 끌어안고 얼음물이 담긴 욕조 안에 앉아 있는 의진의 입술은 하얗다 못해 푸르게 변해 있었고, 이가 딱딱 부딪힐 정도로 차가운 얼음물이 피부를 뚫고 뼈까지 파고드는 날카로운 통증을 전해주었다. 가녀린 연수를 자신의 품에 꼭 끌어안은 의진은 목조차 가누지 못하는 창백한 연수의 얼굴에서 눈을 떼지 못했다. 그의 차가운 볼이 연수의 뜨거운 이마에 닿았다.

"연수야, 제발!"

차가운 얼음물 안에서 의진이 연수를 끌어안은 채 후회의 눈물을 흘릴 때 69번가에 요란한 앰뷸런스 소리가 울려 퍼졌다.

의진은 자신의 품 안에서 미약하게 느껴지는 연수의 숨소리를 들으며 살을 에는 고통을 참아냈다. 그가 연수를 끌어안고 얼음물 속에 앉아 있은 지 20분 가까이 지나고 나서야 뒤늦게 도착한 응급 구조대가 욕실로 뛰어들어왔다. 혹한의 날씨 속에 환자를 끌어안고 얼음물 속에 앉아 있는 남자의 모습을 본 구조대원들은 놀랐지만, 그 모습을 지켜본 잭슨은 그 애절함에 고개를 돌렸다.

구조대원이 의진의 품 안에 안겨 있던 연수를 물속에서 끄집어낸 후 환자의 상태를 먼저 확인하자, 다른 이가 다가와 그를 욕조에서 일으켜 세웠다. 그리고 어깨에 담요를 둘러준 후 연수와 의진을 싣고 구급차는 병원으로 향했다.

조금만 발견이 늦었어도 위험했을 것이라는 의사의 말에 의진은 두 눈을 감았다. 혹한 날씨에 코트도 입지 않은 채 신발까지 흠뻑 젖은 모습으로 응급실 앞에 서 있는 남자의 모습에 의사가 먼저 입을 열었다.

"다행히 응급처치를 잘해주셔서 많은 도움이 되었습니다. 이제 치료는 저희에게 맡기고, 보호자분은 자신을 챙기실 필요가 있을 것 같습니다."

의진은 가볍게 고개를 끄덕였다.

젖은 옷과 창백한 얼굴, 어깨에 둘러쓴 담요.

누가 보아도 의진 또한 위태로워 보였으나, 그의 정신만큼은 선명했다. 풍랑 속에서 가는 인내의 끈에 의지한 채 위태롭게 흔들리던 그의 마음은 이미 뒤집혀 버렸다.

'연수야, 사랑한다!'

그 사실은 송의진이 죽는 그 순간까지 너무나 분명했고, 확고했고 그리고 지울 수 없었다.

'홍연수.'

욕심이라고 해도 좋았다.

탐욕이라고 해도 좋았다.

연수를 위해서라면, 의진은 모든 것을 버릴 수 있었다.

그의 미래도, 그의 부친도 그리고 그의 영혼마저.

망설임 따위는 이제 더 이상 필요하지 않았다.

고열과 탈수증상으로 이틀 동안 정신을 차리지 못한 연수가 눈을 뜬 것은 3일째 되는 날이었다. 온몸이 깨지는 것 같았고, 눈꺼풀은 너무나 무거워 끌어올리는 것도 힘들었다. 꿈속에서 자신의 이름을 부르는 E.J의 목소리를 들은 것 같았는데, 막상 눈을 뜨니 병실에는 아무도 없었다. 혼자라는 생각에 서러움이 왈칵 밀려왔다. 눈가에 눈물이 맺히려고 할 때 병실 안으로 들어온 간호사가 그녀를 불렀다.

"정신이 드세요?"

연수는 말없이 고개를 끄덕였다.

"보호자분께는 저희가 연락을 드릴게요."

"보호자요?"

간호사가 연수의 체온과 얼굴을 확인하며 대답했다.

"네! 그분 아니었으면 큰일 날 뻔했어요. 이런 추위에 구조대가 도착할 때까지 얼음물 속에서 환자분을 안고 계셨는데요, 기억나세요?"

간호사의 말에 연수는 비로소 자신이 들었던 목소리가 환청이 아니었음을 확신했다. 의진에 대한 그리움이 더욱더 크게 밀려왔다.

연수가 약기운에 잠이 들었다가 다시 눈을 떴을 때, 그녀를 내려다보는 의진의 얼굴이 들어왔다.

"일어났어?"

언제나 그리운, 따뜻한 눈동자.

그가 연수를 내려다보며 미소 짓고 있었다. 의진이 자신을 구해주었다는 간호사의 말이 떠올라 연수는 눈물이 차올랐다.

"흑…… 흑……!"

연수가 훌쩍이자 그가 다가왔다. 연수를 침대에 일으켜 앉혔고, 살포시 안고 등을 쓰다듬어 주었다. 따뜻하고 포근했다.

"E.J, 고마워요!"

그는 아무 말도 하지 않았다.

그를 보기 위해 연수가 고개를 드는 순간 의진의 입술이 연수의 이마에 닿았다. 갑작스러운 행동에 너무나 놀라 울음을 그치자 의진이 연수를 다시 품 안으로 끌어당겼다. 그의 목소리가 들려왔다.

"연수야, 다음부터는 아프지 마라! 너 두 번만 아팠다가는 내가 죽을 것 같다."

놀란 연수가 고개를 들었다. 자신이 지금 들은 말이 환청은 아닌지, 꿈은 아닌지. 믿어지지 않았다. 몇 번이고 눈을 깜빡였다. 그런 연수의 얼굴을 물끄러미 바라보며 그가 다정하게 미소 짓고 있었다.

그리고 달라졌다.

연수가 심하게 앓고 난 이후 E.J가 달라졌다.

항상 연수가 먼저 연락을 했는데, 이제는 의진이 하루에 한 번씩 그녀에게 꼭 전화 연락을 했다.

"밥은 잘 먹고 있니?"

"네."

"오늘 연습 중 다치지는 않았지?"

"네."

"착하다, 홍연수."

일상적인 대화였지만, 연수는 그의 목소리를 매일 들을 수 있다는 사실에 너무나 행복했다.

크리스마스가 다가오고 있었다.

6.

어느덧 뉴욕에서의 두 번째 크리스마스가 성큼 다가왔다. 학교와
발레스쿨 모두 방학을 한 덕분에 연수는 추위를 핑계로 하루 종일
집에서 뒹굴거렸다. 책장에 꽂혀 있는 책들을 손가락으로 쓸던 연수
의 눈에 소설가 'E.J'의 책이 눈에 들어왔다. 그가 어떤 사람일지
연수는 궁금했다. 자신만이 부르는 의진의 이름 때문인지 얼굴조차
알지 못하는 작가임에도 알 수 없는 친밀감이 느껴졌다.

"E.J 이번 크리스마스에는 뭘 해요?"

"아무래도 일을 하게 될 것 같은데……."

"정말요?"

"응, 랭스턴카지노 소송 건으로 라스베이거스로 출장 가야 돼."

실망스러웠지만, 그가 일을 해야 한다니 어쩔 수 없었다.

"아쉬워요, 그래도 일 때문이니까 어쩔 수 없죠."

이번 크리스마스는 그와 함께 보낼 수 있겠다는 설렘도 잠시, 뜻
밖의 대답에 연수의 목소리는 가라앉았다.

"연수야?"

"네?"

"너만 괜찮으면……, 같이 갈래? 라스베이거스에?"

그와 함께 크리스마스를 보낼 수 있다는 사실에 연수의 얼굴에 웃음꽃이 활짝 피었다.

"이렇게 만나서 반가워요. 토마스 랭스턴입니다. 그냥 토마스라고 불러요."

그가 웃으며 손을 내밀었다.

의진과 첫 여행을 온 건만으로도 들뜬 기분이었는데, 그의 오랜 친구를 소개 받게 되었다는 사실이 연수는 믿겨지지 않았다.

"라스베이거스는 처음이죠?"

"네."

"제가 뭐라고 불러야 할까요? 발레리나? 미스 홍? 연수? 플루메리아?"

"네?"

알 수 없는 장난스런 물음에 연수가 영문을 몰라 하자, 그가 소리 내어 웃었다. 그리고 연수가 의진을 돌아보았을 땐 그가 토마스를 매섭게 노려보고 있었다.

"이 녀석이 일하는 동안에는 제가 에스코트 해드릴게요. 괜찮죠?"

"E.J 그래도 돼요?"

연수가 허락을 구하자 그는 고개를 끄덕여주었지만, 표정만은 무엇인가 불편해 보였다.

의진이 랭스턴카지노의 일 때문에 사무실에 발이 묶여 있는 동안 연수는 토마스와 함께 카지노를 둘러보았다. 토마스와 의진은 기숙학교에 다닐 때부터 친구라고 했다. 라스베이거스에서 나고 자란 토마스는 연수에게 이곳저곳을 구경시켜 주면서 그녀가 알지 못하는 의진에 대한 이야기들을 해주거나 연수에 대해 물었다.

송의진이 좋아하는 것들 그리고 하버드 재학 중에 그를 유혹하기 위해 쫓아다니던 수많은 여자들에 대한 이야기도 들을 수 있었다. 발레스쿨 워크숍 공연 때 의진과 뜨거운 키스를 나누던 여자의 얼굴이 떠올랐다. 성숙하고 아름다운 여인. 자신의 눈에만 그가 가진 매력이 보이는 것이 아닐 것이라는 것쯤은 연수도 알고 있었다.

"5월이면 학교를 졸업한다고 들었는데, 실례가 안 된다면 지금 정확히 몇 살인지 물어도 돼요?"

"네?"

갑작스런 토마스의 질문에 연수는 당황했다.

"열아홉 살이요. 정확히 말하면, 18살하고도 4개월…… 25일. 그래도 한국 나이로는 이제 곧 스무 살이에요!"

"휘이!"

휘파람 소리가 흘러나왔다.

천하의 송의진이 좋아하는 여자를 눈앞에 두고도 어쩌지 못하고도 닭았을 생각을 하니, 웃음이 절로 터져 나왔다.

"의진이 녀석에게 예쁘게 보이고 싶지 않아요?"

"네?"

연수의 얼굴이 붉어졌다.

그녀의 마음을 안다는 듯 토마스는 알 수 없는 미소를 보이며 입을 열었다.

"크리스털 시티센터로 가죠! 이곳에서 쇼핑하기에는 그곳이 그래도 최고예요."

예정된 일정을 마치고, 약속된 저녁식사를 위해 호텔 레스토랑 안에서 연수와 토마스가 오기를 기다리던 의진이 창밖으로 시선을 돌렸다.

"늦어서 미안해요, E.J! 많이 기다렸죠?"

연수의 목소리에 그가 미소를 지으며 고개를 돌렸다. 순간 아무 말도 하지 못하고 연수를 바라보는 의진의 눈빛에 드러난 놀라움을 토마스는 놓치지 않았다.

어깨선이 고스란히 다 드러나는 검은색 탑 미니드레스, 무릎 위로 찰랑거리는 시폰 아래로 연수의 가늘고 흰 다리선이 고스란히 드러나 있었다.

토마스가 의자를 빼서 연수를 자리에 앉혔다.

"어때? 예쁘지?"

장난스런 말투에 그제야 상황을 파악한 의진의 눈썹이 꿈틀거렸다. 한껏 기대에 부풀어 의진을 바라보는 연수의 눈동자가 어색한 듯 테이블 위로 떨어졌다.

"홍연수, 예쁘다!"

의진의 칭찬에 연수는 기쁨을 숨기지 못했고 얼굴이 붉어졌다.

언제나 그렇듯 토마스는 열심히 떠들었고, 의진은 조용히 듣고 있었다. 하지만 그의 온 신경 세포는 연수에게 향해 있었다. 연수가 무엇을 먹는지, 무엇을 듣는지, 토마스의 어떤 말에 반응하는지를 조용히 눈에 담았다. 친구 녀석의 표정을 보던 토마스가 피식 웃으며 자리에서 일어났다.

"실례가 안 된다면, 여기서 전 이만. 다시 카지노로 들어가봐야 돼서요, 연수 씨, 내일 또 봐요."

"네, 오늘은 너무 감사했어요!"

연수가 습관적으로 자리에서 일어나려고 하자, 토마스는 일부러 앉아 있는 연수의 어깨에 재빠르게 손을 올리고 쪽, 소리가 날 정도로 그녀의 볼에 키스했다. 토마스의 행동에 연수는 당황했고 의진의 표정은 순식간에 굳었다.

녀석과 눈빛이 마주치자 토마스가 장난스럽게 윙크를 날렸다.

"의진, 내일 보자!"

멀어져 가는 토마스의 뒷모습을 바라보던 연수가 입을 열었다.

"12월에 추운 뉴욕을 벗어날 수 있어서 너무 좋아요, 고마워요, E.J!"

의진은 미소를 지었다.

"참, 저요. ABT에 들어갈 거예요. 한국에 있는 발레단에서도 입단 제의를 받기는 했는데, 한국에 가면……."

'E.J를 더 이상 볼 수 없으니까요.' 라는 말을 연수는 차마 꺼내지 못했다. 토마스가 자리를 뜬 후 떠도는 긴장감에 목이 타들어갔다.

"E.J, 우리 내려가서 분수 쇼 보면 안 돼요?"

"그래."

레스토랑을 나와 엘리베이터에 올라탈 때 의진의 손이 스치듯 연수의 허리에 닿았다. 연수는 평소보다 조용한 그의 모습을 조용히 올려다보았다. 시원한 콧날과 턱선이 선명한 그 옆모습을 바라보는 것이 연수는 좋았다. 정동공원에서 그를 보았던 그 순간 그대로.

연수가 망설이다, 조심스럽게 손을 올려 그의 손을 잡고는 고개를 돌렸다. 심장 소리가 너무나 커서 지상으로 떨어지는 고속 엘리베이터 안을 가득 채우고 있는 것 같았다.

그의 손에서 느껴지는 열기.

살짝 변한 악력에 순간 놀라 고개를 돌렸을 땐 그가 말없이 연수를 내려다보고 있었다. 의진이 가끔씩 자신을 바라볼 때 눈동자에서 느껴지는 떨림과 슬픔이 연수의 가슴에 깊게 닿았다.

'나…… 이제 더 이상 울지 않아요, E.J. 그러니까 슬픈 눈으로 날 보지 않았으면 좋겠어요.'

연수가 그를 향해 눈부시게 웃었다. 지금 그와 함께 있어서 너무나 행복한 마음을 고스란히 전하고 싶었다.

호텔을 나와, 연수는 의진의 손에 이끌려 조용히 걸었다.

많은 사람들 사이를 스치듯 지났다. 레스토랑을 나오는 순간부터 벨라지오 호텔 앞 인공 호수까지 계속되는 침묵에 연수는 그의 얼굴에서 눈을 떼지 못했다. 그들이 호텔 건너편에 도착하자, 그곳에는 이미 분수 쇼를 보기 위해 많은 사람들이 자리를 잡고 있었다.

"아!"

인파에 떠밀려 연수의 몸이 휘청거리자 의진이 연수의 허리를 끌어당겼다. 고개를 들어 그의 얼굴을 다시 확인할 사이도 없이 음악과 함께 분수 쇼가 시작되었다. 아름다운 음악에 맞춰 물보라가 이리저리 춤을 추었다. 나선형의 곡선을 만들기도 하고 화려한 조명과 어울려 물 위에 꽃을 만들어 내기도 하면서 조금씩 하늘을 향해 솟구쳐 올라갔다. 짙은 어둠이 깔린 네바다(Nevada)의 하늘 아래 밤을 수놓는 화려한 조명과 물입자만이 떠돌았다.

연수가 무대 위에서 발레를 할 때처럼 더 높이, 더 열정적으로!

화려하고 웅장한 물보라가 만들어 내는 자잘한 물방울이 공기 속에 섞여 사막의 열기를 조금은 식혀주는 것 같았다. 아름다움에 넋을 잃고 분수 쇼를 바라보던 연수가 흥분해 자신의 손을 잡고 있는 의진의 손을 끌어당겼다.

"E.J, 너무 아름다……."

연수가 고개를 돌려 의진을 바라보았을 때 그는 오랫동안 그 자리에 서서 그렇게 있었던 것처럼 아무 말 없이 연수를 내려다보고 있었다. 처음 보는 눈빛에 알 수 없는 전율이 흘렀다. 자신들을 둘러싸고 있는 웅장한 음악 소리도, 함성 소리도 연수에게는 더 이상 들리지 않았다.

그의 눈동자만이 연수에게 오롯이 들어왔다.

시선을 피하지도 않았다. 흔들림 없이 의진의 얼굴을 올려다보는 연수의 눈동자만이 영롱하게 빛나고 있었다.

"E.J?"

이름이 흘러나오는 바로 그 순간, 의진의 입술이 연수에게 닿았다.

너무나 놀라 연수는 숨을 쉬지도 못했다.

부드러운 입술에 닿는 뜨거움과 숨결에 연수는 그만 두 눈을 꼭 감았다. 열기가 목 위로 올라왔지만, 폐부를 파고드는 시원한 물보라 때문인지 의진에게 선 시원한 향이 느껴졌다. 하와이 빅 아일랜드의 시원한 파도소리를 그와 함께 듣고 있는 것처럼.

"아!"

짧은 순간 입술이 떨어졌다.

그리고 다시 눈을 뜨려는 순간 의진이 잡고 있던 연수의 손을 놓고 가는 허리를 끌어당겼다. 연수의 턱 선을 쓸던 손이 목 뒤로 넘어오자, 손바닥에서 느껴지는 홧홧한 열기에 너무나 놀란 연수의 두 손은 긴장해 스커트 옆에서 파르라니 떨렸다.

분수 쇼의 피날레를 알리는 엄청난 음악 소리, 사람들의 탄성 그리고 함성이 멈추는 순간, 물 위를 수놓던 화려한 조명도 함께 꺼졌다. 희미한 불빛이 연수의 얼굴 위에 음영陰影을 만들어내자, 의진의 입술이 연수에게서 떨어졌다.

갑작스러운 키스에 긴장한 듯 두 눈을 꼭 감고 있는 연수의 떨림이 그에게도 고스란히 느껴졌다. 떨고 있는 연수를 보자 가슴이 아릿했다. 의진은 연수를 자신의 가슴에 폭 끌어안았다.

"미안하다. 내 맘대로 갑자기 키스해버려서."

그의 갑작스러운 사과에 연수의 가슴이 슬픔으로 떨렸다.

'나, 더 이상 어린아이 아니에요.'

차오르는 슬픔에 목이 메었다.

연수를 끌어안고 있는 의진의 턱이 정수리에 닿았다. 놀란 자신을 달래려는 듯 등 뒤로 흘러내린 긴 머리카락을 쓰다듬는 부드러운 손길에 연수는 용기를 내어 손을 올렸다. 그리고는 의진의 허리를 꼭 끌어안았다. 연수의 그런 행동에 그의 손길이 멈추었다.

"연수야?"

연수가 고개를 들어 그를 올려다보았다. 그의 눈빛에는 망설임이 남아 있었다. 그보다 어리지만, 처음이지만, 연수는 그가 자신에게도 다른 여자들에게 하는 것처럼 똑같이 대해 주기를 원했다.

"저요, E.J…… 좋아해요."

수줍은 고백에 의진의 눈빛이 일렁거렸다.

"저, 너무나 어리고 아직 경험도 없고, 그리고…… E.J 옆에 있는 다른 여자들처럼 성숙하지도 않고, 아름답지도 않고……."

터져버린 둑처럼 연수의 입에서 흘러나오는 속절없는 고백에 의진의 인내심은 툭 끊어져버렸다. 연수가 채 말을 끝내기도 전에 두 손으로 연수의 얼굴을 감싼 의진의 입술이 다시 뜨겁게 닿았다. 조심스럽고 부드러웠던 첫 키스와는 너무나 다른 홍염紅焰에 연수의 머릿속은 하얗게 변해버렸다.

입술을 타고 흐르는 뜨거운 숨결, 치열을 훑고 닿는 불꽃같은 혀가 온몸에 열기를 새겼다. 다리가 풀려 주저앉으려고 하자, 의진이 가녀린 허리를 붙잡았다. 그 순간 의진의 눈빛이 연수에게 닿았다.

너무나 창피한 마음에 연수는 고개를 숙여 그의 가슴에 폭, 얼굴을 묻었다. 거울을 보지 않아도 분명 자신의 귀까지 빨갛게 물들어 있을 것 같다는 생각에 연수는 고개를 들 수 없었다. 그리고 오랫동안 가슴으로 전해지는 그의 심장 소리를 들으며 그렇게 뜨거운 품에 안겨 있었다.

"연수야, 홍연수?"

부르는 소리에도 고개를 들지 못했다.

"얼굴 좀 보자, 아니면 밤새 이렇게 있을 거야?"

장난스러운 목소리였지만, 그의 허리를 안고 있는 연수의 팔에 더욱 힘이 들어갔다. 그의 낮은 웃음소리가 연수의 귀에 들렸다.

"휘이, 저 여자 정말 섹시한데!"

지나가는 다른 여자를 보고 감탄을 쏟아내는 그 말에 화들짝 놀라, 연수가 그의 허리를 놓는 순간 의진의 눈동자와 마주쳤다. 그의 입가에 장난스러운 미소가 가득 걸려 있었다.

"E.J, 정말……."

그의 입술이 다시 연수에게 내려왔다. 숨결에 다시 심장이 뛰었다.

"홍연수, 메리 크리스마스!"

턱을 살며시 붙잡고 코끝에서 인사를 건네는 의진의 부드러운 속삭임에 연수는 용기 내어 그의 목에 가녀린 팔을 둘렀다. 그런 연수의 행동에 의진의 눈빛이 깊어졌다.

"메리 크리스마스, E.J!"

자신을 향해 해사하게 웃고 있는 연수의 미소를 보며, 의진은 천천히 고개를 숙였다. 그리고 채 입 밖으로 내뱉지 못한 고백이 그의 심장 속에서 맴돌았다.

'연수야, 사랑한다!'

"라스베이거스에서 보낸 지난 2주, 어땠어요?"

토마스의 질문에 연수는 미소를 지으며 대답했다.

"덕분에 너무 즐거웠어요, 특히 매일 밤 공연을 볼 수 있어서. 아마 앞으로 발레를 하는데 많은 도움이 될 것 같아요. 고마워요, 토마스!"

연수가 해맑게 웃었다.

"그거 알아요? 연수 씨가 본 유명한 공연들 중에 일부는 미리 예매해 놓아야 한다는 것."

"네?"

"천하의 송의진이 여기로 출장 오기 몇 달 전부터 제게 공연 스케줄을 보내놓고 부탁했어요, 공연을 꼭 보여주고 싶은 사람이 있다고. 물론 돈은 그 녀석이 냈지만, 원래 그렇게 사람을 챙기는 녀석이 아니거든요, 특히 그 대상이 여자라면 더욱더……."

그 말에 연수는 할 말을 잃었다.

"연수 씨, 의진이 녀석에게도 아픔이 많은 것 모르죠?"

"네?"

연수는 토마스에게 묻고 싶었지만, 마침 그들을 향해 걸어오는 의진의 모습에 기회를 잃어버렸다. 토마스가 연수에게 의미심장한 미소를 보낸 후 인사를 건넸다.

"잘 가요! 사진으로만 봤는데, 이렇게 직접 만나서 너무 좋았어요."

사진이요? 마지막까지 연수에게 궁금증을 던져놓는 토마스의 인사에 연수가 눈을 동그랗게 떴다. 토마스가 허리를 굽혀 연수의 손등에 정중하게 키스했다. 장난스러운 토마스의 행동에 연수는 놀랐지만, 의진은 미소를 지었다. 친구 녀석의 의도는 충분히 알고 있었고, 그의 얼굴에는 여유가 느껴졌다.

"고마웠다, 맨해튼에서 보자!"

의진의 인사에 토마스가 가볍게 어깨를 때렸다.

"연수 씨, 잘 가요."

'의진에게도 아픔이 있다.'는 토마스의 말이 연수의 머릿속에 맴돌았다.

'E.J에게도 내가 모르는 아픔이 있나요? 말해줄 수 있어요?'

공항으로 이동하는 차 안에서 엉켜드는 생각과 걱정에 연수의 눈은 의진의 얼굴에서 떠나지 못했다.

그가 고개를 돌렸다.

"왜? 떠나기 아쉬워?"

연수가 고개를 저었다.

"아니요, E.J만 있으면 돼요, 그곳이 라스베이거스이든, 뉴욕이든."

부드럽게 미소를 지으며 그가 연수의 턱을 살며시 잡아당겼다.

"연수야, 지금처럼만 내 곁에 있어라. 아프지 말고, 울지 말고, 항상 그렇게 웃으면서."

사막을 달리는 랭스턴의 리무진 안에서 부드럽게 시작된 입맞춤이 뜨거운 사막 위의 열기처럼 바뀌어 갈 때 이미 연수는 토마스가 던져놓은 궁금증에 대한 답을 찾는 것을 잊어버렸다.

그리고 라스베이거스에서 휴가를 마치고 맨해튼으로 돌아온 후 연수는 새 달력을 꺼내 거실 벽에 걸었다. 샤워 후 짐을 정리하고 거실로 나가 스트레칭으로 몸을 푼 연수가 휴대폰을 집어 들었다.

―I wish you the best of luck in the New Year!

의진에게 문자를 보낸 후 쪽, 휴대폰에 키스를 해버린 연수가 부끄러워 쿠션에 얼굴을 파묻었다. 고등학교 졸업과 발레단 입단을 앞둔 새해가 이미 열흘이나 지나 있었다.

*

식탁에 앉아 과제를 하고 있던 연수가 휴대폰 진동에 시선을 돌렸다. 유난히 긴 발신번호. 그녀에게 연락할 사람은 단짝 친구인 세나 아니면 다른 한 명뿐이었다.

"여보세요?"

"잘 지내?"

홍예지, 언니였다.

한국에 있을 때는 되도록 같은 공간에 있는 것을 피했지만, 그럼에도 예지는 가끔씩 먼저 전화를 걸어왔다. 간단히 일상을 묻거나 자신에 대한 자랑을 늘어놓는 것이 대부분이었지만, 그런 대화만으로 연수는 언니가 있다는 사실을 잊지 않을 수 있었다.

"응."

"뭐하고 있었어?"

"그냥…… 책 보고 있었어."

"그래? 참…… 졸업하면 한국에 안 들어올 거야?"

연수는 대답하지 않았다.

"홍연수?"

"나…… ABT에 수습단원으로 들어가."

미국에 남을 것이라고 아직 가족들에게는 말하지 못했다.

"수습단원? 너 미쳤어?"

예지의 목소리가 올라갔다.

"네가 뭐가 부족해서 수습단원이야? 한국에 들어오면 정식단원으로 들어갈 수 있고, 안 되면 아빠한테 얘기해서 발레단에……."

"그만해!"

'언니!' 라는 말이 목구멍까지 차올랐지만, 차마 내뱉지 못했다.

"난…… 한국보다 이곳이 더 좋아."

그 말밖에 할 수 없었다.

"바보 같은 계집애! 미리 인사하는 거야. 졸업 축하해!"

자신이 하고 싶은 말만 남기고 전화를 끊어버린 예지의 행동에 연수는 쓴웃음을 지었다.

열한 살이 되던 해 가을, 예지와 집으로 들어온 하선을 본 순간 연수는 하선을 향해 코끼리상을 던졌고, 예지의 이마에 깊은 상처를 남겼다. 사고였다. 그 이후 먹는 것 입는 것 하나 연수에게는 지기 싫어했던 홍예지. 연수에게는 날카롭게 대해도 다른 사람들 앞에서는 언제나 상냥하고 모범생인 예쁜 소녀였다. 웃지 않는 자신을 대신해 아빠를 향해 웃어주는 언니.

그런 예지의 모습에 연수는 더 깊게 자신만의 세계에 파고들었다. 연수가 토슈즈에 적응해 가면서 발톱이 쪼개지고 빠지는 고통 속에서도 발레를 그만두지 않자, "독한 계집애!"라고 욕을 하면서도 예고 입시자료를 책상 위에 던져주고 간 것도 예지였다. 아빠와 하선조차 하지 않은 가족 행세를 처음으로 한 날이었다.

누구에게도 지기 싫어하는 불같은 성격은 바뀌지 않았지만, 그날 이후 연수는 예지가 자신이 피를 나눈 자매라는 사실을 인정하지 않을 수 없었다. 부모들이 만들어 낸 탐욕의 씨앗이라고 할지라도.

똑똑한 언니는 의대 본과 1학년이 되었다. 자신이 발레리나가 되기 위해 뼈를 깎는 고통을 견디어 내는 것처럼, 예지도 의사가 되기 위해 잠과 싸우며 치열하게 공부하고 있었다. 둘의 근성만큼은 홍회장으로부터 물려받은 것이 분명했다. 그는 어떠한 희생을 치르더라도 자신의 야망을 포기할 줄 모르는 사람이었다.

"연수!"
학교 수업을 마치고 스튜디오로 가는 길에 자신의 이름을 부르는 목소리에 연수가 고개를 돌렸다. 같은 수업을 듣고 있는 맥스 마컴이었다.

"안녕, 맥스."

연수의 인사에 그가 쑥스러운 미소 지었다.

"SAB 가는 길이지?"

"응"

"같이 가도 돼? 하고 싶은 이야기도 있고……."

그의 제안에 당황했지만, 방향이 같았기에 거절할 방법이 없었다.

"응……."

줄리아드학교 빌딩 1층 커피숍에 들어서자, 맥스가 연수를 위해 커피를 주문해 가져다주었다.

"고마워."

맥스의 눈동자가 빛났다. 학교에서 가끔 인사를 나누기는 하지만, 이렇게 가깝게 이야기를 주고받을 사이가 아니었다.

"졸업파티 누구와 갈지 정했어?"

뜻밖의 물음에 연수는 당황했다.

"아니."

"그럼, 난 어때?"

5월 졸업파티에 파트너로 함께 가자는 그의 제안에 연수는 아무 말도 하지 못했다.

"파티에는 함께 갈 사람이 필요하고, 그리고 넌 예쁘니까 나 아니어도 함께 가고 싶어 할 녀석들이 많겠지만……, 네가…… 내 파트너가 되어주었으면 좋겠는데, 안 될까?"

쑥스러워하면서도 자신을 향해 환하게 미소 짓는 맥스의 표정을 보자, 연수는 의진의 얼굴을 떠올렸다. 그와 함께 가고 싶어도 그는 학생이 아니었다.

"응......."

연수의 승낙에 맥스는 커피숍이 떠나갈 정도로 소리를 질렀다.

막 배달된, 무릎을 살짝 덮는 연보라색 미니드레스를 입고 연수는 거울 앞에서 이리저리 자신의 몸을 살펴보았다. 가녀린 몸 때문에 옷맵시는 나쁘지 않았지만, 발레리나로서 빈약한 가슴은 어쩔 수 없었다. 소파 옆에 놓아둔 구두를 막 신으려는 순간 초인종이 울렸다. 기쁜 마음에 맨발로 달려 나간 연수가 문을 열자, 의진이 서 있었다. 2주 만의 만남이었다.

"E.J! 보고 싶었어요!"

드레스 차림으로 와락 안겨드는 연수의 모습에 의진은 놀랐지만, 곧 "잘 있었어?"라는 인사를 건네며 그가 연수의 이마에 쪽, 소리가 나도록 입을 맞추었다. 그가 사 온 케이크를 식탁에 올려놓자, 연수가 접시를 꺼냈다.

"바쁜 일들은 이제 다 끝났어요?"

"응, 일단 급한 불은 끈 것 같다."

케이크를 꺼내고 테이블 위에 포크를 놓으며 연수가 좋아했다.

"아, 정말 잘됐다. 아침도 아직 못 먹어서 배고팠거든요."

들뜬 마음에 끊임없이 그에게 말을 쏟아내며, 연수가 맞은편에 앉아 포크를 집어 들었다.

"왜 드레스 차림이야?"

"아…… 이거요! 졸업파티에 입고 갈 드레스요! 조금 전에 배달됐거든요.”

연수는 케이크를 먹느라 보지 못했지만, 그의 표정이 살짝 굳었다.

“파트너는 정했니?”

“네, 맥스 마컴이라고 줄리어드에서 피아노 전공하는 애요!”

“그래…….”

“E.J, 이 드레스 어때요?”

그의 평가가 너무나 궁금한 연수가 의자에서 일어나 빙그르르 한 바퀴 돌며 자신의 옷맵시를 보여주었다.

고혹할만한 아름다운 자태였지만, 다른 녀석과 파티에 가야 하는 상황에 의진의 입가에 쓰디쓴 미소가 흘렀다.

“응? 뭐야? 이상해요?”

미간을 찡그렸다.

“아니, 예뻐.”

“정말이죠?”

다시 한 번 그에게 확인받고 싶었다.

“응.”

“다행이다, 솔직히 걱정했거든요.”

만족스러운 대답에 연수가 그에게 다가가 고개를 숙이고 장난스럽게 입술에 가볍게 키스했다.

“앗!”

그리고 자신의 자리로 돌아가려는 순간 팔목을 잡아 끌어당기는 힘에 연수는 의진의 무릎 위에 앉아버렸다. 놀란 연수의 입에서 낮은 신음소리가 흘렀다.

연수를 바라보던 그가 턱을 끌어당겼다.

부드럽고 조심스럽게 시작된 입맞춤이 연수가 그의 목을 감싸 안자 더욱 깊어졌다. 항상 짙은 키스를 나누면서도 절대로 연수의 몸을 만지지 않던 그의 손이 짧은 드레스 단 아래로 들어왔다. 처음으로 허벅지를 부드럽게 쓸었다.

뜨거웠다. 생경하고 조금은 두려운 느낌.

그 감각에 연수가 놀라 온몸을 파르르 떨자, 움찔 손을 떼어낸 그가 연수를 품에 가만히 끌어안았다. 흐트러진 호흡을 고르는 그의 뜨거운 숨결이 연수의 쇄골 위로 고스란히 쏟아졌다.

"연수야, 옷 갈아입고 나와. 드레스 구겨지겠다."

어깨에 기댄 채 흐트러진 숨을 몰아쉬던 연수가 머리를 들었다.

자신은 지금 너무나 떨려서 미칠 것 같은데, 의진의 품에 더 매달리고 싶은데, 표정을 지운 그가 또 자신을 밀어내고 있었다. 첫 키스 후 5개월이나 지났는데, 언제나 자신을 아이를 대하듯 하는 의진의 태도를 연수는 참을 수 없었다. 화가 난 연수가 침실로 들어가 드레스를 벗고, 반바지와 티셔츠로 갈아입었다.

거실로 다시 나갔을 때 화를 내고 싶었는데 창가에 서서 공원을 내다보는 의진의 뒷모습이 너무나 쓸쓸해 보여, 할 말을 잊었다.

"E.J?"

그가 고개를 돌렸다. 연수가 다가가자, 살포시 그녀의 허리를 끌어당긴 의진이 다시 공원으로 시선을 돌렸다.

"졸업파티 즐겁게 보내고 와. 고등학생 때 평생 남을 추억이잖아."

걱정스럽게 올려다보는 연수의 시선에 흐린 미소를 띤 그가 말없이 그녀의 머리를 쓰다듬었다.

이날 처음으로 연수는 그가 자신의 머리를 쓰다듬어 주는 것이 싫다는 생각을 했다. 상념을 떨치려고 연수가 의진의 품에 파고들었다. 귓가에 전해지는 그의 심장소리를 들으며 눈을 감았다.

'졸업을 하고 나면, 세상이 조금 달라질까? 아니 이 사람에게 만이라도 자신이 다르게 보인다.' 면 좋겠다는 작은 소망이 가슴 속에 피어올랐다.

조금은 떨리고, 조금은 속상한 날.

그가 곁에 있는데도 조금은 쓸쓸한 날이었다. 그렇게…….

고등학교라고 해도 예술을 전공하는 학생들이 많다 보니 졸업파티의 모습은 조금 독특했다. 그래도 파트너와 함께 춤을 추는 전통은 크게 다르지 않았다. 연수의 허리에 손을 올린 맥스는 잔뜩 긴장해 있었다. 끊임없이 말을 건네는 맥스의 목소리에 무슨 대답을 했는지 연수는 아무런 기억이 나지 않았다.

간간이 고개를 돌려 파티에 참가한 다른 학생들의 모습을 살피는 연수의 표정은 어두워졌다. 의진과는 너무나 다른 모습. 그가 어른이었다면, 이곳에 있는 동기들은 아이들 같았다. 의진에게도 자신이 이렇게 보일 터. 그와의 거리를 좁히고 싶은데, 좁힐 수 없을 것 같다는 생각에 눈물이 차올랐다.

연수의 표정을 본 맥스가 당황해 물었다.

"연수, 무슨 일이야?"

대답할 수 없었다.

맥스가 연수를 홀 구석으로 데리고 가자, 결국 그의 어깨에 이마를 기대고는 울음을 터트렸다.

"미안해……, 맥스."

"함께 오고 싶었던 사람이 있었구나?"

연수가 놀라 고개를 들었다. 아쉬운 눈빛으로 맥스가 그녀를 내려다보고 있었다. 연수에게 좋아하는 사람이 있다는 것쯤은 알고 있었다. 단지 그가 누구인지 모를 뿐.

"그 사람에게 데려다 줄까?"

맥스의 제안에 눈물이 가득 담긴 눈을 연수가 동그랗게 떴다. 눈물이 볼을 타고 흘러내렸다.

"……데려다 줄게."

미안했지만 가볍게 고개를 끄덕였다.

맥스가 모닝사이드 에비뉴 16번가에 차를 세우자, 연수는 고개를 돌려 창밖을 바라보았다. 도로를 중심으로 공원을 끼고, 오른쪽으로는 낮은 맨션들이 줄지어 세워져 있었다.

의진의 아파트가 있는 곳.

"미안해, 맥스."

그가 흐리게 웃었다.

"아니, 사실은 알고 있었어. 네게 좋아하는 사람이 있다는 것. 그래도 졸업파티는 너와 함께 가고 싶었어."

솔직한 고백에 연수는 할 말을 잃었다.

"지난번 워크숍 공연 때 네가 춤추는 것을 처음 봤어. 정말 예뻤는데……."

"맥스 나는……."

"솔직히 조금…… 오랫동안 널 좋아했어."

너무나 갑작스런 고백에 연수는 커다란 두 눈만 깜빡였다.

"난 네가 춤추는 모습을 보는 것이 좋았어. 언젠가 내가 훌륭한 피아니스트가 되면, 연수 널 위해 연주할 수 있는 기회가 있었으면 좋겠다."

"맥스?"

"오늘 파티에 함께 가줘서 고마웠어. 잊지 못할 거야!"

연수가 맥스의 얼굴을 응시했다. 사람의 마음이 어디로 흐를지는 아무도 예측할 수 없다는 것을 연수도 알았다. 답을 줄 수 없었기에 미안하고, 고마웠다.

쪽, 맥스의 뺨에 연수가 가벼운 키스를 남겼다.

"정말 고마워, 맥스."

맥스의 얼굴은 붉어졌지만, 기쁨은 그의 입가에 남아 있었다.

연수가 차에서 내려 돌아섰다.

"집은 맞는 거지?"

해가 진 곳에 연수를 홀로 남겨두는 것이 걱정되는 듯, 맥스가 창문을 내리고 허리를 숙여 주변을 살폈다.

"응. 잘 가, 맥스."

맥스의 차가 시야에서 사라지자, 연수는 고개를 돌려 그가 사는 아파트로 향했다. 어디에 산다는 것만 알고 있었지, 몇 층에 사는지 모르는 연수는 아파트 입구에 서서 그가 돌아오기를 기다렸다.

어두운 주택가 앞을 간간이 지나가는 차량 불빛을 따라 의진의 차가 아닐까 시선을 돌렸지만, 그는 늦게까지 돌아오지 않았다. 습한 공기 속에 잠시 바람이 불더니, 빗방울이 한두 방울씩 떨어지기 시작했다. 연수는 비를 피하기 위해 아파트 입구의 계단을 총총히 올라가 문 앞에 기대섰다. 입구 위에 좁은 차양이 드리워져 있었지만, 바람에 흔들리는 빗줄기를 충분히 피하기 어려웠다. 몸이 점점 차가워지고 있다는 것을 느꼈을 때는 이미 드레스 위에 입은 볼레로는 젖었고, 속옷마저 흠뻑 젖어들고 있었다.

아파트 앞에 회색 세단이 멈춰 섰다. 자동차의 시동이 꺼지고, 짙은 갈색의 서류가방을 들고 차에서 내리는 남자의 모습이 연수의 눈에 들어왔다. E.J.

너무나 반가워서…… 눈물이 차올랐다.

바닥을 내려다보며 계단을 오르던 의진의 시야에 여자의 가늘고 흰 다리가 들어왔다. 놀라 고개를 든 시선 끝에 비에 흠뻑 젖은 채 바들바들 몸을 떨고 있는 연수가 있었다.

"무슨 일 있었어?"

연수가 대답하지 못하자, 그의 목소리가 심하게 떨렸다.

"홍연수, 혹시 무슨…… 일 있었냐고?"

참았던 눈물을 왈칵 쏟아내며 연수가 그의 품에 와락 안겨 들었다.

"그냥…… E.J가 너무나 보고 싶어서…… 흑."

조금 전까지 비쓸거리던 심장이 터져버릴 것 같았다.

어깨가 빗물에 흠뻑 젖어드는 것도 모른 채 우는 연수에게 허리를 안긴 채 의진은, 그렇게 빗속에 서 있었다.

자신을 향해 거침없이 다가오는 연수의 모습을 볼 때마다 의진은 스스로를 다잡았다. 행여 자신의 욕망 앞에 연수가 상처 입게 될까 봐, 초인적인 의지로 버티고 있었다. 제 또래의 남학생과 졸업파티에 간다며 연수가 연보라색 드레스를 입고 환하게 웃었을 때, 의진은 이성을 뒤흔드는 질투심에 눈을 감았다. 그리고 어른처럼 행동하라고 스스로를 거두잡았다.

파티에 가 있을 연수를 잊기 위해 오늘 하루, 미친 듯이 일에 매달리며 간신히 버티었다. 그런데 정작 파티에 가 있어야 할 연수가 자신을 보고 싶다고 무작정 달려왔다.

차가운 빗속에서 흠뻑 젖은 연수의 몸이 떨고 있는 것을 느낀 의진은 아무 말도 하지 못한 채 아파트 문을 열고, 연수의 손을 잡아끌었다. 두 사람이 간신히 스쳐 지나갈 정도의 나무 계단을 따라 연수를 데리고 올라가는 의진의 마음은 무거웠다.

3층에 다다라, 가볍게 열쇠가 나무에 부딪히는 소리가 들리는 듯하더니 의진이 문을 열고 연수를 안으로 먼저 들여보냈다. 현관 앞에 달린 센서등이 켜지자, 아파트 문을 잠그고 서류가방을 바닥에 내려놓았다. 잡고 있던 차가운 손을 놓고 재킷을 벗어 현관 앞 옷걸이에 걸고 연수를 끌어다 거실 소파에 앉혔다.

의진이 침실로 들어간 후에야 연수는 고개를 들어 아파트 안을 살폈다. 짙은 갈색의 패브릭 소파와 한쪽 벽면을 가득 채운 책장 그리고 법률 서적이 높게 쌓여 있는 창가에 놓인 커다란 마호가니 책상이 눈에 들어왔다.

질척함에 고개를 숙였다. 젖은 구두에서 발을 빼내자, 빗물에 젖은 차가운 발이 눈에 들어왔다. 인기척에 연수가 고개를 들자, 커다란 수건을 들고 나온 그가 젖은 연수의 얼굴과 머리를 닦아주었다. 버튼이 풀린 와이셔츠, 젖은 머리칼이 흘러내린 얼굴이 들어왔다.

굳어진 표정을 숨기지 않았다.

"E.J?"

그는 대답하지 않고 주방으로 들어가 따뜻한 물이 담긴 머그컵을 들고 나왔다.

"마셔."

연수는 떨리는 두 손으로 조심스럽게 컵을 받아 들었다. 차가운 빗속에 너무나 오랫동안 서 있었는지, 오한이 멈추지 않았다. 그가 걱정할까 봐, 입술을 깨물어보기도 하고, 손끝에 힘을 주어 주먹도 쥐어보았지만 소용이 없었다.

조용히 바라보던 의진이 놀라 손에서 컵을 빼앗아 들었다. 그의 손이 연수의 얼굴과 이마에 차례로 닿았다.

"연수야?"

그의 눈동자가 익숙한 두려움으로 흔들리고 있었다.

"추워……요!"

푸르게 변해가는 입술로 연수는 그 말밖에 할 수 없었다. 뼛속부터 밀려드는 오한에 입술조차 떼기 어려웠다.

그가 다급하게 침실로 들어갔다 다시 나와 연수의 몸을 안아들었다. 어두운 조명이 깔린 침실을 지나 욕실 안으로 연수를 데리고 들어갔다.

욕조를 채우기 시작한 뜨거운 물. 욕실 안은 이미 수증기로 차오르기 시작했다. 세면대 앞에 연수를 내려놓은 그가 다급하게 연수의 어깨에서 볼레로를 벗겨 낸 후 드레스의 지퍼를 내렸다. 발아래로 연수가 입고 있던 드레스가 떨어지자, 속옷과 흰색 슬립을 입은 가녀린 몸이 드러났다.

"들어가."

의진이 입을 열었다. 뜨거운 물이 차오르는 욕조 안에 몸을 담그라고 말하고 있었다. 하지만 그의 명령에도 연수는 몸을 떨기만 할 뿐 고개를 숙인 채 그의 셔츠를 필사적으로 붙잡고 있었다.

"홍연수!"

재촉에도 움직이지 않자, 그가 연수를 안아들고 욕조에 넣으려고
했다.

"싫어!"

연수에게서 비명 같은 신음이 터져 나왔다.

순간 놀란 의진이 연수를 내려다보았다. 수증기가 올라오는 욕조
는 바라보지도 못한 채 그의 품에서 오들오들 떠는 연수의 모습에
의진의 가슴이 조여들었다.

"연수야?"

"엄마가……."

심장이 무너져 내렸다.

故김만익 변호사로부터 지시연의 자살을 어린 연수가 목격했다
는 이야기를 들었을 때 느꼈던 충격.

연수의 반응을 본 순간 의진은 머릿속에 떠오른 장면이 제발 틀
리기를 바랐다. 하지만 연수는 파들거리고 있었고, 트라우마를 발견
해버린 의진은 핑핑거려 두 눈을 감고야 말았다.

연수를 바닥에 내려놓은 그가 수도꼭지를 잠그고, 배수구를 열어
물을 빼냈다. 연수를 품에 안고 몸을 돌려 코너에 있는 샤워부스 안
으로 들어갔다. 떨고 있는 연수를 끌어안은 채 샤워기의 물을 틀었
다. 온수가 머리 위로 쏟아져 내렸다.

세찬 물줄기 속에서도 고스란히 전해지는 떨림. 오래전부터 연수
의 상처가 자신의 것처럼 아팠지만, 의진이 직접 보고 확인한 상처
는 너무나 고통스러웠다.

'울지 마라. 연수야, 제발 울지 마라!'

쏟아져 내리는 물줄기 속에 서서 의진은 연수를 대신해 처음으로 눈물을 흘렸다. 연수의 떨림이 멈출 때까지 오랫동안.

몸이 따뜻해진 것을 확인한 의진은 연수를 끌고 샤워부스 밖으로 나왔다. 그가 수납장에서 새 타월을 꺼내 연수의 젖은 몸과 머리를 닦아 주고, 옷장에서 꺼내 온 반팔 클래식 티셔츠를 건넸다.

"갈아입을 수 있지?"

연수가 고개를 끄덕였다.

그녀가 욕실에서 있는 동안, 의진도 젖은 셔츠와 바지를 벗고 옷을 갈아입었다.

"들어간다."

노크 후 의진이 다시 욕실 안으로 들어섰을 때 연수는 세면대 앞에 서서 머리카락에 남은 물기를 닦아내고 있었다.

연수를 끌어다 자신 앞에 세운 후 콘센트에 드라이어의 플러그를 꽂았다. 젖은 머리를 말려준 후 옷장에서 꺼낸 모직 카디건을 연수의 어깨에 걸쳐주고 주방으로 갔다.

그가 식탁 위에 음식을 다 차려갈 때쯤 연수가 주방으로 들어왔다. 엉덩이를 충분히 덮은 티셔츠와 카디건 아래로 가늘고 긴 다리가 눈에 들어왔다.

"앉아."

연수가 조용히 의자를 끌어다 앉자, 의진이 크림치즈를 바른 빵이 놓인 접시를 밀어주었다. 뜨거운 우유가 든 컵도 놓아주며, 마실 때 "뜨거우니까 조심해."라는 말도 잊지 않았다.

의진은 입 안으로 넘어가는 음식의 맛조차 느끼지 못할 정도로 목이 메어왔지만, 자신이 먹지 않으면 연수 또한 먹지 않을 것을 알기에 아주 천천히 식사를 마쳤다. 그가 설거지를 끝내고 주방에서 나왔을 때, 연수는 차가운 쿠션을 끌어안고 몸을 웅크린 채 소파 위에 잠들어 있었다.

"하!"

그 모습을 본 의진의 입에서 낮은 한숨이 터져 나왔다.

서울에서의 오래전 기억이 떠올랐다. 시간은 흘렀고, 모든 것은 완전히 달라져 있었다. 테이블에 엉덩이를 걸치고 앉은 그가 연수의 얼굴 위로 흘러내린 머리카락을 쓸어 넘겨주었다. 낮고 고른 숨소리가 그의 귓가에 닿았다.

"연수야."

몇 번이고 불린 이름을 듣고 나서야, 연수가 힘겹게 눈을 떴다.

"오늘은⋯⋯, 여기서 자고 가."

잠결에 그가 한 말을 제대로 듣지 못한 듯 연수가 두 눈을 깜빡였다. 뺨에 닿는 의진의 손을 잡은 채 부스스 몸을 일으키자, 그가 다가와 연수를 가볍게 안아 들었다.

서늘한 네이비색 침대 시트 위에 연수의 등이 닿았다.

작은 스탠드 불빛이 의진의 얼굴에 그림자를 드리웠다. 연수가 떨리는 손을 뻗어 그의 앞머리를 쓸어 넘기자, 숨겨져 있던 눈동자가 드러났다. 고요하고 깊었다. 하지만 숨기지 못한 망설임.

용기여도 좋았고, 욕심이어도 좋았다. 연수의 가녀린 손이 그의 코와 뺨에 차례로 스치고 그리고 턱을 쓰다듬었다.

자신의 얼굴을 매만지는 연수를 그윽하게 내려다보던 그가 얼굴을 내렸다. 조심스럽게 시작된 입맞춤. 그 따뜻함과 부드러움에 연수가 입술을 열었다. 몸에 닿는 묵직함에 키스가 농밀해졌고, 연수를 끌어안은 그의 손이 스탠드의 스위치를 껐다.

어둠 속에서 감각은 배가 되어갔다. 선명하고 더 뜨겁게.

조금은 거친 숨을 내뱉던 그가 연수를 품 안에 바짝 끌어당기자 긴장한 그녀의 입술에서 낮은 신음소리가 터져 나왔다. 순간 움직임이 멈추었다.

연수의 얼굴 위로 쏟아지는 뜨거운 숨결, 어둠에 가려진 그의 눈빛이 보이지 않았다. 불언不言 속에 연수의 심장은 튀어나올 것처럼 쿵쾅거렸다.

그리고 의진의 속삭임이 들렸다.

"Good night, Plumeria!"

순간 긴장감으로 흐트러진 호흡이 잦아들기 시작했다. 연수는 대답 대신 의진의 가슴 속에 깊게 파고들었다.

'사랑……해요, E.J.'

얼마의 시간이 흘렀을까.

연수의 낮고 규칙적인 숨소리가 의진의 귓가에 들려왔다. 그가 손을 들어 연수의 이마를 살포시 짚었다. 다행히 열이 오르지는 않을 것 같았다.

의진은 베개에 머리를 기댄 채 어둠 속에서 품 안에서 잠든 연수의 하얀 얼굴을 하염없이 내려다보았다. 연수의 날숨이 가슴에 닿을 때마다, 심장이 떨려왔다. 남자의 품에 안긴 채 잠들어버린, 아무것도 모르는 이 순진한 아가씨 때문에 의진은 피식 웃고 말았다. 밤이 아주 길 것 같다.

자신의 품 안에서 편안히 잠든 연수를 조금 더 가까이 끌어당긴 그가 다시 눈을 감았다. 쉽게 잠이 들지 못할 것이라 생각했는데, 연수의 편안하고 따뜻한 숨소리를 듣고 있던 그에게도 조용히 히프노스(Hypnos)는 찾아왔다.

차가운 비가 그치고 구름 사이로 서서히 드러난 달빛이 포근한 창가에 머물던, 청염한 밤이었다.

몰아내지 못한 나른함에 연수가 힘겹게 눈을 떴을 땐, 잠들어 있는 의진의 얼굴이 먼저 들어왔다. 부드럽게 헝클어진 머리, 턱을 따라 밤새 조금 자란 수염. 언제나 의진의 깔끔한 모습만 보아온 연수에게는 낯선 모습이었다.

그의 잠든 모습, 입가에 걸려 있는 편안해 보이는 미소가 눈부시다고 생각했다. 그 자신도 모르는 비밀을 혼자 알아버린 것 같다는 설렘에 마음이 부풀어 올랐다. 이마 끝에 닿는 숨결이 간지러워 조금 뒤척이며 의진의 가슴에 조심스럽게 다시 얼굴을 묻었다.

등을 쓰다듬는 깨나른한 손길에 연수가 고개를 들었다. 잠에서 막 깨어난 의진의 눈빛은 행복해 보였다.

"Good Morning, E.J?"

얼굴을 붉히며 연수가 먼저 아침 인사를 건넸다.

잠결에 연수를 향해 미소를 지어보인 의진은 그녀를 품 안으로 더 끌어당겼다. 연수의 정수리에 닿는 숨결이 뜨거웠다. 오랫동안 의진이 자신을 안아주기를 바랐지만 막상 침대 위에서 종이 한 장 들어오지 못할 정도로 몸을 붙이고 누워 있자니, 연수는 창피함이 밀려왔다.

"E.J?"

연수가 불러도 그는 대답하지 않았다.

"E.J, 안 일어나요?"

조심스럽게 다시 물었다.

리넨(linen) 커튼 사이로 쏟아져 들어오는 햇빛, 살랑거리는 바람이 연수의 목을 부드럽게 쓸었다.

"우리…… 너무 늦잠 잔 것 같아요."

"그냥…… 조금만 더 자자."

조르는 그의 나직한 목소리에 연수가 의진의 팔에 눌려 있던 오른손을 꼼지락거리며 빼냈다. 까칠한 수염이 돋아난 턱을 매만지며 연수가 보챘다.

"나…… 배고파요, E.J."

"음."

나른한 신음이 흘러나왔다.

"거짓말 아닌데, 조금만 있으면 배 속에서 먹을 것을 달라고 천둥소리가 들릴지 몰라요."

놓아 달라는 연수의 부탁에 그가 입술을 이마 위에 뜨겁게 내렸다. 하얀 이마와 코끝을 지나 숨결이 입술에 닿자, 연수는 더 이상 투정을 부릴 수 없었다.

초록빛이 짙어진 봄의 끝자락, 침실 안을 떠도는 바람에선 풀내음이 났다. 그 때문일까? 햇살이 들어오는 침실 안에서 그것도 그의 침대 위에서 나누는 달큰한 키스는 이전에 나누었던 어떤 키스보다 자극적이었다.

어느새 연수의 작은 엉덩이 위로 밀려올라가 있는 티셔츠와 카디건 사이로 들어온 의진의 손이 가녀린 허리를 지나 등줄기를 부드럽게 쓰다듬었다. 연수가 자극을 참지 못하고 신음을 내뱉듯 그의 셔츠를 잡아당겼다.

"E.J?"

입술이 살짝 떨어지자, 연수가 떨리는 목소리로 그를 불렀다. 깊고 짙은 의진의 눈동자와 다시 마주하는 순간 셔츠를 그러쥔 가녀린 손에 힘이 들어갔다.

"널…… 안고 싶다."

허락을 구하는 낮은 목소리에 연수의 눈동자가 흔들렸다.

"싫으면……, 놓아줄게."

이마 위로 흘러내린 머리칼을 넘겨주며 그가 상냥하게 미소를 짓고 있었다. 목소리는 떨고 있으면서, 바보처럼.

그 말에 눈물이 차올랐다. 울컥 복받쳐 오르는 감정을 오롯이 전하고 싶은데, 무슨 대답을 해야 할 지 머릿속에 떠오르지 않았다. 눈물을 글썽이며 연수가 고개를 젓자, 그가 짧은 입맞춤을 선사했다.

"아플지도 몰라."

그의 말에 연수가 고개를 저었다.

"그런데…… 널 욕심내는 내 마음이 더 이상 접어지지도 숨겨지지도 않는다."

간절히 기다리던 고백에 연수가 손을 들어 음영이 드리워진 의진의 볼을 쓰다듬었다. 따뜻했다. 울고 싶을 만큼.

"내 이런 이기적인 행동 때문에 언젠가 네가 후회할지도, 상처받게 될지도 몰라. 그래도……."

연수는 그의 말을 인정하지 않으려는 듯 고개를 저었다. 흘러내린 눈물이 관자놀이를 지나 귓바퀴를 적셨다.

"연수야?"

"E.J가 날 여기서 밀어내버리면 그게 내게는 더 큰 상처예요. 나…… 더 이상 꼬맹이 아니에요, 이제 어엿한……."

그 말에 애욕을 묶어 놓았던 마지막 끈이 끊어져버렸다.

시야를 떠난 붉은 입술이 뜨겁게 쏟아졌다. 흐트러진 호흡을 주체하지 못한 채 파르르 떨면서도 연수는 그러쥔 그의 셔츠를 끝까지 놓아주지 않았다. 의진의 손가락이 긴장한 그녀의 팔목을 부드럽게 쓸었고, 셔츠를 놓친 연수가 다급하게 그의 목에 팔을 감았다. 붙잡을 것이 필요했기에.

그의 손이 갈비뼈에 닿을 때는 자잘한 굴곡을 따라 용암이 흐르는 것 같았다. 등을 따라 흐르던 손이 허리를 지나, 가소可小한 가슴에 닿았고, 다리 사이에 갇힌 그녀가 생경한 자극에 몸을 비틀었다. 까칠한 턱이 연수의 귓가에 스치는 순간 숨을 토해내는 열기에 흠칫 몸을 떨었다.

"홍연수."

그가 이름을 부르는 소리만으로 왜 이렇게 자꾸 눈물이 나는지 연수는 알 수가 없었다. 두려운 것은 아닌데, 자꾸만, 자꾸만…….

뜨거움을 전하던 손가락이 눈가에 닿았을 때 흐릿한 시야가 사라졌다. 코끝에 스칠 정도로 두 눈이 마주쳤고, 짧음 입맞춤 뒤 몸을 세운 그가 머리 위로 셔츠를 벗어 던졌다.

열린 창문 틈 사이로 들어오는 투명한 햇살 아래 아름다운 근육이 연수의 시야에 들어왔다. 뜨겁게 내려다보는 시선을 견디질 못해 고개를 돌리자, 몸을 깊이 숙인 그가 연수의 턱을 붙잡았다.

"연수야."

턱 끝에 닿는 입맞춤, 습기를 머금은 혀의 움직임에 연수가 입술
을 열어주었다. 헤집고 들어오는 열기, 농밀한 키스 뒤에 잠시 떨어
진 그의 눈동자 속에서 연수는 처음으로 정염情炎을 본 것 같다고 생
각했다.

가쁜 숨을 몰아쉬는 붉은 얼굴에 시선을 맞춘 의진이 그녀의 허
리 아래 있던 티셔츠와 카디건을 한 번에 벗겨 냈다. 침대 위에 폭포
처럼 펼쳐진 긴 머리칼, 부끄러움에 가슴을 가린 나신으로 올려다보
는 눈동자가 낯선 두려움과 열기로 일렁였다. 그 고혹함에 망설이는
찰나 그를 놓아주지 않는 목소리가 들려왔다.

"E.J……."

의진의 손이 부드럽게 그녀의 뺨을 쓸어내렸다.

"연수야, 난 아주 오래전부터…… 널 사랑했고, 앞으로도 내 영혼
이 다하는 순간까지…… 너만을 사랑할 거다."

"흑…… 흑……."

결국 입술에서 흐느낌이 터져 나왔다.

꼭 가지고 싶었던 사람.

매듭이 소르르 풀어진 슬픔의 끝에는 그가 있었다.

의진을 향해 팔을 뻗었고, 가녀린 어깨를 끌어당겨 가슴에 안은
그의 심장은 주체할 수 없을 정도로 거칠게 뛰기 시작했다. 숨겨지
지 않는 환열歡悅은 가녀린 목덜미와 가슴 둔덕에 초근초근한 흔적
을 새기기 시작했다. 연붉은 자국이 얼비치고, 얼비쳤다.

가슴으로, 배로 그리고 가녀린 다리로.

"아하……, E.J!"

신음처럼 내뱉은 이름. 그리고…….

처음으로 그가 연수를 가진 순간, 격통을 지우는 간절한 목소리가 빛살처럼 귓가에 밀려들었다.

"연수야……, 사랑한다!"

눈물을 매달은 얼굴을 감싸 쥐고 뜨겁게 입술을 포개는 그의 등을 연수가 필사적으로 끌어안았고 탈방거리는 열락은 시작되었다.

뜨거운 공기가 가득한, 볕이 우린 침실.

"……E.J!"

그의 입술이 투명한 가슴을 다시 흠뻑 머금었을 때 심장 끝에 닿는 아련함도, 부드러운 머리카락을 움킨 연수의 손도 눈물 속에 함께 녹아내렸다.

조심스럽게, 따뜻하게 그리고 뜨겁게.

어느 날 가슴에 들어온 작은 소녀는 아주 오랜 시간이 지나서 한 마리의 아름다운 백조가 되어 그의 품 안으로 다시 날아들었다. 악마 로트바르트의 마법에 걸려 백조가 되어버린 오데트 공주의 모습을 보고, 그녀와 사랑에 빠진 지크프리트 왕자처럼 그들도 사랑에 빠져버렸다. 그리고 풀어져버린 마법.

남은 것은……, 영원한 사랑의 맹세를 지키는 것뿐이었다.

송의진이 목숨보다 사랑하는 홍연수를 위해.

그날 이후 많은 것이 달라졌다.

예정대로 연수는 수습단원으로 입단했고, 어른이 되었다.

"E.J, 어느 게 더 마음에 들어요?"

연수가 두 개의 넥타이를 들어 보이며 의진에게 물었다. 어린 아내 같은 연수의 행동에 의진은 낮게 웃었다.

"네가 좋아하는 것."

만족스러운 대답에 연수는 자신의 오른손에 들린 짙은 블루칼라의 넥타이를 의진의 목에 둘러주었다. 연습을 했는데도 생각대로 매듭의 모양이 나오지 않자, 인상을 찡그렸다. 연수의 하얀 미간에 생긴 귀여운 주름에 그의 시선이 떨어졌다.

"홍연수, 나 출근해야 되는데…… 계속 이러고 있을 거야?"

장난스러운 투정에 연수가 입을 삐쭉거렸다.

"아무래도 E.J 목이 너무 두꺼운가 봐요. 키친타월에 묶어 놓고 연습할 때는 매듭 만드는 게 생각보다 잘됐는데……"

어처구니없는 핑계에 그가 연수의 허리를 끌어당겼다.

"앗!"

"뭐? 내 목이 페이퍼 타월과 같아?"

"연습 대상이 필요해서 비슷한 걸 찾다 보니 어쩔 수 없었어요."

결국 의진은 참았던 웃음을 터트렸다.

그를 앞에 세워두고 몇 번이나 제대로 된 매듭을 만들어 주기 위해 낑낑대던 연수의 손이, 울상을 지으면서 다시 넥타이를 풀어냈다.

"잉, E.J 혼자서 알아서 해요. 힘들어요."

넥타이를 놓고 돌아서려는 연수를 그가 끌어당겨 팔 안에 가두었다. 연수가 벗어나기 위해 의진의 품 안에서 버둥거렸다.

"잠깐만요, E.J. 출근해야 되잖아요."

"다음 주 주말에 네게 꼭 소개시켜 주고 싶은 사람이 있어. 함께 가줄래?"

갑작스런 그의 부탁에 연수가 놀라 고개를 들었다. 의진의 눈빛은 어느 때보다 진지했고, 대답을 기다리고 있었다.

"누군지 물어봐도 돼요?"

"아니, 그때까지는 비밀."

다시 묻기도 전에 의진의 입술이 닿았다.

농밀한 키스에 연수가 몸을 떨자, 의진이 연수를 안아들었다.

등에 닿는 차가운 시트의 감촉에 연수가 고개를 들었을 때, 목에 걸쳐 놓은 넥타이를 풀어 던지며 장난스럽게 웃는 의진의 표정이 들어왔다. 찬연한 미소.

넋을 놓은 연수의 귓가에 그의 부드러운 목소리가 들려왔다.

"연수야, 사랑한다."

천하의 송의진이 M&H 로펌의 변호사로 근무한 지 4년 만에 병가病暇를 내고 회사에 출근하지 않은 날이었다.

여름이 다가오고 있었다.

7.

　토요일 저녁, 웨스트 55번가에 있는 최고급 프렌치 레스토랑으로 향하는 택시 안에서 연수는 의진의 손을 잡은 채 궁금증을 참지 못하고 계속 그에게 졸라댔다.

　"E.J, 진짜 누구를 만나러 가는지 알려주지 않을 건가요?"

　"곧 알게 될 텐데."

　월요일 이후 그가 던져 놓은 궁금증으로 인해 닷새 동안 안절부절못했던 연수와는 다르게, 그런 연수를 바라보는 의진의 표정은 살보드랍다 못해 행복함이 묻어났다.

　"이건 불공평해요. 이렇게 예쁘게 입고 오라고 해놓고서는 누구를 만나러 가는지도 알려주지 않다니."

　자신에게는 무엇이든 쉽게 알려주던 의진이 지난 5일간 연수에게 보인 태도는 다른 때와 달랐다.

　의진에게 답을 얻고자 연수는 그 앞에서 춤도 춰보고, 부끄러울 만큼 애교도 떨어보았지만 그럴 때마다 의진은 즐거운 듯 웃기만 할 뿐 비밀의 끈을 꽁꽁 묶어 두기만 했다. 아니 오히려 그런 연수의 행동을 드러내놓고 즐기고 행복해 했다.

"연수야, 오늘 만날 사람……, 내가 너만큼 사랑하는 사람이다."

그가 쥐어준 답에 놀란 연수가 고개를 돌려 의진의 표정을 살폈다. 온화한 미소를 머금은 그는 어느 때보다 행복해 보였다.

"혹시……, 그 사랑한다는 분, E.J 가족인가요?"

의진이 고개를 끄덕였다. 뜻밖의 대답에 연수의 얼굴에는 제법 긴장하는 표정이 역력했다.

"E.J, 나 오늘 어때요?"

차림새를 묻는 것이었다. 검정 슬리브리스 미니드레스를 입고 정성스럽게 긴 머리를 땋아서 올린 연수는 아름다웠다.

"눈을 떼지 못할 만큼 아주 예뻐."

의진은 긴장한 연수의 뺨에 가볍게 키스한 후 그녀를 데리고 레스토랑 안으로 들어갔다. 예약자 명단을 확인받고 2층으로 올라가자, 그레이와 네이비의 체크무늬 카펫이 깔린 홀이 한눈에 들어왔다. 먼저 와서 그들을 기다리고 있던 중년의 여성이 미소를 지으며 자리에서 일어났다.

"죄송해요, 차가 많이 막혀서요."

"아니, 나도 조금 전에 도착했는걸."

의진을 껴안은 채 그의 등을 다정하게 쓰다듬는 여인의 손길에서 애정이 듬뿍 묻어났다.

"어머니, 연수예요."

의진의 소개에 그제야 여성이 연수에게 시선을 돌렸다.

"만나서 반가워요."

진이 연수를 향해 부드러운 목소리로 먼저 인사를 건네며 손을 내밀었다. 연수를 바라보는 눈빛에는 기대감과 따뜻함이 넘쳐났다.

의진과 너무나 닮은 눈을 한 아름다운 여인을 마주하고, 연수는 긴장감에 진이 내민 손을 잡기도 전에 저도 모르게 고개를 푹 숙여 인사했다.

"처음 뵙겠습니다, 홍연수라고 합니다."

긴장감에 붉게 상기된 아가씨의 얼굴을 보자, 진은 내밀었던 손을 뻗어 연수의 손을 잡았다. 따뜻했다.

"자, 앉아요."

진은 연수의 어깨를 살포시 감싸 안으며, 의진이 빼어준 의자에 긴장한 그녀를 앉힌 후에야 자신의 자리로 돌아갔다. 그리고는 조용히 연수를 살폈다.

진이 4년 만에 아들을 보기 위해 미국으로 온다고 했을 때, 의진은 "어머니에게 소개시켜 주고 싶은 사람이 있다."고 했다. 그 말에 아들에게 사랑하는 여자가 있다는 것을 알았다. 어느 나라 사람인지, 몇 살인지, 무엇을 하는 사람인지도 묻지 않았다. 의진이 마음을 준 아이라면 분명히 자신의 눈에 차고도 넘칠 아이라고 확신했기에.

그리고 연수를 보자마자, 진은 자신의 판단이 옳았음을 알았다.

그냥 스쳐 지나가도 다시 돌아보게 만들 것 같은 예쁜 외모뿐만 아니라, 아이의 눈동자에서 묻어나는 맑은 기운이 진은 마음에 들었다. 단지, 예상했던 것보다 더 앳된 외모와 마른 체형에 짐짓 놀란 것을 제외하고는.

"저……, 혹시 괜찮으면 나이를 물어봐도 될까요?"

연수가 당황한 듯 고개를 돌려 의진을 바라보았다. 그가 미소 지으며 고개를 끄덕여주었다.

"두 달 후면 스무 살입니다."

"만으로요?"

진의 말에 연수는 고개를 푹 수그리고 말았다.

"아니요……."

"세상에나! 송의진!"

진은 아들에게 눈을 흘겼다. 그런 어머니의 반응을 예상한 듯 의진은 미소를 지으며 연수의 손을 꼭 잡아주었다.

"아니, 미안해요. 아가씨가 생각보다 너무 어려서."

어리다는 말에 연수는 당황한 표정을 숨기지 못했다. 그 사실은 연수 스스로도 너무나 잘 알고 있었고, 그래서 불안했고, 조금은 아팠다. 의진 곁에 있고 싶은 마음이 너무나 컸기에 그의 어머니에게 예쁘게 보이고 싶었다.

"그냥……, 연수라고 부르세요."

긴장한 표정을 지우지 못하고 고개를 숙이는 연수의 모습에 진의 가슴 한편이 아릿했다.

"이렇게 아가씨, 아니 연수가 이렇게 어리고 예쁜데, 아무리 잘난 내 아들이라지만 도둑놈 같아서."

"네?"

당황해 고개를 들었다.

그런 연수를 보고 진은 다정한 미소를 지어주었다.

"연수보다 나이도 많고 무뚝뚝한 이런 녀석이 뭐가 좋다고."

진이 따뜻하게 웃어보였다.

연수는 의진이 웃는 모습이 누구를 닮았는지 알 수 있을 것 같았다. 그의 모친을 만났다는 사실에 긴장했지만, 연수는 시간이 지날수록 진의 상냥함과 따뜻함 그리고 유머에 푹 빠져들었다.

발레를 한다는 연수의 말에 그제야 진은 연수의 마른 몸이 이해가 되었고, 어리지만 자신의 꿈과 일에 대한 확고한 열정과 의지를 가지고 있는 연수에게 내심 감탄하고 있었다.

"저……, 잠시 실례하겠습니다."

연수가 자리를 뜨자, 진은 아들을 돌아보았다. 자리에서 멀어지는 연수의 뒷모습에서조차 눈을 떼지 못하는 의진의 모습이 조금은 낯설고, 뿌듯했다.

"어떠세요?"

고개를 돌린 의진의 얼굴에는 행복이 가득 넘쳐났다.

그녀의 의사를 묻는 질문이 아니었다. 의진은 이미 결정하고 있었고, 자신의 선택을 어머니께 확인받고자 했다.

"예쁜 아이구나! 맑고 착하고……, 조금 어린 것만 빼면."

어머니의 말에 의진은 쓴웃음을 지었다. 그 미소의 의미는 의진 스스로가 더 잘 알고 있다는 것이었다.

"어머니."

"응?"

"연수, 처음 만난 게 10년 전 하와이에서였습니다."

놀란 진의 얼굴에서 미소가 사라졌다.

"처음에는 연수를 보는 것만으로 행복했는데, 어느 순간 연수가 아플 때마다 제 아픔 같아서……."

아들의 눈빛이 이처럼 흔들리는 것을 처음 본 진은 덜컥 두려운 생각이 들었다. 의진의 손을 꼭 잡았다.

의진은 홍 회장과 부친의 관계, 연수를 다시 만났을 때 변해 있던 아이의 모습 그리고 지시연의 자살과 아버지의 스승인 故김만익 변호사의 부탁 등 연수와 관련된 일들을 하나하나 이야기해 나갔다. 진은 처음 듣는 사실에 너무나 놀라 가슴을 쓸었다. 착한 아들의 눈에 저 아이가 얼마나 밟혔을지 짐작이 가고도 남았다.

"아버지께는 죄송하지만, 혹시 나중에라도 저 때문에 아버지께서 곤란해지는 일이 있으시더라도 전 연수 포기하지 않을 겁니다."

"의진아?"

마침 자리로 돌아오는 연수의 모습에 진은 더 이상 물을 수 없었다. 아무 일도 없었다는 듯 의진은 테이블 쪽으로 다가오는 연수를 향해 미소를 지어보였고, 그런 의진을 보며 해맑게 웃는 연수의 얼굴을 본 진은 두 눈을 감고야 말았다.

후식으로 주문한 레몬 셔벗을 입 안에 넣으며, 눈을 찡그리는 연수의 표정을 보자 의진은 낮게 웃었다.

"왜?"

의아함에 진이 물었다.

"아, 연수 신 것 잘 못 먹거든요."

"그럼, 다른 것을 시키지?"

"몸의 유연성을 높여주는데 신맛이 도움이 많이 되거든요. 그래도 노력을 많이 한 덕분에 어릴 적보다는 잘 먹어요."

진의 얼굴엔 안타까움이 드러났다.

"예쁘구나!"

"네?"

"이렇게 눈에 넣어도 아프지 않을 만큼 예쁜데……."

진은 이렇게 예쁜 딸아이를 혼자 남기고 목숨을 끊은 지시연의 일이 떠올랐지만, 차마 입에 담을 수 없었다.

"연수 양, 내일 시간 괜찮으면 나하고 같이 쇼핑 갈래요?"

뜻밖의 제안에 연수는 당황했지만, 곧 고개를 끄덕이며 해맑게 대답했다.

"네."

영롱하게 빛나는 눈동자에 들뜬 기대감이 서려 있었다.

진은 두 아이들과 즐겁게 저녁식사를 마친 후 레스토랑을 나왔다. 호텔로 돌아가기 위해 택시에 올라타기 전 도어를 열어준 의진에게 다가가 아들을 꼭 끌어안아주었다.

"난, 저 아이가 너무 좋구나!"

그에게만 들릴 정도로 작게 속삭인 말에 의진의 가슴은 따뜻했다.

"연수 양, 내일 봐요."

그녀의 인사에 연수가 해맑게 웃으며 허리를 숙여 인사를 건넸다. 진이 탄 택시가 멀리 사라져가자 연수가 다가와 그의 손을 꼭 잡았다.

"E.J, 나 오늘 실수하지 않았죠?"

걱정스러운 표정으로 묻는 연수를 그는 아무 말 없이 가슴에 폭 끌어안았다.

"E.J 어머니, 참 좋으신 분 같아요. 우리 엄마처럼."

그가 연수의 턱을 들었다. 눈 안에 조금씩 채워지는 눈물을 보자, 가슴이 다시 한 번 조여들었다. 눈물이 떨어지기 전 의진의 손가락이 연수의 슬픔을 부드럽게 훔쳐냈다.

"연수야, 사랑한다."

그가 지금 연수에게 해줄 수 있는 것은 이 말뿐이었다.

따뜻한 오렌지색 조명이 깔린 레스토랑의 짙은 초록색 장미화분 아래서 연수는 의진의 따뜻한 키스를 받았다.

만약 시연이 살아 있었다면, 연수는 엄마에게 이 사람을 목숨보다 더 사랑한다고 너무나 좋은 사람이라고 소개시켜 주고 싶다는 생각을 했다. 이룰 수 없는 꿈. 그래서 더 슬프고 아팠지만, 오랫동안 눈물을 새겼던 연수의 가슴에는 어느새 의진의 사랑이 그 자리를 조금씩 채워주고 있었다.

성조기가 나란히 걸린 5번가 백화점의 대형 쇼윈도 앞에서 연수는 유리창에 비친 자신의 모습을 다시 한 번 살폈다.

"연수 양!"

택시에서 내려 손을 흔드는 진의 모습에 연수는 자신도 모르게 또다시 고개를 푹 숙이고 말았다. 그런 연수의 모습에 진은 소리 내어 웃었다.

"호, 호, 호, 그렇게 인사 안 해도 되는데."

어느새 곁에 다가온 진이 연수의 어깨를 따뜻하게 끌어안으며 미소 지었다.

"점심은 먹었어요?"

"네."

"다행이네, 나도 브런치를 늦게 해서…… 그럼 들어갈까요?"

진이 손을 이끌자 연수가 입을 열었다.

"저기……, 말씀 낮추세요."

여전히 긴장한 연수의 표정에 진은 미소를 지으며 대답했다.

"그러면, 내가 말을 낮추는 대신 연수는 더 이상 긴장하지 말기! 어때요?"

웃어보이는 진의 대답에 연수는 기쁨에 고개를 끄덕였다.

백화점 안으로 들어간 진은 연수를 화장품 코너로 데리고 갔다. 매장 직원에게 이것저것 물으며 연수를 앉혀놓고 메이크업도 받게 하고, 화장품도 이것저것 골라주었다. 공연 때를 제외하고는 좀처럼 화장을 하지 않는 연수의 손에 어느 순간 화장품이 잔뜩 담긴 쇼핑 백이 들려 있었다.

계산을 하는 진의 모습에 놀라 연수가 지갑에서 카드를 꺼내려고 하자, 그녀가 연수의 손을 붙잡았다.

"내가 사주고 싶어서 그래. 언제 다시 미국에 올지 모르고, 연수 가 예쁘게 하고 있으면 의진이도 좋아할 거야."

그 말에 연수는 얼굴을 붉히고 말았다.

4층 매장으로 연수를 데리고 간 진은 마네킹이 입고 있는 무릎까 지 내려오는 살구색 이브닝드레스를 보자마자, 연수의 손을 잡아끌 었다.

"어머나, 예쁘다. 이거 어때? 입으면 예쁠 것 같은데……."

허리 아래로 만개한 꽃잎처럼 수많은 주름이 잡힌 실크 이브닝드 레스는 연수의 눈에도 너무나 예뻐 보였다.

"연수야, 한 번 입어볼래?"

"네?"

진은 당황한 연수의 손에서 쇼핑백을 빼앗아 들고 직원에게 연수 를 밀었다.

清艶

옷을 갈아입고 나온 연수가 어색한 듯 거울 앞에 서자, 진은 아이처럼 좋아했고 연수에게 늦었지만 졸업선물이라는 명목 아래에 또 다른 쇼핑백을 안겨주었다. 그렇게 시작된 쇼핑은 오후 내내 연수에게 입히고, 신기고 끝이 날 줄 몰랐다.

"에고, 나도 이제 늙었나 봐."

진이 카페에 앉아 아이스커피를 마시며, 어깨를 두드리자 연수는 죄송한 마음에 어쩔 줄 몰라 했다. 쇼핑을 가자고 해서 따라나섰는데, 정작 진은 자신을 위한 것은 아무것도 사지 않았고, 그녀에게 잘 보이고 싶은 마음에 연수는 진이 자신에게 안겨오는 선물들을 거절하지도 못했다.

"죄송해요."

연수가 고개를 숙이자, 진이 연수의 손을 잡아끌었다.

"연수 엄마가 살아계셨다면……, 평생에 걸쳐 해줄 일을 내가 하루에 다 해주기에는 무리가 있지?"

그제야 연수는 진의 마음을 알았다.

성인이 된 딸아이에게 화장품을 선물해주는 엄마의 마음, 진은 죽은 시연을 대신해 짧은 시간이나마 송의진의 어머니가 아닌 홍연수의 엄마 노릇을 해준 것이었다. 그 마음에 연수는 결국 참았던 눈물을 쏟아내고 말았다. 울어버린 연수의 어깨를 끌어안고, 진은 머리를 쓰다듬어 주었다.

"연수가 우리 의진이 옆에 있어주어서 너무나 고마워! 그 녀석 착하기는 해도 좀처럼 자기 마음을 잘 내보이지 않는데, 연수 덕분에 조금은 변한 것 같아서. 앞으로도 잘 부탁해."

연수에게 진의 품은 시연에게 안겨 있던 것만큼 따뜻했다.

그리고 연수가 잊었던 엄마의 따뜻함을 다시 한 번 알려준 후 진은 다음날 한국으로 돌아갔다.

진이 맨해튼을 떠난 후 그 주 내내 연수는 발레단의 연습이 끝나고 집에 돌아오면 자신의 방 안 구석에 놓인 수많은 쇼핑백들을 풀지도 못한 채, 멍하니 바라보고만 있었다. 선물을 풀어버리면 받았던 마음을 잃어버릴 것 같은 생각에 바라보고, 또 바라보기만 했다.

어머니의 귀국 이후 말이 없어진 연수의 모습에 의진은 가슴이 아팠지만, 연수를 위해 쇼핑백을 열어주는 대신 매일 퇴근 후 맨션에 들러 잠이 들 때까지 안아주었다.

열흘이 지나서야, 연수가 쇼핑백을 하나씩 풀기 시작했다. 스무 살 숙녀의 것이라고 보기 어렵던 연수의 화장대가 알록달록한 화장품으로 채워지고, 예쁘다고 감탄하던 살굿빛 이브닝드레스도 드레스 룸에 걸렸다. 그리고 연수가 다시 웃기 시작했다.

"E.J, 이 옷 예쁘죠?"

이브닝드레스를 입고 연수가 의진의 앞에서 빙그르르 돌았다.

"너무 마음에 들어요! 다음 주에 공연 환영파티가 있는데, 입고 갈 거예요."

연수에게 드레스를 선물한 어머니의 안목에 감탄하면서도 자신의 눈에도 이렇게 예뻐 보이는데, 수많은 공연 관계자들과 발레리노들 사이에서 연수가 저 드레스를 입고 웃고 있을 모습을 상상하는 것은 불편했다.

그의 가슴에 또다시 질투심이 일었다.

"안 될 것 같은데."

"네?"

"파티에 그 드레스는 입고 가지 않는 게 좋겠다고."

연수가 놀라 인상을 찡그렸다.

"E.J?"

"생각보다 예쁘지 않은 것 같다."

"거짓말!"

그의 말을 믿지 못하겠다는 듯 연수가 그의 앞으로 달려왔다.

"E.J, 내 눈 보고 말해요! 지금…… 파티에 나 혼자만 간다고 질투하는 거죠?"

정곡이 찔린 의진은 아무 말도 하지 못했지만, 연수를 바라보는 눈빛은 깊어져만 갔다.

"홍연수, 제발 그 드레스는 입고 파티엔 가지 마라."

그의 아이 같은 조름에 순간 연수는 피식 웃어버리고 말았다.

"생각해볼게요."

그 의미를 알아버린 승리의 미소 지으며, 드레스 룸으로 걸어 들어가는 연수를 의진이 확 끌어당겼다. 버틸 사이도 없이 의진이 그녀를 안고 침대 위로 쓰러졌다. 너무나 놀란 연수는 비명도 지르지 못했다.

무거운 몸에 눌린 채 연수가 그를 올려다보았다.

"E.J?"

목소리가 떨렸다.

"홍연수, 나보고 이기적인 놈이라고 욕해도 좋은데, 난 네가 내 앞에서만 예쁘게 하고 있었으면 좋겠다."

처음 듣는 솔직한 고백을 믿을 수 없어 눈만 깜빡였다. 장난치는 것이라고 생각했는데, 의진의 눈빛은 너무나 깊어 보였다. 그의 꽉 다물어진 입술에서 소유욕을 느꼈다. 자신만을 보아달라는 말에 가슴이 떨렸다. 기뻤다. 숨 쉬기 어려울 만큼.

"E.J, 나는……."

미처 대답을 주지 못한 연수의 입술을 탐하던 의진의 뜨거운 입술이 실크 이브닝드레스 위로 흩어졌다. 언제나 부드럽기만 하던 그의 손길이 마음에 휘몰아치는 격정을 대신하려는 듯 연수를 뜨겁게 어루만지고, 쓸었다.

"아!"

어느새 연수의 몸에서 떨어져 나간 살굿빛 드레스가 침대 아래로 사락사락 떨어지는 순간 의진의 뜨거운 몸이 연수를 꼭 끌어안았다.

"E.J!"

열락에 흔들리는 연수의 눈빛을 보며, 의진은 나지막이 속삭였다.

"내가 있는 세상에서는 너만 보인다, 연수야!"

그 뜨거운 고백에……, 연수는 아무 대답도 하지 못했다.

자신의 세상은 E.J뿐이라고.

하얗게 부서지는 파도처럼 허공에 떠도는 연수의 애원만이 의진의 귓가에 오랫동안 전해졌다.

성큼 다가온 여름은 어느덧 공원의 나무들을 진한 초록색으로 물들였다. 연수는 봄에 보는 나무의 색깔과 여름에 보는 나무의 초록빛이 다르다는 사실을 미국에 와서 처음 알았다.

그리고 가장 행복한 것은 의진에게 자신이 더 이상 어린아이가 아닌 여자라는 사실이었다. 연수가 길을 지나가다 멋진 남자들에게 시선을 줄 때면, 고개를 돌려 자신만 바라보라고 재촉하는 그.

기대하지 못했던 질투심을 확인하는 것이 너무나 좋아, 연수는 그와 외출할 때면 일부러 다른 남자들에게 시선을 돌리고는 했다.

"와아!"

컬럼비아대학 도서관 앞 계단에 앉아 아이스크림을 먹던 연수의 탄성에 의진은 고개를 돌렸다. 덩치 좋은 금발의 남학생을 쫓아 고개를 돌리는 연수의 행동에, 옆에 앉아 있던 의진이 그녀의 턱을 잡아당겼다. 눈빛이 마주치는 순간 의진은 연수의 의도를 알아차렸다.

"홍연수?"

당황한 눈빛을 본 연수가 장난스럽게 웃었다.

"풋!"

"너?"

"피이, E.J는 나 만나기 전에 예쁜 여자들과 많이 사귀었잖아요. 난 아직 어린데, E.J 한 명만 보고 있는 것은 불공평한 것 같아요."

불평을 쏟아내자, 그의 표정이 자못 심각해졌다.

"누가 그래?"

"네?"

"누가 그래, 내가 수많은 여자들과 사귀었다고?"

"아……, 그건 토마스가……."

순간 당황했다. 토마스는 의진을 쫓아다니던 여학생들이 많았다고 했지, 그 이후의 일은 이야기해주지 않았다.

"그리고 공연 때 E.J와 키스하던 여자도 예뻤어요."

연수는 기억하고 있는 사실을 이야기할 수밖에 없었다.

의진의 입가에 뜻을 알 수 없는 미소가 걸렸다.

"조세핀 맥그라스?"

"네."

연수도 알고 있는 사실이었지만, 그의 입에서 흘러나온 여자의 이름은 얼굴만큼 예뻤다.

"연수야, 그녀는 친구야."

그 변명을 연수는 인정할 수 없다는 듯 고개를 저었다.

"말도 안 돼! 거짓말! 누가 친구와 그런 키스를 나눠……요?"

파르르 떠는 연수의 표정을 본 의진은 오히려 즐거운 듯 입술을 올렸다. 연수의 턱을 붙잡은 그가 오랫동안 그녀의 눈동자를 응시했다. 눈빛은 조용했고, 닿은 손은 뜨거웠다.

"어느 순간 내가 어린 널 사랑하고 있다는 것을 깨달았을 때, 내가 아주 나쁜 놈이 된 기분이었거든. 그래서…… 도망치려고 했었어. 너에게서 아주 멀리……, 다른 여자를…… 이용해서라도."

연수는 너무나 놀라 아무 말도 하지 못했다. 너무나 기뻐서 손에 들고 있던 아이스크림이 녹아내리는 것도 모른 채 결국에는 눈물만 글썽였다.

그런 연수의 반응에 의진이 피식 웃었다.

쏟아지는 한여름의 뜨거운 태양 아래, 천천히 다가온 그의 입술이 아이스크림으로 차가워진 연수의 입술에 닿았다. 키스는 뜨거웠고, 달콤한 파인애플 맛이 느껴졌다.

아이스크림으로 엉망이 된 연수의 손을 꼭 잡고 의진은 대학 캠퍼스와 공원을 가로질러 아파트로 향했다. 그의 집으로 향하는 내내 연수는 아무 말도 하지 않았다.

집 안으로 들어서자마자 의진은 연수를 욕실로 데리고 가, 아이스크림으로 끈적끈적해진 손을 닦아주었다. 비누거품을 내고, 두 손을 정성스럽게 닦아주는 의진의 얼굴에서 연수는 시선을 떼지 않았다. 거품을 헹궈내고, 자신의 얼굴을 반히 바라보는 연수의 표정을 보자 그가 아름답게 웃어보였다.

"E.J……, 사랑해요."

의진의 얼굴에서 일순간에 미소가 사라졌다.

"사랑해요, E.J!"

사랑한다는…… 연수의 고백.

그녀를 향한 마음을 오랫동안 접지 못하면서도 너무나 간절히 갖기를 바랐던 마음.

연수가 전한 그 한 마디에 의진은 격랑에 휩싸였다. 물에 젖은 차가운 손이 연수의 두 뺨과 귓불을 움켜쥐었다.

갑작스럽게 그가 몰아붙이는 격정적인 키스에 다리가 후들거려 연수는 바닥에 주저앉으려고 했고, 그가 연수를 안아 들었다. 침대가 크게 출렁였고, 청결한 시트가 구겨지며 흔적을 지웠다.

뜨거운 공기 사이로 서로의 눈빛이 닿았다.

가두어진 시선 속에 그의 마음이 처음부터 자신의 것임을 알게 된 연수의 눈동자는 물기가 가득했고, 맹렬하게 올라오는 환열을 숨기지 못한 의진의 눈동자는 불같았다.

눈물이 떨어지는 순간, 붉어진 입술이 연수의 목에 닿았고, 티셔츠 안으로 들어온 뜨거운 손이 가슴을 쓸었다. 손끝에 닿는 그의 살결이 너무나 뜨거워 놀란 연수가 손을 움켰고, 달아나려다 삼켜진 입술에서 가쁜 숨을 토해냈다.

"하!"

찰나의 순간 흘러내린 눈물을 훔쳤던 입술이 푸른빛이 투명한 가슴 둔덕에 뜨겁게 닿았다. 수줍은 색을 숨기고 있는 속옷을 끌어내리기 전 고개를 잠시 든 그가 속삭였다.

"연수야……."

진저리가 쳐질 만큼 뜨거운 의진의 손길을 따라 쏟아져 내린 숨결, 그 소용돌이 속에 바닥에 떨어진 연수의 옷들만이 하나 둘 차갑게 식어갔다.

침대에 엎드린 연수의 가슴이 그의 손안에서 형체를 잃었고, 흘러내린 검은 머리칼 사이로 드러난 새하얀 등 위에 수많은 화인火印이 남았다.

"하…… E.J!"

열락의 흔적을 전하는 시트를 움켜쥔 가녀린 손이 파르르 떨리는 순간 연수는 그 어느 때보다 의진에게 뜨겁게 안기며, 그의 영혼마저 송두리째 자신의 것으로 만들어버렸다.

열린 창문 사이로 미풍이 불던 날이었고, 홍연수가 송의진의 모든 것을 가지게 된 날이었다. 넘치고 넘쳐서 더 이상 담아내지 못할 만큼 붉은 노을빛이 연수를 품에 안은 그의 등 뒤로 쏟아지던 한여름의 오후, 7월이었다.

*

커다란 여행 가방을 들고 연락도 없이 맨션에 무작정 들이닥친 이로 인해 연수의 평온한 일상은 순식간에 깨어져버렸다.

"그동안 잘 지냈어?"

"언니?"

놀란 연수는 입을 다물지 못했고, 예지의 입가에 미소가 걸렸다.

"못 본 사이에 예뻐졌다."

"응?"

자신이 메고 있던 숄더백을 던져 놓은 예지가 집 안을 살폈다.

"맨션 좋네. 하긴 아버지가 말씀은 안 하셔도 너라면 끔찍이 생각하시니까…… . 나, 한동안 여기 있을 거야."

"뭐?"

알 수 없는 불안감에 가슴이 답답했다. 그런 연수의 마음을 알기라도 한다는 듯 예지는 피식 웃었다.

"왜? 싫어? 싫어도 어쩔 수 없어. 호텔에서 지내는 것은 죽어도 싫으니까. 그리고 네게 오는 조건으로 엄마한테 여기 온 거 허락받은 거고. 배고프다. 아직 저녁 전이지?"

"응……."

"나가서 밥 먹자."

예지는 가방에서 지갑을 꺼내들고 먼저 현관으로 향했다.

"언니, 잠깐만!"

당황한 연수의 목소리에 예지가 멈춰 섰다.

"도대체……?"

"방학 끝날 때까지만 있을 거야. 9월 개강 전에 한국으로 돌아갈 거니까 쫓아낼 생각은 하지 마."

그 말에 연수는 더 이상 대꾸도 하지 못하고 조용히 그녀를 따라 나섰다.

2년 만에 재회한 둘은 어색함을 뒤로한 채 69번가 코너에 있는 식당으로 갔다. 애피타이저와 훈제생선요리를 주문한 후 연수는 메뉴판을 내려다보고 있는 예지를 물끄러미 바라보았다.

지극히 다른 성격과 다른 외모.

남들에게 말하지 않는 한, 둘이 자매라는 사실을 모를 정도로 서로가 너무나도 달랐다. 하지만 세진그룹 홍일안 회장이 그들의 부친이라는 사실은 부정할래야 부정할 수 없는 현실이었다.

"무슨 일인지 물어도 돼?"

연수의 말에 레모네이드를 마시던 예지의 눈빛이 흔들렸다.

"나……, 지윤이하고 헤어졌어."

"뭐?"

"아니다, 엄밀히 말하면 일방적으로 차인 건가?"

그 말을 듣는 순간 연수는 미친 듯이 뛰기 시작하는 심장 때문에 자신도 모르게 테이블 위에 놓인 냅킨을 꼭 움켜쥐었다.

홍예지는……, 언니는 모른다.

강지윤이 얼마나 자주 그녀 앞에 나타났는지. 연수는 어렸고 그를 보지 않았다. 강지윤은 예지가 사는 영역에 있는 사람이었으니까. 연수의 반응을 눈치 채지 못한 예지가 아무 일도 아니라는 듯 다시 입을 열었다.

"뭐, 그냥 느낌이랄까. 장장 6년을 곁에 있었는데, 강지윤에 대해 아는 것이라고는 이름과 부잣집 아들이라는 정도뿐이니 나한테도 문제는 있는 건가?"

"언니?"

"풋! 연수 너, 내가 갑자기 들이닥쳐서 당황하기는 했나보다. 네가 날 언니라고 다 부르고. 하긴 우리 사이에 못해 본 게 한두 가진 아니지. 아무튼 말 한 마디 없이 자퇴서만 내고 사라져버려서, 최소한 이유 정도는 알아야 될 것 같아서."

연수는 표정을 굳힌 채 아무 말도 하지 않았고, 뜻밖의 반응을 본 예지의 눈은 날카롭게 그녀를 살폈다. 2년 사이에 연수는 확실히 달라져 있었다. 어른스러워졌고, 표정도 다양해졌다고나 할까.

어릴 적부터 어른들에게 칭찬받기 위해 무던히도 노력을 했던 자신과는 달리 연수는 항상 뒤에 숨어 있었다. 그럼에도 어느 순간 뒤돌아보면 사람들의 시선은 항상 연수에게 닿아 있었다. 인정하기는 싫지만, 고혹을 느끼게 하는 그 무언가가 연수에게는 있었다. 표정은 항상 고요했고, 감정을 드러내는 것을 본 것도 거의 손에 꼽을 정도였음에도.

예외가 있다면 하선 앞에서뿐이었다.

연수는 하선을 지독히도 싫어했고, 그 때문에 예지는 주체할 수 없을 정도로 화를 내기도 했다. 자세히 알지 못했지만, 누구나 다 아는 이유일 것이라 추측하는 정도. 질투심이라는 단어만으로는 표현할 수 없는 둘 사이에 흐르는 긴장감 때문에 자매는 더 이상 친해질 수 없었는지도 모른다.

하지만 온몸에 테이핑을 하고, 살갗이 찢어지고 피가 나는 발가락을 붕대로 동여매면서도 눈물 한 방울 흘리지 않는, 발레를 그만두지 않는 연수의 모습을 볼 때면 예지는 인정할 수밖에 없었다. 홍연수가 자신의 동생이라는 사실을. 홍 회장처럼 포기라는 단어를 예지도 연수만큼 싫어했다.

갑자기 들이닥친 예지 때문에 연수의 조용했던 일상은 흐트러지기 시작했다. 바쁜 와중에서도 적어도 일주일에 한 번은 함께

청염 203

시간을 보냈던 의진과 만나지 못했고, 그가 일을 마치고 밤늦게 연수의 맨션에 찾아오는 일도 없었다.

"보고 싶어요, E.J."

연수가 아쉬움을 달래려는 듯 전화를 붙들고 조르자, 수화기 너머로 그의 낮은 웃음소리가 들려왔다.

"오늘……, 저녁 같이 할까? 나올 수 있겠니?"

그 제의에 연수의 얼굴이 눈부시게 환해졌다.

드레스 룸으로 달려간 연수가 진으로부터 선물 받은 살굿빛 이브닝드레스를 입고 외출 준비를 서두르자, 예지가 놀란 눈으로 연수를 보았다.

"홍연수, 너 어디 가?"

"응? 아, 데이트."

"뭐?"

예상치 못한 거침없는 대답에 예지는 놀라, 누워 있던 소파에서 벌떡 일어났다. 순간 시야에 들어온 연수의 표정에 예지는 입을 다물지 못했다. 두 뺨에 가득한 기쁨의 홍조, 거기다 드레스까지? 저 아이에게 저런 표정이 있었던가?

"뭐, 어디를 간다고?"

"저녁은 언니가 알아서 챙겨 먹어. 그리고……."

'어쩌면……, 집에 들어오지 않을지도 모른다.'는 말을 하고 싶었지만, 연수는 고개를 저었다. 홍예지와는 상관없는 일인걸.

도어가 닫힌 문 뒤로, 못 볼 것을 본 듯한 표정으로 예지가 서 있었다는 것을 연수는 알지 못했다.

"E.J!"

연수가 의진을 보자마자, 그에게 안겨들었다. 짧은 키스를 했다.

"보고 싶었다."

반가운 인사에 놓아주기 싫어 그를 끌어안은 팔에 연수가 힘을 꼭 주었다. 즐겨 쓰는 향수와 섞인 그의 체향에 가슴이 뛰었다.

"언니하고는 잘 지내?"

연수가 고개를 끄덕였다.

너무나 다르지만, 공유하고 있는 것이 없으니 싸울 일도 없었다. 어느 한 쪽이 다른 사람의 것을 가지려고 하기 전까지는.

모처럼 만에 저녁 시간을 함께 보낸 연수가 의진을 돌아보았다.

"E.J, 오늘…… 같이 있어도 되나요?"

수줍은 유혹에 붉어진 뺨을 가만히 내려다보던 그가 연수를 끌어당겼다.

"괜찮아?"

예지가 와 있는데, 그와 함께 한다는 것은 그들의 관계를 가족들에게 알리는 것이었다.

"네."

망설임 없는 대답에 그윽한 눈빛으로 그가 연수를 바라보았다. 더 이상 서로에 대한 마음을 숨길 필요가 없었다. 단정한 그의 입술이 다가오는 것을 본 연수가 행복한 미소를 지으며 나직이 속삭였다.

"사랑해요, E.J."

"나도……, 사랑한다."

강바람 속에 물 내음이 섞인 키스는 부드러웠고, 한여름의 더위가 무색할 만큼 심장을 뜨겁게 만들었다.

토요일 늦은 오후까지 함께 시간을 보낸 그들은 연수의 맨션으로 향하는 차 안에 있었다. 한 손을 내어준 채 핸들을 잡고 있는 그의 시선은 앞을 보면서도, 얼굴에는 웃음을 숨기지 않았다.

"전요, E.J 손이 너무나 마음에 들어요. 단정하고 예쁘고 그리고 이렇게 잡고 있으면 정말 편안한 느낌이 들거든요."

맞잡은 손등에 입을 맞추고, 손가락을 쓰다듬는 연수의 장난스러운 행동에 그의 손아귀에 힘이 들어갔다. 어느새 회색 세단은 맨션 앞에 도착해 있었다.

"연수야."

고개를 돌리자, 기다렸다는 듯 그가 다가왔다. 그녀가 장난을 쳤던 것처럼 의진은 가녀린 손가락을 쓰다듬고 손등 위로 입술을 내렸다. 존경과 헌신을 전하는 입맞춤.

전해지는 마음에 연수가 손을 들어 의진의 뺨을 부드럽게 쓰다듬었다. 얼굴을 든 그가 환하게 웃어보였다.

"괜찮으면……, 네 언니와도 함께 저녁 먹자."

그 말에 연수가 의진의 목을 와락 끌어안았다.

"정말 고마워요, E.J!"

토마스와 진을 그가 자신에게 소개해주었던 것처럼, 누군가에게 의진을 보여줄 수 있다는 기쁨, 그것만으로 연수는 충분했다.

아쉬운 작별인사 후 연수가 집 안으로 들어서자, 믿을 수 없다는 표정으로 예지가 달려왔다.

"홍연수, 너 설마?"

무슨 일이 있었는지 모두 안다는 눈빛으로 자신을 바라보는 언니를 무시하고 연수는 아무 일도 아니라는 듯 주방으로 들어갔다. 물병을 꺼내 글라스에 물을 따라 마신 후 싱크대에 컵을 넣어두고 돌아서는 연수를 결국 예지가 막아섰다.

"홍연수, 너 뭐야? 너 지금까지 남자하고 있다 들어오는 거야?"

긍정에 대한 대답 대신 연수가 고개를 들어 예지와 시선을 맞추었다. 예지의 목소리가 날카롭게 올라갔다.

"너 미쳤구나! 누구야?"

"……."

"법대생?"

거실에서 발견한 법률 서적을 보고 혼자서 추측한 답을 내뱉었다.

"아니."

"아니? 그럼?"

"그 사람이 뭐 하는 사람인지가 그렇게 중요해?"

자신의 앞을 막아선 언니를 피해 거실로 걸어가는 연수의 팔을 예지가 거칠게 잡아당겼다.

"홍연수, 너!"

"언니가 흥분할 일 아니야."

대답은 차분했다.

"흥분할 일이 아니야? 머리에 피도 안 마른 게 남자와 자고 이틀 만에 집에 기어들어왔는데, 흥분할 일이 아니야!"

"홍예지!"

새된 목소리에 놀라 예지가 입을 다물었다.

"나…… 그 사람 사랑해! 그리고 나 더 이상 어린아이 아니야!"

예지는 기가 막혔다. 얌전한 고양이 부뚜막에 먼저 올라간다고, 자신도 아닌 연수가 이렇게 대형 사고를 칠 줄은 꿈도 꾸지 못했다.

"네가 미국에 있다고 미국인이야? 여기서는 법적으로 성인일지 몰라도, 한국에선 넌 아직 미성년이야!"

예지의 말에 연수는 아무 대답도 하지 못했다.

"누구야?"

"뭐?"

"그 사람 누구냐고? 외국인이야?"

"아니……."

"그럼?"

"미국 국적을 가졌지만, 한국인이고……, 변호사야."

예지의 눈썹이 꿈틀거렸다.

"나이는?"

"나보다 아홉 살 많아."

"뭐? 나쁜 새끼!"

언니의 입에서 튀어나온 거친 욕설에 너무 놀라 심장이 뛰었다.

"스물아홉에 변호사씩이나 되는 놈이 새파랗게 어린 널……."

예지는 차마 그 뒷말은 하지 못한 채 연수를 붙잡고 흔들었다.

"너 설마, 그 사람 때문이었어? 한국에 들어오지 않겠다고 한 게. 아니지?"

"……."

"하!"

연수가 대답을 하지 못하자 예지는 기가 막힌 듯 소파로 가 털썩 누워버렸다.

"이 바보 같은 계집애! 그렇게 혼자 똑똑한 척은 다 하더니."

팔뚝으로 눈을 가린 예지의 목소리가 잦아들었다.

생각지도 못한 사고를 친 연수를 앞에 두고 예지의 머릿속은 복잡해져만 갔다. 다른 있는 집 자식들처럼 영악하지는 못해도 제 앞가림은 할 줄 알았는데, 그 편한 길을 놓아두고 발레를 하는 것도 모자라 스무 살에 스캔들이라니.

이 사실을 아버지가 아셨다가는 정말⋯⋯. 두려웠다.

"홍연수, 넌⋯⋯, 내가 아는 한 이 세상에서 제일가는 바보야!"

의진의 존재와 이미 그와 사랑에 빠져버린 자신을 받아들이지 않는 예지를 바라보며, 연수는 '그가 언니를 만나보고 싶어한다.' 는 말을 '그와 함께 저녁을 먹으러 가자!' 는 말을 차마 하지 못했다.

"처음 뵙겠습니다, 송의진이라고 합니다."

의진과 처음 마주한 예지의 머릿속은 시끄러웠다. 세상물정 모르는 연수가 어떤 시답지 않은 놈팡이한테 걸려든 것은 아닌지 내심 불안했는데, 눈앞에 있는 남자는 부드러운 표정을 가지고 있었다. 그런데 왜 이 남자에게서는 여자친구의 가족을 처음 만났을 때의 긴장감이 느껴지지 않는 것일까? 왜?

"그래도 철면피한은 아니신 것 같네요."

"언니!"

의진을 처음 마주한 예지의 첫 인사에 연수는 놀라 소리를 질렀다.

"제가 보자고 하면 도망가실 줄 알았는데⋯⋯."

예지의 거침없는 입담에 연수의 얼굴은 하얗게 변하기 시작했다.

창백한 표정을 본 의진은 손을 뻗어 테이블 위에 놓인 연수의 손을 부드럽게 잡아주었고, 미소를 지어보였다. 자신은 아무렇지도 않다는 듯.

남자가 연수를 바라보는 눈빛을 보면서도 예지가 가장 먼저 떠오른 것은 아버지의 얼굴이었다. 화를 삭이며 예지가 입을 열었다.

"다시 인사할게요, 홍예지예요. 연수…… 언니. 엄밀히 말하면 이복 자매지만."

연수의 가족사를 듣는 의진의 표정은 너무나 차분했다. 정신이 하나도 없는 연수와는 다르게, 그는 세심하게 연수 대신 음식을 주문해주고 서빙된 음료도 손이 잘 닿는 곳에 끌어당겨 주었다.

예지는 그런 남자의 행동, 하나하나를 예리한 눈으로 살폈다. 그리고 결론을 내렸다. 이 남자가 연수를 좋아하는 것만큼은 거짓이 아닌 것 같다고.

"미국에서 태어나셨나요?"

"네, 열세 살 때 잠시 한국에 나가 살았던 적은 있지만 그 이후 계속 미국에서 있었습니다."

"가족 관계를 물어봐도 되나요?"

그녀의 질문에 의진은 연수를 응시했다.

묻지 않았지만, 연수 또한 의진의 가족이 궁금했다. 얼마 전 그의 어머니를 만난 것을 제외하면, 그녀 또한 의진에 대해 아는 것이 거의 없었다.

"한국에 부모님이 계시고, 다섯 살 위인 형이 한 명 있습니다."

예지의 눈빛이 더 날카로워졌다.

"그쪽 부모님은 아세요? 연수 만나는 것."

淸艶

"네, 얼마 전 어머니께서 맨해튼에 다녀가셔서 연수와 함께 인사를 드렸습니다."

예지는 할 말을 잃었다. 이 남자, 어린 연수를 쉽게 만나고 있는 것 같지는 않았다.

"여기서는 어떤지 몰라도 한국에서는 연수……."

의진은 그녀가 무엇을 이야기하고자 하는지 알고 있었다. 그가 테이블 위로 잡고 있던 연수의 손을 꼭 쥐었다.

"연수만 괜찮다면, 결혼하고 싶습니다."

연수는 너무나 놀라 그의 얼굴에서 시선을 떼지 못했다.

그 오랜 세월 연수와 같은 집에서 생활했지만, 저 아이가 저렇게 간절한 시선으로 누군가를 바라보는 모습을 예지는 단 한 번도 본 적이 없었다. 가슴이 욱신거렸다.

중학교 3학년이 되던 해 봄이었던가? 홍연수에게 표정이라는 것이 있다는 것을 예지가 처음 알았을 정도로, 연수는 감정을 표현하지 않는 아이였다. 그런데 지금 송의진이라는 이 남자 앞에 있는 연수는 예지가 한 번도 보지 못한 감정을 마구 쏟아내고 있었다.

"힘들 거예요."

예지의 대답은 그녀의 눈빛만큼 차가웠다.

"그쪽, 아니…… 송의진 씨라고 부를게요. 송의진 씨가 어떤 생각을 가지고 있던, 그걸 실행해 옮기는 것은 쉽지 않을 거예요. 설사 연수가 좋다고 해도 저희 아버지……, 송의진 씨를 쉽게 받아들이실 분이 아니에요."

의진은 알고 있었다.

홍 회장이 자신을 순순히 받아들이지 않을 것이라는 사실을. 그래도 포기할 수 없었다. 연수를 지키기 위해서라면, 그가 잃어야 할 것이 있다면 받아들일 각오는 이미 되어 있었다.

긴장감 속에 저녁식사를 마친 후 예지는 택시에 올라타기 전, 연수를 향해 고개를 돌렸다.

"내가 있는 동안 외박은 오늘이 마지막이야."

예진의 시선이 잠시 의진에게 머물렀다.

연수 일에 나설 생각은 없었지만, 최소한 아버지와 부딪히는 일만큼은 피하는 게 정답이었다. 그런데 이미 둘은……

예지가 의진을 향해 고개를 끄덕인 무언의 인사만을 남긴 채 택시에 올라탔다. 차는 멀어졌고, 그 뒤를 물끄러미 바라보는 의진의 얼굴에서 연수는 눈을 뗄 줄 몰랐다.

"E.J?"

살짝 떨리는 연수의 음성에 그가 고개를 돌렸다. 온화한 눈빛으로 연수를 내려다보던 그가 손을 들어 뺨을 살며시 매만졌다.

"연수야, 나중에 정식으로 청혼하고 싶었는데, 어쩌다 보니 오늘 미리 말해버렸다."

눈부신 미소를 담은 그의 고백에 연수의 심장이 뛰었다.

"사랑한다, 연수야…… 나와 결혼해줄래?"

갑작스런 청혼.

남몰래 숨겨놓은 갈망이 가슴을 치고 올라오는 것 같아 숨을 멈추었다. 의진 곁에 있는 것은 어릴 적부터 연수의 꿈이었고, 지금 이 순간 이 사람 곁에 있다는 사실만으로 연수는 행복하다. 더 욕심을 부리면 안 될 것 같아, 그 이상은 꿈꿔보지도 못했다. 그런데 그가 평생 자신의 곁에 함께 있어달라고 손을 내밀고 있었다.

"홍연수?"

귓가에 나지막하게 들려오는 부드러운 목소리에 눈물이 고이기 시작했다. 대답을 기다리는 그의 눈동자에 긴장감이 보였다.

바보처럼.

답은 이미 하나인데…….

"E.J…… 난……."

목이 메어 대답을 주지 못했다.

연수를 조용히 바라보던 의진의 입술이 천천히 다가왔다. 코끝에 닿는 숨결 속에 그가 다시 한 번 속삭였다.

"연수야, 사랑한다!"

심장소리 때문에 그의 목소리가 잘 들리지 않는 것 같았다. 달콤한 입맞춤만으로 그를 향한 마음과 기쁨을 표현할 수 있다면 연수는 그에게 모든 것을 전하고 싶었다.

E.J……, 그는 홍연수의 남자였다.

8.

맨해튼의 하늘을 가득 채우는 마천루摩天樓는 아름다웠다. 붉게 물든 노을 속에 저 멀리 보이는 리버티 섬, 자유의 여신상을 바라보는 지윤의 눈빛은 슬픔과 고통의 흔적으로 가득 차 있었다.

기억조차 나지 않는 어린 시절부터 모든 것을 누려왔던 삶, 그런 그가 사람을 욕심내어 본 것은 처음이었다.

홍연수.

작은 관심에서 시작된 시선은 안타까움과 짝사랑에 대한 열정으로 사춘기 소년인 지윤을 흔들었다.

홍예지의 주위에 머물며 연수 주변을 맴돌아도 자신에게는 시선조차 주지 않던 아이가 조금씩 변하기 시작했다. 언제부터인지 알지 못했는데, 지윤은 테이블에 놓인 사진들을 보고 나서야 알 수 있을 것 같았다.

그 남자, 지윤이 우연을 가장해 처음으로 연수를 따라 발레 공연을 보러 갔을 때 아이의 머리를 쓰다듬어주던 남자, 그자가 연수 곁에 있었다. M&H의 촉망받는 변호사에 신임 법무부장관 후보로 거명擧名되고 있는 송만섭 판사의 둘째 아들, 송의진.

연수가 유학을 갔을 때, 그는 소녀가 여인이 되기를 기다리며 한국에서 머물렀다. 그리고 돌아오리라고 확신했던 것과는 달리 ABT 수습단원으로 미국에 남는다는 소식을 들었을 때 알 수 없는 불안감에 지윤의 가슴은 뛰었다.

사람을 시켜 연수의 뒤를 캤다. 때 묻지 않았던 그의 뮤즈(muse)는 어느새 송의진의 여자가 되어 있었다. 자신이 아닌 다른 남자를 향해 웃고, 그의 품에서 사랑을 속삭이는 연수의 모습을 확인한 지윤의 심장은 한순간에 지옥으로 떨어져버린 지 이미 오래였다. 표현조차 해보지 못한 사랑, 어설프고 아팠던 지윤의 짝사랑은 그렇게 끝이 나야만 했다. 한국에 남아 있을 이유 따위는 없었다. 그의 조부 곁으로 돌아왔고, 지윤은 고민하고 있었다.

다음 해 다시 올 봄을 기다리며 겨울이 오기 전, 꽃은 떨어진다.

홍연수, 그 아이를 자신의 품 안으로 날아오게 할 수 있는 방법을 찾기 위해서 그는 선택해야 했다.

자신이 무엇을 가지고, 무엇을 버릴지.

*

뉴욕현대미술관 디자인스토어, 연수는 앞에 놓인 알록달록한 서랍장을 바라보며 오랫동안 자리를 떠나질 못했다. 다양한 색채, 다양한 크기와 모양을 한 서랍들을 얼기설기 붙여 만들어 놓은 서랍장은 가구라기보다는 하나의 작품이었고, 그 자유로운 표현에 역동성

마저 느껴졌다.

"E.J, 나…… 이것 사주면 안 돼요?"

단 한 번도 그에 무엇인가를 사달라고 조른 적이 없는 연수가 처음 사달라고 한 것이 서랍장이라는 사실에 의진은 웃고 말았다.

"홍연수, 보통 여자들은 보석이나 가방 이런 것 사달라고 하지 않니?"

그 말에 연수는 인상을 썼지만, 그 모습이 너무나 귀여워 의진은 연수를 끌어당겼다.

"난 보통 여자가 아니거든요, E.J!"

"뭐?"

"E.J, 나한테 프러포즈한 것 잊었어요?"

그랬다. 의진은 일주일 전에 연수에게 청혼을 했고, 연수는 그 답을 아직 그에게 주지 않았다. 이미 연수의 마음을 알고 있었지만, 이렇게 나올 때는 할 말을 잊어버렸다.

"어디에다가 쓰고 싶어? 저 서랍장?"

"비밀이에요."

새초롬한 대답에 웃었고, 연수의 손을 잡고 계산대로 걸어갔다.

작가의 작품을 사기 위해 의진은 굉장히 높은 가격을 지불해야 했고, 마침내 서랍장은 홍연수의 것이 되었다. 배달을 위해 주문서를 작성하고 의진이 돌아서자, 연수가 그의 허리를 끌어안았다.

"너무나 고마워요, E.J! 평생 잘 사용할게요."

'평생'이라는 단어가 담고 있는 깊은 의미와 애정에 의진은 연수의 말간 이마에 입을 맞추었다.

미술관을 돌아본 후 가볍게 점심을 마치고, 커피를 마시는 연수의 손을 그가 끌어당겼다.

"아직 고민 중이야?"

그의 물음에 연수는 수줍게 고개를 저었다.

"연수 네게는 아직 하고 싶은 일도 많고, 결혼을 준비하기에는 너무 이르다는 것도. 두려울 수 있다는 것도 알아. 그러니까 기다릴게. 네가 충분히 준비될 때까지⋯⋯."

발레리나로서 첫발을 내딛은 연수에게 빠른 결혼은 부담이 될 수 있다는 사실을 의진은 알고 있었다. 기다리는 것쯤은 얼마든지 할수 있었다. 5년이든, 10년이든.

"하고 싶어요. E.J와 결혼⋯⋯."

자신의 아내가 되어주겠다는 연수의 대답.

이 순간의 감격을 의진은 평생 잊지 못할 것이라 확신했고, 자리에서 일어난 그가 무릎을 꿇었다. 오랫동안 주머니 안에 잠들어 있던 반지를 꺼낸 후 연수의 손을 잡았다.

18K 로즈핑크의 링 위에 아름다운 다이아몬드가 원둘레를 따라 나란히 세팅되어 있는 반지가 연수의 손가락에 끼워졌다. 어느 쪽에서 바라보아도 같은 모습, 반지는 꼭 홍연수와 송의진 같았다.

그 아름다움에 연수는 눈물을 글썽였고, 의진의 따뜻한 입술이 손등에 스쳤다.

"E.J!"

의진은 매일 꿈을 꾼다.

이 예쁘고 여린 아내를 위해 사는 꿈.

언젠가 연수의 품에 안기게 될 자신들의 아이, 가족 그리고 함께 만들어갈 미래와 행복을⋯⋯.

반지 위로 눈물이 떨어졌다. 손을 뻗어 연수의 눈가에 고인 눈물을 훔쳐내는 의진의 얼굴에는 영원한 사랑을 맹세하는 눈부신 미소만이 가득했다.

"사랑한다, 연수야!"

*

한 시간 전 일안은, 익명으로 배달된 서류봉투를 열었다.

책상 위에 흩어진 사진들, 그 속에 연수가 있었다. 2년 전 발레리나가 되고 싶다며 그의 곁을 떠난 딸아이. 시선을 뗄 수 없었다.

단 한 번 시간을 되돌릴 수 있다면, 일안은 그날 시연에게 연수를 데려가도 좋다고 허락했을 것이다.

잃어버린 시간은 되찾을 수 없었고, 그는 연수의 미소를 더 이상 보지 못했다. 그런데 사진 속 연수는 시연이 살아 있을 때처럼 맑고 생기 넘치게 웃고 있었다.

일안이 손을 뻗어 다른 사진 한 장을 집어 들었다.

낯익은 얼굴, 그의 눈매가 가늘어졌고, 일안은 그 녀석을 기억해냈다. 만섭의 둘째 아들.

어릴 적부터 황태자로 자라온 일안에게 제 사람이라 생각했던 사람을 놓는 것은 쉬운 일이 아니었다. 사람을 볼 줄 알았고, 부릴 줄 알았다. 하지만 오랫동안 지켜오고 성공해온 그 틀 안에서 좀처럼 제 사람이 되지 않는 만섭을 보며 오기라는 것이 생겼다.

역시 그의 예상은 빗나가지 않았다.

올곧다 못해 강직한 송만섭 같은 이가 갈 수 있는 길은 두 가지뿐이었다. 부러지거나, 최고가 되거나. 운이 좋았던 것일까? 그의 예상대로 송만섭은 신임 법무부장관 후보로 거명되고 있었고, 하와이에서 자신에게 차가운 인사를 건네던 건방진 녀석은 M&H의 촉망받는 변호사가 되어 있었다. 거기다 큰아들인 송혁진은 부산지방검찰청 동부지청 검사.

만섭에게 그렇게 오랜 세월동안 손을 내밀었는데, 결국 덫에 걸려든 것은 그가 아닌 그의 아들이라는 사실에 일안의 입가에 알 수 없는 미소가 걸렸다. 아주 오랫동안 준비해온 연극 무대의 조연들이 하나 둘 제자리를 찾아가고 있었다. 단지 예상하지 못했던 변수가 있다면, 그 중심에 다른 이도 아닌 연수가 자리 잡고 있었다.

송의진과 연수, 생각해보지 못한 조합이었다.

그런데 그 녀석이 딸아이의 남자가 되어 있을 줄이야.

연수가 원하는 대로 자유롭게 살 수 있도록 풀어주었는데, 그곳이 송만섭의 아들 옆이라니……. 일안의 고민이 깊어졌다. 만섭을 움직일 수 없다면 그 아들 녀석을 손에 넣는 것도 나쁘지 않겠지. 연수가 눈에 밟혔지만, 준비해온 것을 이제 와서 포기할 수 없었다.

일안이 도진을 불러들였다.

"송의진에게 내가 보고 싶어 한다고 전해. 그리고 익명으로 이 사진을 보낸 사람이 누구인지, 어떤 의도로 보냈는지도 알아보고."

"네, 회장님."

"그리고 연수에게 다시 사람을 붙여두고……. 근접 경호가 말고, 어떻게 지내는지 보고할 수 있을 정도로만."

"네."

2년 넘게 연수를 자유롭게 풀어놓았던 그가 연수에게 다시 사람을 붙이라는 지시를 하자 도진의 눈가가 미세하게 떨렸다. 일안은 그 변화를 놓치지 않았다.

"도진아."

"네."

"혹시 알고 있었던 게냐?"

톡, 톡, 일안의 검지가 책상 위에 놓인 송의진의 사진을 가리켰다. 도진은 아무 대답도 하지 않았다. 일안은 긍정의 의미로 받아들였다. 도진이 집무실을 나가자, 홍 회장의 시선이 아래로 떨어졌다.

시연이 목숨을 끊은 날, 피 묻은 제 어미의 손목을 꼭 쥔 채 울면서 자신을 올려다보던 연수의 눈빛이 떠올랐다. 잊을래야 잊을 수 없는 그 눈빛. 일안은 눈을 감았다.

그 눈빛을 다시 보지 않게 되기만을 바랄 뿐이었다.

*

"그렇게 좋아?"

반지를 바라보며 행복한 미소를 짓고 있는 연수를 보고, 예지가 무심한 표정으로 물었다. 연수가 상기된 표정으로 고개를 끄덕였다.

"궁금해서 그러는데 도대체 그 사람은 언제 처음 만났니?"

연수의 눈빛이 반짝였다.

"열 살 때."

"뭐?"

"열 살 때 크리스……."

예지가 궁금증을 풀어볼 사이도 없이 테이블 위로 드리운 그림자에 놀라 연수가 고개를 들었다. 토요일 저녁, 레스토랑에서 저녁을 먹고 있던 그들 앞에 강지윤, 그가 나타났다.

연수는 놀랐고, 예지의 얼굴빛은 창백해졌다.

"오랜만이다."

아무런 일도 없었다는 듯이 그들의 곁에 앉는 지윤의 모습에 예지의 목소리가 날카로워졌다.

"여기가 어디라고 앉아!"

날선 목소리에도 지윤은 아무렇지도 않게 미소를 지었다.

"그럼, 그냥 갈까?"

잘 다듬어진 예지의 눈썹이 꿈틀거렸다. 지윤은 상처받기 두려워 오히려 겉으로는 강한 척하는 홍예지의 성격을 누구보다 잘 알고 있었다.

"강지윤!"

"내게 여러 번 연락했다는 얘기는 보고받았다."

보고받았다? 지금 너…….

"하!"

흔적도 없이 사라졌다 몇 달 만에 나타난 지윤의 태도에 예지는 기가 막혔다.

"조금 오랫동안 고민하고 있던 일이 있었는데, 마음의 결정을 내리지 못해서."

냅킨을 부여잡은 예지의 손이 파르르 떨렸고, 연수는 언니의 손등 위에 도드라진 푸른 핏줄에서 눈을 떼지 못했다.

"홍연수, 오랜만이다."

지윤의 인사에 그제야 연수가 고개를 들어 그를 바라보았다. 웃으면서도 슬퍼 보이는 눈빛, 그의 의미를 확인하는 대신 연수는 시선을 돌려 예지의 얼굴을 먼저 살폈다.

"웬 반지야?"

연수의 왼손가락 위에서 반짝이는 반지를 보자 그가 물었다. 그 목소리에 그녀들의 시선이 동시에 테이블 위로 떨어졌다.

"프러포즈…… 받았어요."

지윤의 눈은 연수에서 떨어질 줄 몰랐다.

언젠가 예지를 한 번 뒤흔들었던 이 느낌, 연수를 향한 지윤의 관심을 확인하는 지금 이 순간 그 느낌이 다시 떠올랐다.

"너 지금 무슨 짓이야?"

시선을 거둔 그가 쓰디쓴 미소와 함께 예지와 눈을 맞추었다.

"솔직히 공부에 뜻을 두지는 않았는데, 네 옆에 있는 동안 많은 걸 했다는 생각이 드네. 한국에 있는 걸 선택하지 않았다면 어딘가에 있는 기숙학교에 갇혀 지냈을지도 모르지만. 아무튼 네게는 고맙다, 여러 가지로 미안하기도 하고."

"뭐?"

"내가…… 열두 살 때 부모님이 사고로 돌아가셨다는 이야기를 네게 했던가?"

알고 있는 사실이었다.

단지 그로부터가 아닌 고등학교 때 우연히 듣게 된 교사들 간의 대화를 통해 추측하는 정도였을 뿐. 묻고 싶었지만, 물을 수 없었던 아픈 기억이라는 것도.

"10년 전 하와이에서 사고가 있었어."

그 말에 예지만을 주시하고 있던 연수의 시선이 돌아갔고, 그와 눈이 마주쳤다. 옭아매는 지윤의 눈빛에 연수는 미동도 하지 못했다.

"자동차 사고로 형편없이 구겨진 차 안에서 죽어가던 나를 간신히 끌어내 살려준 사람들이 있었는데, 지나가던 택시운전사와 한 여자 그리고⋯⋯."

지윤은 연수의 눈동자가 흔들리는 것을 보았다.

기억을 지웠던 것일까? 잃었던 것일까? 기억할 수 없다면 기억하게 만들면 된다. 참는 것도 기다리는 것도 더 이상 그에게는 불가능했다. 어차피 사랑은 이기적인 것이니까.

"내가 언젠가 네게 말했던 적이 있지⋯⋯ 이 세상에 내게 여자는 하나뿐이라고. 알고 싶지 않아? 그게 누군지?"

연수에게서 고개를 돌린 그의 시선이 아주 느리게 예지의 눈동자를 향했다.

"그 답을 지금 줄게."

"뭐?"

눈빛에서 읽혀지는 두려움. 홍예지는 이미 대답을 알고 있고, 인정하지 않을 것을 알지만 그는 입을 열었다.

"홍연수."

허공에서 얽히는 시선은 칼날 같았다.

"너?"

순식간에 그녀의 머릿속을 스쳐 지나가는 과거의 기억들이 예지의 몸을 흔들었다. 그리고 그 충격에 숨을 쉬지 못했다.

자신의 수첩에서 떨어진 사진에서 눈을 떼지 못하던 지윤과 그와의 만남 속에 항상 자신들 사이에 누군가 존재하는 것 같다는 거북함, 그리고 지윤이 들고 있던 쇼핑백과 같은 것을 연수가 집으로 들고 들어온 날 느꼈던 불안함. 지윤이 집에 온 날은 하루 종일 방에 틀어박혀 밖으로 나오지 않는 연수의 모습.

지윤에게 그녀가 먼저 손을 내밀었을 때 제안을 받아들인 것이, 연수 곁을 맴돌기 위해서라는 사실이 더 충격으로 다가왔다. 얼마나 오랫동안 둘이 자신을 기만해 왔던가? 이 순간 예지가 가장 궁금한 것은 연수가 '어디까지 알고 있었냐?'는 것이었다.

고개를 돌려 연수를 바라보았다. 하얗게 질려 있었지만…….

"알고 있었어?"

자신 앞에서 벌어진 지금의 상황이 이해되지 않는 연수는 혼란스러움과 두려움으로 떨었다. 언니의 남자친구의 입에서 흘러나온 이름이 너무나 낯설고, 두려워 연수는 도망치고 싶었다. 질문에 대답하지 못했다.

무릎을 덮었던 냅킨을 집어던지고 자리에서 일어나자, 지윤이 그녀의 손목을 붙잡았다. 연수는 너무나 놀라 새된 비명을 질렀다.

"놓아주세요!"

지윤이 고개를 들었다.

"앉아! 너도 들어야 돼!"

"언니?"

당장이라도 울음을 쏟아낼 것 같은 얼굴로 연수는 예지를 돌아보았지만, 그녀의 눈빛은 너무나 차갑게 식어 있었다. 결국 연수는 지윤의 손을 뿌리치고, 자리에 다시 주저앉았다.

"10년 전에 죽어가던 나를 네가 살렸잖아. 잊었어?"

마지막 말이 다시 한 번 예지의 심장에 비수가 꽂혔다.

그가 내뱉은 알 수 없는 말들.

몰려오는 두통에 연수는 두 눈을 감았다. 그가 무슨 말을 자신에게 쏟아내고 있는지 아직 이해하지 못했다. 암흑 속에 들려오는 것은……

"내게 넌, 오랫동안 친구 여동생이 아니라 여자였다고, 홍연수."

엄청난 파열음과 함께, 자리에서 일어난 예지의 손이 지윤의 뺨 위로 날아들었다. 그 소리에 레스토랑에 앉아 있던 모든 이들의 시선은 그들에게 향했고, 연수가 눈을 떴다.

예지가 레스토랑을 뛰쳐나갔고, 연수가 그 뒤를 따랐다.

어둠이 깔리기 시작한 69번가, 조명이 하나 둘씩 켜지기 시작했다.

맨션으로 들어가려는 예지를 쫓아 연수가 달려갔다.

"홍예지!"

예지가 발걸음을 멈추었다.

"언니, 난……."

"그 발레슈즈, 누가 줬어?"

"뭐?"

"기억 못한다고는 말하지 마, 그 발레슈즈 누가 준 거냐고?"

연수는 아무 말도 하지 못했다. 처음 선물 받은 공연용 핑크색 공단 발레슈즈는 지윤이 연수에게 준 것이었다. 하지만 어린 연수는 알지 못했고, 그 이유조차 묻지도 못했다. 그리고…… 조금이나마 그 의미를 알게 된 이후에는 도망쳤으니까.

찰싹, 허공을 가른 손바닥이 전하는 충격에 연수가 비틀거렸다.

"절대로 용서하지 않을 거야! 강지윤도, 너도! 연수, 네가 내가 흘린 눈물과 고통의 반이라도 느끼길 원해!"

자신을 향한 예지의 비명 같은 저주에 뺨을 부여잡은 연수는 고개를 세차게 흔들었다. 아니라고, 몰랐다고 소리쳐야만 했다. 그런데 어떤 말도 쏟아낼 수 없었다. 마지막으로 자신을 바라보고 돌아서는 언니의 눈빛에서 연수는 하선에게서 본 똑같은 광포狂暴를 보았다.

그리고 그 다음 날 연수는 다시 맨해튼에 홀로 남겨졌다.

*

"앉지."

집무실에 들어선 의진이 일안에게 고개를 숙여 정중하게 인사를 건넨 후 자리에 앉았다.

"그래, 내가 어제 제안한 일에 대해 생각은 해봤나?"

연수와의 관계를 알고 불렀음에도 어제 홍 회장은 연수에 대해 언급하지 않았다.

"그동안 자네가 M&H에서 쌓은 경력만으로도 원하는 자리를 찾아 옮기는 것쯤은 어렵지 않은 일이라고 생각하네만, 난 그곳이 우리 세진이길 바라네."

직설적인 의사 표현에 그제야 의진이 고개를 돌렸다.

10년이 지났어도, 자신을 바라보는 눈빛이 변하지 않았음을 확인한 일안은 그가 연수를 버리지 못할 것이라는 것을 확신했다. 송만섭이 지금의 아내인 유진을 버리지 못했던 것처럼. 더 이상 시간을 낭비할 필요는 없었다.

"우리 연수와 만나고 있다고?"

"네."

대답은 담백했지만, 일안은 다른 답을 원했다.

"자네가 아무리 미국인이라 해도 한국 정서를 생각하면 어린 내 딸아이를 건드린 자네가 아비로서 곱게 보일 리 없지만, 비난할 생각은 없네."

"결국 저를 세진에 앉히시겠다는 말씀이시군요."

의진은 조용히 홍 회장의 눈을 응시했다. 업무적인 이야기 외에 다른 감정이 섞여 있지 않은 그의 눈빛에선 아버지의 모습을 찾을 수 없었다.

"자네가 한국으로 들어오지 않는다면, 연수가 대신 한국으로 들어와야겠지."

의진의 눈빛이 흔들렸다.

발레리나가 되기 위해 막 날개를 펴려고 하는 연수의 미래를 담보로 자신을 옭아매려는 홍 회장의 인간성의 끝이 어디인지 확인하고 싶었다.

"연수와 곧 결혼할 생각입니다."

일안의 얼굴에 경련이 일었다. 녀석이 연수를 가볍게 보고 있지 않다는 것, 예상했던 일이었다. 그래서 그가 더 필요하다.

"내가 둘의 결혼을 허락할 것으로 생각하나?"

"연수는…… 성인입니다."

"한국에서는 아직 미성년자이지. 그리고 자네와 연수가 내 허락 없이 결혼하는 걸 내가 가만히 두고 볼 것이라고 생각하나? 허락할 수 없네! 연수가 어릴 적에 정신병원에 입원했던 병력이 있는 것은 알고 있나?"

순식간에 의진의 눈에 고통의 흔적이 드러났다.

"알고 있었군. Annulment(미국 가정법 결혼무효소송)에는 한 명의 배후자가 미성년자이었거나 법적 행위를 이해할 수 없다고 여겨진 정신질환자, 법적 무능력자인 경우 결혼 자체에 문제가 있다고 간주한다는 걸 변호사인 자네가 더 잘 알고 있겠지?"

"회장님!"

귀를 의심했다. 홍 회장은 자신의 뜻대로 일이 성사되지 않으면, 연수를 정신병자 취급을 해서라도 그와 떼어놓겠다고 말하고 있었다.

"내 허락 없이 연수를 데려갔다가는, 내가 그 아이를 어디까지 끌어내릴지 자네 눈으로 직접 확인할 수 있을 걸세."

의진의 끓어오르는 분노를 삼키기 위해 안간힘을 썼다.

"연수…… 친아버님이 맞으십니까?"

일안은 동요하지 않았다. 냉혹했다.

"3년일세. 3년 동안만 자네가 확실한 내 사람으로 있어준다면, 그때는 연수 곁에 있는 것을 허락해주겠네."

홍 회장의 허락을 얻을 수 있다고 생각하지 않았지만, 그 시기가 이렇게 빨리 올 것이라는 것은 의진은 예상하지 못했다.

"조건이 있습니다. 연수……, 지금처럼 자유롭게 살 수 있도록 내버려 두십시오! 세진그룹 홍일안 회장의 딸이 아닌 발레리나 홍연수로 연수가 원하는 대로 그렇게 살 수 있게."

의진의 마지막 부탁에 홍 회장의 입가에 만족스런 미소가 걸렸다.

"연봉은 자네가 받았던 금액의 세 배를 주도록 하지."

차가운 표정으로 집무실을 나온 의진은 그날 오후, 바로 뉴욕행 비행기에 몸을 실었다. 그를 기다리는 사람이 있었다.

*

"E.J, 보고 싶었어요! 출장은 잘 다녀왔어요?"

해외출장을 갔던 의진의 예정 없는 방문에 연수가 그를 보자 해맑게 웃었다. 자신이 지금 누구를 만나고 왔으며, 무슨 짓을 저지르고 왔는지 모르는 연수.

의진의 심장이 고통으로 일그러졌다.

겨우 내뱉은 "보고 싶었다."라는 대답에 연수가 먼저 그에게 다가와 입을 맞추었다. 기쁨을 숨기지 않는 다정한 키스, 작은 혀가 수줍게 그의 입술을 핥았다. 허리를 당겨 안은 의진의 품에서 키스가 조금 깊어졌고, 그가 엉덩이를 받쳐 들었다.

목에 매달린 채 그의 입술과 턱에 자잘한 입맞춤을 남겨 놓는 연수의 장난스러운 웃음에 가슴은 무너져 내렸다.

거실로 들어서는 발걸음은 느렸고 조심스러웠다. 그가 소파에 앉자, 연수가 그의 가슴에 머리를 기댔다. 평소와는 다르게 의진의 눈빛이 조금은 지치고 힘들어 보여 연수가 그의 얼굴을 쓰다듬었다.

"왜 그래요, E.J? 혹시 출장 가서 무슨 일 있었어요?"

걱정스럽게 묻는 목소리에 그런 일은 없었다는 듯 그가 미소를 머금고 고개를 저었다. 얼굴을 다정히 쓰다듬던 손이 머리칼에 닿았다.

"사실은 E.J가 출장 가 있는 동안 조금 속상한 일이 있었어요. 돌아오면 꼭 상의하고 싶은 일이 있었는데, 이제는 괜찮아요. E.J만 제 곁에 있으……."

삼켜진 숨결에 연수는 말을 끝맺지 못했다. 아니, 기회가 있어도 모두 털어놓지는 못했을 것이다. 어떤 이유에서건 언니에게 뺨을 맞았다는 사실을 알면 그가 분명 속상해할 테니까.

"발레단 연습은 어땠어?"

입술을 뗀 그가 연수에게 나직하게 물었다.

"다음 달이면…… 수습단원 딱지 떼고…… 정식단원으로 올라가요!"

달뜬 호흡을 가다듬지도 못하고 좋아하는 연수의 모습에 그의 가슴이 싸했다.

"그래?"

"네, 물론 코르 드 발레(corps de ballet, 발레 가운데에서 주요한 역할을 갖지 않는 군무(群舞) 형식을 담당하는 무용수)부터 시작이지만, 잘하면 올해 말에 무대에 처음 서게 될지도 몰라요."

"정말…… 열심히 했구나."

그가 연수의 뺨을 쓰다듬었다.

"이제야 인정해주는 거예요? 학교 다닐 때 제가 D클래스로 올라갔다고 말했을 때는 이 반응이 아니었는데……."

연수가 새침한 표정으로 그에게서 얼굴을 돌리자, 의진이 턱을 끌어당겼다. 연수의 말간 눈동자는 장난기 속에서도 기쁨을 숨기지 않았고, 행복으로 반짝였다.

"축하해."

이마에 그의 입술이 내렸다.

"고마워요, E.J! 아침은 기내에서 먹었어요? 배고프면 뭘 좀 챙겨

줄까요?"

연수가 일어서려고 하자, 그가 허리를 잡아당겼다. 둘의 시선이 마주쳤고 그의 눈에서 옅은 열망의 빛을 읽은 연수가 살짝 몸을 떨었다. 투명한 목을 부드럽게 쓰다듬던 차가운 손이 지긋하게 연수의 블라우스의 단추를 열어나갔다. 피부에 닿는 서늘함에 연수가 움찔거렸지만, 의진은 서두르지 않았다.

"씻고 싶은데……, 같이 씻을까?"

그 말에 놀라 연수가 얼굴을 붉히며 고개를 저었다.

"싫어요. 샤워는 아침에 한 걸요."

"함께…… 욕조에 들어가자고 묻고 있는 거야."

의진은 알고 있었다. 연수가 욕조에 몸을 담그는 것을 두려워한다는 사실을. 발레연습으로 근육이 뭉치고 아파도 열 살 이후 연수는 뜨거운 욕조 안에 몸을 담그지 못했다. 아픈 기억 때문에 자신도 모르게 갖게 된 트라우마. 오랜 시간 동안 혼자만의 비밀로 간직하고 있었는데, 의진은 어느새 그것을 아는 유일한 사람이 되어 있었다.

"연수야, 언젠가 네가 엄마가 된다면 아기를 안고 욕조에 들어가야 되잖아."

가슴속에서 울컥 응어리가 차올랐다.

"E.J, 나는……."

"쉽지 않을 거라는 것 알아, 하지만 함께 노력해보자. 도와줄게."

끝내 연수는 참았던 눈물을 왈칵 쏟아냈고, 의진은 연수의 눈물이 멈출 때까지 그녀를 안고 등을 쓸어주었다. 그의 품에서 겨우 얼굴을 든 연수가 고개를 끄덕였다. 눈동자는 붉었고, 두려움은 여전히 남아 있었다.

그의 품에 안겨 연수가 욕실 안으로 들어갔을 때는 사과와 계피 향이 욕실을 가득 채우고 있었지만, 물이 가득 찬 욕조를 본 연수는 시선을 돌려버렸다.

바들바들 떨기 시작하는 연수를 품에 꼭 끌어안은 의진이 부드럽 고 조심스럽게 연수의 입술을 찾았다. 지긋하게 시작된 애절한 키 스. 손끝에서 입고 있던 옷이 하나 둘 바닥으로 떨어졌고, 속옷마저 흘러내리자, 그가 연수를 끌어당겼다.

"연수야, 네가 있어서 난 언제나 행복하다."

그 말에 연수가 고개를 들었고, 의진은 놓치지 않고 그녀를 꼭 끌 어안고 욕조 안으로 들어갔다. 놀란 연수가 그의 목에 얼굴을 묻고 두 팔로 그의 목을 꼭 끌어안았다. 가녀린 몸에서 시작된 떨림이 그 에게도 고스란히 전해졌다.

'연수야, 어디서부터 잘못된 것일까? 네 아버지란 사람은……'

자신의 어린 딸을 빌미로 그의 부친을 이용하려는 홍 회장과 지 시연을 죽음으로 몰아 놓고도 연수 곁에 가족이라는 이름으로 남아 있는 김하선, 그리고 홍예지까지.

축복으로 시작된 만남은 어느새 애절함으로 다가와 사랑이라는 이름으로 그의 심장 속에 새겨졌다. 의지할 곳이라고는 자신밖에 없 는 연수를 홀로 이곳에 남겨둔 채 한국으로 가야 하는 현실은 그에 게도 고통이었다.

"연수야, 얼굴 좀 보여주면 안 될까?"

간절한 목소리에 연수가 천천히 고개를 들어 의진을 바라보았다.

두 눈 가득 맺혀 있는 눈물.

떨고 있는 몸.

심장이 갈기갈기 찢겨져 피가 흐른다.

그가 젖은 손을 들어 연수의 등을 쓰다듬었다.

"연수야, 기쁨도 아픔도 슬픔도 언젠가는 네가 프리마 발레리나 (prima ballerina, 발레에서 주역을 맡은 발레리나)가 되면 표현해야 하는 거잖아. 잊지 말았으면 좋겠다. 고통은 반드시 이겨낼 수 있다는 걸. 언제나 네 곁에는 내가⋯⋯."

함께 하고 있을 것이라는 걸 의진은 말하지 못했다.

두려움을 떨쳐내려는 연수가 먼저 입을 맞추었고, 그의 사랑에 불을 붙였다. 따뜻한 향이 가득 찬 욕실 안에서 의진은 연수를 뜨겁게 안았다.

자박자박 잠겨 있는 연수의 가녀린 몸이 핑크빛 물 위에서 수없이 흔들렸고, 물에 젖은 그녀의 긴 머리카락이 물속에서 춤을 추었다.

목에 닿았던 열기가 가슴에 불을 붙이고, 붉게 물든 가슴에서 타오른 불꽃이 그와 연수를 하나로 만들었다. 열락의 소용돌이만으로는 지워지지 않던 상처가 의진의 눈빛과 목소리, 손짓 속에서 사그라져갔다.

그가 젖은 손을 들어 연수의 하얀 이마를 쓰다듬었다. 의진의 눈동자를 바라보던 연수가 눈물을 토해냈다.

"E.J⋯⋯ 사랑해요."

붉은 두 뺨 위로 의진의 입술이 뜨거운 열기를 남겼지만, 흩어지는 작은 물방울 때문에 연수는 그가 울고 있다는 것을 알지 못했다.

'미안하다, 연수야.'

차마 입 밖으로 내뱉지 못한 말, 그가 마지막으로 흘린 눈물이었다.

M&H의 공동 대표 멀린 맥그라스의 사무실에 정적이 흘렀다.

"이유를 물어도 되나?"

오랜 시간 동안 의진을 보아왔고 그를 누구보다 잘 아는 멀린이었지만, 지금의 상황을 받아들이기는 어려웠다. 멀린의 물음에 의진의 눈빛만이 깊어졌다.

"지키고 싶은 사람이 있습니다."

"……."

"죄송하다는 말씀밖에 드릴 수 없습니다. 이곳에서 일을 하면서 많은 것을 배웠고, 누구보다 M&H에서 일을 하고 있다는 사실에 자부심을 느껴왔습니다. 하지만 지금 제게는 지금의 제 경력이나 명예보다 제 손으로 지켜야 할 사람이 있습니다. 아주 오랜 세월 사랑했고 사랑하는 사람입니다. 이 일은 그 사람을 지키기 위해서 지금의 제가 유일하게 할 수 있는 일입니다."

"의진?"

항상 올곧기만 한 사내를 이렇게 흔들어 놓은 사람이 누군지 멀린은 궁금했다. 하지만 사랑하는 사람을 지키겠다는 송의진의 눈빛에는 희망과 설렘이 아닌 고통의 흔적만이 남아 있었다.

그래서 맥그라스는 더 이상 의진을 붙잡지 못했다.

"만약 자네가 다시 돌아오게 된다면, 난 언제든지 환영하네. 잘 가라는 인사보다는 다시 만나자는 인사를 건네고 싶군."

멀린의 인사에 의진의 미소를 보였다.

"감사합니다, 미스터 맥그라스."

사무실로 돌아온 의진은 인수인계에 필요한 서류를 최종적으로 정리하고, 자신의 물건을 상자에 넣기 시작했다. 그의 시선이 잠시 책상 위에 머물렀고, 고급스러운 가죽프레임의 액자를 집어 들었다. 연수가 그의 스물여덟 번째 생일날 준 선물.

그 안에는 해맑은 미소를 간직한 어린 연수의 사진과 하늘을 향해 자유롭게 날아오르는 발레리나 홍연수의 첫 프로필 사진이 나란히 들어 있었다.

테이블 위에 놓인 자료를 내려다보는 예지의 눈에는 혼란스러움이 가득했다. 송의진, 미국에서 태어났다는 말에 재미교포 2, 3세 정도로만 생각했는데 아니었다. 차기 법무부장관 내정자인 송만섭 판사의 둘째 아들에 그의 형도 현직 검사. 세진 같은 재벌가만 못해도 잘나가는 집 아들이었다. 하지만 홍예지의 시선을 끈 것은 따로 있었다. 사진.

송 판사는 사별 후 재혼을 했고, 송의진에게는 부친이 없었다. 그런데 왜 이렇게 두 부자, 송만섭과 송혁진이 아닌 송만섭과 송의진이 더 닮은 것처럼 보이는지 예지는 의문을 지울 수 없었다. 함께 살아가면서 닮게 되었다고 하기에는 너무나 똑같은 느낌.

미혼모였던 그의 모친이 결혼을 하면서, 유의진이라는 이름은 송의진으로 바뀌어져 있었다. 송만섭이 그의 생부가 아니거나 생부라면 죽은 아내가 살아 있는 동안 외도로 태어난 자식이라는 소리가 된다. 거기다 송만섭 판사는 아버지와 같은 학교 출신이었다. 언제 송의진을 처음 만났냐고 물어보았을 때, 열 살 때라고 답하던 연수의 표정이 떠올랐다. 그녀가 이 집에 들어오기 전.

그렇게 오랜 시간동안 연수 곁에 그 남자가 있었다는 사실은 아버지가 몰랐을까? 아니면, 연인이 된 것은 얼마 되지 않았다는 말인가?

꼬리에 꼬리를 무는 의문에 생각은 깊어졌다. 그 남자가 '연수가 누구의 딸인지 몰랐을까?' 라는 궁금증이 생겼다.

순진한 연수라면 그가 누구의 아들인지 관심조차 두지 않고 빠져들었겠지만, 그는 다를 것이라고 예지는 확신했다. 그는 어른이었고, 예지가 본 송의진이라는 남자는 치밀한 사람이었다. 적어도 자신이 만나는 여자, 사랑하게 된 여자가 누구의 딸인지도 모른 채 만날 남자가 절대 아니라고 확신했다. 물어보고 싶었다. 물어보면 확실해질 것이다. 자신의 생각이 맞는지, 맞지 않는지.

"여보세요?"

수화기 너머로 들리는 연수의 목소리가 살짝 떨리고 있었다. 2주 전에 폭풍을 겪은 자매, 편할 리 없었다. 예지의 침묵에 한숨을 내쉰 연수가 먼저 입을 열었다.

"전화했으면, 말을 해."

"잘 지냈냐고는 묻지 않을게."

불퉁한 말이 먼저 튀어나왔다.

"한 가지만 물어보자. 지윤이가 널 좋아하는지 알고 있었어?"

연수는 대답하지 않았고, 침묵의 의미도 답도 예지는 이미 알고 있었다. 연수에게 지윤은 홍예지가 사는 세상의 사람이었을 테니까.

"지윤이가 조금 더 일찍 네게 좋아한다고 고백을 했다면 넌 송의진이라는 사람을 사랑했을까?"

"하고 싶은 이야기가 그거야?"

이번에는 예지가 침묵했다.

"언니?"

밉다.

"송의진이라는 남자에 대해서 얼마나 알아?"

"뭐?"

그 남자가 밉고.

"네가 죽고 못 사는 송의진이라는 남자에 대해 얼마나 아냐고?"

"갑자기 무슨 말이야?"

연수가 밉고.

"그 남자, 처음부터 네가 누구 딸인지 알고 접근했다는 생각 안 해봤어?"

"뭐?"

그리고…….

"그 사람 아버지와 우리 아버지가 선후배 사이라는 것은 알아?"

"홍예지, 무슨 짓이야? 사람 시켜서 뒷조사했어?"

"아니라고 말하지 않을게. 궁금했거든, 네가 사랑하는 남자가 누구인지. 물어보니까 솔직히 말해줄게. 송만섭 판사, 차기 법무부장관 내정자야. 그리고 그의 둘째 아들 송의진, 송 판사가 외도로 낳은 자식인 건 알아? 혼자 약은 척은 다 하더니, 홍연수가 사랑에 빠진 남자가 네가 증오해 마지않는 정부의 자식이야? 웃기지 않아? 넌 우리 엄마한테 손가락질할 자격 없어! 네가 사랑하는 남자도 나와 같은 사람이니까!"

예지가 거침없이 쏟아낸 진실들 속에 연수의 거친 숨소리만이 들려왔다.

"끊을게."

통화가 끊어진 전화기를 들고, 예지는 한동안 멍한 표정으로 정원을 내려다보았다. 야구공을 가지고 놀다 더위에 지친 루스가 정원의 나무 그늘 아래서 힘없이 늘어져 있었다.

연수를 사랑한…… 지윤이 죽도록 밉다.

*

센서등이 잠시 켜졌다 꺼진 맨션 안은 어스름만이 가득했다. 짙은 어둠이 시야를 가로막았다. 의진은 현관 옆 콘솔 위에 열쇠고리를 올려놓은 후 연수를 불렀다.

"연수야?"

벽을 더듬어 거실의 전기 스위치를 켜자, 빛이 쏟아졌다. 거실의 중앙에 놓인 소파로 그가 다가가자, 무릎에 얼굴을 묻고 있던 연수의 모습이 눈에 들어왔다.

"연수야?"

그가 놀라 곁에 다가가 앉았다. 평소 같으면 문소리에 웃으며 달려왔을 연수가 두 다리를 감싸 안은 채 무릎에 얼굴을 묻고 미동도 하지 않았다. 그가 연수의 얼굴을 붙잡아 자신을 보게 했다. 생기를 잃은 눈빛에 가슴이 내려앉았다.

"무슨 일이야? 혹시 어디 아픈 거니?"

걱정스럽게 이마를 짚어 보는 손길과 의진의 목소리에도 연수는 반응하지 않고 오랫동안 그의 눈동자만을 응시했다.

"연수야?"

"E.J…… 나 언제부터 알았어요?"

"뭐?"

"혹시…… E.J, 내가 누구인지, 누구 딸인지 알고 만났어요?"

그의 심장은 조여들었고, 침묵 속에 연수의 눈은 흔들렸다. 눈빛은 간절했고, 그에게 진실을 말해달라고 요구하고 있었다.

"알고…… 있었어."

대답을 듣는 순간 그의 손에 잡혀 있는 얼굴을 연수가 흔들었다.

"거짓말!"

"홍연수!"

"거짓말이야!"

"연수야?"

"아니죠? 내가 누구 딸인지 알고 접근한 거 아니죠?"

의진은 대답하지 못했다. 연수를 다시 만났을 때, 그리고 故김만익 변호사를 대신해 그가 지시연이 남긴 재산의 수탁자가 되기 전, 의진은 연수가 누구의 딸인지 알고 있었다. 단지, 그가 예측하지 못한 것은 자신이 연수를 사랑하게 될 것이라는 사실이었다.

의진은 말없이 연수의 얼굴을 쓰다듬었다.

'그 모든 사실을 알게 되면 네가 상처를 덜 받게 될까?'

"E.J?"

그의 눈빛이 너무나 슬퍼 보여 연수는 차마 재촉하지 못했다.

"내가 어떤 변명을 해도 네게 상처가 된다는 것은 알아. 하지만 난……, 처음부터 알고 있었다. 네가 누구의 딸인지, 그리고 네 아버지가 누구인지."

부정하고 싶은 진실에 연수는 고개를 저었다. 눈물이 떨어졌다. 의진이 누구의 아들이건 연수는 상관없었다. 자신도 그랬듯이 부모는 선택해서 태어날 수 없으니까. 하지만 자신이 누구의 딸인지 알고 그가 다가왔다는 사실은 받아들이기 힘들었다.

"서울에서 널 다시 본 순간 그냥 스쳐갈 수 없었어. 변해버린 네 모습에 너무나 가슴이 아프고……."

의진이 말을 끝내기도 전에 연수가 그의 손을 뿌리치고 방으로 들어갔다. 침실로 들어간 연수는 자신의 베개에 얼굴을 묻고 소리 죽여 울었다. 그가 지금 자신을 사랑한다는 것은 안다. 하지만 그 사랑의 시작이 연민(憐憫)이었다는 사실은 연수를 슬프게 만들었다. 눈물을 멈출 수 없었다.

침실로 들어온 그가 울고 있는 연수의 곁에 앉았다. 상처받을 것이라는 건 알았지만, 연수를 향한 마음은 멈출 수 없었다. 과거에도, 지금도.

울고 있는 연수의 머리를 쓰다듬으며 그가 입을 열었다.

"연수야, 이기적인 선택이었지만, 난 널 아주 오래전부터 사랑했고, 지금도 사랑한다. 앞으로도 그 사실은 절대 변하지 않을 거야. 지금은 이 말밖에 해줄 수 없어서 너무나 미안하다."

나직한 손이 연수의 머리에 닿았고, 그가 허리를 숙여 연수의 머리에 입술을 묻었다. 울음을 참아내려는 미동이 그에게도 고스란히 전해졌다.

"미안하다……, 연수야!"

결국 울음을 삼키지 못한 연수의 어깨가 떨려왔다.

이별을 털어놓기에는 너무나 부족한 말.

자리에서 일어선 의진의 시선이 침실을 나서기 전 잠시 연수에게 머물렀다. 마지막이라는 걸……, 연수는 몰라야 했다. 이런 헤어짐을 원한 것은 아니었지만, 이대로라면 뒤돌아서 떠날 수 있을 것 같았다.

거실로 나온 그가 콘솔 위에 놓인 열쇠고리를 집어 들려다 손을 거두었다. 연수의 맨션과 자신의 아파트 열쇠가 꽂힌 백조모양의 크리스털 조각. 송의진의 영혼을 다 가져간 홍연수라는 여자를 위해 그가 지금 해줄 수 있는 유일한 일이었다.

조용히 닫힌 마호가니 문, 어둠 속에 홀로 남겨진 백조의 붉은 눈만이 반짝였다.

울다 지쳐 잠이 든 연수가 겨우 눈을 떴을 때는 검푸른 어둠만이 방 안에 가득했다. 힘겹게 겨우 몸을 일으킨 후 욕실로 가 차가운 물로 세수를 했고, 비틀거리며 거실로 나갔다.

"E.J?"

미명未明 속 낯선 고요함. 심장이 떨렸다.

거실에서 느껴지지 않는 온기에 연수는 게스트 룸으로 향했다. 텅 비어 있는 방. 그가 울고 있는 자신을 홀로 남겨둔 채 아무런 말도 없이 아파트로 돌아갔을 것이라고 생각하지 못했다. 하지만 이유 없이 불안해지는 마음에 그에게 가야겠다는 생각이 들었다.

재킷을 걸치고 현관을 나서려던 연수의 눈에 콘솔 위에 올려둔 열쇠고리가 들어왔다.

낚아채듯 열쇠를 손에 넣고 맨션 밖으로 뛰쳐나왔다. 무슨 정신으로 택시를 탔는지 기억조차 나지 않았고, 정신을 차렸을 때는 거친 숨을 내뱉으며 그의 아파트 문 앞에 섰다.

"하아, 하아, 하아……."

터질 것 같은 심장. 부들부들 떨리는 손을 겨우 들어 열쇠를 구멍에 넣었다. 찰칵, 긴 시간이 흘러버린 것 같았다. 연수가 문을 열고 안으로 들어섰고, 더 이상 느껴지지 않은 종이 냄새에 감고 있던 눈을 떴다. 여명黎明이 밝아오고 있었다.

"E.J?"

그의 이름을 불렀다.

어둠 속에 드러난 의진의 아파트는 원래부터 아무도 살지 않았던 것처럼 텅 비어 있었다. 연수가 몸을 묻었던 따뜻한 소파도, 그의 손때가 묻은 책을 가득 채우고 있던 책장도, 그리고 햇살 아래서 그가 일을 하던 마호가니 책상도 보이지 않았다.

처음 사랑을 나누었던 포근했던 침대마저 사라져버린 텅 빈 공간을 마주하고서야 연수는 그가 자신을 떠났다는 사실을 깨달았다. 이유도 이야기해주지 않았고, 변명도 하지 않았다.

평소와는 너무나 다른 그의 행동과 말 그리고 슬픈 눈빛만이 연수의 머릿속에 가득 떠올랐다. 아무것도 모른 채 그에게 투정만 부렸는데, 의진은 "미안하다."라는 말만 남겨둔 채 사라져버렸다.

언제 어디로 간다는 말도 언제 돌아오겠다는 약속도 해주지 않은 채 눈앞에서 사라져버린 그의 흔적에 연수는 눈물을 쏟아냈다.

창문 너머로 보이는 모닝사이드 공원의 풍광은 물속에 잠겨 있는 숲처럼 연수의 눈 안에서 슬픈 초록빛으로 넘실댔다.

그가…… 떠났다.

연수의 스무 번째 생일날이었다.

9.

Letter I

사랑하는 E.J.

E.J가 떠난 지 어느덧 한 달이 흘렀어요.

처음에는 너무나 슬퍼서 그 슬픔의 크기조차 가늠할 수 없어서 며칠 동안 울었는지 몰라요. 발레단에 나가지 못했더니 수습단원 동기인 애니 폴락이 집으로 찾아왔는데, 제 모습을 보자마자 비명을 지르더라구요. 그때까지 몰랐는데, 삼일 동안 먹지도 자지도 않은 채 울기만 했던 제 몰골이 엉망이라는 것을 알았어요.

애니가 절 병원에 데리고 갔고, 링거와 안정제를 투여 받은 후 삼일 만에 잠이 들었답니다.

E.J, 그거 알아요?

E.J가 떠나던 날이 제 스무 번째 생일날이었다는 사실을.

빨리 어른이 되고 싶었는데, 스무 살이 되던 날 아침은……, 너무나 슬펐어요.

E.J가 제 곁에 없어서요.

20XX. 9. 25

Letter Ⅱ

사랑하는 E.J.

드디어 기다리고 기다리던 발레단의 정식단원이 되었어요. 코르드 발레로 언제 무대에 서게 될 수 있을지 알 수 없지만, 수습 딱지를 떼었다는 것만으로도 기뻐해줄 거라고 믿어요. E.J는 언제나 나의 편이라는 것을 알기에……

어떤 축하를 받았을까요?

그러고 보니, 축하는 이미 받았네요.

떠날 것을 알고 미리 축하해준 것은 아닐 것이라는 것을 알지만, 그래도 그날의 키스를 떠올리면 눈물이 쏟아지는 것은 어쩔 수 없어요.

20XX.10.15

Letter Ⅲ

사랑하는 E.J.

오늘 한국에서 소포를 받았어요.

평창동 서울예고 정문 옆 김성일 한의원 원장님이 보내신 거예요. 고등학교에 입학한 후 춤을 추는 시간이 길어지면 길어질수록 발목을 많이 다쳐서, 그 한의원을 집처럼 드나들었거든요. 미국으로 오기 전까지니까 거의 1년 반을 다닌 것 같아요.

혼자 병원에 드나드는 것이 안 돼 보였는지, 1학년이 되던 여름방학 때부터 원장님께서 제게 약을 지어주셨어요. 그 덕분에 전 아프지 않고, 더 건강하게 춤을 출 수 있었던 것 같아요. 맨해튼으로 와서도 가끔 선생님께서 보내주시는 약을 받고는 했어요. 감사한 마음에 이제는 약값을 보내드리고 싶은데, 어떻게 해도 절대 받지 않으시네요. 맨해튼에 계시면 발레공연 티켓이라도 보내드리고 싶은데, 너무 먼 곳에 계셔서 감사의 인사를 전할 방법이 없네요.

그래서 전화로 대신 인사를 드렸어요.

'감사해요, 선생님!' 이라고요.

20XX.11.10

Letter Ⅳ

사랑하는 E.J.

어느덧 맨해튼에서의 세 번째 크리스마스이브예요.

제가 보고 싶지 않나요?

그러고 보니 첫 크리스마스는 링컨센터에 있는 서점에서 사온 책을 읽으며 혼자 보냈고, 두 번째 크리스마스는 E.J와 함께 라스베이거스에서 보냈어요.

첫 키스의 추억과 함께……

사실은요, E.J, 고백하고 싶은 게 있어요.

E.J와의 첫 키스는 벨라지오호텔의 분수 앞에서가 아니라, 센트럴파크에서라는 걸 아나요? 함께 소풍을 갔던 날, 커피를 사서 돌아왔을 때, 책을 읽다가 잠들어 있는 E.J의 모습이 너무나 멋있어서, 저도 모르게 입술을 훔쳤어요.

E.J를 보면 가슴이 뛰기 시작한 게, 그때부터인 것 같아요.

홍연수에게 송의진이 보고 싶었던 오빠가 아닌 남자로 느껴지기 시작한 것이요. 하지만 정확하지는 않아요. 언제나 E.J는 제게 그리운 사람이었거든요.

과거에도 그랬고…… 지금도 그런 것처럼.

Merry Christmas, E.J!

20XX.12.24

Letter V

사랑하는 E.J…….

어느덧 새해가 지났어요.

E.J가 곁에 없어도 시간은 흘러간다는 사실이 너무나 슬퍼요.

하지만 이제는 울지 않으려고요. 왜냐고요?

새해 소망 대신 결의했거든요.

열여섯 살이 되던 해, E.J가 제게 "울지 말고, 행복하게 춤을 추었으면 좋겠다."라고 했던 말이 떠올랐어요. 자꾸 울어버리면 그 약속을

더 이상 지킬 수 없을 것 같아서 새해에는 '홍연수, 울지 않기!' 가 제
첫 번째 결의가 되었답니다.

E.J, 그러고 보니 소식을 전하지 못했는데, 작년 크리스마스 공
연 때 처음으로 코르 드 발레로 무대에 섰어요. 심장이 터져버릴 것
처럼 너무나 떨렸는데, 실수 없이 공연을 마칠 수 있어서 얼마나 다
행인지 몰라요.

코르 드 발레는 배경이나 마찬가지이거든요. 솔리스트들이 춤을
출 때 그들을 빛내줄 수 있는 살아 있는 배경, 튀어서도 안 되고요,
원래부터 그 자리에 있었던 것처럼 물 흐르듯이 자연스럽게 표현하
는 것이 핵심이에요.

E.J 제 첫 데뷔 무대를 놓치게 된 것 후회되지 않나요?

꼭 보여주고 싶었는데…….

눈물이 나올 것 같아요.

결심이 흔들리면 안 되는데, 자꾸 약해지는 마음은 어쩔 수 없는
것 같아요.

E.J, 보고 싶어요.

20XX.1.18

Letter Ⅵ

사랑하는 E.J…….

센트럴파크에도 다시 봄이 찾아왔어요.

맨션에서 내려다보이는 거대한 나무숲 사이로 봄의 향기가 들어올

때마다, E.J와 함께 거닐던 산책로가 떠올라요. 그러고 보니 바쁜 이유도 있었지만, 언제부터인가 센트럴파크에 가지 않게 된 것 같아요. 공원에서 다정하게 사랑을 속삭이는 연인들을 볼 때마다 E.J가 떠올라 울게 되더라고요.

새해의 결심대로 전 잘 참아내고 있어요. 울지도 않고, 잘 먹고, 열심히 행복하게 춤을 추기 위해서 노력중이에요.

참, 저요…… 같은 발레단에 있는 발레리노로부터 데이트 신청 받았어요. 누구인지 이름은 가르쳐주지 않을 거예요. 데이트 신청을 여러 번 거절했는데, "부담 갖지 말고 한 번만 함께 저녁을 먹어 달라!"는 부탁에 결국 허락하고 말았어요.

E.J, 질투하면 안 돼요.

그 사람을 좋아하거나 사랑하게 되어서 함께하는 것이 아니라, 더 이상 거절할 수 없기 때문이에요.

제가 사랑하는 사람은 E.J뿐이라는 사실은 변함없어요!

사랑해요. XXXXXXX.

20XX.3.25

Letter Ⅶ

사랑하는 E.J.

전 아직 군무 단원일 뿐인데, 어제는 공연이 끝난 후 엄청나게 큰 꽃다발을 선물 받아서 너무나 놀랐어요. 동료로부터 부러움을 한꺼번에 샀지만, 주인공도 아닌 제가 꽃다발을 받는다는 것은 너무나 불편한 일이었어요.

보낸 이가 누구인지 알 수 없었고 꽃을 보내준 마음은 감사했지만, 전 그 꽃다발을 집으로 가지고 오지 않았어요. E.J가 제게 준 것이 아니라면, 그 어떤 것도 제게는 의미가 없거든요.

E.J, 곧 여름이 다가와요.

시간이 너무 빨리 흘러가는 것 같아요. 3주 정도 휴가가 있어서 어떻게 지낼지 고심하고 있어요. 3년 만에 '한국에 가볼까?' 라는 생각도 들었지만, 언니와 마주치는 것은 아직도 불편해요.

말하지 못했는데, E.J가 떠나기 전 출장 가 있는 동안 제게 엄청난 일이 있었어요. 언니의 남자친구인 강지윤이라는 사람이 제게 고백을 했거든요. '사랑한다!' 는 고백은 아니었지만, 아무튼 그 사건 때문에 전 생애 두 번째로 따귀를 맞았어요. 그것도 언니에게.

아, 첫 번째는 누구였냐고요?

말할 수 없어요, 너무나 가슴이 아팠던 일이라 그 일을 떠올리는 것은 아직도 제게 고통이에요. 다친 상처는 아물면 딱지가 생기는데, 사람에게 받은 상처는 딱지가 생기지 않는 것 같아요.

'마음의 상처는 사람으로 치유하는 것.' 이라는 말 기억하나요?

E.J가 없어서 그런지, 제 마음의 상처는 아직 다 낫지 않은 것 같아요.

물어보고 싶은 일이 있는데, 물어봐도 될까요?

함께 라스베이거스에 갔을 때 토마스가 E.J에게도 상처가 많다고 했는데, 어떤 상처인지 물어보지 못했어요. 전 항상 E.J 곁에서는 행복했고, E.J가 제게 웃는 모습만 보여주어서 묻는 걸 잊어버린 것 같아요. 그러고 보면 홍연수, 참 이기적이지요?

늦었지만, 이 말만은 꼭 하고 싶어요.

E.J가 가진 상처가 무엇인지 알지 못해서 너무나 미안해요. 용서해줄 수 있나요? 언젠가 E.J를 다시 만나게 된다면, 제가 그 상처는 전부 치유해줄게요!

그러니까……, 그러니까……, 꼭 돌아오겠다는 약속만 해주세요.

20XX.8.10

LetterⅧ

사랑하는 E.J.

오늘 작은 부상이 있었어요.

속상해서 말하지 않으려고 했는데, 그래도 이 마음은 남기고 싶어요. E.J가 떠난 후 연습하는 시간을 너무 많이 늘린 것 같아요. 몸이 힘들면 집으로 돌아오자마자 쓰러지듯 잠들 수 있거든요. 그 때문인지, 고등학교 이후 절 괴롭혀 오던 발목 부상이 다시 도졌어요.

병원에 갔는데, 의사 선생님이 2주 정도는 휴식을 취해야 한데요. 자기 몸 관리도 못하는 프로답지 않은 제 행동에 너무나 화가 나서 펑펑 울었어요. E.J 때문에 운 것이 아니니까, 새해 약속을 깨뜨린 것은 아니에요.

그나저나, 쉬는 동안 뭘 하면서 보낼지 고민이에요.

E.J에 대한 생각을 어떻게 떨쳐버리지요?

맨해튼의 날씨는 다시 서늘해졌어요. 가을로 접어드는 센트럴파크의 풍광은 아름답지만, 제게 더 이상 낭만적이지는 않아요.

그 이유는 E.J가 더 잘 알지요?

나빠요, E.J!

진심은 아니에요.

20XX.10.3

LetterⅨ

사랑하는 E.J.

오늘 갑작스럽게 연습 중에 엘 그리고 무대감독에게 불려가서 너무나 당황했어요. 잘못한 일도 없는데……

그런데 너무나 충격적인 일이 그다음에 벌어졌어요.

이번 크리스마스에 있을 지젤 공연에 "주연으로 서보지 않겠느냐?"는 말에 전 기절하는 줄 알았어요. E.J도 알다시피 전 솔리스트가 아니잖아요. 코르 드 발레에 서는 제가 주연이라니요? 물론 단독이 아닌 트리플 캐스팅이지만, 그 사실을 들은 것만으로도 전 기절하는 줄 알았어요.

물론 공연 후 솔리스트가 되는 것은 아니에요. 발레단에서의 제 위치는 여전히 코르 드 발레인걸요. 단지 이번 공연만 주연으로 서는 것이지만, 갑자기 찾아온 너무나 큰 행운에 전 꿈인지 생시인지 믿을 수가 없어요. E.J가 옆에 있다면, 볼을 꼬집어 달라고 했을 텐데……

앞으로 공연까지 두 달도 채 남지 않았는데, 잘해낼 수 있을까요? 아니, 잘해내야겠지요? 열심히 할 거예요, 아주 열심히!

그리고 E.J에게 칭찬받고 싶어요!

칭찬해줄 거지요?

'홍연수, 장하다, 잘했다!' 라고. 머리를 쓰다듬어 줄래요?

E.J의 길고 가는 손이 너무나 그리워요.

E.J…… 흑, 이건 슬퍼서 우는 게 아니에요. 기쁨의 눈물이에요!
그렇게 믿어주세요, 내 사랑…… E.J.

20XX.11.3

Letter X

사랑하는 E.J…….

홍연수 생애 처음으로 주연으로 무대에 선 날이에요!

무슨 정신으로 무대에 올라갔는지 기억도 나지 않아요.

공연 준비를 위해 연습하는 동안은 공주가 귀족 알브레히트의 약
혼녀임을 알고 미쳐 춤추다 죽은 지젤이 너무나 불쌍해서 많이 울었
는데, 자신의 무덤을 찾아온 알브레히트를 지키기 위해 온갖 노력을
다하는 지젤의 모습에 희열을 느꼈어요. 제가 지젤이었다고 해도 사
랑하는 사람을 지켜주었을 테니까요.

마지막에 지젤과 알브레히트의 2인무 장면을 꼭 E.J에게 보여주
고 싶었어요. 상대 배역에게는 미안하지만, 가끔 저는 춤을 출 때마
다 E.J를 생각해요. 사랑하는 감정이 잡히지 않을 때는 E.J를 떠올
리면, 너무나 잘되거든요.

그래도 E.J가 발레를 하는 모습은 상상이 되지 않아요.

E.J, 내 사랑, 메리크리스마스!

20XX.12.24

Letter XI

사랑하는 E.J.

정말 놀라운 일이 생겼어요!

Point(미국의 권위 있는 무용 잡지)에 '가장 인상적인 무용수'로 제가 실렸어요.

E.J 혹시 기사를 봤나요?

어디에 있던지 E.J가 그 기사를 보았기를 저는 빌고 또 빌었어요.

지젤라인(Giselle Line, 발레리나의 목에서 어깨를 거쳐 팔로 이어지는 선으로 여성의 아름다움을 상징)이 가장 아름다운 발레리나라는 칭찬도 들었어요.

E.J 생각은 어때요?

제 몸이 아름다운지, 아닌지는 E.J가 가장 잘 알고 있지 않나요?

야한 생각한다고 놀리지 마세요!

정말 E.J의 의견을 물어보고 싶은 것뿐이에요. 다른 누구의 칭찬보다 E.J가 제게 '아름답다!'라고 말해주는 것이 제게는 가장 기쁜 일이었거든요.

그리고 그 기쁜 일이 제게 다시 오기를 또 빌고 빌어요.

E.J······.

불러도 대답이 없다는 것은 슬픈 일인 것 같아요.

E.J, 아주 가끔은 제 생각하나요?

E.J가 절 잊은 것이 아니라면, 전화 한 통화 정도는 해줄 줄 알았는데, 목소리조차 잊히어 가는 것 같아서 슬픔이 밀려와요.

'연수야, 홍연수!'

E.J의 목소리가 듣고 싶은 밤이에요.

20XX.4.17

Letter XII

사랑하는 E.J.

E.J가 떠난 지 어느덧 2년이 흘렀어요.

그동안 숨겨온 것이 있어요. 고백하려고요.

언니가 E.J가 누구의 아들인지 이야기해주었어요.

2년 전 제가 E.J에게 투정부리던 날.

마음만 먹으면 E.J를 찾을 수 있다는 것을 알았지만, E.J가 제 곁을 떠난 이유를 몰라서 너무나 두려웠어요.

홍연수가 미워서 보기 싫어서 떠난 것이 아니라고 되뇌었지만. 막상 E.J가 다른 답을 내놓을까 봐 무서웠어요.

E.J를 영원히 만나지 못할까 봐!

기억하나요?

E.J가 제게 프러포즈 링을 건네주던 날, MoMA 디자인스토어에서 사준 아름다운 서랍장. 그 서랍장을 차마 제 맨션에 둘 수가 없어서 다른 곳으로 옮겼어요. 버린 것은 아니에요.

아주 가끔씩 E.J가 너무나 보고 싶어서 못 견딜 것 같으면 찾아와, 저는 E.J에게 편지를 써요. 그리고 지난 2년 동안 E.J에게 보내지 못한 편지를 한 통 한 통 서랍 안에 넣어두었어요.

처음 이 서랍장을 사달라고 E.J에게 졸랐을 때는 이렇게 쓸 생각이 아니었는데……. 주인을 잘못 만나서 이 아름다운 가구가 슬픔만을 가득 담게 된 것 같아서 마음이 너무나 아파요.

E.J 이 서랍장이 있는 곳은요…….

20XX.8.25

E.J에게 보내지 못한 열두 번째 편지를 고이 접어 핑크색 봉투 안에 넣은 연수는 비어 있는 서랍장의 위 칸을 열고 그 안에 편지봉투를 넣었다. 그가 연수에게 남기고 간 열쇠고리와 함께.

마지막으로 현관을 나서기 전, 지난 2년간의 아픈 기억을 떠올리며 연수는 뒤돌아보았다. E.J가 살던 모닝사이드 공원 앞 아파트.

이곳에 연수는 그에게 선물 받은 서랍장을 옮겨다 놓았다.

의진이 떠난 이유도, 언제 돌아올지도 알 수 없던 연수는 그가 보고 싶어 미칠 것 같을 때 이곳에 들러 편지를 남겼다. 이제는 그에게 왜 자신을 떠났는지를 물을 수 있을 것 같았다. 그가 떠난 그날처럼 공원은 짙은 초록색으로 출렁였고, 맨해튼은 뜨거웠다.

4년 만의 귀국.

사랑의 아픔과 슬픔을 너무나 깊게 알아버린 스물두 살의 연수가 내려다보는 검푸른 바다는 눈동자에 맺혀 있는 눈물처럼 그 깊이를 알 수 없었다.

발레리나 홍연수, 슬픈 이름이었다.

*

"너무 무리하지 마세요."

집을 나서는 남편의 어깨를 털어주며 진이 다정한 미소를 지어보였다. 송 장관과 그의 보좌관이 탄 차가 시야에서 멀어지는 것을 확인한 후 다시 대문 안으로 들어서려던 그녀가 차문이 닫히는 소리에 고개를 돌렸다. 길 건너편에 정차된 택시, 그 옆에 서 있는 이의 얼굴을 확인한 진이 놀라 다급하게 이름을 불렀다.

"연수야?"

진과 눈이 마주친 연수가 두 손을 모은 채 허리를 숙여 인사를 했다. 다시 고개를 들었을 때, 진은 이미 그녀 앞에 달려와 서 있었다. 손을 꼭 잡아주는 진의 온기에 연수가 먼저 입을 열었다.

"그동안 안녕……하셨어요?"

인사를 건네는 아이의 두 눈은 함초롬하게 젖어 있었다.

2년 만의 재회였다.

소파에 앉아 있는 연수 앞에 진은 뜨거운 오미자차를 놓아주었다. 한여름인데, 바깥에서 연수의 손을 처음 잡았을 때 느꼈던 신열이 머릿속에서 떠나지 않았다.

"감사합니다."

조심스럽게 찻잔을 들어 입으로 가져가는 손 위에 드러난 핏줄에 진은 애처로워서 두 눈을 감았다. 그녀가 연수를 처음 보았을 때보다 아이는 더 말라있었다.

'집으로 들어가자.' 는 그녀의 청請에도 한사코 고개를 저으며 거절하는 연수의 모습에 이대로 보내서는 안 될 것 같다는 생각에 진은 택시 안에 놓인 여행 가방부터 빼앗아 들었다.

연수가 서울에 온 이유를 직감적으로 알았고 물어보고 싶은 일도 많았지만, 이런 더위에 떨고 있는 모습을 보자 진은 자신의 궁금증은 아무래도 좋다는 생각이 들었다.

"밥은 먹었니?"

물음에 연수는 대답하지 못했다.

"밥부터 먹자!"

"아니요, 전 괜찮습니다."

자리에서 일어서려는 연수의 어깨를 눌러 다시 앉히며, 진은 웃어보였다.

"나도 아직 아침 식사 전이거든. 잠시 집 안을 둘러보고 있으렴."

진이 주방으로 들어가자, 연수는 고개를 돌려 거실을 둘러보았다. 오래된 양옥의 1층 거실은 윤기가 흐르는 마루와 2층으로 향하는 나무 계단이 인상적이었다. 거실의 한쪽 벽면은 책장으로 가득 채워져 있었고, 마당 쪽으로는 투명한 미닫이문 너머로 예쁘게 가꾸어진 작은 정원이 한눈에 들어왔다.

"연수야!"

고개를 돌리자, 앞치마에 손을 닦고 있는 진이 그녀를 향해 다정하게 웃고 있었다.

정갈하게 차려진 식탁 위에는 모시조개를 넣고 끓인 된장국과 흑미가 들어간 쌀밥 그리고 맛깔스러워 보이는 나물과 김치가 소담하게 차려져 있었다. 자리에 앉은 연수에게 수저를 들어주며 진이 입을 열었다.

"별로 차린 것은 없지만 어서 먹자."

"네……, 감사히 잘 먹겠습니다."

연수가 음식을 먹기 시작하자 진은 살뜰하게 반찬을 챙겼고, 시연을 떠올리게 만든 밥상에 결국 연수는 참았던 눈물을 쏟아내고 말았다. 진은 우는 연수를 다독여 아침밥을 마저 먹이고, 싫다는 아이의 손을 끌어 2층 방으로 데리고 가 눕게 했다. 끓고 있던 몸은 해열제를 맞고 나서야 열이 좀 떨어진 것 같았다. 왕진 온 의사가 돌아가고, 잠이 든 연수의 얼굴을 내려다보는 진의 표정은 복잡했다.

미국에서 연수를 만난 이후 내심 좋은 소식을 기다리고 있었는데, 갑자기 서울로 돌아온 의진의 모습에 진의 가슴은 덜컹 내려앉았다. 아들의 얼굴에서 사라져버린 미소.

처음에는 실연한 것이 아닐까 생각했지만, 홍 회장에 대한 이야기를 듣고 너무나 놀라 정신을 놓았다. "사랑하는 여자의 꿈을 자신의 손으로 꼭 지켜주고 싶다."는 아들의 말에 만섭은 아무런 말도 하지 않았지만, 진은 고개를 저었다. 아무리 연수가 사랑스러운 아이라 하더라도 진에게는 아들이 먼저였고, 자신의 딸을 담보로 의진의 날개를 꺾은 홍일안 같은 아버지를 둔 연수를 곁에 두고 싶지 않았다. 진의 완강한 반대에 의진은 무릎까지 꿇었다. 다 큰 아들 녀석의 눈시울이 젖어든 것을 본 후에야 진은 결국 연수를 받아들일 수밖에 없었다. 그 아이를 떼어놓고 온 아들 녀석의 마음이야 오죽할까 싶어.

법무부장관 임명이 있기 전, 오피스텔을 얻어 집을 나간 의진은 한 달에 한두 번씩만 집에 들러 진이 차려준 저녁만 먹고 돌아갔다. 그마저도 그녀가 전화하지 않으면 발걸음을 하지 않을 정도로 부친에게 누가 될까 조심하고 있었다. 그러니 연수에게 의진의 거처를 선뜻 알려줄 수도 없었다. 의진은 홍 회장과 사이에 있었던 일을 연수가 끝까지 모르길 원했다.

진의 시름이 깊어졌다.

깊게 잠이 든 연수의 손을 부드럽게 쓰다듬던 진이 자리에서 일어나 조용히 방문을 닫고 나왔다. 연수가 한국에 들어왔다는 사실을 가장 먼저 알아야 할 사람은 따로 있었다.

수화기를 들었다. 그리고 사랑하는 아들에게 진은 연수의 소식을 차분하게 알려주었다.

"연수 어떻게 할 생각이니?"

"······."

"의진아?"

"연수······, 좀 어떻습니까?"

"네가 직접 와서 봐야 할 것 같구나."

아들이 망설이고 있다는 것을 알았다.

"네 아버지께 허락은 받아야겠지만, 네가 집에 오지 않아도 연수는 내가 데리고 있을 생각이다."

"어머니!"

"이건 송의진 엄마가 아닌 홍연수 엄마로 해주고 싶은 일이니까, 네가 반대해도 소용없다. 참, 조금 전에 의사 선생님이 다녀가셨는데, 연수 많이 아프다. 저렇게 열이 끓는데도 널 만나겠다고 여기까지 온 아이를 떠밀다시피 그 집에는 못 들여보낸다."

진은 일방적으로 전화를 끊었다. 그냥 두고만 볼 수는 없었다. 그리고 예상대로 전화를 끊은 지 채 두 시간도 되지 않아 집으로 들이닥친 아들의 모습에 그녀의 눈가에 미소가 서렸다.

"어머니, 연수 지금 어디 있습니까?"

"2층에 있다. 약 먹고 잠들었으니 깨우지 말고."

등을 쓰다듬어주던 진의 손에 의진의 심장박동이 느껴졌다.

이렇게 거칠게 뛰면서 차분한 표정을 하고 있는 아들의 심정을 아는 진은 애절해 고개를 돌렸다.

2층으로 올라온 그가 문을 열기까지 오랜 시간이 지났다.

옷걸이에 걸린 링거병의 주사줄을 따라 시선을 내리자, 가녀린 팔이 눈에 들어왔다. 의진은 조용히 방문을 닫고 침대로 다가갔다. 마지막으로 보았을 때보다 더 야윈 연수의 모습, 얇은 여름이불 위로 드러난 연수의 손가락에는 아직……, 반지가 남았었다. 침대에 걸터앉은 그가 연수의 손가락을 쓰다듬었다.

울던 연수를 홀로 남겨둔 채 맨해튼을 떠난 후 하루도 편하게 잠들지 못했다. 연수가 혼자서 잘 참아내며 발레단에서도 실력을 인정받고 있다는 소식을 들었을 때, 그는 너무나 기뻤다. 비록 고통스러운 선택이었지만, 세진에 들어온 이상 자신이 할 수 있는 최선의 노력을 기울였다. 그게 송의진이었다.

넥타이와 재킷을 벗어 의자에 걸쳐둔 후 의진은 와이셔츠의 커프스를 풀고, 소매를 걷어 올렸다. 자신의 방 안에서 조심스럽게 움직이면서도 그의 눈은 잠들어 있는 연수의 얼굴을 떠나질 못했다.

어떻게 해야 할까? 어떻게 연수가 자신을 찾았는지, 그리고 왜 자신을 찾아왔는지조차 가늠할 수 없었지만, 그가 지금 할 수 있는 일은 연수의 곁을 지키는 것뿐이었다.

조심스럽게 침대로 올라간 그가 잠든 연수의 곁에 모로 누워 살포시 허리 위에 팔을 올렸다. 베개에 스며든 연수의 체취를 가슴에 담으며 조용히 눈을 감았다. 나풀거리는 커튼 사이로 들려오는 선음蟬吟이 낮은 숨소리와 함께 그리움을 채우고 있었다.

2년 만의 휴식이었다.

방 안에 비치는 노을빛, 저녁시간이 된 것 같다는 생각이 들었다. 몸을 뒤척이다 귓가에 닿는 숨결에 잠이 깬 연수가 고개를 돌렸다. 연수는 자신이 지금 꿈을 꾸고 있는 것이 아닌지, 몇 번이고 두 눈을 깜빡였다. 그가 있었다. 폭풍처럼 밀려드는 눈물에 더 이상 의진의 얼굴이 보이지 않았다.

"아!"

손등으로 눈물을 닦아내려는 순간 주삿바늘이 혈관을 찌르는 통증에 신음을 토해냈다. 그가 잠에서 깼고, 연수의 귓바퀴를 타고 흐른 눈물은 이미 베갯잇을 적시고 있었다.

"흑……."

의진을 향해 손을 뻗는 연수의 팔이 그의 시야에 들어왔다. 비틀어진 팔꿈치 안쪽에서 흘러나온 피가 주사줄을 따라 역류하는 것을 본 그가 일어나 다급하게 연수의 팔을 잡고, 바늘을 뽑아냈다. 연수를 일으켜 앉힌 후 품에 꼭 끌어안았다. 바늘 끝에서 떨어진 핏자국과 노란 액체가 똑, 똑 떨어지며 침실 바닥을 적시고 있었다.

훌쩍임이 잦아들자, 그가 연수를 품에서 떼어낸 후 얼굴을 마주했다. 헝클어진 머리, 부어 있는 눈, 열이 남아 있어 붉은 뺨.

가슴이 무너져 내렸다.

"보고 싶었다."

하루에도 수십 번 수백 번 떠오르고, 지웠던 말.

연수의 부은 눈두덩을 쓸고, 턱을 잡고 있던 손이 입술을 부드럽게 매만졌다. 볼을 타고 내려온 눈물이 손등을 적셨고, 그 순간 기울어진 입술이 의진의 메마른 입술 위에 닿았다.

심장은 터져버릴 것 같았다.

그렇게 떠났는데, 넌 내게…….

사고思考는 사라졌다.

떨고 있는 가는 입술 사이로 의진의 뜨거운 숨결이 파고들었다. 오래전 기억대로 그를 놓치지 않으려는 듯 연수의 두 손은 이미 그의 셔츠를 움킨 채 떨고 있었다.

눈시울은 뜨거웠고, 울음은 극렬하게 삼켜졌다.

방문을 두드리는 소리와 함께 문밖에서 어머니의 목소리가 들려왔다.

"의진아, 연수 일어났으면 데리고 내려와라. 저녁 먹자!"

목과 등을 쓸었던 손길을 멈춘 그가 연수를 가슴에 끌어안았다.

"네…… 어머니."

진이 1층으로 내려가고, 붉은 눈을 들어 의진을 잠시 바라보던 연수의 손이 그의 얼굴에 닿았다. 뺨으로, 턱으로.

"그만…… 내려가자. 어머니 기다리시겠다."

흔들리는 연수의 눈동자 속에 그리워하던 그의 미소가 오롯이 들어왔고, 욕실로 들여보내진 연수가 눈물자국을 지우고 나왔을 때 그가 연수의 손에 깍지를 꼈다.

맛있는 음식 냄새가 집 안 가득했다.

연수는 한시도 놓치지 않으려는 듯 의진의 얼굴만 물끄러미 올려다보고만 있었다. 주방으로 들어서는 아이들을 본 진이 앞치마 차림으로 다가와 연수의 이마를 짚었다.

"이제 몸은 좀 괜찮니? 힘들면 조금 더 누워 있을래?"

진의 걱정에 연수가 고개를 저었다.

"아니요, 다 나았는걸요."

믿기 어려운 대답이었지만, 흐리게나마 웃어 보이는 연수의 표정에 진이 쾌활하게 물어왔다.

"그럼, 식탁 차림 좀 도와줄래? 연수가 미국서 왔다니까, 모처럼 의진이 아버지도 일찍 들어오신다고 했거든."

"네?"

'그의 아버지라니……'

당황한 표정을 숨기지 못하는 연수의 모습에 의진은 웃어보였고, 그제야 허겁지겁 진을 도와 식탁을 차리기 시작했다.

초인종 소리에 의진이 마당으로 나섰다.

잔뜩 긴장한 연수의 모습에 진은 말없이 다가와 손을 꼭 잡아주었다. 고개를 돌리자, 걱정하지 말라는 듯 진이 환하게 웃어주고 있었다. 진의 소개에 집 안으로 들어서던 그의 부친과 연수의 눈이 마주쳤고 떨리는 목소리로 인사를 드렸다.

"잘 왔어요."

만섭의 입가에 인자한 미소가 걸려 있었다.

남편을 따라 유진이 1층 안방으로 들어가는 뒷모습을 쫓아 연수의 시선이 움직였다. 곁에 다가와 어깨를 감싸 안는 의진을 연수가 긴장한 표정으로 올려다보았고, 그 순간 쪽 소리가 나도록 그들의 입술이 부딪혔다. 그의 장난.

뭐라 하지도 못한 채 당황해 고개를 돌리던 연수의 눈이 방에서 나오던 그의 어머니와 마주쳤고, 귀까지 빨갛게 변한 채 고개를 푹 숙인 연수의 모습에 결국 진은 낮은 웃음을 터트렸다.

그의 부친을 만난 긴장감은 장난스런 키스를 들킨 창피함 속에 폭 묻혀버렸다.

"연수만 괜찮다면 집에 머물게 하려고요."

식사 중 갑자기 튀어나온 말에 연수가 너무나 놀라 고개를 들었다. 만섭에게 진은 미리 전화로 허락을 구했지만, 이 자리에서 이야기를 꺼낸 것은 연수 때문이라는 것을 그는 알았다.

"그래요. 미국으로 돌아가기 전까지 괜찮으면, 우리 집에서 지내요. 어차피 의진이 이 녀석은 따로 나가 사니까 지낼 방도 충분하고."

"하지만……."

망설이는 연수의 대답에 만섭은 의진을 돌아보았다. 아들의 시선은 연수에게만 닿아 있었다. 미소가 떠올랐다.

"연수 양이 이 집에 있어야, 이 녀석이 집에 들르지 안 그러면 한 달에 한 번 얼굴 보기도 힘드니 부담 갖지 않아도 돼요."

그의 부친의 말에 연수는 더 이상 거절할 수 없었다. 일주일 후면 맨해튼으로 다시 돌아가야 했고, 연수에게도 의진과 함께 할 수 있는 시간은 그렇게 많지 않았다.

그리고 그전에 그에게 물어야 할 일이 있었다.

"네, 그렇게 하겠습니다. 본의 아니게 폐를 끼치게 돼서 너무나 죄송합니다."

"덕분에 일주일 동안은 이 녀석 얼굴을 매일 보겠군."

만섭이 소리 내어 웃었다.

가족들과의 대화 후 만섭이 서재로 들어가는 것을 본 의진은 산책을 다녀오겠다며 연수의 손을 잡고 집을 나섰다. 신교동에서 정동공원까지는 거리가 있어 택시를 타고 덕수궁으로 향했다.

달리는 차 안에서 자신을 바라보는 연수의 시선을 느꼈지만, 의진은 돌아보지 않았다.

"홍연수, 그러다 내 얼굴에 구멍 난다."

보로통한 말투에 연수가 화들짝 놀라 고개를 돌렸고 그가 피식 웃었다. 연수의 손을 꼭 잡고 있어도, 태연한 척 해도 소용돌이치는 마음은 잦아들지 않았다.

차창 밖에 흐르는 도심의 풍경을 물끄러미 바라보고 있는 연수를 이번에는 그가 돌아보았다. 2년이라는 시간은 그냥 흐른 것이 아니었다. 현현(顯顯)한 기억, 아픔을 이겨낸 연수는 더욱 빛을 발하고 있었다.

발레리나로서, 여자로서.

택시에서 내려 둘은 나란히 걸었다.

발밑을 비추는 아름다운 조명을 따라 걷던 그가 아이스크림 가게를 발견하고 파인애플 아이스크림을 건네자 비로소 연수가 웃어보였다. 아이스크림을 손에 들고 연수는 열여섯 그때처럼 좁은 길을 따라 의진과 함께 걸었다. 아픔을 피해, 혼자 정처 없이 헤맸던 그 거리가 이제는 추억의 공간으로 달라져 있었다.

오래전 그의 말대로 한여름의 정동공원은 초록빛으로 넘실댔다. 그가 미국으로 떠난 후 연수는 이곳을 찾지 않았다. 6년 만에 나란히 벤치에 앉아 빌딩숲에 둘러싸인 하늘을 올려다보았다.

"E.J? 물어보고 싶었어요. 왜…… 그렇게 떠나야만 했는지."

그를 불렀다.

무슨 대답을 듣게 될지 너무나 두려웠지만, 의진은 말이 없었다. 참지 못한 연수가 먼저 고개를 돌렸다. 그런데 그는……, 그날과 똑같은 눈빛을 하고 있었다.

가슴이 덜컹거렸다.

"연수야, 그 답……. 1년 후에 해주면 안 될까?"

"E.J?"

하늘을 바라보고 있던 그가 연수를 응시했다.

"2년 전에 그 답을 네게 줄 수 있었다면, 난 주었을 거야. 하지만 지금도 여전히 네게 그 답을 줄 수 없다. 용서받지 못할 이기적인 행동이라고 해도 내게는 유일한 선택이었다. 그때도 그리고 지금도. 대신 연수야. 한 가지만은 꼭 약속할게. 1년 후에는 반드시 네게 돌아가겠다는 약속. 네가 날 '더 이상 원하지 않는다.'고 말하지 않는 이상 꼭 네가 있는 곳으로 돌아가겠다는 약속. 그 약속으로는 내 대답이 부족할까?"

그의 대답은 애절했고, 눈빛은 가슴이 시리도록 너무나 아팠다.

받아들여지지 않았다. 받아들여질 수 없었다. 왜?

그렇게 아무 말도 없이 떠나 놓고, 항상 곁에 있는 것처럼 이렇게, 아무렇지도 않게 자신 앞에 있는 이 남자가……, 미워야 하는데……, 미워야 하는데……, 미워할 수 없었다.

바보, 홍연수.

2년을 버티었다.

앞으로 1년, 더 버틸 수는 있었다.

하지만 또다시 예정된 이별을 기다리며 지금 이 순간 연수는 환하게 웃을 수 없었다. 눈가에 눈물이 맺혔고, 어깨를 살며시 감싸 안은 그가 연수를 품에 끌어안았다.

"변호사가 되기 위해 미국으로 떠난다."는 그의 말에 눈물을 떨구던 소녀의 머리를 쓰다듬어주던 손, 그가 이번에는 발레리나가 된 사랑하는 여인을 위해서 가슴을 내어주고 있었다.

서걱거리는 심장소리에 눈물이 마르지 않는 밤이었다.

정원에서 물기를 머금은 허브를 톡톡 쓰다듬으며 향기를 맡고 있는 연수의 귓가에 진의 목소리가 들렸다.

"연수야, 장 보러 가자!"

거실 밖으로 고개를 내민 진이 손에 든 연두색 플라스틱 장바구니를 흔들어 보이며 미소 짓고 있었다.

시장통을 채우고 있는 군것질거리, 물건을 흥정하는 사람들의 모습이 신기해 연수는 한동안 눈을 떼지 못했다. 눈을 반짝이며 이것저것 살펴보는 연수의 표정을 본 진이 발길을 멈췄다.

"연수야, 왜 그러니?"

"아니…… 너무나 신기해서요. 외국에 있을 때 마켓은 가끔 가봤지만, 한국에도 이런 곳이 있는 줄 몰랐거든요. 항상 장은 집에서 일을 도와주시는 아주머니가 보시거나 엄마와……."

툭 튀어나온 단어에 연수가 말을 잇지 못하자, 진은 웃으며 연수의 손을 잡아끌었다.

"연수야, 우리 저것 먹을까?"

쾌활한 목소리로 자신을 이끄는 진의 모습에 연수는 시연에 대한 생각을 잊었다.

"여기 순대 1인분에 허파 조금만 섞어서 주시고, 튀김하고 떡볶이도 주시겠어요."

중학교 졸업 이후 먹어보지 못한 분식을 앞에 두고 연수는 진이 건네는 나무젓가락을 받아들며 환하게 웃었다.

늦은 점심을 분식으로 해결하고 연수는 야채와 과일이 가득 담긴 장바구니를 들고 진과 함께 집으로 돌아왔다. 8월 말, 한낮의 무더위에 땀으로 젖은 옷을 벗고 샤워를 끝낸 후 연수가 1층으로 내려가자, 진이 미숫가루를 타 얼음을 띄운 후 연수에게 건넸다.

"집에서 직접 만든 미숫가루인데, 맛이 어떤지 한 번 마셔볼래?"

"잘 먹겠습니다."

차가운 음료 맛에 놀란 연수가 고개를 들었다.

"맛있지?"

고개를 끄덕이자, 진이 회심의 미소를 지었다.

"비법이 숨어 있단다. 연수가 의진이 색시로 들어오면 만드는 법은 내가 꼭 알려줄게."

애정이 담긴 표현에 연수의 눈가에 눈물이 고이기 시작했고, 그걸 본 진이 툭 장난스럽게 말했다.

"홍연수, 뚝! 자꾸 울면…… 우리 의진이 너한테 안 준다!"

그 말에 놀라 연수가 억지로 울음을 멈추었지만, 그치지 않는 연수의 딸꾹질 소리에 진은 결국 웃음을 터트리고 말았다.

얼음이 녹아 투명한 유리컵 안에 쨍강, 부딪치는 소리가 진의 웃음소리만큼 맑고 상쾌했다.

뜻하지 않게 신교동에 머물게 된 덕분에 연수는 의진이 일을 마치고 집으로 돌아올 때까지 그의 어머니와 즐거운 시간을 보낼 수 있었다.

저녁은 진을 도와 함께 준비했고, 저녁식사 후 의진의 방으로 올라가 그의 어릴 적 앨범을 살펴보았다.

"와, 귀엽다!"

바닥에 앉아 앨범을 유심히 살펴보던 연수가 사진 속 어린 의진의 얼굴을 손가락으로 쓸어내렸다. 자그마한 체구에 하얀 피부를 가지고 있는 소년의 모습을 하고 있었지만, 눈빛은 그대로였다. 지금의 그처럼.

"E.J, 어릴 적에도 인기 많았죠?"

"잘…… 기억이 안 나는데."

"피, 부정은 안 하네요."

"정말인데. 어릴 때는 내겐 어머니가 전부였거든. 물론 유모로 집에 와 있던 형과 누나들이 있긴 했지만, 그들과 함께 노는 것보다 책을 읽으며 어머니가 돌아오시길 기다리는 시간이 좋았어. 주말에 함께 시간을 보내는 것은 더 즐거웠고."

의진의 말에 공감이 간다는 듯 연수는 고개를 끄덕였다.

진은 활기가 넘쳤고 곁에 있는 것만으로도 사람을 웃게 만드는 에너지를 가지고 있었다.

"좋으신 분이에요, 정말로……."

연수를 보고 있던 의진이 팔을 뻗어 허리를 끌어당겼다. 찰나의 순간, 그윽한 시선과 함께 의진의 숨결이 느껴졌다. 그를 피해 앨범으로 시선을 다시 내리고 사진을 보는 연수는 아무런 말도 하지 않았다.

"연수야."

앨범을 넘기던 연수의 손가락이 허공에 멈춘 채 파르르 떨렸다.

"홍연수."

허공에 멈춰 있는 페이지를 마저 넘기는 순간 의진이 그녀의 손목을 잡아당겼다. 놀라 고개를 들자, 열기가 느껴지는 눈빛을 한 그가 연수를 응시하고 있었다.

"어릴 때는…… 내 세상은 어머니가 전부였지만, 과거에도 지금도 그리고 앞으로도 내겐 네가 전부 다."

그에게서 쏟아지는 뜨거운 시선을 감당하지 못한 연수가 두 눈을 꼭 감았다. 귓불을 만지는 따스한 손길도 가녀린 목에 닿는 그의 뜨거운 입술도 연수는 아무래도 좋았다. 그냥 영원히 다시는 오지 않을 것 같은 이 순간, 의진이 곁에 있다는 사실만 떠올라 눈물이 핑 돌았다. 쇄골에 닿았던 서늘한 손가락 안에서 담아淡雅한 가슴이 뭉개지자, 연수가 놀라 그의 목을 붙잡았다.

"E.J!"

당황한 목소리에 그가 고개를 들었고, 수줍음으로 일렁이는 연수의 눈동자와 부딪혔다.

"싫어요, 여기서는……."

고개를 저으면서도 연수는 의진의 뜨거운 시선을 피하지 않았다.

"아래층에……."

자신들만 있던 맨션과 아파트가 아닌 그의 부모님이 있는 이 집에서 사랑을 나눈다는 생각만으로 연수는 창피해 죽어버릴 것 같았다. 연수의 생각을 읽어버린 의진의 입가에 피식 미소가 돌았다.

"연수야, 어떡하냐? 아무래도 주말에는 내 오피스텔에 널 데리고 가야 할 것 같다."

농담처럼 흘리는 그 말에 귀까지 빨갛게 물든 표정을 본 그가 웃으며 연수의 머리를 가슴에 꼭 끌어안았다. 쿵쾅거리는 의진의 심장소리가 그녀에게도 고스란히 전해졌다.

붉어진 뺨을 숨기며, 연수가 의진의 허리를 꼭 끌어안았다. 등을 쓰다듬어주는 나긋한 손길에 연수의 입술에 예쁜 웃음이 걸렸다.

'사랑해요, E.J.'

금요일 저녁, 회사에서의 늦은 야근으로 "퇴근 후 신교동에 들르지 못할 것 같다."는 전화를 남긴 의진이 토요일 새벽같이 집으로 들이닥쳤다.

아침부터 일찍 등장한 아들의 모습에 거실에서 신문을 보고 있던 만섭은 허허 웃었고, 의진은 부친 앞에서 쑥스럽게 웃었지만 눈으로는 연수를 찾고 있었다.

"녀석 다시 봐야겠구나. 평소에 네 엄마가 집에 좀 자주 들르라고 할 때는 비싸게 굴던 녀석이. 참, 연수라면 지금은 집에 없다."

"네?"

"연수, 조금 전에 네 엄마가 목욕탕에 데리고 갔다."

부친의 말에 의진은 당황한 표정을 숨기지 못했다.

"의진아, 오랜만에 우리도 목욕탕이나 함께 가자꾸나."

신문을 접고 일어서는 만섭을 따라 의진도 집을 나섰다.

만섭의 경호를 위해 그들을 조용히 따르는 경호원들을 뒤로하고 의진은 오랜만에 아버지와 나란히 걸었다.

"의진아."

"네."

"연수⋯⋯, 좋은 아이더구나. 김만익 변호사님이 부탁했던 일, 이제는 처리해주어야 하지 않겠니?"

"네."

"솔직히 말하면, 처음에는 널 김 변호사님께 보낸 걸⋯⋯ 많이 후회했었다."

"⋯⋯."

"하지만 미국에 다녀온 네 엄마에게, 하와이에서 있었던 일을 듣는 순간 이것도 인연이지 싶었다. 사람 마음이란 게 꼭 자기 뜻대로 되지는 않더구나. 그래서 너와 네 형에게는 항상 미안했었다. 가장 죄 많은 사람을 찾으라면 그건 이 아비일 게다. 그래도 난 네 엄마를 선택한 것을 결코 후회하지 않는다. 네 엄마를 만나서 행복했었고, 지금도 누구보다 행복하단다."

잠깐 침묵이 흘렀다.

"홍 회장, 그리 만만한 상대가 아니다. 네게 연수를 허락했을 때는 반드시 그 뒤에 받아낼 일도 생각하고 있는 사람일 테니까⋯⋯."

"죄송합니다."

"아니다. 죄송하긴. 난 내가 해야 될 일이 있다면 망설이지 않고 할 거다. 그게 혹여 너나 연수에게 상처가 된다고 하더라도 말이다. 그러니⋯⋯, 너도 이 애비 때문에 망설이지 않았으면 좋겠구나. 어차피 그 아이를 지켜주기 위해서 발을 들여 놓은 곳이니. 하지만 어떠한 경우에도 사람 된 도리는 잊지 말거라."

"네."

"그래, 그거면 됐다."

清艶

부자父子가 통인동 골목에 위치한 낡고 오래된 인왕탕 앞에 도착하자, 만섭이 아들에게 고개를 돌렸다.

"오늘 네가 내 등 좀 미느라 고생 좀 할 게다."

아들의 어깨를 툭툭 두드리고, 목욕탕 안으로 향하는 만섭의 뒷모습을 바라보며 의진은 눈시울이 뜨거워지는 것을 느꼈다.

'고맙습니다, 아버지.'

전하지 못한 말이 떠오르는 태양 속으로 조용히 녹아들고 있었다.

"연수야, 아프니?"

진의 물음에 연수가 고개를 저었다.

긴 머리를 하나로 모아 앞으로 쓸어내린 채 두 팔로 자신의 다리를 꼭 끌어안고 있는 연수는 무릎에 얼굴은 숨기고 있었지만, 등은 진 앞에 고스란히 드러나 있었다. 대중목욕탕이라는 곳도 처음이었지만, 그의 어머니 앞에서 실오라기 하나 걸치지 않은 채 앉아 있어야 한다는 것이 당황스럽고 부끄러워 어쩔 줄 몰랐다.

그런 연수의 모습에도 아랑곳하지 않고, 진은 온수를 연수의 등에 부어가며 아이의 가녀린 등을 목욕타월로 밀어주고 있었다.

"의진이 데리고 한국에 왔을 때, 처음 대중목욕탕에 와 보고 얼마나 놀랐던지. 더군다나 그때는 주말이면 복작복작 딸, 할머니 손잡고 모여드는 사람들의 수다에 정신이 하나도 없었거든. 한국어도 익숙하지 않았고, 그때까지 내게 가족이라고는 의진뿐이었으니까……"

"……"

"솔직히 그때는 딸아이 손잡고 엄마 손잡고 이렇게 목욕탕에 오는 사람들이 너무나 부러웠단다."

아련한 고백에 연수의 눈가에 눈물이 핑 돌았다.

죽은 시연은 연수가 어릴 적에 함께 목욕하는 것을 좋아했다. 따뜻한 엄마의 손길, 연수가 기억하고 있던 그 손길을 진은 가지고 있지 못했다.

"흑……."

연수는 저도 모르게 몸을 돌려 진을 와락 끌어안았다.

"연수야?"

나신裸身이라는 창피함도 그의 어머니라는 사실도 상관없었다. 뺨에 닿는 진의 심장소리를 들으며 연수가 나지막이 속삭였다.

"제가…… 딸 해드릴게요, 그러니까……, 이제부터는 부러워하지 마세요."

울컥한 감정에 목이 멘 진이 연수를 내려다보았다.

가녀리지만 따뜻한 마음을 가진 이 아이라면……, 아마도.

못난 부모 탓에 마음의 상처를 가지게 된 착한 아들이 왜 자신의 날개를 꺾어가면서까지 연수를 지키려고 하는지 알 것 같았다. 처음으로 진은 연수가 의진에게 온 것이 축복이라고 생각했다. 놀라 허공에 떠있던 진의 손이 앙상한 연수의 등에 닿았다. 언제나 이곳에선 동그맣던 진에게 처음으로 딸아이가 생긴 순간이었다.

"어?"

"E.J?"

목욕탕 입구에서 마주친 의진을 본 연수가 놀라 눈을 동그랗게 떴다. 뽀얀 얼굴이 기쁨을 숨기지 않은 채. 그를 뒤따라 나오던 만섭을 보자 연수가 창피해 고개를 숙였다.

"아니, 언제 오셨어요?"

아내의 물음에 만섭의 얼굴에 미소가 번졌다. 유난히 진 앞에서는 그도 웃을 일이 많았다.

"의진이 녀석이 새벽 같이 들이닥쳐서 오래간만에 목욕이나 함께 하자고 데리고 나왔지."

싱글거리는 아들의 표정을 본 진은 새초롬하게 눈을 한 번 흘겨 주고는 미소를 지으며 남편의 팔을 끌어당겼다.

"우리 오랜만에 아침 산책할까요? 올라가는 길에 팔복식당에 들러 아침까지 먹고 가면 더 좋고요."

"그럼, 그럴까."

"의진이하고 연수는 천천히 올라와라. 아버지하고 난 먼저 가 있을 테니."

진과 만섭이 나란히 골목을 빠져나가는 뒷모습을 바라보며 연수는 그대로 서 있었다. 가슴이 뭉클했다. 누구보다 다정해 보이는 부부의 모습에서 시선을 거둘 수 없었다. 끌어당기는 손길에 연수가 고개를 들었고, 부드럽게 흘러내린 앞머리에 가려진 그의 얼굴이 연수를 향해 있었다.

"Good Morning, E.J!"

흘러내린 머리칼을 쓸어 넘겨주며, 미소 짓는 연수의 인사에 그도 환하게 웃었다.

"Good Morning, Plumeria!"

따뜻한 입술이 뽀얗게 피어오른 이마에 닿았고, 짧은 순간 연수의 보드라운 입술 위에 머물렀던 시원한 오드코롱의 향이 입맞춤 속에 사라졌다. 열기를 고스란히 머금은 그의 입술이 연수를 놓아주며 속삭였다.

"집에 가지 말고 우리……, 이대로 도망쳐 버릴까?"

장난기가 서린 그의 눈을 본 연수가 콧방울을 꼬집었고, 아픈 척 인상을 쓰던 의진의 입술이 다시 다가왔다.

다른 고백과 함께.

"홍연수, 오늘 데이트하자."

날씨를 예고하듯 아침 햇살이 뜨거워지기 시작했다.

돌아가는 길에 식당에 들러 부모님과 함께 아침을 먹은 둘은, 모처럼 시내를 둘러보겠다며 일찍 집을 나섰다. 지하철역으로 가는 길에 작은 미술관에 들러 사진전을 보고, 서점에 들러 책을 몇 권 고른후 배달을 부탁했다.

마지막으로 향한 곳은 남산이었다. 산등성이에서 오르는 산책로는 무더운 날씨에도 주말 산책을 나온 가족들과 연인들로 넘쳐났다. 차가운 음료로 목을 축이고, 타워에 올라가 전망대에서 아지랑이가 피어오르는 서울 도심의 풍경도 바라보았다.

매섭던 겨울, 의진을 서울서 다시 만났을 때의 기억을 떠올렸다.

식물원도 사라졌고, 주차장의 모습도 많이 달라져 있었다. 대형 유리창에 이마를 붙이고 안타까운 표정으로 아래를 내려다보는 연수에게 의진이 다가갔다.

"이곳도 예전과는 많이 달라진 것 같아요."

"세월이 흘렀으니까. 배 안 고파? 점심때가 한참 지났는데."

"조금요. E.J는요? 뭐 먹고 싶은 것 있어요? 오늘……, 데리고 나와 준 기념으로 점심 사줄게요. 뭐든 말만 해요!"

먼저 건정건정 걸어가던 연수가 의진에게 다시 돌아와 그의 손을 잡아끌었다. 신이 난 표정으로.

"빨리 가요, E.J."

무더위를 피해 택시를 타고 그들이 간 곳은 남산 아래에 있는 호텔 한식당이었다. 물냉면 반상세트를 주문하면서도 의진은 정해진 디저트 메뉴 대신 연수를 위해 추가로 파인애플 아이스크림을 함께 부탁하는 것도 잊지 않았다.

"그렇게 파인애플 아이스크림이 좋아?"

수저를 물던 연수의 입가에 미소가 넘쳐났다.

"네, 달콤하고 그리고……."

"그리고?"

"비밀이에요."

"뭐, 비밀?"

"나중에 E.J가 정말 멋있게 보이면 그때 이야기해줄게요."

"지금 그 말은 내가 멋있지 않다는 말이지?"

연수의 장난기 어린 표정에 결국 의진은 미소 짓고 말았다.

"E.J, 파인애플 전설 알아요?"

"뭐, 파인애플 전설?"

"네. 옛날에 '피나'라는 여자아이가 엄마와 함께 산골에서 살았는데, 엄마가 일을 하는 동안 파나는 게을러서 놀기만 했대요. 엄마가 심부름을 시켜도 놀기만 하고, 조리 도구를 가져다 달라고 부탁해도 안 보인다고 거짓말을 했는데……, 그런 피나의 모습을 보고 어느 날 소녀의 엄마가 이렇게 말했데요, '피나야, 안 보인다고? 그렇다면 나는 네가 눈이 많았으면 좋겠다.' 그런데 어느 날 피나가 감쪽같이 사라져버린 거예요. 엄마는 사라진 딸아이를 찾으러 다녔는데 안타깝게도 찾지 못했데요. 그런데 피나가 있던 자리에 아주 눈이 많은 과일나무가 자라고 있었데요. 결국 피나 엄마는 그 나무가 자신의 딸이라고 생각하고 울어버렸데요."

"섬뜩한 전설인데!"

"그렇죠? 필리핀에 갔을 때 들은 전설인데요, 어릴 적에 처음 이 이야기를 들었을 때는 파인애플만 보면 무서워서 한동안 도망 다녔어요. 파인애플 껍질에 피나의 눈이 수십 개 박혀 있는 것 같아서요."

"그러면서도 파인애플 아이스크림만 먹어?"

"그것과 이건 달라요. 아이스크림에는 파인애플 모양이 남아 있지 않으니까……"

보로통한 볼 아래로 입술을 뾰족하게 만든 연수의 표정에 그는 미소 지었고, 팔을 뻗어 아이스크림으로 차가워진 연수의 입술을 매만지던 손을 거두고 자리에서 일어났다.

"그만 가자."

엘리베이터를 타고 내려와 로비를 나서는 의진의 손목을 연수가 살며시 끌어당겼다.

"E.J……?"

멈춰선 그가 미소를 지으며 연수를 돌아보았다.

"저기 그러니까……, 오피스텔 말고……."

눈이 마주치자 수줍게 시선을 떨구는 연수의 표정에 의진의 얼굴에서 순식간에 미소가 사라졌다.

"홍연수?"

"알아요, E.J가 그냥 장난처럼 이야기한 것. 나……, 화요일이면 미국으로 돌아가요. 그러면 우리 1년 동안 다시 못 보잖아요. E.J만 싫지 않다면 오늘은……, 함께 있고 싶어요."

손을 잡고 있던 그의 손에 힘이 들어갔고, 악력에 놀라 고개를 든 연수는 더 이상 의진의 시선을 피하지 않았다. 대답 대신 한동안 눈 동자를 응시하던 그가, 연수의 손을 잡아끌고 로비 안으로 다시 걸어 들어갔다. 객실로 향하는 엘리베이터 안에서도 의진은 그녀의 손목을 붙잡은 채 아무런 말도 하지 않았다.

지상에서 멀어져가는 떨림, 숨쉬기 힘들만큼 부유하는 침묵.

연수가……, 시선을 내렸다.

손회목에 닿아 있는 손, 그의 손바닥에서 느껴지는 열기가 심장만큼 뜨거웠다. 그래서 더 눈물이 날 것 같았다. 이 사람과 잠시 헤어져야 하는 아픔쯤은 얼마든지 참아낼 수 있었다. 그동안도 잘 참아왔고 더 이상 연수는……, 어리지 않았다.

복도를 지나 객실 안으로 들여보내진 후 손목이 풀리자, 연수가 창가로 다가갔다. 거대한 유리창 아래로 낮은 산등성이를 따라 빽빽하게 자란 나무들이 여름 햇빛을 받아 짙은 초록색으로 물들어 있었다. 눈이 시리도록 파란 하늘 아래서.

문이 닫히는 소리가 들렸고, 손바닥이 닿아 있던 유리창 위로 흐린 그림자가 어른거렸을 땐 그가 다가와 서 있었다. 뒤에서 허리를 감싸 안는 팔에 연수가 손을 올렸다.

"E.J?"

침묵을 참지 못한 그때 가녀린 목에 닿는 그의 이마 아래서 낮은 탄식과 함께 가까스로 정염情炎을 토해내는 대답도 들려왔다.

"싫다고 해도 이제는……, 놓아주지 않을 거다."

그녀가 작게 고갯짓했고, 뜨거운 숨이 그대로 연수의 어깨 위에 쏟아졌다. 순아純雅한 가슴이 그의 손안에서 형체를 잃었고, 중심을 잃은 몸이 오그라졌다.

"하아……."

굽어진 시야, 유리창 아래로 떨기나무 위에 핀 무궁화만이 오롯이 연수의 눈에 들어왔다.

작은 귓바퀴를 머금던 입술이 다시 목덜미에 닿는 순간 버둥거리는 몸부림에 의진이 그녀를 안아 들었고, 매트리스 위에 몸이 파묻히는 진동에 한숨이 터져 나왔다. 온몸을 옭아매는 눈빛에 거칠게 뛰는 심장 소리만 들리는 것 같았다.

몸을 세운 그와 연수의 시선이 부딪혔다. 의진의 손이 더디게 첫 번째 버튼에 닿았고, 원피스에 달린 수많은 단추가 하나씩 제 구멍을 잃어갔다. 열린 옷깃 사이로 스며드는 바람에 연수가 어깨를 움츠리는 순간 그가 허리를 깊게 숙였다.

입술이 겹쳐지고 어깨를 타고 내려온 손이 부드러운 젖무덤 사이를 배회하는 동안 호흡을 놓친 연수가 다급하게 그의 얼굴을 붙잡았다. 순간이었으나, 마주친 눈동자 속에 비친 자신의 모습이 너무나 낯설어 질끈 감고야 말았고……, 이름이 다시 들려왔다.

"연수야……."

그 목소리가 너무나 애달피 들린 탓일까.

먼저 다가선 작은 숨결이 그의 입술을 파고들었다.

부드럽고 뜨겁게. 누르고 달래던 정염은 순식간에 풀어졌고, 뭉크러진 가슴과 하얀 속옷 위에 의진의 손길이 닿을 때마다 연수의 떨림도 더욱 짙어졌다.

"하아, E.J!"

온몸을 삼키는 농염한 숨결을 참지 못한 가는 허리가 들썩였고, 젖은 가슴이 다시 입 안으로 속으로 빨려 들어가는 순간 연수가 고개를 젖혔다.

눈동자 속에는……, 백운白雲이 흐르고 있었다.

그와 같은 하늘 아래 있는 지금 이 순간이 꼭 다시 오기를 바라는 마음, 푸른 하늘 위를 유유히 흐르는 구름을 바라보던 연수의 눈에서 눈물이 흘러내렸다.

턱을 끌어당기는 그의 손짓에 고개를 내렸고, 몸 안을 조금씩 채워오는 감각에 홍염한 입술 사이로 신음이 새어 나왔다.

"연수야, 사랑한다!"

그 고백에…….

주인을 찾지 못해 버르적거리던 손이 그의 얼굴을 끌어당겼다. 눈동자를 마주친 후 입술을 빼앗고, 그의 마지막 숨결도 송두리째 가져갔다.

'사랑한다!'는 언어만으로는 표현할 수 없던 마음, 넘치고 넘쳐서 더 이상 담을 곳도 없는 그 감정에 연수는 자신이 가진 모든 것을 그에게 내어주었다.

스물두 살의 연수가 처음으로 그에게 완벽한 여자로 다가간 날, 서울에 찾아온 마지막 폭염은 모든 것을 뜨겁게 달구고 있었다.

"안녕하세요, 처음이신가요?"

간호사의 인사에 연수가 미소를 지으며 고개를 저었다.

"아니요, 진료를 받은 적이 있는데 너무 오랜만에 와서요."

"그러시면 예전 진료기록을 찾을 수 있게 여기에 성함이랑 주민번호를 적으셔서 주시겠어요."

연수가 이름을 적은 쪽지를 데스크 위에 내밀었다.

"잠시만 기다리세요. 차례가 되시면 호명呼名해 드릴게요."

"네."

시간의 흔적이 남아 있는 낡은 가죽 소파에 앉은 연수는 고개를 돌려 실내를 천천히 살폈다. 내일 미국으로의 출국을 앞두고 4년 만에 연수는 이곳을 다시 찾았다.

"홍연수 씨."

"네."

이름이 불리자, 그녀가 진료실 안으로 들어갔다.

"어디가 안 좋으셔서……."

모니터에 뜬 환자의 신상을 살피려던 김성일 원장이 놀라 고개를 돌렸다.

"홍연수?"

"안녕하세요, 선생님!"

환한 미소를 담은 연수의 인사에 그는 자신의 눈을 믿지 못하겠다는 듯 눈을 몇 번이고 껌벅였다.

"놀라셨죠?"

"아니, 홍연수 맞아?"

"네, 맞아요."

여고생 때 본 녀석이 어느새 아름다운 여성이 되어 눈앞에 서 있는 것도 믿기 어려웠지만, 미국에 있어야 될 연수의 갑작스러운 방문도 놀라운 일이었다.

"녀석, 이제 어른이 다 됐네! 아니, 이제는 녀석이라고 부르면 안 되나? 발레리나 홍연수 씨?"

성일의 인사에 연수는 소리 없이 웃었다.

"선생님한테는 언제나 '녀석'이라고 불리는 게 더 좋아요."

"그래, 얼굴을 보니 아파서 온 것 같지는 않고…… 웬일이야?"

"인사드릴 분들이 계셔서 보약도 좀 부탁드릴 겸, 선생님께도 감사 인사를 드리려고요."

"감사 인사?"

"네. 그동안 계절이 바뀔 때마다 정성스럽게 약을 챙겨 보내주셨는데, 선생님께 변변하게 인사 한 번을 못 드려서요."

대답을 들은 성일이 말없이 오랫동안 연수를 응시했다.

"연수야, 그 약……."

"네?"

"참, 이것 어디서부터 설명을 해야 하나?"

난처한 듯 머리를 긁적이는 그의 모습에 연수의 고개가 기울었다.

"연수야, 그 약…… 내 손으로 직접 만들어서 네게 보낸 것은 맞는데, 주문한 사람은…… 따로 있다."

얼굴에서 미소가 사라졌다.

연수가 열일곱 살이 되던 해 처음 걸려온 낯선 전화.

성일은 약을 부탁했던 남자에 대해 하나하나 연수에게 이야기해 나갔다. 발레를 하고 있는 아이의 상태를 알고, 다친 다리의 상태를

물어보고 걱정해주고 그리고 미국에 있는 연수에게 약을 챙겨 보내
줄 수 있는 남자.

설명을 듣고 있는 연수는 자신의 기억을 끌어모아 그 사람이 누
구인지 확인하기 위해 온 정신을 기울였다.

"선생님……, 지금도 그 사람 목소리 들으시면 기억해 내실 수 있
으세요?"

"어?"

물음에 설핏 당황한 표정을 지었던 그가 고개를 바로 끄덕였고,
연수는 떨리는 손으로 무릎에 올려놓은 숄더백 안에서 휴대폰을 꺼
내들었다.

"여보세요?"

그의 목소리가 들렸다.

"……."

"여보세요, 연수야?"

손에 들고 있던 휴대폰을 성일 앞에 내려놓은 연수가 스피커폰
버튼을 눌렀다.

"E.J, 어디예요?"

"당연히 회사지. 그러는 넌?"

연수가 고개를 들어 성일의 눈을 응시했다.

"잠깐…… 친구 만나러 나왔어요."

"내일이 출국인데, 본가에는 안 들를 생각이니?"

창백한 연수의 표정을 본 성일은 말없이 고개를 끄덕여주었다.
그 대답에 스피커폰을 해지시킨 휴대폰을 연수가 다시 손에 들었다.

"집에…… 가서 얘기할게요."

"그래, 저녁에 보자. 연수야……, 사랑한다."

예상치 못한 마지막 인사에 참았던 감정이 왈칵 솟아올랐다.

"……."

"연수야?"

"저녁에 봐요……."

더 이상 참지 못하고, 그녀가 먼저 전화를 끊었다.

하염없이 눈물을 쏟아내는 연수의 모습을 본 성일이 말없이 자리에서 일어나 세면대로 다가갔다. 선반 위에 놓인 새 수건을 들어 그녀에게 건네며 어깨를 두드려 주었다.

"다 울고 나면 나와라."

진료실 문이 닫히는 소리에 떠오른 수많은 기억들.

−혹시……E.J, 내가 누구인지, 누구 딸인지 알고 만났어요?

−알고…… 있었어.

−거짓말!

−홍연수!

−거짓말이야!

−연수야?

−아니죠? 내가 누구 딸인지 알고 접근한 거 아니죠?

−E.J?

−내가 어떤 변명을 해도 네게 상처가 된다는 것은 알아. 하지만 난……, 처음부터 알고 있었다. 네가 누구의 딸인지, 그리고 네 아버지가 누구인지.

−서울에서 널 다시 본 순간 그냥 스쳐갈 수 없었어. 변해버린 네 모습에 너무나 가슴이 아프고…….

-연수야, 이기적인 선택이었지만, 난 널 아주 오래전부터 사랑했고, 지금도 사랑한다. 앞으로도 그 사실은 절대 변하지 않을 거야. 지금은 이 말밖에 해 줄 수 없어서 너무나 미안하다.

2년 전 그가 떠나기 전에 남겼던 파편들이 한꺼번에 연수에게 쏟아져 내렸다. 연민情愁으로 시작된 사랑에 가슴이 아파서 말도 안 되는 어리광을 부렸는데, 이제 그 사랑의 깊이가 어디까지인지 가늠할 수조차 없었다. 한약 냄새가 가득한 진료실 안에서 연수는 흰색 타월에 얼굴을 묻고 쏟아지는 눈물과 흐느낌을 닦고 또 닦아내며 오랫동안……, 울고 또 울어버렸다.

"다녀왔습니다."

"어머, 연수하고 같이 아니니?"

손에 어린 물기를 닦고 주방에서 나오던 진이 혼자 들어오는 아들의 모습에 연수의 행방을 물었다.

"네?"

"저녁 시간에 맞춰서 들어오겠다고 했는데……."

서류가방을 소파 위에 놓은 그가 재킷 안에 들어 있던 휴대전화를 꺼내 들었다. 계속되는 발신음에도 연결되지 않는 전화에 의진은 저도 모르게 인상을 찡그렸다.

"어머니, 잠시 나갔다 오겠습니다. 식사, 먼저 하세요!"

"어머! 얘, 의진아?"

서둘러 집을 뛰쳐나가는 아들의 뒷모습에 놀란 진이 국자를 든 채 그 자리에 서 있었다.

낮에 통화를 하면서 뭔가 이상하다고 생각했다.

유난히 떨리던 연수의 목소리.

일이 바쁘다고 그냥 지나쳐서는 안 되는 거였다. 내일 출국을 앞두고 연수가 흔들리고 있는 것은 아닌지, 불안하고 초조했다. 집을 나서 큰길가로 뛰어나오는 내내 계속 전화를 걸었다. 신호는 가는데 받지 않는 전화. 도대체 어디로 가서 연수를 찾아야 될지 막막하기만 한 현실. 택시를 잡기 위해 손을 흔들었지만, 야속하게도 이미 승객을 태운 차는 몇 번이고 그 앞을 지나치기만 했다. 심장은 터져버릴 것 같았다.

택시 한 대가 그를 지나쳐 도로 가에 멈춰 섰다. 그 차를 잡기 위해 달려가는 순간 택시에서 내리는 연수의 모습이 들어왔다. 우뚝 서버리고 말았다. 차가 떠났는데, 주변도 살피지 않고, 그가 다가간 것도 의식하지 못한 채 멍하니 서 있는 연수의 표정.

그의 명치에 통증이 퍼졌다.

"연수야?"

그의 목소리에 그제야 연수가 고개를 들었다.

어디서 얼마나 울었는지 붉게 충혈된 눈동자를 한 채.

말없이 손을 붙잡고 뒤돌아서 발걸음을 옮기는 그의 뒤를 연수가 조용히 따랐다. 대로변 상점을 지나고, 빵 굽는 냄새가 퍼지는 베이커리 앞을 지나 조용한 주택가 안쪽 길을 따라 둘은 그렇게 걸었다.

'어디에 다녀왔냐?'는 말도, '무슨 일이 있었느냐?'는 말도 묻지 않고, 자신에게 이끌려 따라오는 연수의 발자국 소리에만 귀를 기울인 그는 걷고 또 걸었다. 대문을 열고 초록색 잔디 위에 드러난 판석을 밟고 집 안으로 연수를 데리고 들어갈 때까지.

"연수 찾았⋯⋯."

인기척에 주방에서 나오던 진은 아이들의 표정을 보고 아무런 말도 하지 못했다. 그리고 의진은 어머니에게 가볍게 고개를 끄덕인 후 연수를 데리고 2층으로 올라갔다.

침대에 연수를 앉힌 그가 땀에 젖은 양복 재킷을 벗고, 시선에 맞춰 바닥에 무릎을 꿇었다. 연수의 눈물이랑 위로 그의 손가락이 닿았고, 고요함 속에 의진은 그녀를 바라보기만 했다.

더디게 올라온 연수의 손이 의진의 뺨을 쓰다듬었다. 가녀린 손끝에 서늘한 눈매가 닿았고, 날렵한 턱선을 따라 오후에 돋아난 까칠한 수염자국도 느낄 수 있었다. 조각 같은 콧날 아래에 자리 잡은 가는 입술과 이마 위로 부드럽게 떨어져 있는 머리칼도 연수의 손끝에서 그려졌다.

눈가에 가득, 눈물이 고이어갈 때 연수가 먼저 입을 열었다.

"미안해요……."

그의 눈빛이 흔들렸다.

"미안해요. 정말 미안해요, E.J!"

연수의 얼굴을 부여잡은 손가락 끝에 뜨거운 눈물이 닿았다.

처음 만났던 그 순간부터 이 사람이 좋아서 함께 하고 싶다고 욕심만 부렸는데, 말없이 자신을 떠나버린 이 사람을 찾아올 용기가 없어서 혼자 울기만 했는데, 다가오는 이별이 너무나 싫어서 자꾸 나약한 마음만 생기려고 하는데…….

연수는……, 단 한 순간도 혼자였던 적이 없었다.

과거에도 그리고 지금 이 순간에도.

그 의미를 알아버린 그가 연수를 끌어당겼다.

눈가에 맺혀 있던 눈물도, 창백한 뺨 위에 흘러내리던 눈물도 모두 그의 숨결 속으로 사라져버렸다. 아무런 말없이 자신을 떠나버린 엄마처럼 그도 언젠가는 자신을 떠날 것이라는 불안함도, 의진을 다시 만나지 못할 것이라는 두려움도 더 이상 연수에게는 존재하지 않았다.

1년 후 의진이 자신을 찾아오지 않는다면, 연수가 그를 찾아갈 것이다. 1년이 아닌 10년을 기다려야 한데도, 그녀는 기다릴 수 있었다. 다른 누구도 아닌, 홍연수만의 남자 송의진.

그가 있어서 연수는 강해질 수 있었다.

석양이 지는 8월의 마지막 저녁, 그의 품 안에서 연수는 자신의 심장 속에 남아 있던 눈물까지 모두 흘려버렸다.

'Forever love my E.J!'

연수가 다음날 뉴욕행 비행기를 타기 전, 의진에게 환하게 웃어 보이며 남긴, 인사였다.

*

일안은 도진이 집무실 안으로 들고 들어온 약상자를 보고 인상을 찡그렸다.

"뭔가?"

"오늘 오전에 연수 아가씨 이름으로 배달된 겁니다."

"연수?"

지난주 유럽으로 출장을 떠나기 전 연수가 갑자기 한국에 들어왔다는 보고는 받았지만, 크게 문제만 일으키지 않으며 내버려두라고 지시했었다. 그런데……

"네. 그저께 다시 미국으로 돌아갔습니다. 일주일 동안 송 장관 댁에 머물렀고요."

도진의 보고에 일안의 눈빛이 날카롭게 빛났다.

"송 상무 동향은?"

"평소처럼 회사에 출근해서 정상적으로 업무를 보고, 연수 아가 씨가 출국한 날만 오전에 출근한 후 오후에 일찍 퇴근한 것으로 보고되었습니다."

톡, 톡, 톡.

도진의 보고를 들으며, 일안은 손가락으로 책상을 두드렸다. 4년 만에 연수가 한국에 들어왔는데 자신에게 그 어떠한 연락도 하지 않은 녀석이 괘씸했다. 기대했던 것보다 송의진은 지난 2년간 맡은 일들을 훌륭히 해내고 있었다. M&H에서 일했던 경력에 맞춰, 세진의 해외자산 처리 및 투자소송과 관련된 일을 처리하는 것이 그의 전문 분야였지만, 그 외의 일들도 그는 놀랍도록 잘해냈다. 일에 대한 분석 능력도 뛰어났고 낙하산 인사가 아니냐는 사내 소문을 잠재울 만큼 사생활 관리도 철저했다.

신교동에는 거의 발걸음을 하지 않았고, 뉴욕을 떠난 이후 연수와의 연락도 끊었다. 연수 성격에 저 때문에 의진이 제 아비 밑에 들어와 있는 것을 알면, 당장이라도 모든 것을 포기할 거라는 것을 알고 그리한 것이겠지. 그 덕분에 아직 의진이 세진에 들어와 있는 것을 연수는 모르고 있는 것 같았다.

일안이 걱정했던 것과는 다르게 연수는 혼자서 미국에서 잘 버티고 있었다. 그런데, 갑작스러운 연수의 입국이라니……. 거기다가 본가에는 들르지 않은 채 미국으로 돌아가 버렸다는 보고에 입 안이 썼다. 누구 딸인지 모를 리 없음에도 불구하고, 만섭이 연수를 일주일 동안이나 데리고 있었다는 사실에 일안은 고민이 깊어졌다. 예상 밖의 전개였다.

"연수에게 경호를 붙여두게!"

"네?"

"근접경호는 필요 없고, 간접경호 형식으로 그리고 연수에게도 경호를 붙인다는 것은 미리 알려주고."

"네, 그렇게 하겠습니다. 그리고 이건 연수 아가씨가 출국하기 전 1층 안내데스크에 제 앞으로 남기고 간 편지입니다. 회장님께 전하려고 했던 것 같습니다."

도진이 데스크 위에 올려둔 편지봉투를 일안은 물끄러미 내려다보았다. 그가 나가자, 일안은 봉투 안에 들어 있던 종이를 꺼내들었다. 연노란색의 편지지 위에 연수가 꾹꾹 정성 들여 눌러쓴 단정한 글씨체가 눈에 들어왔다.

아버지께.

그동안 안녕하셨지요?

미국으로 유학을 간 이후 김도진 실장님 편에 소식을 전한 것을 제외하고는 너무나 오랫동안 직접 소식을 전하지 않아서 이렇게 글을 남기는 것이 너무나 어색하기만 합니다.

이번에 꼭 만나야 될 사람이 있어서 한국에 들어왔다가, 유럽출장 중이시라는 소식에 찾아뵙지 못하고 떠납니다.

고등학교 때 오랫동안 다녔던 한의원에 들러 약을 지었습니다. 삼성동으로 보내는 것보다 회사로 보내드는 것이 나을 것 같아서요.

어느덧……, 저도 스물두 살 성인이 되었습니다.

제가 원하는 일을 할 수 있도록 허락해주셔서, 낳아주시고, 키워주시고 그리고 가르쳐 주셔서 감사합니다!

아버지, 건강하세요.

20XX.9.1

딸 연수 올림

일안은 한참 동안 손안에 들린 편지에서 눈을 떼지 못했다. 시연이 죽고 12년 가까운 세월이 흘렀다. 제 어미의 죽음 후 당장이라도 부서질 것 같던 여린 딸은 어느새 혼자의 힘으로 발레리나가 되어 하늘을 날고 있었다. 그리고 송의진…….

연수가 송 장관의 집에서 일주일 동안 묵었다는 사실을 떠올리며, 일안은 인상을 찡그렸다. 만섭이 의진의 짝으로 연수를 받아들이고도 자신에게 아무런 연락을 하지 않았다는 것은 자신의 손을 잡지 않겠다는 것을 의미한다는 것을 알고 있었다. 연수를 데려가기 위해 제 아들은 잠시 내어주지만 그 일은 자신과 별개라는 의미. 젊었을 때도 대쪽 같더니 그 오랜 세월이 지났는데, 변한 것은 하나도 없었다.

외부에는 알려지지 않았지만, 일안은 만섭이 의진을 아끼고 사랑한다는 것을 알았다. 그래서 첫아들 혁진보다 의진을 휘두르는 것이 더 만섭을 자신의 편으로 만드는데, 쉬운 방법이 될 것이라고 생각했다. 하지만 만섭은 끝까지 버티고 있었다.

가지고 있는 카드를 쓸 수 없다면야 버리면 그만이었고, 다른 카드를 집어 들면 된다. 그게 일안이 살아가는 방법이었다.

'새로운 카드는……'

톡, 톡. 책상을 두드리던 일안이 키폰 버튼을 눌렀다.

"부산지방검찰청 동부지청 송혁진 검사가 요즘 맡고 있는 사건들에 대해 좀 자세히 알아보게."

"네, 회장님!"

도진의 대답에 일안은 의자 깊숙이 어깨를 묻었다. 연수에게 받은 편지를 바라보는 그의 생각이 깊어졌다.

"휴……."

마당 한편에 쭈그리고 앉아 올해로 네 번째 꽃이 피었다가 진 작약 뿌리를 캐기 위해 호미질을 하고 있던 진의 입에서 깊은 한숨이 터져 나왔다.

연수가 떠나고 사흘이 지났건만, 자신을 끌어안고 딸이 되어주겠다며 눈물을 글썽이던 아이의 눈동자가 자꾸 떠올라 가슴이 아릿했다. 함께 있었던 것은 단 일주일.

자신의 눈에도 이리 밟히는데, 그런 아이를 미국에 다시 보내놓고 평소처럼 생활하고 있을 아들 녀석 속은 어떠할지. 먹먹함에 애먼 가슴만 팡팡 두드리던 진의 귓가에 초인종 소리가 들려왔다.

"계십니까?"

낯선 이의 방문에 진은 자리에서 일어나 대문 앞으로 다가갔다.

"네, 누구시죠?"

"여기가 송의진 씨 댁 맞습니까?"

"네, 맞는데요."

"홍연수 씨가 보내신 물건, 배달 왔습니다."

남자의 대답에 진은 망설임도 없이 벌컥 대문을 열어주었다.

오토바이 퀵서비스 기사가 그녀 앞에 내민 것은 '김성일 한의원' 이름이 찍힌 두 개의 약상자였다. 기사가 떠나고 멍하니 약상자를 내려다보던 진은 흙이 묻은 면장갑을 대충 털어내고, 상자를 가지고 집 안으로 들어갔다. 자신의 이름과 만섭의 이름이 각각 적혀 있는 상자를 열자, 한약의 복용방법을 적어놓은 안내문과 함께 작은 편지 봉투가 하나 들어 있었다.

어머님, 아버님께.

너무나 갑작스러운 방문에도 절 따뜻하게 품어주셔서 너무나 감사했습니다. 감사하다는 말로만 인사를 드리기에는 받은 게 너무나 많아서 이렇게 작게나마 감사인사를 대신할 약을 보내게 되었습니다.

어릴 적 아프고 약하기만 했던 제가, 그 누군가가 보내준 사랑 덕분에 열일곱 살이 되던 해 여름부터 이 한의원 원장선생님께서 해주신 보약을 먹고, 큰 병치레 없이 건강하게 지낼 수 있었습니다. 지금까지 제가 좋아하는 발레를 할 수도 있었고요.

그 사람을 제게 보내주신 두 분께 너무나 감사드립니다.

그리고……

부끄러워서 차마 어머님께 전하지 못한 말이 있습니다.

저 이제 더 이상 울지 않을 거예요. 그러니까 의진 씨 제게 꼭 다시 보내주셔야 해요! 어머님만 알고 계신 '맛있는 미숫가루 만드는 비법'도 꼭 알려주시길 간절히 부탁드립니다.

폐만 끼치고 갑니다.

언제나 건강하세요.

감사합니다.

20XX. 8. 31

사랑하는 딸 연수 올림

연수가 편지 끝에 적어 놓은 '사랑하는 딸 연수' 라는 문구를 보는 순간 진은 참았던 눈물을 쏟아내고 말았다. 젖은 눈가를 훔치며 진은 나지막이 속삭였다.

"그래, 사랑하는 딸……."

마당으로 시선을 돌리자, 장을 함께 보러 가던 날 연수가 매만지던 허브나무가 눈에 들어왔다. '바다의 이슬' 이라 불리는 로즈마리.

작약 뿌리의 비릿한 냄새를 덮을 만큼 그 상큼하고 강렬한 향처럼 연수는 진의 마음속에 이슬처럼 영롱하게 빛나고 있었다.

10.

"누가 보냈는지 아직도 모르는 거지?"

조용한 음악선율에 맞춰 몸을 풀고 있던 연수가 애니의 질문에 고개를 들었다.

"응."

짧은 대답 뒤 바(bar) 앞에 서서 연수가 팔을 늘이자, 하이넥 레이스 레오타드 위로 근육이 부드럽게 물결쳤다. 옆에서 같은 자세를 취하고 있던 애니가 거울에 비친 연수에게 시선을 고정시킨 채 다시 입을 열었다.

"벌써 1년이 넘었어. 난 점점 무서워지려고 해."

애니의 눈빛을 본 연수의 시선이 잠시 거울 속에 머물렀다.

작년 8월 공연 때부터 배달되기 시작한 꽃. 연수 앞으로 배달되는 뉴욕의 마스터 플라워 디자이너 작품은 이제 단원들의 부러움을 넘어 극단 내에서 점점 화제가 되어가고 있었다. 누가 보냈는지도 모르는 꽃에 대해 연수는 무감한 듯 보였지만, 애니는 보이는 것과 다르다는 것을 알고 있었다.

"괜찮은 거지?"

옅은 미소를 보인 연수가 고개를 돌렸다.

"뭐가?"

"아무 일 없느냐고 묻는 거야."

"응……."

연수가 다리를 바꿔 올린 후 오른쪽으로 몸을 깊이 숙이며 느리게 대답했다.

"내 생각에는 그 정도면 스토킹 수준이야. 조심하는 것이 좋을 것 같아. 이름조차 밝히지 않고 1년 넘게 꽃을 보내는 건 정상이 아니야."

애니의 걱정에 대답하지 않았지만, 연수도 이제는 조금씩 두려운 마음이 들기 시작했다는 것을 인정할 수밖에 없었다. 주연도 아닐뿐더러 솔리스트도 아닌 그녀에게 보내지는 꽃은 한두 번 정도라면 좋아하는 팬이 보내는 것이라 생각했겠지만, 14개월은 너무나 긴 시간이었다.

우연이었지만 그녀가 한국에 다녀간 이후 아버지가 김 실장에게 자신의 간접경호를 지시했다는 걸 전해 들은 터라 연수는 조금은 걱정을 덜 수 있었다.

"사람을 시켜서라도 꽃을 보낸 이가 누군지 좀 알아보는 것이 어떨까?"

애니의 제안에 연수는 몸을 일으킨 후 거울에 비친 자신의 모습을 바라보았다. 두렵다고 언제까지 피해 다닐 수만은 없었다. 결단이 필요하다는 것을 그녀도 알고 있었다.

"응, 그렇게 할게."

탁. 탁.

"자, 각자 위치로!"

단원들을 부르는 그레고 감독의 목소리에 연수는 상념을 잊고 스튜디오 중앙에 정해진 자신의 위치에 섰다. 올해 12월 공연은 백조의 호수로 정해져 있었고, 공연을 두 달 남짓 앞두고 지금은 연습이 한창이었다.

오데트 공주와 지크프리트 왕자의 춤이 끝나자, 연수가 네 마리 백조의 춤에 다시 합류했다. 복잡한 상념들로 연수의 머릿속은 가득했지만, 스튜디오를 가득 채우는 슬픈 음악 소리에 연수는 모든 것을 잊고 발레에만 집중했다. 로트바르트의 마법에 걸린 오데트 공주의 아픔이 자신의 것인 것처럼 연수의 심장에 콕콕 알 수 없는 통증과 불안감이 서서히 찾아들었다.

J&M 그룹 맨해튼 본사 앞.

하늘을 찌를 듯이 솟아올라 있는 빌딩을 올려다보며, 연수는 숨을 깊이 들이마셨다. 애니가 걱정했던 것처럼 연수는 자신에게 꽃을 보내는 이에 대해 알아야 했고, 마침내 그가 누군지 알게 되었다.

건물 안으로 들어서자, 연수가 도착하기를 기다리고 있던 남자가 그녀를 엘리베이터로 안내했다. 남자의 커다란 손이 67층으로 향하는 버튼을 누르는 것을 본 후 연수는 시선을 돌렸다. 엘리베이터 벽에 비치는 모습을 확인한 후 아이보리색 코트의 후드를 머리에서 벗고, 목까지 채웠던 단추를 하나 풀었다.

"안녕하세요, 미스터 휴이트. 아까부터 기다리고 계세요."

가볍게 인사를 한 후 연수가 안으로 들어서자, 그가 등 뒤로 문을 닫아주었다. 거대한 유리벽 앞에 놓인 대형 유리테이블, 그 앞에 앉아 서류를 들여다보고 있던 남자가 고개를 들어 그녀의 얼굴을 확인한 후 자리에서 일어났다.

"생각보다 늦게 왔네. 나 같으면 궁금해서라도 진즉 찾아왔을 것 같은데."

마주치고 싶지 않은 남자를 제 발로 찾아오는 데까지 연수는 오랜 고민이 필요했다. 연수를 향해 옅게 미소를 보인 지윤이 책상을 돌아 사무실 중앙에 놓인 소파에 앉았다.

"그렇게 서 있지만 말고 이리 와서 앉아."

단단히 각오를 하고 온 듯한 연수의 눈빛을 본 그가 소파에 등을 기댔다. 자매 앞에서 폭탄선언을 한 후 연수가 결혼을 하게 될지, 하게 되지 않을지 강지윤은 기다렸다.

역시 예상대로 연수는 송의진과 결혼하지 않았고, 둘의 관계를 알게 된 홍 회장이 송의진을 한국으로 불러들였다. 어떤 거래가 있었는지 알 수 없었지만, 로펌을 그만둔 송의진은 세진으로 자리를 옮겼고, 연수는 아직 혼자였다. 서울에 다녀와서도.

"나한테…… 왜 그래요?"

긴장한 듯 목소리는 떨리고 있었다.

정식공연, 연수가 무대에 오른다는 소식을 들었을 때 꽃을 보낸 것은 축하하기 위한 마음도 있었지만, 또 다른 표현이기도 했다. 다가가면 언제나 도망가 버리는 연수의 성격을 알기에 지윤은 그녀가 스스로 자신을 찾아오기를 기다렸다.

"그렇게 물으니 어디부터 이야기를 꺼내야 할지 모르겠다."

연수의 말간 미간에 주름이 잡히는 것을 본 지윤의 눈동자가 빛났다. 숨어 있기만 했던 여린 소녀는 더 이상 자신의 감정을 숨기지 않았다. 어느새 여인이 되었고, 사랑을 알아버렸다. 그 변화를 함께 하지 못한 것이 그를 망설이게, 후회하게 만들었다. 지금까지는.

"관심의 표현이라고 해두자."

"이보세요, 강지윤 씨!"

"네 입에서 내 이름 나온 것 처음이다."

"그때는…… 너무나 놀라서 이야기하지 못했는데, 날 언제 봤다고요. 언니 남자친구였잖아요. 그것도 1, 2년도 아니고 자그마치 5년 동안이나. 밑도 끝도 없이 나한테 왜 그러는 건데요? 이러는 것 정상 아니에요!"

연수의 얼굴을 차갑게 응시하던 지윤이 테이블 쪽으로 몸을 당겨 앉자, 연수의 어깨가 움찔 굳었다. 그 움직임을 지윤은 하나도 놓치지 않았다.

"12년 전, 하와이 빅 아일랜드에서 우리 처음 만났다. 홍연수."

"그게…… 무슨 소리예요?"

전혀 알지 못한다는 눈빛을 한 채 떠오르지 않는 기억의 편린을 찾기 위해 연수가 눈썹을 일그러트렸다.

잠시 망설이던 그가 다시 입을 열었다. 사고에서 자신을 구한 지시연과의 첫 만남부터 연수와 병원에서 함께 지냈던 시간에 대해 하나하나 이야기해 나갔다. 그의 말을 들은 연수의 낯빛은 그 어느 때보다 창백했으며, 손은 약상하게 떨고 있었다. 계속.

"괜찮아?"

연수의 상태를 인지한 그가 팔을 뻗었다.

"미안해요."

신음 같은 대답에, 연수에게 닿기 전 손이 허공에서 멈추었다.

"난…… 아무것도 기억나지 않아요."

예상치 못한 대답에 지윤의 표정이 눈에 띄게 굳었다. 자신에게는 각인된 사건에 대한 기억이 연수의 머릿속에서는 완전히 지워진 것일까? 어떻게?

"어릴 때 많이 아파서……, 기억하지 못하는 시간이…… 있어요. 전부는 아니고 일부지만, 특히 병원에 대한 기억들은."

흘러나온 대답에 지윤은 손을 거두었고, 거칠게 뛰기 시작하는 심장을 잠재우려는 듯 손아귀에 힘을 주었다. 푸른 핏줄이 선명할 정도로. 그도 알고 있었다. 지시연이 죽은 후 연수가 한동안 병원에서 있었다는 것을.

적막감.

대화는 단절되었고, 흔들리던 지윤의 눈빛만이 연수를 한동안 응시하고 있었다.

"처음에…… 네가 예지 동생이라는 사실을 알았을 때부터 난 널 선택했다. 우연을 가장해 네 앞에 나타나기는 했지만, 네가 조금이라도 날 바라봐주기를 기다렸고. 설마 그걸 전혀 몰랐다고는 하지 않겠지? 홍연수, 처음부터 넌…… 나에게 홍예지 동생이 아니라 여자였다."

진지한 눈빛에 연수는 그의 시선을 피했다. 언제부터인가 지윤이 자신을 바라보는 눈빛이 다르다는 것을 느끼고 있었는지도 모른다. 하지만 그때도 연수에게는 한 사람만 보였다. 그러니까 이제는…….

연수가 고개를 들었다.

"나한테…… 한 번도 그 마음, 그 생각 표현해준 적 없잖아요. 언니 친구였으면서, 일방적으로 여자였다고 말해놓으면 나보고 어떻게 하라고요?"

새된 목소리에 지윤의 눈빛은 차가워졌다. 포기하기에는 그 또한 이미 멀리 와 있었다.

"그러니까 이제는 날 봐달라고 부탁하는 거야. 적어도 홍예지 친구가 아닌 네게 다가갈 수 있는 한 남자로서."

하얗게 질린 얼굴로 연수가 고개를 흔들었다.

"그게 가능하다고 생각해요? 책임지지도 못할 거면서, 좋아하지도 않으면서 그런 부탁받는 것, 거절하지 않는 것 잘못된 거라고 생각해요!"

"홍연수?"

그제야 지윤의 눈에 연수의 왼손에 남아 있는 반지가 눈에 들어왔다. 레스토랑에서 무슨 반지냐고 물었던 그 반지.

"아직도야?"

"네?"

"그 남자와의 관계, 아직도 현재진행형이냐고 묻는 거야?"

그의 시선이 반지 위로 떨어진 것을 본 연수는 손 움켜쥐었다.

"네. 저 그 사람 많이 사랑해요. 과거에도 그랬고, 지금도 변함없이."

"그런데 왜 아직 그와 결혼하지 않았니?"

"그건……."

바로 대답하지 못했다.

"내년 8월이면 그 사람 이곳으로 돌아올 거예요. 그러니까, 강지윤 씨가 제게 더 이상 꽃 같은 것 보내지 않았으면 좋겠어요. 이 말 전하려고 들렀어요."

평행선 같은 그의 고집에 연수는 더 이상 응해줄 마음이 없었다.

"잠깐만!"

"이 손……."

붙잡힌 손목을 비트는 연수의 동작은 빨랐고, 놓아주지 않는 지윤의 눈빛은 차가웠다.

"홍연수, 송의진이 지금 어디서 뭘 하고 있는지 알아?"

그를 만나고 왔으니 알아야 했다. 하지만 충격을 받은 연수의 눈빛을 본 지윤은 원하는 답을 얻었다. 손에서 힘이 빠져나갔다.

"안녕히 계세요."

홀로 남겨진 그가 천천히 소파에 몸을 기댔다.

홍 회장이 준비하고 있는 일이 궁금해지기 시작했다. 송의진을 끌어간 의도와 3년이라는 긴 시간 동안 연수를 속이면서까지 홍 회장 곁에 가 있는 송의진이라는 남자의 선택, 그것이 무엇인지.

*

"L과의 접촉은?"

도진이 건넨 서류를 살피던 홍 회장이 무심한 듯 물었다.

"문제없이 진행되고 있습니다. 허 팀장이 준비는 모두 마쳤다고 보고해 왔습니다."

"해외병원 설립 건은 어떻게 진행되고 있나?"

"일주일 후에 담당자가 한국으로 들어오기로 되어 있습니다. 협상

담당자가 필요한 모든 서류준비는 마친 것으로 알고 있습니다."

홍 회장이 보고 있던 서류에서 시선을 들었다.

"법무실 박 전무 들어오라고 하고, 송의진 스케줄 확인해서 보고 하게."

"네."

인사를 하고 돌아서는 도진을 그가 불러 세웠다.

"송혁진은?"

"부산에 있는 폭력조직 사건을 담당하게 되면서 연일 바쁘게 보내고 있는 것 같습니다. 6개월째 서울에는 올라오지 않은 것으로 보고되고 있습니다."

"서울로 전임轉任될 가능성은?"

"현재로서는 없어 보입니다."

도진의 대답에 홍 회장의 입꼬리가 올라갔다.

"송 장관이야 공사公私가 분명하지만, 아래 있는 놈들이야 알아서 잘 보이고 싶을 테니, 그건 조금만 신경 써 보게. 그쪽에 선물 보내면서 전화 한 통화 넣는 것 잊지 말고."

"네."

도진이 나가자, 일안은 피곤한 안색을 숨기지 않고 손을 뻗어 목 뒤에 뭉친 근육을 풀었다. 내년 대선을 1년여 남짓 앞둔 시점에서 생각보다 너무 많은 돈이 들어가고 있었다. 이 정도 시점이면 보통은 약자와 강자를 구분할 수 있었는데, 이번에는 그렇게 쉬울 것 같지 않았다.

판을 읽어 낼 수 없다면, 판돈을 키우는 것이 가장 안전한 방법이었다. 그것이 곧 세진을 위하는 길이었고, 그 대상이 누구인가만 바꿰었을 뿐 예나 지금이나 달라진 것은 하나도 없었다.

일안은 도진이 남기고 간 다른 보고서를 집어 들었다. 서류철 안에는 딸아이의 사진이 있었다. 간단히 서술된 행적과 함께. J&M 그룹 맨해튼 본사로 들어서는 연수의 사진을 본 일안의 이마에 깊은 주름이 생겼다.

삼청동에 위치한 한정식집 '제야除夜'.

바깥채를 지나 안내인의 뒤를 따르던 의진의 시야에 낮이 익은 남자의 얼굴이 들어왔다. 어디서 본 듯한데 떠오르지 않는 기억. 납작마루 위로 올라서던 의진이 고개를 돌렸다. 그와 눈이 마주친 남자가 화들짝 놀라 손에 들린 담배를 바닥에 비벼 끈 후 등을 돌려 다른 건물 안으로 서둘러 들어가 버렸다.

일주일 전 협상테이블에 앉을 책임자로 송의진이 지목되었다. 한 달 전, 모든 준비를 마친 프로젝트의 갑작스러운 책임자 교체. 거기에 이례적으로 첫 미팅 장소가 세진 본사가 아닌 한정식집이었다. 관계자들의 긴장감은 극에 달해 있었다.

"이쪽입니다."

최 부장의 목소리에 의진은 생각을 지우고 건물 안으로 발을 들였다. 세진 법무실 직원들이 안내된 방 안으로 들어서자, 먼저 도착해 있던 J&M 담당자들이 자리에서 일어났다.

"처음 뵙겠습니다. 이번 계약의 총괄책임을 맡고 있는 송의진입니다."

앞에 있던 남자가 조금 세게 의진의 손을 맞잡았다. 예상 밖의 행동이었다.

"반갑습니다. 강지윤이라고 합니다."

상대의 얼굴을 살폈다. 프로젝트를 담당하기에는 다소 젊게 보이는 외모. 거기에 알 수 없는 기시감까지.

양측 협상진의 가벼운 인사가 끝나고, 회의는 순조롭게 바로 시작되었다. 오랜 기간 준비해온 일, 서류를 살피고 아직까지 합의되지 못한 내용들에 대한 회의가 이어졌다.

의진은 회의를 하는 중간 중간에 자신을 바라보는 강지윤의 시선에 알 수 없는 이질감을 느꼈다. 이쪽은 그에 대해 전혀 알지 못하는데, 그는 자신의 모든 것을 꿰뚫고 있다는 것을 숨기지 않는 눈빛을 하고 있었기에. 차오르는 의문을 뒤로하고 다음 미팅을 위한 일정을 조율했다. 늦어진 회의에, 놓쳐버린 저녁 식사를 하며 가볍게 긴장감도 풀었다. 다음의 만남을 위해서.

모든 일정을 마치고 담당자들이 자리에서 일어서자, 지윤이 먼저 입을 열었다.

"송 상무님, 괜찮으시면 제게 잠시 시간을 내어주시겠습니까?"

지윤의 갑작스러운 부탁에 의진이 시선을 들었다.

도전적이고 자신감에 찬 눈빛을 한 그가 의진을 응시하고 있었다. 선뜻 대답하지 않는 의진을 향해 다음 말이 이어졌다.

"이번 일과는 상관없는 일입니다. 지극히 개인적인 일이니 긴장하지 않으셔도 됩니다."

예상 밖의 화두에 의진은 고개를 돌렸다.

"먼저들 나가 계시겠습니까. 10분 뒤에 나가도록 하겠습니다."

그의 지시에 그룹의 관계자들이 자리를 비켜주었고, 지윤과 단둘이 남게 되자 의진이 먼저 입을 열었다.

"무슨 일인지 말씀해주시겠습니까."

"연수……, 송 상무님과 아직도 연인 사이입니까?"

그가 연수를 알고 있었다. 그것도 홍연수 씨가 아닌 연수로.

"그 질문을 왜 강 팀장님이 하시는지 이해가 되지 않는군요."

찰나의 순간, 지윤의 입가에 머물다 사라진 미소를 의진은 놓치지 않았다.

"그렇군요. 제가 좀 무례했습니다. 죄송합니다. 단도직입적으로 본론만 말씀드리면, 저 연수에게 관심 있습니다. 과거 송 상무님과 연수, 연인관계였다는 것은 알고 있습니다. 그런데 지금은 어떤 상태인지 알 수가 없어서요. 연수가 프러포즈를 받았다는 사실을 알았을 때 내심 실망도 했지만, 기대도 했었습니다. 그 아이가 결혼하지 않을지도 모른다는……."

마지막 말에 의진의 눈매가 가늘어졌다.

"제가 혼자 연수를 좋아했던 기간이 좀 깁니다. 이대로 포기하기에는 너무 억울하다는 생각이 들어서 지난번 만났을 때 적극적으로 구애를 했더니 거절하더군요. 사랑하는 사람이 있다고. 그런데 문득 이런 의문이 생겼습니다. 연수는 무작정 당신을 기다리고 있는데, 왜 송 상무님이 세진에 들어와 있는 것은 알지 못할까요? 그게 연인 사이에 가능한 일일까요?"

장난스럽게 이야기를 꺼냈지만 지윤의 눈빛만은 날카로웠다. 수세守勢에 몰린 기분, 짧은 순간이지만 의진은 지윤이 어떻게 연수를 알고 있는지 궁금했다. 그리고 얼핏 떠오르는 기억이 맞는지도 확인해 묻고 싶었다. 전에 마주친 적이 있는지.

"대답은 드리겠습니다. 연수와 저, 진행형입니다. 이것으로 원하시는 답은 충분히 드렸다고 생각됩니다. 그럼 다음 미팅 때 다시 뵙겠습니다."

"송의진 상무님!"

자리에서 일어선 의진이 방을 나서려 하자, 지윤이 그를 불러 세웠다.

"홍 회장님과 거래하신 것이 무엇입니까?"

멈춰 섰던 의진이 천천히 몸을 돌렸다.

"연수를 두고, 홍일안 회장님과 거래한 것이 무엇이냐고 묻는 겁니다."

올려다보는 강지윤의 눈빛은 차가웠고 그가 대답하지 않는다면 반드시 그 답을 찾아내겠다는 의지를 숨기지 않았다.

"그 답은…… 제가 드릴 수가 없습니다."

"송 상무님?"

"그럼."

떨어지지 않는 시선을 뒤로하고 의진은 밖으로 나왔다. 밖에서 기다리고 있던 최 부장이 그를 위해 승용차 문을 열어주며 물었다.

"댁으로 돌아가십니까?"

본사로 돌아가기에는 늦은 시간이었다.

"아니요, 오늘은 좀 머리를 식혀야 할 것 같습니다."

퇴근시간을 한참 넘긴 시각.

삼청동을 빠져나온 차가 도심을 지나 캐나다 대사관 앞에 정차하자, 의진은 차에서 내려섰다. 매서운 바람이 코트 사이를 파고들었다. 낮은 언덕길을 올라 정동공원에 도착한 의진은 메마른 나뭇가지 사이로 드러난 하늘을 올려다보았다.

'홍연수, 잘 지내고 있는 거지?'

닿지 않는 그리움. 그 먹먹함에 깊은 날숨이 뜨거운 입김이 되어 차가운 공기 속으로 서서히 사라지고 있었다.

크리스마스를 열흘 남짓 앞두고 한국에서 도착한 뜻밖의 선물에 연수는 소파에 앉아 멍하니 상자를 내려다보고 있었다. 한국을 떠나오면서 주소를 알려달라는 진의 말에 작은 쪽지에 맨해튼의 맨션 주소를 적어 건넸었다.

열어보지도 못한 채 떨리는 마음으로 진이 한 자 한 자 정성스럽게 눌러쓴 신교동 집 주소를 바라만 보고 있던 연수가 한참이 지난 후에야 주방으로 가 가위를 가지고 왔다. 꼭꼭 쌓여진 박스 테이프와 소포지를 벗겨 낸 후 그 안에 들어 있던 아이보리색 종이상자를 꺼냈다. 숨을 크게 들이마신 후 살며시 상자의 뚜껑을 열었다. 부드러운 흰색 한지를 펼치자, 빨간색 니트 위에 흰색 봉투가 가지런히 놓여 있었다. 봉투를 집어 들고 연수가 그 안에 들어 있던 편지를 꺼내 천천히 읽어 내려갔다.

사랑하는 딸 연수에게.

연수야, 건강하게 잘 지내고 있니?

네가 미국으로 돌아간 지 어느덧 4개월이 지났구나. 인사가 늦었지만, 네가 보내준 선물은 잘 받았단다. 연수, 네가 지어준 보약이라고, 우리 집 양반이 얼마나 좋아하던지……

그 덕분에 매년 가을이면 기관지염으로 고생을 하던 양반이 올해는 감기 한 번 걸리지 않고 잘 넘겼단다. 고맙다, 연수야!

네가 이곳에 오기 전에는 너무나 빨리 지나가던 시간들이 요즘에는 왜 이렇게 더디게 가기만 가는지. 그 무료함을 달래보고자, 부족한 솜씨지만 틈틈이 떠보았단다. 솜씨가 좋지 못해 썩 마음에 들지 않더라도, 네가 기쁘게 받아주면 좋겠구나.

연수야, 항상 건강 잘 챙기고 여름이 되면······ 다시 만나자!

사랑한다, 내 딸!

20XX.12.14
서울에서 엄마가

어느새 연수의 눈에 눈물이 가득했다. 편지를 테이블 위에 조심스럽게 놓아두고 연수는 상자 안에 들어 있던 니트를 꺼내 펼쳐보았다. 진이 연수를 위해 오랜 시간 정성 들여 한 땀 한 땀 뜬 빨간색 니트 원피스였다. 손끝에서 느껴지는 부드러움과 따뜻한 마음에 연수는 결국 참았던 울음을 터트리고 말았다.

"흑······ 흑······."

원피스에 얼굴을 묻고 울어버린 연수는 한참 후에야 화장실로 가 차가운 물에 세수를 하고, 머리를 단정하게 빗어 내렸다. 거실로 나와 진이 보내준 옷으로 갈아입고 거울 앞에 섰다.

니트는 무릎 위를 살짝 덮는 길이에 몸매도 예쁘게 드러날 정도로 연수에게 잘 맞았다. 저절로 미소가 피어올랐다. 식탁 위에 올려놓았던 사진기를 가지고 온 연수가 전신거울 앞에 다시 서서 사진을 찍기 시작했다. 최대한 예쁘고 밝게 웃으며.

"왔니?"

아들을 맞이하는 진의 얼굴에는 미소가 가득했다.

"무슨 좋은 일 있으세요?"

"글쎄……."

소녀 같은 어머니의 대답에 의진은 피식 웃어버렸다.

식사를 마친 후 부모님과 함께 차를 마시던 의진의 앞에, 진이 살며시 작은 상자를 하나 내밀었다.

"의진아, 이건 크리스마스 선물이다."

의아해하는 표정에 진이 입을 열었다.

"연수가 보낸 거야."

그제야 어머니의 반응이 이해가 되었다. 손 안에 들어갈 정도로 작은 상자를 집어 들었다. 안에는 그가 맨해튼을 떠나기 전 맨션에 두고 나온 열쇠고리가 들어 있었다. 그의 아파트와 연수가 사는 맨션 열쇠가 그대로 남겨져 있는 채로.

열쇠고리를 꺼내 작은 크리스털 조각을 만지작거리는 아들의 모습을 본 진이 다른 상자를 그 앞에 놓아주었다.

"진짜 선물은 이것 같다."

두 번째 상자 안에 낡고 오래된 앨범이 들어 있었다. 긴장되는 손끝으로 앨범을 넘기는 의진의 시선 끝에 연수의 모습이 가득했다.

연수가 아기일 때부터 시작된 사진은 걸음마를 하는 사진, 우는 사진, 유치원 소풍 때 잔디밭에 앉아 입 안 가득 김밥을 물고 놀란 눈으로 사진기를 쳐다보고 있는 사진, 초등학교 입학사진, 운동회에서 달리는 연수, 의진이 연수에게 건네주었던 시연과 함께 행복하게 웃고 있던 연수의 모습과 고등학생이 된 연수, 그리고 발레리나가 된 연수의 모습 등 연수의 삶과 기억이 이 한 권의 앨범 안에 고스란히 담겨 있었다. 의진이 마지막 페이지를 넘겼고, 거기에는 연수의 즉석사진이 들어 있었다.

정성 들여 쓴 연수의 편지와 함께.

사랑하는 어머니께

끝이 보이지 않을 것 같은 어두운 터널 속에 있던 제게…….

열다섯 살이 되던 해, 크리스마스이브. 그가 저를 찾아왔습니다.

그가 제게 손을 내밀며 처음 건넨 말은 "플루메리아 꽃말은 축복받은 사람이라고 했지?"였습니다. 제가 그를 처음 만났을 때 건넸던 말이었고, 그 축복처럼 그 사람이 저에게 왔습니다.

제 인생에서 가장 행복했고, 가장 소중했고 그리고 가장 그리웠던 잃어버린 순간을……, 기억해준 목소리.

그의 목소리에 저는 어둠 속에서 빛을 찾았습니다.

우는 법도 웃는 법도 모두 잊어버렸던 제가 그 모든 것을 하나씩 다시 찾아갈 수 있었던 것. 그리고 발레를 하고 있다는 것이 얼마나 행복한 일인지도 다시 알게 된 것은 모두 그 사람 덕분이었습니다.

그 사람에게 다가가고 싶어도 제가 그 사람보다 너무나 어린 것만 같아서 빨리 어른이 되고 싶었고, 제가 어른이 되기도 전에 그 사람이 다른 사람에게 가버릴 것 같은 두려움에 슬퍼했던 나날들도 있었습니다.

하지만 지난여름 한국에 갔을 때 알았습니다.

제가 오랫동안 그 사람만 바라보고 있었듯이 그 사람 또한 오랫동안 저만 바라보고 있었다는 사실을요.

'사랑한다!'는 한 마디 말로는 표현할 수 없는, 주체할 수 없을 정도로 커져버린 이 마음을 어떻게 그에게 보내야 할까요?

엄마! 다시는 불러보지 못할 이름이라고 생각했습니다.

직접 만들어 주신 눈부시게 예쁜 원피스를 입고 찍은 사진도 함께 보냅니다. 너무나 마음에 들어요. 감사합니다, 어머니!

20XX.12.16

사랑하는 딸 연수 올림

P.S. Merry Christmas!

거울을 향해 환하게 웃고 있는 연수의 모습이 의진의 눈에 들어왔다. 잘 지내고 있다는 것을 보여주려는 듯, 의연하고 씩씩하게 웃는 표정에 가슴 속에 아릿한 통증이 찾아들었다.

그 모습을 보고 있던 만섭이 아들을 불렀다.

"의진아, 다음 달에 혁진이 녀석 서울로 올라올 게다. 그동안 네가 미국에 있거나 혁진이가 부산에 있었으니 서로 부딪힐 일이 없었지만, 이번에는 좀 다를 것 같구나. 가족이 될 연수를 생각하면 네형과의 관계도 분명 달라져야 할 게다."

"네……, 아버지."

얼굴에 엷은 미소를 지은 그가 진을 바라보았다. 그 오랜 시간이 지났음에도 언제나 혁진 형 앞에서는 죄인의 얼굴을 하고 있는 어머니의 모습을 떠올리면 가슴이 아팠다.

가족이 된다는 것, 가족으로 산다는 것은 혈연관계에 있다는 이유만으로 무책임하게 방치하는 것이 아니라는 것. 끊임없는 노력이 필요하다는 것을 그도 알고 있었다. 연수를 위해서도 의진은 이제 자신이 먼저 형에게 다가서야 할 때라는 것을 느끼고 있었다.

연수가 그 때문에 가슴 아파하지 않도록.

11.

　구릿빛 피부와 흰색 콧수염 아래 드러난 하얀 치아가 고스란히 연수의 시야에 들어왔다.

　"앞으로 잘 부탁하네!"

　눈부실 정도로 빛나는 미소를 지어보이며, 커다란 손을 내미는 그레고 감독을 바라보던 연수의 목소리가 떨렸다.

　"미스터 그레고……."

　솔리스트로의 승급소식을 듣고 놀라 말을 잇지 못하는 연수의 반응을 읽은 그가 축하의 말을 다시 한 번 건넸다.

　"솔리스트로의 승급을 축하하네!"

　수습단원과 코르 드 발레 춤을 춘 지 3년.

　기대하지 못했던 갑작스러운 승급소식에 연수는 결국 기쁨의 눈물을 왈칵 쏟아냈다.

　"연수, 축하해!"

　승급 소식을 들은 애니는 달려와 연수의 얼굴을 붙잡고 키스

세례를 퍼부었고, 함께 연습을 해온 단원들도 진심으로 축하해주었다.

발레리나 홍연수의 스물세 번째 생일을 3개월 남짓 앞둔 5월의 어느 날, 따뜻한 햇살 아래 온몸 가득히 행복을 담았다. 너무나 기쁜 소식에 연수가 참지 못하고 그에게 전화를 걸었다.

"연수야?"

"……."

9개월 만에 듣는 의진의 목소리에 목이 메어 연수는 전화를 먼저 걸어놓고도 말을 뱉지 못했다.

"잘 지내고 있지?"

언제나 변함없는 그의 따뜻한 목소리.

"흑……."

"홍연수?"

"미안해요, E.J…… 너무나 목이…… 메어서……."

훌쩍이는 목소리에 잠시 침묵이 흘렀다.

"무슨 일이 있는 건 아니지?"

"네……."

"잘 지내고 있는 거지?"

"E.J는요?"

"너만큼……."

자신만큼 그리워하고, 자신만큼 힘들어하고, 자신만큼 잘 참고 씩씩하게 지냈다는 짧은 한 마디에 연수는 결국 눈물을 흘렸다.

"연수야?"

"E.J…… 흑…… 저기요, 저…… 오늘 그러니까…… 솔리스트로 승급했어요. 저…… 정말 열심히 했어요, 그거 알죠, E.J?"

"잘했다, 우리 연수! 옆에 있으면 안아주고 싶은데, 멀리 있어서 미안하다."

그의 잘못이 아니라는 듯 연수는 보이지 않음에도, 제 고개를 세차게 흔들었다.

"아니요, 아니에요."

"축하한다, 연수야!"

"E.J 보고 싶어요."

한동안 침묵이 흘렀다.

"밥 잘 챙겨먹고……, 8월에 다시 만나자."

의진의 말에 연수는 눈시울이 뜨거워졌다.

"사랑한다, 홍연수!"

"사랑해요, E.J……."

힘겨운 마지막 인사 후 연수는 눈가에 맺혀 있는 눈물을 훔쳐냈다. 창공 위를 지나가는 적운積雲처럼 연수의 마음도 그를 향해 흐르고 있었다.

혁진은 책상 위에 펼쳐놓은 자료를 미동도 없이 내려다보고 있었다. 그가 서부지청으로 자리를 옮긴 지 4개월. 익명으로 배달된 봉투, 그 안에는 세진그룹의 비자금관리 및 불법 정치자금의 흐름이 포착된 사진과 증거자료가 들어 있었다. 대선을 6개월 앞둔 시점, 정국政局을 뒤흔들 수 있는 폭풍의 열쇠가 송혁진의 손아귀에 떨어졌다.

"멍청한 자식!"

사진 속에서 의진을 발견한 혁진의 입에서 욕설이 튀어나왔다.

홍 회장의 여식 때문에 의진이 세진으로 들어갔다는 소식을 얼핏 들었으나, 이런 일에 얽혀 있을 것이라고는 생각하지 못했다. 사실 이든 아니든 중요한 것은 이 일에 애먼 부친이 말려들지 않는 것.

자료를 서랍 깊숙이 넣은 혁진이 열쇠를 잠갔다. 해결점을 찾기 위해서는 그에게도 생각할 시간이 필요했다.

익명의 제보 자료를 덮은 지 일주일, 그가 이 사실을 부친에게 털어놓기를 고민하던 사이 사건은 뜻밖의 장소에서 터져버렸다.

삼청동에서 불법 정치자금이 은밀히 전해지던 날, 운전을 했던 기사가 술에 취해 은연중에 내뱉어버린 말을 주워들은 풋내기 여기자가 그 사실을 흘렸고, 검찰청을 드나들던 베테랑 기자의 탐문이 이어졌다. 소문은 삽시간에 퍼졌고, 너무나 엄청난 사건의 꼬리에 검찰 내부에서도 사태 파악에 나섰다.

결국 혁진은 만섭에게 이야기를 꺼내지도 못한 채 자료를 검찰 수뇌부에 공개해야 했다. 선거를 채 반 년도 남기지 않은 상황에서 터져버린 엄청난 일에 검찰수뇌부는 당황했다. 가는 권력은 레임 덕(lame duck)의 영향으로 약했고, 오는 권력은 아직 예측할 수 없었다. 더군다나 세진까지 끼어버린 스캔들은 그 폭풍이 어느 정도일지 아무도 예측할 수 없었다. 어느 한 쪽 편을 들었다가 혹여 다른 쪽이 선거에서 이길 경우 그 결과는 검찰에게 부담이 되지 않을 수 없었다.

2개월 동안 세진을 상대로 일곱 차례의 압수수색과 관련자들의 소환조사가 이루어졌다. 검찰 내부에서는 송혁진이 세진과 관련된 수사팀에 들어가는 것에 대한 반발이 만만치 않았으나, 그것은 기우

杞憂에 불과했다.

비자금은 차명으로 관리되기 때문에 계열사에서 재무담당자가 아니면 알 수 없는 사실을 간파한 송혁진은 세진의 인사 기록을 뒤지기 시작했다. 계열사 경리과 직원이면서 구조본 재무팀으로 흘러들어온 관계자들을 찾기 위해 3주 넘게 인사팀에서 가져온 자료를 조사하던 혁진은 뜻밖의 인물을 찾아냈다. 김하선, 現세진그룹의 안주인이자 과거 전략기획실 상무였던 여자.

수차례 조작되고 세탁된 자료들로는 현재 세진의 숨겨진 구조본 재무팀의 운영담당자가 누구인지는 알 수 없었지만, 과거에도 그리고 현재에도 그녀가 평범한 인물이 아닐 것이라는 느낌에 혁진은 하선의 계좌 추적을 은밀히 지시했다.

"상황이 그리 좋지 않습니다."

성민의 보고에 일안은 아무런 대답도 하지 않았다.

"송 장관이 생각보다 강하게 나올 모양입니다. 이쯤에서 조율을 하자는 의사를 비칠 법도 한데, 위에서 너무 강하게 조이고 있다 보니 검찰 측에서도 전혀 협상에 대한 이야기를 꺼내고 있지 못하는 상황입니다."

"A쪽 반응은?"

"불똥이 튈까 봐 전전긍긍하는 것 같습니다."

도진의 대답에 일안의 얼굴에 묘한 미소가 흘렀다.

"지난번 지시한 상속 관련 서류는 어떻게 됐나?"

"모든 준비는 마쳤습니다, 회장님께서 사인하시고 공증절차만 밟으면 완료됩니다."

"가져오게."

"회장님, 지금 같은 때에……."

"가져오게. 외부적으로 흘러나갈 사안이 아니니. 설사 흘러나간
다고 하더라도 크게 달라지는 것은 없을 테고."

박 전무가 자리에서 일어났고, 홍 회장이 담배를 꺼내 물자 도진
이 라이터를 켰다. 연기가 사무실 안을 채우자 그가 입을 열었다.

"연수 데리고 들어오라고 연락 넣게."

도진의 표정이 굳었다. 세진과는 상관없는 자유로운 삶을 살고
있는 아이를 데리고 들어오라는 지시, 더 이상 연수를 그냥 내버려
두지 않겠다는 홍 회장의 결정이었다.

*

도심을 가득 채우고 있는 빌딩숲. 검은색 아스팔트가 머금고 있
는 지열이 피부를 통해 고스란히 느껴질 만큼 맨해튼의 여름은 무더
웠다. 연습을 마치고 귀가하던 연수가 맨션 앞에 정차된 차에서 내
리는 지윤을 발견하고는 우뚝 멈춰 섰다.

"잠깐 시간 좀 내어줬으면 좋겠는데, 꼭 해야 할 이야기도 있고."

불편한 만남을 피하고 싶었지만, 지윤의 표정을 본 연수가 고개
를 끄덕였다.

레스토랑 안은 시원했다.

그들만이 유일한 고객인 듯 플로어는 텅 비어 있었다.

목을 죄어오는 것 같은 이유 모를 공기, 긴장감을 숨기지 못한 연
수의 표정을 물끄러미 바라보던 지윤이 먼저 입을 열었다.

"몇 달 전…… 서울에서 송의진을 만났었다."

그의 입을 통해 흘러나온 의진의 이름을 듣자, 연수의 얼굴은 하얗게 질려버렸다.

"무슨…… 소리예요? 강지윤 씨가 그 사람을 왜 만나요?"

"일 때문에 만났다, 송의진 상무."

이름 뒤에 붙은 직함을 이해할 수 없는 연수가 눈살을 찌푸렸다.

"J&M그룹 해외사업 투자에 세진이 함께 하게 되었거든. 물론 그 프로젝트의 협상책임자가 송의진이었고."

"무슨 소리예요, 그게?"

"송의진, 세진 법무실 상무로 있다. 지금……, 아니 엄밀히 말하면 널 떠나 있는 지난 3년 동안 네 아버지 밑에 있었다는 표현이 정확할까?"

자신에게 아무런 말도 하지 않은 채 떠나버린 의진이 아버지 밑에서 일을 하고 있다는 사실이 무슨 의미인지 연수는 이해할 수 없었다. '이유를 설명해줄 수는 없지만 반드시 돌아오겠다.'는 약속을 하던 눈빛만이 그녀의 머릿속을 가득 채우고 있었다.

서울에 연락을 해야 했다.

그에게 전화를 해야 했다.

무슨 일이 있는 것은 아닌지…….

연수가 일어나 레스토랑 밖으로 뛰쳐나가려고 하자, 차가운 목소리가 그녀를 붙잡았다.

"못 올 거다, 송의진."

놀란 연수가 그를 내려다보았다.

"앉아, 아직 내 얘기 안 끝났어!"

이제까지 보지 못한 지윤의 차가운 눈빛에 연수는 미동도 하지 못했다.

"지금 한국에서 무슨 일이 벌어지고 있는지 모르겠지? 송의진 상무, 세진이 조성한 불법비자금과 정치로비 문제로 검찰조사를 받고 있다."

"장난치지 말아요!"

연수의 목소리는 두려움으로 떨렸다. 그런 연수의 반응을 예상한 듯 지윤은 고요했다.

"송의진이 그 일에 깊게 관여되어 있는지는 지금으로써는 알 수 없지만, 대통령 선거를 코앞에 두고 불법 정치자금 문제로 세진뿐만 아니라 정계가 요동치고 있는 것은 맞아."

마지막 말에 그 앞에 털썩 앉아버린 연수는 고개를 숙인 채 끼고 있는 반지만 하염없이 내려다보았다. 심장이 조여드는 것 같았다.

"그 사람……, 그런 일할 사람 아니에요. 강지윤 씨가 뭔가 잘못 알고 있는 거예요. 그리고 만약에 그 사람이 세진에 들어가 있는 것이 사실이라고 해도 분명히 이유가 있을 거라고요. 그러니까 그 사람에 대해서 함부로 얘기하는 것…… 용서하지 않을 거예요!"

떨고 있으면서도 그에 대한 사랑을 숨기지 않는 연수의 모습에 지윤은 숨겨놓았던 마지막 진실을 토해냈다.

"널 두고, 송의진과 홍 회장님 사이에 모종의 거래가 있었다고 난 확신한다. 송 상무에게 물었지만, 대답은 듣지 못했다. 내가 추측한 답은……, 너와의 교제를 허락받기 위한 것. 물론 그 뒤에 숨겨진 다른 답도 있다고 생각하지만, 그건 아직 밝힐 수는 없고."

들고 있던 버번(bourbon)잔을 여유롭게 돌리는 지윤의 손을 응시하던 연수가 고개를 들었다.

눈가는 젖어 있었고, 볼은 창백했다.

"절…… 찾아와서까지 이 이야기를 들려주는 이유는요?"

침묵 속에 한동안 연수를 응시하던 그가 입을 열었다.

"네 곁에 있기 위해 홍 회장님과 거래가 필요했다면, 나도 그렇게 했을 거야. 하지만…… 그 자리는 이미 송의진이 차지하고 있으니, 난 좀 다른 제안을 해보려고. 송의진이 이번 사건과 관련이 없다는 증거, 그가 무죄라는 사실을 증명해줄 유일한 증거를 내가 가지고 있거든. 그러니까…… 송의진을 구할 수 없을 것 같으면……, 홍연수 그때는 날 찾아와라!"

핏기가 사라진 연수의 입술이 파르르 떨리고 있었다. 참지 못한 연수가 자리에서 일어섰다. 지윤에게 듣지 못한 마지막 말이 무엇인지 알고 있었다. 자신을 뚫어지게 바라보는 그의 시선을 피해 연수는 정신없이 레스토랑을 빠져나왔다.

밖으로 나왔을 때, 숨 막히는 뜨거운 공기가 그녀를 기다리고 있었다. 뿌옇게 흐려진 시야에 더는 한 발짝도 내딛지 못했고, 가빠오는 숨을 고르기 위해 몇 번이고 거친 숨만 몰아쉬었다.

결국 참았던 눈물은 창백한 뺨을 타고 흘러내렸고, 맨션으로 돌아가야겠다는 생각에 발걸음을 옮겼을 때 현기증에 눈앞이 어찔했다. 그 순간 연수를 붙잡은 경호원의 목소리가 들려왔다.

"서울로 가셔야 할 것 같습니다."

밀어닥치는 아뜩함에 연수가 두 눈을 감았다.

연수의 갑작스러운 귀국.

5년 만에 집으로 들어서는 연수는 죽은 지시연의 20대 모습을 고스란히 닮아 있었다. 그 모습을 본 하선은 자신도 모르게 숨을 크게 들이마셨다.

입단 3년 만에 솔리스트로 자리를 잡을 만큼 발레리나로 성공한 연수를 갑작스럽게 한국으로 불러들인 일안. 이유는 알지 못했고, 막연한 불안감이 피어올랐다.

"그동안 안녕하셨어요."

어색한 인사에 하선은 고개를 끄덕였다.

"아침은 먹었니?"

그녀의 얼굴을 물끄러미 바라보던 연수가 고개를 끄덕였다. 서울로 오는 내내 기내식에는 손도 대지 않았지만, 지금 필요한 것은 음식이 아니라 휴식이었다.

"쉬고 싶어요. 저녁때…… 내려오겠습니다."

지친 기색을 숨기지 않고 2층으로 올라가는 연수를 바라보던 하선이 청주댁을 불렀다.

"연수 방에 마실 것 좀 바로 올려 보내고, 전복 손질해서 죽 좀 만들어 둬요."

"네, 사모님."

가뜩이나 비자금 문제로 세진이 벌집을 쑤셔 놓은 것 같은 때 연수를 불러들인 일안의 의도가 하선은 궁금했다. 서재로 들어간 그녀가 전화기를 들었다.

"연수가 갑자기 들어왔는데, 왜 들어왔는지 좀 알아봐요."

수화기를 내려놓은 하선의 시선이 홍 회장의 책상 위에 머물렀다. 평소의 그처럼 빈틈없이 정리된 책상.

그 오랜 시간 일안의 곁에 머물렀지만, 빈틈을 찾을 수 없는 남자였다. 아무런 계산 없이 움직일 사람이 아니었기에 연수의 갑작스런 귀국에도 반드시 이유가 있을 것이라 하선은 확신했다. 열기가 올라오는 뺨을 식히려는 듯 그녀가 손부채질을 했다. 오전 내내 집 안에 냉방장치를 돌리고 있는데도, 시원한 느낌이 들지 않았다. 서울의 한낮은 끓고 있었다.

*

14시간에 걸친 검찰조사를 받고 나오는 의진의 얼굴에는 피곤함이 역력했다. 비자금 문제가 터진 후 두 번째 소환조사. 지루한 공방이 이어졌다. 물증은 있지만, 정확한 흐름을 읽을 수 없으니 조사를 하는 검찰과 조사를 받는 세진의 팽팽한 힘겨루기 속에 아직까지는 확실한 시나리오를 쓰고 있지 못했다. 그에게 따라붙는 기자들을 피해 의진은 대기하고 있던 차량에 올라탔다. 검은 세단이 선릉을 지나 논현동에 위치한 의진의 오피스텔 지하주차장에 도착하자, 그가 차에서 내려섰다.

타고 왔던 차가 주차장을 다시 빠져나가는 것을 확인한 의진은 엘리베이터를 향해 발걸음을 옮겼다. 마지막 기둥을 지나치려는 순간 익숙한 인영에 우뚝 서버리고 말았다.

기둥이 만들어 낸 그림자 뒤에 서 있었지만, 그는 바로 알아보았다. 반바지에 흰색 운동화, 얼굴에 음영을 드리울 정도로 깊게 눌러 쓴 후드, 모자 밖으로 흘러내린 긴 머리. 1년여 만에 다시 보는 연수의 낯선 모습에 의진은 움직이지 못했고, 연수가 먼저 그에게 다가왔다. 후드 티셔츠의 앞주머니에 두 손을 깊이 넣은 채.

"안녕, E.J?"

그림자 때문에 연수의 얼굴을 보지 못하자, 그가 머리에서 후드를 끌어내렸다. 연수는……, 입가에 어색한 미소를 머금고 있었다. 눈에는 슬픔을 가득 담은 채.

그에게 일어나고 있는 모든 일을 알고 있다는 듯.

손을 든 그가 연수의 뺨을 쓰다듬었다.

"홍연수, 혼나야겠네. 내가 돌아갈 때까지 기다리고 있으라고 했는데……."

그의 미소를 본 연수가 와락 의진의 허리를 감싸 안았다. 들숨과 함께 깊숙이 닿는 그의 체취. 가슴이 아릿했다.

"연수야?"

허리를 꼭 끌어안은 채 미동도 하지 않는 연수의 어깨를 의진은 가만히 감싸 안았다. 동그랗고, 작고, 따뜻한 어깨가 손끝에 닿으니 이제야 살 것 같았다.

그가 나직이 속삭였다.

"올라가자."

휑한 거실의 모습에 마음이 아팠다. 어머니가 계신 따뜻한 신교동 집을 놓아두고 이런 곳에서 3년 동안 혼자 생활했을 그의 모습이 떠올라 목이 메었다.

냉장고를 열어 남아 있는 약간의 과일을 꺼내고 새로 내린 따뜻한 커피를 연수 앞에 놓아준 의진이 소파에 나란히 앉았다. 포크를 들어 과일을 건네는 그의 모습을 물끄러미 보고 있던 연수가 항의라도 하듯 커피 잔으로 손을 뻗었다. 지독히도 쓴맛. 혀에 얼얼함이 느껴질 때쯤 과일이 담긴 접시를 물끄러미 보고 있던 연수가 입을 열었다.

"여기서 뭐해요?"

심장처럼 그녀의 입 안도 서걱거렸다.

"E.J, 여기서 왜 이러고 있어요?"

"……."

고개를 돌리자, 말없이 자신을 바라보고 있는 그의 얼굴이 들어왔다. 살이 많이 빠졌고, 얼굴은 까칠했고, 그리고 아파보였다.

자신 때문에.

"내가 뭐라고요?"

울음 섞인 말에 일순간 그의 심장이 주저앉았다.

"E.J, 바보예요! 내가 뭐라고요? 내가 뭔데…… 나 때문에 E.J가 이러고 있는 건데요. 흑……."

격한 감정을 참아내지 못한 연수가 눈물을 쏟아내자, 그가 연수를 끌어당겼고, 세게 안았다.

"홍연수, 너 바보야? 내가 한 말 잊었어? 내 세상은 네가 전부라고 했던 말."

속절없는 고백에 연수는 결국 소리 내어 울었다. 정수리에 닿는 숨결은 뜨거웠고, 울음을 달래주는 손길은 애절했다. 그의 손가락이 눈물이 흘러내린 자리를 지났고, 눈가에 매달려 있던 눈물방울도 닦아냈다.

그를 바라보던 연수의 젖은 눈동자가 다가온 순간, 울음을 토해내던 입술이 겹쳐졌다. 젖은 입술 사이로 새어나온 탄식이 의진의 코끝에 닿았다. 감추고 감추기만 했던 입술은 더 이상 그리움을 숨기지 못했다.

"정말 미안해요, E.J."

끊임없이 "미안하다."고 말하는 연수의 아픔에 뜨거운 숨결만큼 그는 갈급해지기 시작했다.

지우고 싶었다.

지워주고 싶었다.

자신 때문이든, 그 누구 때문이든 연수가 우는 것은 더 이상…….

가녀린 허리를 들어 올린 그가 연수를 끌어당겼다. 짧은 반바지 아래로 드러난 긴 다리가 서늘했고, 손끝에 닿는 발은 얼음처럼 차가웠다. 온기를 채우려는 듯 뜨거운 손이 연수를 쓸었다.

가슴 속 깊이 담겨 있는 홍염을 채 꺼내기도 전, 온몸에 닿는 손길에 심장은 터져버릴 것만 같았다.

숨결을 삼키는 입맞춤.

떨리던 목소리도 사라지고 눈물도 지워졌다.

작은 귓가에 대고 끊임없이 "사랑한다!"고 속삭이는 의진의 목소리를 들으며, 연수는 격랑激浪 속에 흔들리는 마음을 붙잡았다.

지키고 싶었다.

지켜주고 싶었다.

이 사람을 지킬 수만 있다면 그 일이 어떤 일이든 받아들일 수 있었다. 홍연수, 하나 때문에 이 남자가 무너지는 것을 보느니, 아버지가 원하는 대로 모든 것을 하리라……, 그리 마음먹었다.

"연수야?"

멀어져 있는 상념을 붙잡으려는 듯 그가 연수의 몸을 감았다.

뜨겁게 내려다보는 눈빛.

혹여 마음이 들킬까 그의 얼굴을 끌어당겨 시선을 피했다.

예쁜 사람인데, 반듯한 사람인데…….

잠시 서늘함을 느꼈던 가슴이 그의 손안에서 입 안에서 제 모습을 감추고 다시 드러냈다. 초근초근한 흔적이 하나 둘 늘어가자, 연수의 몸은 그의 품 안에서 더욱더 야질거렸다. 상념은……, 파도처럼 산산이 부서졌고. 가녀린 몸이 활처럼 휘는 순간 피했던 시선이 느리게 닿았다. 섞인 몸 안이 너무나……, 너무나 뜨거워서……, 연수는 눈물을 삼켰다.

몇 번이고, 몇 번이고.

"사랑해요……, E.J!"

눈물을 지운 고백에 미소를 머금은 그가 연수를 끌어당겼다. 젖은 머리칼 위로 이마에 닿는 따스한 키스에 연수가 그의 품을 파고들었다. 그의 심장소리가 들렸다. 눈물이 날 만큼 따뜻한 소리.

잠에 빠져든 숨소리를 확인한 그가 연수를 내려다보았다.

긴 속눈썹 아래로 드리워진 음영.

소식을 듣고 이곳에 오기까지 몸도 마음도 쉬지 못했으리라.

세진에 있는 동안 의진은 누구보다 열심히 일했다.

홍 회장과의 약속대로 그는 버티었고, 연수에게 돌아갈 수 있기를 간절히 바랐다. 간과하지 않은 건 불확실한 미래를 준비해둘 필요가 있다는 것.

우연히 알게 된 구조본의 불법 정치자금 관리내역에 관한 자료를 의진은 비밀리에 기록해두었다. 만에 하나, 생부라는 이유로 자신의 딸을 흔드는 홍 회장과 싸워야 하는 날이 온다면 그때 필요할 것이라고 생각했다. 그런데 그 장부가 감쪽같이 사라졌다.

전부는 아니지만, 그가 기록해온 자금의 흐름 및 출처는 정계를 흔들기에 충분했다. 장부가 사라진 후 열흘 만에 폭풍이 몰아닥쳤다. 의진은 비자금 조성에 참여한 일원으로 세워졌다. 검찰의 압수수색과 소환조사가 반복되는 속에 홍 회장이 장부의 출처에 대해 알게 되었다고 의진은 확신했지만, 그는 그 어떤 책임도 해명도 의진에게 묻지 않았다.

이미 모든 준비를 마쳤다는 듯 의진을 제외한 법무실 관계자들이 신속하게 움직였고, 그 모습을 본 순간 의진은 홍 회장이 장부의 존재를 알고 있었다고 확신했다. 그리고 그 장부를 검찰에 보낸 이가 그가 아닐까 하는 의심이 들었다. 그것이 사실이라면 이렇게 무리수를 두면서까지 홍 회장이 노리는 것이 무엇일까.

혼자라면 어떤 일을 겪어도 상관없었지만, 연수가 들어와 있는 지금, 그의 행동은 자유로울 수는 없었다. 지킬 수 있는 방법을 찾아야 했다. 놓치고 있는 해결의 열쇠는 없을까. 어렴풋이 떠오르는 기억에 그의 미간에 주름이 생겼다.

저도 모르게 힘이 들어간 팔이 연수의 허리를 조이자, 잠결에 놀란 연수가 흠칫 몸을 떨었다. 손을 들어 등을 다독이던 의진의 손길에, 연수가 다시 고른 숨을 내쉬었다. 커다란 유리창 너머로 어둠을 파고드는 여명을 확인한 그도 조용히 눈을 감았다.

늦은 점심을 먹기 위해 의진과 함께 오피스텔을 나서던 연수 앞에 도진이 나타났다.

"김 실장님?"

연수의 놀란 표정에 그가 가볍게 인사를 건넸다.

"회장님이 찾으십니다."

맞잡은 손을 꼭 쥔 힘에 연수가 의진을 올려다보았다. 싸늘한 눈빛이 도진을 응시하고 있었다.

"송 상무님, 그 손 놓아주시죠."

"동행하겠습니다."

그 대답에 도진은 말없이 고개를 저었다. 불가(不可)의 의미였다.

팔을 잡는 연수의 손길에 의진이 시선을 돌렸다.

"다녀올게요. 아버지와…… 제가 해결해야 할 문제예요."

마음이 놓이지 않았다. 연수의 간절한 눈빛이 그를 흔들렸다. 도진이 앞에 있는 것도 아랑곳하지 않고, 그가 연수를 가슴에 끌어안았다. 등을 다독이는 손짓에 연수가 그를 꼭 껴안았다.

"연수야, 네 곁에는 항상 내가 있다는 것을 잊지 마라."

"알아요."

그의 품 안에서 고개를 끄덕인 후 연수가 리무진에 올라탔다.

어제 오후, 저녁 산책을 다녀오겠다고 집을 나온 연수가 수행원을 따돌리고 의진을 찾아왔다. 만 하루 동안 행방불명 상태였으니, 홍 회장이 어떤 반응을 보일지 예측할 수 없었다. 지하주차장에서 엘리베이터에 오른 연수가 계기판을 올려다보았다. 고속 엘리베이터 숫자만큼 그녀의 심장도 가파르게 뛰고 있었다. 비서실 안으로 들어가자 토요일임에도 나와 있던 직원이 자리에서 일어섰다.

연수가 집무실 안으로 발을 들였다. 은은한 난향과 함께 담배냄새가 공기 중에 섞여 있었다. 아버지가 아직 담배를 피우고 계시다는 것을 상기했고, 그 순간 등 뒤로 문이 닫혔다.

연수는 후드를 머리에서 끌어내렸다. 책상 위에 놓인 서류들을 들여다보고 있는 아버지의 정수리에 드문드문 자라난 흰머리.

가슴이 뭉클했다.

"다녀왔습니다."

정적을 깨는 딸아이의 인사에 일안은 고개를 들었다.

5년 만의 재회.

죽은 시연을 고스란히 닮은 딸아이의 모습에서 일안은 눈을 뗄 수 없었다. 조용히 연수를 바라보던 그가 자리에서 일어나 소파로 자리를 옮겼다.

"앉거라. 차 좀 들여보내게."

"네, 회장님."

짧은 지시에 상냥한 목소리가 키폰을 타고 흘러나왔다.

"죄송합니다."

조금 긴 어색한 침묵을 깨기 위해 연수가 먼저 입을 열었고, 여비서가 국화차를 가지고 들어왔다. 순백의 다기가 테이블 위에 놓여지고, 공기 중에 짙은 국화향이 더해졌다.

다시 찾은 고요함과 함께.

백자 찻잔을 내려놓으며 홍 회장이 연수를 응시했다.

"네가 가진 모든 재산을 털어서 살 수 있는 만큼 세진 주식을 매입하거라."

"네?"

연수는 무슨 의미인지 이해하지 못했다.

"비자금 문제로 종가終價가 연일 바닥을 치고 있으니, 생각보다 많은 양의 주식을 사들일 수 있을 게다."

"저는…… 그게 무슨 말씀인지…….."

아무것도 알지 못한다는 딸의 반응에 일안의 눈매가 가늘어졌다.

"네 엄마가 네 몫으로 남겨놓은 유산을 쓰자는 얘기다."

처음 듣는 유산 이야기에 연수는 고개만 흔들었다.

故김만익 변호사가 시연의 부탁으로 연수 앞으로 만들어 놓은 신탁을 관리하고 있었다는 것을 홍 회장은 알고 있었다.

문제는 그 이후의 행방.

만익의 갑작스러운 죽음으로 수탁인受託人이 바뀌었는데, 일안은 그가 누구인지 알 수가 없었다. 주식배당금과 그 외 자산들은 딸아이 앞으로 고스란히 남아 있었고, 손을 대지 않은 덕분에 지난 시간만큼 그 액수는 엄청나게 불어나 있었다. 그런데 연수가 그 유산의 존재 자체를 모르고 있다는 사실에 홍 회장은 고개를 기울였다.

"송 상무와는 어디까지 갈 생각인 게냐?"

직설적인 질문에 연수의 몸이 경직되었다.

"3년 전에…… 그 사람에게 청혼을 받았었습니다. 반대하지 않으신다면 결혼하고 싶습니다."

떨리는 목소리임에도 불구하고 조금도 흔들리지 않는 딸아이의 눈빛을 본 홍 회장이 숨을 깊게 들이마셨다.

"다시 생각해보거라."

"아버지?"

"네 명의로 된 재산이 얼마인지도 모르는 녀석이 아무것도 가진 것 없는 변호사 나부랭이와 결혼을 한다? 더군다나 매일 뉴스에 이름이 오르내리는 녀석과. 그게 무슨 의미인지 알고는 있는 게냐?"

홍 회장의 의지는 강경했다.

"3년 전에 그 사람……, 아버지가 이곳으로 끌고 오셨잖아요. 이번 일도……, 그 사람과는 상관없는 일이잖아요. 그건 아버지께서 더 잘 알고 계시잖아요. 아닌가요? 엄마가 제 앞으로 남겨놓은 유산이 있다면, 필요하시다면 다 드리겠습니다. 발레……, 그만두라고 하시면 그만두겠습니다. 아무것도 필요 없습니다. 그러니까……, 그러니까…… 그 사람만큼은 허락해주세요."

거침없는 대답에 홍 회장의 표정이 굳어졌다.

처음 보는 딸아이의 모습에 불편한 심기를 숨기지 못했다. 눈물은 참아내고 있었지만 지금의 연수는, 시연이 그에게 이혼을 요구했을 때 보였던 흥분을 떠올리게 만들었다.

"연수야."

키폰이 울렸다.

"회장님, 박 전무님 도착하셨습니다."

"10분만 기다리라고 하게."

"네, 회장님."

일안은 지난 3년간 곁에서 송의진이라는 녀석을 지켜보았다.

사업을 하려면 제 것을 지키기 위해 상대를 죽이지는 못해도 목덜미쯤은 물줄 아는 녀석이 필요했다. 하지만 녀석의 성정은 너무나 여렸다. 사업가로서의 기질을 가지고 있는 녀석이 아니었다. 차라리 딸아이 주변을 계속 맴도는 강지윤 같은 녀석이라면, 연수의 부탁을 들어주었을 것이다.

그래서 불가한 일.

일안은 오늘 연수와 처리해야 할 일이 있었다. 그래서 일단 달래기로 마음먹었다.

"다시 한 번 생각해보마. 세수하고 오너라!"

그 말에 연수가 고개를 들었다. 눈가에 가득 고여 있던 눈물이 뺨 위로 흘러내리자, 일안은 시선을 돌렸다.

연수가 일어나 집무실에 딸려 있는 화장실로 들어갔다. 세수를 하고 나왔을 때 연수를 본 박성민 변호사가 자리에서 일어났다. 반 갑지만 짧은 인사가 이어졌고, 홍 회장이 보는 앞에서 연수는 몇 가 지 서류에 사인했다. 거부하지 못한 채.

"집으로 돌아가 있거라."

그의 지시에 연수가 말없이 도진을 따라 집무실을 나갔고, 홍 회 장의 침묵에 박 전무는 조용히 기다렸다.

"송혁진 쪽은 어떤가?"

성민이 준비해온 다른 서류를 내밀었다.

"이번 사건과 관계없는 차명 계좌를 훑고 있는 것 같습니다. 어떻 게 할까요?"

"그건 신경 쓰지 말게."

"회장님?"

"그것보다 주식증여 절차는?"

"서류 준비는 끝났습니다."

"검찰조사 진행상황은?"

"저희 쪽에서 협상 카드도 제시하기 힘들 만큼 몰아붙이고 있습니 다. 이번에는 단단히 마음먹은 모양입니다. 아무래도 수장이……."

"흘리게."

"네?"

"송의진이 송 장관의 친아들이라는 사실을 언론에 흘리게."

"회장님, 그건…….."

"어차피 쓰려고 만들어 놓은 카드니까, 써야지."

홍 회장의 지시에 성민은 입을 다물었다.

송의진, 아까운 녀석이었다.

검찰 내부에서야 제 식구 보호하느라 알면서도 모른 척하고 있을 터. 하지만 외부에 이번 일에 이름이 오르내리는 송의진이 현직 법무장관 아들이라는 사실이 알려지면, 사실 여부에 관계없이 송 장관은 옷을 벗게 될 것이다. 시간이 걸리겠지만, 법무부 수장이 바뀔 수 있다는 것은 힘겨루기가 계속되던 이 싸움에서 승자가 정해진다는 것을 의미했다. 그들의 의도대로.

성민은 조금 전 자리를 떠난 연수의 얼굴을 떠올렸다.

이 모든 일이 끝난 후 그 아이가 돌아갈 자리가 남아 있을지…….

마음이 무거웠다.

홍일안의 딸이면서 송의진과 너무나 닮아 있는 연수의 눈빛이 떠올라, 성민은 저도 모르게 인상을 찡그렸다. 마음이 약해진 것을 보니 그도 곧 이 자리를 떠날 때가 된 것 같다는 생각이 들었다. 집무실을 나서는 성민을 향해 홍 회장이 입을 열었다.

"월요일에 송의진 출근하거든, 내게 보내게."

"네, 회장님."

대선 전까지 시간이 그리 많지 않았다. 그에게는 아직 해결해야 할 일이 많았고, 연수는 아직 너무나 어렸다. 책상을 두드리던 일안의 손가락이 멎었다.

마음을 정한 듯 일안은 수화기를 들었다. 뜻밖의 전화에 상대방의 목소리가 무거워짐을 느꼈다. 일안의 얼굴에 나타난 비소誹笑.

상대방은 모르리라. 그러면 홍 회장이 궁금해 하는 답을 줄 수 있을 것 같았다. 계획을 변경해야 한다면 하겠지만, 종착점은 동일해야 했다.

집으로 돌아온 연수는 간단히 저녁을 먹은 후 정원으로 나갔다. 해가 졌다고, 하루 종일 그늘에만 숨어 있던 루스가 제 집에서 나와 잔디 위를 어슬렁거리는 모습이 연수의 눈에 들어왔다. 판석을 따라 정원 한편에 있는 온실까지 간 연수가 철제 벤치에 자리를 잡고 앉아, 휴대폰 너머로 들리는 발신음에 귀를 기울였다.

"E.J, 뭐하고 있었어요?"

"전화 통화."

기분 좋은 목소리였다. 그의 낮은 웃음소리가 들린 것도 같고.

"널 기다리고 있었어. 괜찮아?"

"미안해요. 바로 연락하지 못해서."

"저녁 잘 챙겨 먹은 거지?"

울컥한 마음에 대답하지 못했다. 바보 같은 사람.

"연수야?"

"잘 챙겨 먹었어요. E.J, 저 은근히 입맛 까다로운 거 알죠? 그런데 저희 집에서 일하시는 아주머니가 너무 음식을 잘하시거든요. 솔직히 마음 같아서는 맨해튼으로 돌아갈 때 아주머니 모시고 함께 가고 싶다니까요."

연수가 일부러 쾌활하게 수다를 털어놓는 것을 아는지, 전화기 너머로 잠시 침묵이 흘렀다.

"E.J?"

"응?"

"저기요……, 엄마가 제 앞으로 유산을 남겼었데요."

지난번 연수가 들어왔을 때 그가 해결해주지 못한 일. 지시연이 남겨 놓은 신탁에 대해 연수는 아직 알지 못했다.

"아버지가 그 돈으로 세진 주식을 사들이라고 하셨는데……."

"뭐?"

놀란 그의 목소리에 연수가 말을 잊지 못했다.

"E.J?"

"미안……, 그래서?"

"전 모르는 사실이라……."

"다른 일은 없었고?"

"박 변호사님이 가져오신 서류에 사인을 했어요, 그것도 아주 여러 곳에……."

"연수야, 내일 오피스텔에 잠시 들를 수 있니?"

"네, 특별한 일만 없으면……."

그 의미가 '집에 갇히지만 않으면…….' 이라는 의미라는 것을 의진은 알고 있었다.

"내일 보자."

"Good night, E.J!"

의진과 통화를 마친 연수가 벤치 위에 휴대폰을 내려놓고 다리를 끌어올렸다. 무릎을 감싸 안은 채 생각에 빠져 있던 연수의 시야에 루스가 가지고 놀고 있는 낡은 야구공이 들어왔다. 스프링클러(sprinkler)가 회전하기 시작했고, 잔디 위에 흩뿌려지는 시원한 물줄기에 신이 난 루스가 흥분해서 정원을 가로질러 뛰어다니기 시작했다.

공에서 시선을 떼지 못한 연수가 끌리듯 정원 중앙으로 걸어갔다. 쏟아지는 물줄기를 피할 생각도 하지 않은 채. 루스의 이빨자국이 선명한 낡은 공을 집어든 연수가 흐릿해져 식별조차 힘든 글자를 읽어내기 위해 눈을 가늘게 떴다. 블루 펜으로 휘갈겨 쓴 글자.

MBL 스타, 뉴욕 메츠(New York Mets)의 톰 시버의 사인볼이었다.

오피스텔로 향하는 길, 베이커리에 들러 갓 구운 빵을 산 연수가 차에 오르려다 고개를 돌렸다. 누군가 따라붙는 느낌에 도진에게 전화를 걸었다.

"김 실장님, 저한테 사람 붙이셨어요?"

"네? 아닙니다."

"저, 그 사람한테 가는 길이에요. 누군가 제게 사람을 붙인 것 같은데 한 번 알아봐 주세요."

통화를 마친 연수가 차를 강남역 지하도 앞에 세우게 했다.

"여기서부터는 혼자 갈게요."

"하지만……."

"기다리셨다가 김 실장님한테 연락이 오면 그때 움직이세요."

세단에서 내린 연수가 지하도 안으로 들어가자마자, 옷가게를 찾았다. 일요일 아침, 일찍 문을 연 곳이 없어 무작정 여자화장실로 들어갔고, 그제야 급한 마음에 그를 위해 산 빵도 차에 두고 내렸다는 것을 깨달았다. 화장실 안을 서성이던 연수의 시야에 한 여자가 눈에 들어왔다.

"저기요……."

연수의 간절한 눈빛에 여자가 놀라 눈을 동그랗게 떴다.

"죄송하지만, 옷 좀 바꿔 입으면 안 될까요?"

"네?"

"아, 저…… 그러니까 제가 지금 안 좋은 사람들한테 쫓기고 있는데요, 저와 옷 좀 바꿔 입어주시면…… 안 될까요? 옷값은 제가 드릴게요."

연수가 입은 옷을 훑어보던 여자의 얼굴에 미소가 보였다. 연수의 옷은 이번 여름에 새로 나온 C사의 한정판 원피스였다.

"좋아요!"

긍정적인 대답에 연수의 얼굴에 환한 미소가 피어올랐다.

이른 아침, 방문객을 예상한 의진이 확인도 하지 않은 채 현관문을 열었다. 미소를 머금은 채.

"Good Morning , E.J!"

"어서……."

연수의 차림새를 본 의진은 놀라 아무런 말도 하지 못했다. 찢어진 검은색 망사스타킹, 팔목까지 치렁치렁한 레이스로 장식된 검은색 원피스를 입고, 검은색 아이라인에 긴 머리까지 풀어헤친 연수의 모습은 고스족 그 자체였다.

"홍연수, 너?"

버벅대는 그의 모습을 본 연수가 장난스럽게 웃었다. 검은색 립스틱을 바른 입술 사이로 새하얀 치아를 드러내며.

"E.J, 나 어때요?"

"무슨 일이야?"

연수를 안으로 들인 그가 심각한 표정으로 물었다.

"그냥요, E.J 놀라게 해주려고요."

자신에게 미행이 붙었다는 사실을 들으면 그가 걱정할 것 같아 거짓말을 했지만, 의진은 연수의 초근한 눈을 놓치지 않았다. 어설픈 거짓말에 그가 말없이 연수를 끌어안았다.

"아침은 먹었고?"

"아니요."

그의 가슴에 안긴 채 대답했다. 막 샤워를 마친 듯 의진의 몸에서는 그가 즐겨 쓰는 비누 때문인지 은은한 올리브 향이 났다.

"E.J, 나 세수하고 와도 돼요? 화장을 너무 두껍게 했더니 얼굴이 너무 가려워요."

이런 상황에서도 자신 앞에서 유머를 잃지 않는 연수의 에너지에 의진은 고개를 숙여 입술을 찾았다. 곱살한 얼굴을 다르게 만들어 놓은 짙은 화장에 웃음이 새어나오면서도, 작은 혀를 머금은 입술은 뜨거웠다. 키스를 마치고 서로의 입술에 번져 있는 검은색 립스틱 자국을 본 둘은 동시에 웃음을 터트렸다.

세수를 하고 나온 뽀얀 얼굴을 보며 그가 막 내린 뜨거운 커피를 연수에게 내밀었다.

"오는 길에 E.J가 좋아하는 정말 맛있는 베이글을 샀는데, 깜빡하고 차에 두고 내렸어요."

아쉬운 표정을 감추지 못하는 연수의 표정을 본 그가 냉장고로 다가가 무언가를 꺼내 연수 앞에 내려놓았다.

"뭐예요?"

"아침."

의미심장한 미소에 연수는 더 이상 묻지 않고 주황색의 플라스틱 그릇의 뚜껑을 열었다. 색색들이 야채와 과일이 들어간 샌드위치.

연수가 놀라 시선을 들었다.

"먹어봐."

"설마, 이거 E.J가 만들었어요?"

그가 고개를 끄덕였고, 연수는 작게 잘린 샌드위치 조각을 집어입에 넣었다.

"어때?"

"맛있어요! 내가 전에 E.J에게 만들어 준 것보다 더."

자존심이 상한 듯 어쩔 줄 몰라 하는 아이 같은 모습에 의진은 결국 웃어버렸고, 일요일 아침 그들은 즐겁게 식사를 마쳤다.

"연수야, 어제 박 전무님이 사인하라고 네게 준 서류 기억하니?"

연수가 고개를 끄덕였다.

"CB(Convertible Bond, 전환사채) 관련 서류였어요."

연수의 대답에 의진의 표정이 굳었다.

"액수는?"

"미안해요. 어제는 너무 경황이 없어서 정확한 액수는 기억나지 않는데……."

연수는 아버지가 그와의 결혼을 반대한다는 사실을 제외하고는, 가능한 기억나는 대로 박 전무가 준비해온 서류에 대해 의진에게 말해주었다.

"E.J, 설마 어제 사인한 서류 때문에 E.J가 곤란해지거나 하는 건 아니죠?"

걱정스러운 눈빛에 의진이 연수의 뺨을 쓰다듬었다.

"걱정하지 않아도 돼. 그렇게 될 것 같지는 않다."

"그게 무슨 말이에요?"

잠시 침묵이 흘렀고, 팔목을 끌어당긴 그가 두 손으로 연수의 손을 꼭 잡았다.

"연수야, 이제부터 내가 하려는 이야기, 오해하지 말고 들었으면 좋겠다. 언젠가는 네게 해주어야 한다는 것은 알고 있었는데, 어쩌다 보니 너무 늦어버린 것 같다. 그래도 지금 시점에서 꼭 필요한 일이고, 네가 알아야……."

뒷말을 잇지 못했다. 이야기의 끝에는 연수가 결코 버릴 수 없는 사람이 있었으니까.

의진은 연수에게 그가 故김만익 변호사를 만나러 가게 된 일과 만익이 연수 외조부의 친구였다는 것, 그리고 그의 부친과 홍 회장의 스승이었다는 사실부터 하나하나 이야기를 해 나갔다.

열여섯 살 연수가 그 해 초입을 의진과 함께 보냈던 그 낡은 변호사 사무실에 지시연이 찾아와 신탁을 부탁했던 내용, 그리고 그가 어떻게 연수의 재산을 관리하게 되었는지까지.

그의 이야기를 듣는 연수는 조용했고 떨지도 않았다.

물끄러미 의진을 바라보고 있던 연수가 시선을 떨구었다. 자신의 작은 손을 꼭 쥐고 있는 그의 손이 오롯이 들어왔다. 언제나 따뜻했고 그래서 더 그리워했던.

"E.J, 혹시 그래서 미국으로 떠난 이후 제게 연락하지 않았어요?"

질문에 그는 대답하지 않았다.

손을 조금 더 꼭 잡아주었을 뿐.

어렸지만 이 사람을 너무나 그리워했고, 보고 싶은데 만나지 못해서 아파했던 날들이 떠올랐다. 그리고 지금도……, 이 사람을 잃을지 모른다는 두려움의 끝에 아버지가 있다는 사실에 연수는 숨이 턱턱 막혔다. 가슴에 들어찬 응어리가 심장을 짓누르는 것 같아 거친 숨을 몰아쉬었다.

"하, 하, 하……."

"연수야!"

연수가 숨을 제대로 쉬지 못하고 헐떡이자, 놀란 그가 그녀를 거실 바닥에 눕혔다. 창백해져가는 얼굴, 붉게 변해가는 목 위에 선명하게 드러난 핏줄을 본 그가 신음을 토해냈다.

"연수야, 제발……."

불규칙한 호흡을 정리하기 위해 의진은 필사적으로 연수의 입술을 붙잡았다. 땀을 흘리는 연수의 이마에 놓여 있던 손으로 목을 받치고 연수를 일으켜 앉히려고 하자, 몸을 부르르 떠는 연수의 모습에 휴대폰을 찾아 버튼을 눌렀다. 전화기를 내려놓은 채 거실바닥에 누워있는 연수를 그가 다시 품에 끌어안았다.

"괜찮아, 연수야! 항상 내가 곁에 있을 거니까. 제발, 제발!"

의진의 차가운 입술이 뜨거운 연수의 이마에 닿았다.

"괜찮다."고 "무슨 일이 있어도 곁에 있겠다."고 계속 되뇌는 그 목소리에 연수는 미약하게나마 그의 팔을 붙잡았다. 뿌연 시야 때문에 의진의 눈동자는 볼 수 없었지만, 연수는 그도 울고 있다는 것을 알았다. 바닥에 떨어지면 파슬파슬 부서져버릴 것 같은 팔을 들어 연수는 그의 목을 붙잡았다.

엄마가 왜 자살을 했는지 처음으로 알 수 있을 것 같았다. 이 사람이 없으면 죽을 것 같은 마음. 자신이 의진을 사랑하는 이 마음만 큰 엄마도 아버지를 사랑했으리라. 그 사실을 아버지는 알고 있었을까? 입술 위에 닿는 그의 숨결과 뺨 위로 떨어지는 뜨거운 눈물에 연수는……, 모든 생각을 지웠다.

까무룩 잃어가는 의식 속에 이름을 부르는 그의 목소리만이 선명하게 들려왔다.

12.

이른 아침 연수가 집을 나서는 것을 보았는데, 집 안에 흐르는 알 수 없는 긴장감에 하선은 숨이 막혀버릴 것 같았다.

"연수는요?"

갓 구운 토스터에 버터를 바르던 예지가 무심하게 연수에 대해 이야기를 꺼내자 하선이 딸아이의 얼굴을 응시했고, 미간을 찡그렸다. 못 볼 것을 본 것처럼.

"네가 웬일이니? 연수에 대해서 다 묻고."

날선 대답에 버터나이프를 든 예지의 손이 멈췄다.

"그래도 명색이…… 동생이잖아요."

아무렇지도 않게 대답한 후 들고 있던 빵을 접시 위에 내려놓고, 커피 잔을 집어든 예지를 하선은 말없이 보고 있었다.

예쁜 외모는 그녀에게 물려받았고, 뛰어난 머리야 의대를 다니는 6년 동안 장학금 한 번을 놓치지 않으니 그것보다 확실한 증명은 없었다. 거기에 세진그룹 장녀라는 타이틀까지. 남들은 하나도 가지지 못해서 안달인 것을 다 손에 넣은 딸아이가, 최근에 보란 듯이 벌이는 행태에 하선은 미치기 일보 직전이었다.

싫다는 아이를 반강제로 맞선 자리에 내보내기는 했지만, 번번이 "악!" 소리가 날 만큼 상대방에게 모욕을 주고, 무례하게 거절을 놓는 탓에 이제는 세진그룹 홍일안 회장의 첫째 딸 홍예지 이름만 들어도 맞선 제의는 사그라지는 불처럼 꺼져버렸다. 이런 예지 하나만 가지고도 감당이 안 되는데, 연수까지 한국에 들어와 있으니 하선은 입 안이 바짝바짝 말라 갔다.

"맞선 보기 싫으면, 지윤이라도 다시 붙잡던지!"

커피 잔을 들고 있는 예지의 손이 부들부들 떨렸다.

"지윤이, 장 회장 손자라며. 죽고 못 살 정도로 쫓아다니던 녀석이 '싫다.'고 한 마디 했다고 그냥 포기를 해? 내가 그런 꼴 보려고 널 위해서⋯⋯."

날카로운 파열음에 불평을 쏟아내던 하선이 놀라 몸을 움츠렸고, 떨어진 시선이 테이블 위에 닿았다. 짙은 커피 얼룩이 스며들고 있는 흰색 테이블보 위에, 손잡이가 부러진 찻잔이 나뒹굴고 있었다. 손잡이는 딸아이의 손안에 그대로 남은 채.

"예지야!"

베어진 검지 아래로 뚝뚝 떨어지는 핏방울을 본 하선이 놀라 다가가자, 피가 흐르는 손가락을 주먹 안에 말아 쥔 예지가 차가운 표정으로 자리에서 일어났다.

"피! 손, 이 손을 어떻게 해!"

손목을 붙들고 발을 동동거리는 엄마의 모습을 물끄러미 보던 예지가 입을 열었다.

"나 죽는 것 보고 싶으면, 한 번만 더 그 이름 꺼내 봐요!"

붙잡고 있던 손은 모질게 내쳐졌고, 뒤돌아선 예지는 평소처럼 조용히 2층으로 올라가버렸다. 딸아이의 그런 모습에 하선은 몸서리를 쳤다. 젊을 때의 자신을 고스란히 닮은 불같은 성격은 엄마인 하선도 이제는 감당하기 힘들었다.

전화벨 소리에 하선이 고개를 돌렸다. 주방에서 달려 나온 미리가 수화기를 들었다.

"네, 삼성동입니다……. 네?"

놀란 목소리에 하선이 인상을 썼다.

"왜?"

"사모님, 연수 아가씨가……."

아침에 멀쩡하게 걸어 나간 아이가 병원에 있다는 대답에 하선은 거칠게 전화기를 빼앗아 들었다. 연수의 상태를 설명하는 주치의의 목소리에 하선은 과거의 기억을 떠올렸다. 무의식 속에 그녀의 손이 떨리고 있었다.

잠들어 있는 연수의 얼굴을 바라보며 가녀린 손을 쓰다듬는 의진의 손길은 조심스러웠다. 다행히 제때 도착해준 구급차 덕분에 연수는 무사히 병원으로 옮겨졌고, 치료를 받았다.

그가 덮어쓴 불법비자금 문제를 해결하는데 필요하다면 몇 달 아니, 1년 정도는 더 연수와 떨어져 있으려던 각오가 오늘 연수의 상태를 보는 순간 완전히 무너져버렸다. 홍 회장이 무엇을 준비하고 있는지는 어렴풋이 알 것 같았지만, 그 끝에는 무엇이 있는지 아직 감이 잡히지 않았다.

자리에서 일어선 그가 휴대폰을 집어 들고 창가로 다가갔다.

"부탁드린 것 준비해주십시오. 네……. 그리고 6월부터 가장 최근까지 확보된 주주명부도 같이 보내주십시오. 더 내밀한 자료면 더 좋고요……. 네, 그럼 부탁드리겠습니다."

낮은 목소리로 통화를 마친 그가 연수 곁으로 돌아왔다.

마지막까지 쓰고 싶지 않았지만, 연수를 지키기 위해서라도 의진은 자신이 가지고 있는 카드를 사용해야 할 때라는 것을 깨달았다. 결정을 한 이상 망설임은 필요 없었다. 침대 위로 올라간 그가 연수를 끌어안았다.

"미안하다, 연수야!"

앞으로 닥칠 일들을 떠올리며, 그가 잠든 연수의 귓가에 나지막이 속삭였다. 뜨거운 연수의 이마를 쓸어내리던 손길이 지나간 자리에 그의 입술이 닿자, 연수가 품 안으로 파고들었다. 가려진 창문 사이로 들어오는 흐린 토경토景 속에 그도 눈을 감았다.

아주 오랜 시간 동안 잊고 있었던 냄새.

청결한 느낌은 들지만 이 냄새를 기억할 때마다 떠오르는 잔영殘影에 연수가 인상을 썼다.

온통 흰색뿐인 길고 긴 복도를 지날 때면, 맨발을 통해 뼛속까지 전해지는 시멘트 바닥의 차가운 기운에 연수는 몸을 부르르 떨고는 했다. 얼굴이 떠오르지 않는 흰 가운을 입고 있던 의사선생님의 낮은 음성, 무릎까지 닿는 환자복을 입고 맨발로 복도를 헤매고 있으면 어김없이 자신을 찾아 병실로 데리고 가던 간호사 언니들의 따뜻한 손, 그리고 그 손에 이끌려 복도 끝에 서 있던 인영의 얼굴을 확인하기 위해 몇 번이고 고개를 돌릴 때면 연수는 항상 아팠다.

'아빠?'

자신을 바라보는 아빠의 눈빛은 언제나 고통으로 가득했고, 연수는 그 이유를 알지 못했다. 그리고 어디로 끌려가는지도. 아파서 울면 언제나 익숙하지 않은 손길이 어린 연수를 달래주었고, 멈추지 않는 비명을 지를 때는 살을 뚫고 들어오는 날카로운 주삿바늘의 통증과 함께 다시 잠에 빠져들고는 했다.

얼마나 오랜 시간 동안 그곳에 있었는지 기억은 나지 않았다.

다만, 아빠의 손을 잡고 병원을 떠나던 날에 비탈진 산등성이를 가득 채우고 있던 형형색색의 단풍잎을 보면서 연수는 세상에는 흰색이 아닌 다른 색도 가득하다는 것을 처음 깨달았다.

밝은 갈색의 가죽시트가 깔린 푹신한 리무진 뒷좌석에서 여윈 연수의 손을 가만히 잡고 있던 아빠의 커다란 손, 연수는 그 손이 너무나 따뜻했다는 것만큼은 기억하고 있었다.

"연수야?"

이름을 부르는 따뜻한 음성과 이마 위로 흘러내린 머리카락을 쓰다듬는 손길에 연수는 천천히 눈을 떴다. 롤스크린이 내려진 병실의 낮은 조도 안에서 자신을 내려다보고 있는 그늘진 얼굴이 눈에 들어왔다. 걱정스러운 눈동자.

그가 무엇을 묻고 싶어 하는지 아는 연수는 몸을 뒤척이며 그를 향해 완전히 돌아누웠다. 고개를 숙이고 품 안으로 파고들자, 포근하고 익숙한 그의 체취가 연수의 폐부를 가득 채웠다.

"연수야, 회사에 나가 있는 동안 이곳엔 어머니가 와 계실 거야."

기대하지 못한 뜻밖의 상황.

연수는 고개를 들어 의진의 얼굴을 보았다. 눈빛은 걱정하지 말라고 이야기하고 있었지만 그가 자신 때문에 어떤 상황에 있는지 알기에 진의 얼굴을 다시 볼 자신이 없었다. 그가 연수의 머리카락을 쓸어내리며 답을 주었다.

"어머니가 네가 너무 보고 싶어서 도저히 못 참으시겠데."

집에서 도망쳐 나와 의진을 찾아가던 날, 그의 거처를 알지 못해 무작정 신교동으로 전화를 걸었었다. 언제나처럼 밝고 명랑한 진의 목소리를 들었을 때 연수는 울고 싶어졌다. 그 마음을 아는지 이유도 묻지 않은 채 그의 오피스텔 주소를 가르쳐주며, "보고 싶다!"는 말을 건네주던 어머니.

"E.J, 나 혼자 있어도 괜찮아요. 이제 아프지도…… 않고."

"그래도……, 내가 마음이 안 놓여서. 회사에 나가 있는 동안 네가 뭘 하고 있는지, 밥은 먹었는지 자꾸 생각나서 일도 못할 것 같은데……. 어머니가 와 계셔야 내가 산다, 연수야."

'이렇게까지 말하는데, 어떻게……, 거절을 해요.'

그의 품 안에서 연수는……, 말없이 고개를 끄덕였다.

의진이 출근한 지 두 시간 정도 지나, 병실 문을 열고 들어오는 진의 모습에 연수는 자리에서 일어나 다가갔다. 심장이 터질 듯이 너무나 기뻤지만, 연수가 망설이는 사이 진이 짐을 내려놓고 그녀를 먼저 꼭 끌어안아 주었다. 따뜻한 체온이 건조하기만 했던 환자복을 통해 연수에게 고스란히 전했다.

"그동안 잘 있었니, 우리 딸?"

어설프고 기약 없는 약속이었는데…….

"죄송해요."

짧은 한 마디로는 전할 수 없는 죄송하고 아픈 마음.

연수의 얼굴을 확인한 진이 고개를 저었다.

"그런 말 함부로 하는 거 아니야, 배고프지? 밥 먹자!"

진은 미소를 지으며, 연수를 소파 위에 끌어다 앉힌 후 가지고 온 찬합을 테이블 위에 펼쳐 놓았다. 먹기 좋게 만들어진 미니 주먹밥과 각종 나물과 과일 등이 그녀의 미소만큼 예쁘고 정성스럽게 담겨져 있었다. 보온병에 담아온 말간 고깃국도 컵에 따라주었다.

"뜨거우니까, 조심해서 먹어야 된다."

어린아이를 다루듯 주의를 주는 진의 행동에 연수의 눈가가 젖어들었다. 젓가락을 집어 들던 진이 장난스럽게 물어왔다.

"홍연수, 뚝! 엄마하고 한 약속 잊은 건 아니지?"

다시는 울지 않겠다던 약속.

'……우리 의진이 너한테 안 준다!' 라던 말이 떠올라 연수는 눈물이 맺혀 있던 눈가를 굴리며 청염하게 웃었다.

진이 준비해온 음식으로 늦은 아침을 먹은 연수가 욕실에 들어간 사이 하선이 병실 안으로 들어섰다. 혼자 있을 거라는 예상과는 달리, 너무나 자연스럽게 롤스크린을 올리고 있는 중년여성의 모습에 하선은 저도 모르게 인상을 쓰고 말았다.

"누구……?"

막 욕실 문을 열고 나오던 연수가 병실에 들어와 있는 하선을 보자 멈춰 섰고, 진을 돌아보았다. 단번에 분위기를 알아챈 진이 연수 곁으로 다가왔다.

"어머, 안녕하세요! 이렇게 준비도 없이 인사를 드리게 되네요. 처음 뵙습니다. 실례가 된 것은 아닌지?"

병실에 울리는 진의 맑은 목소리. 불쾌감을 드러내는 하선의 노골적인 눈빛에도 그녀는 아랑곳하지 않았다.

"연수, 엄마예요!"

진의 대답에 하선은 연수에게 설명해보라는 눈짓을 보냈고, 진은 연수의 손을 끌어 두 손 안에 꼭 쥐었다.

"어머, 모르셨어요? 연수와 제 아들 이미 약혼한 사이인데. 세진 법무팀 송의진 상무가 제 작은 아이입니다. 앞으로 자주 뵙게 될 것 같은데, 잘 부탁드릴게요."

미소를 보이는 표정, 자신을 보는 눈빛 그리고 진이 연수와 시선을 맞추는 것도 하선의 마음에 들지 않았다.

거기다 연수의 약혼이라니.

"약혼이라니요?"

황망한 상황에 놀랄 사이도 없이 진은 하선에게 "둘의 교제를 홍 회장님도 허락하셨어요."라고 선언했다. 감히. 하선의 얼굴은 달아 올랐다. 모욕도 이런 모욕이 없었다. 자신이 누구인지 뻔히 알면서도 일안의 이름을 들먹이며, 연수를 제 딸 대하듯 하는 여자.

자존심에 화를 참고 돌아서는 하선의 손등에 힘줄이 두드러졌다.

"나중에 다시 오마!"

싸늘한 눈빛으로 연수를 바라보던 하선이 진을 무시한 채 인사도 없이 나가버리자, 죄송하고 창피한 마음에 연수가 고개를 숙였다.

"죄송해요, 어머니."

그 말에 진은 미소를 지으며 연수를 품에 꼭 안았다.

여자가 연수를 부르는 호칭. 하선은 기가 막혔다. 예지의 혼처를 구하기 위해 그렇게 공을 들여도 아무런 반응을 보이지 않던 일안이 연수의 결혼을 허락했다니, 있을 수 없는 일이었다. 병원 밖에 대기하고 있던 차에 올라타려던 그녀의 시선이 병실 창문으로 향했다. 떠오른 진의 웃음에 하선은 인상을 찡그렸다.

"본사로 가요!"

목적지를 알려주는 하선의 목소리에는 날이 서 있었다. 끓어오르는 화를 삭일 수 없었다. 갑작스런 연수의 귀국이 '혹시 결혼 때문인가?' 하는 생각도 들었지만, 확인된 것은 아무것도 없었다. 사실관계를 확인해볼 필요가 있었고, 연수가 결혼하려는 남자가 누구인지 알아볼 필요가 있었다.

일안은 눈앞에 놓인 자료를 조용히 살펴보고 있었다.

의진이 홍 회장에게 가져온 서류철 안에는 지난 5년 동안 세진이 DES(debt-equity swap, 出資轉換, 기업의 재무구조를 개선하기 위해 기업의 부채를 주식으로 전환하는 것으로 통상 금융기관이 기업에 융자를 해주거나 보증을 선 자금을 회수하지 않고 기업의 주식과 교환하는 형식으로 이루어짐)을 통해 확보했던 자금 중 일부가 김하선의 계좌를 통해 흘러들어간 후 여러 번의 세탁 과정을 거친 뒤 특정인의 계좌로 다시 흘러들어간 정황을 보여주는 자료가 들어 있었다. 그리고 그 자금은 지금 언론을 통해 조심스럽게 거론되고 있는 이가 아닌 전혀 다른 인물을 지목하고 있었다.

"연수가 매입한다고 서명한 CB의 규모가 얼마나 됩니까?"

본래의 목적을 숨기지 않는 질문에 홍 회장은 시선을 들어 의진을 응시했다. '3년 동안 자신의 사람이 되어 달라.'는 제안을 받아들였으면서 비자금 관리내역을 몰래 기록해둔 녀석. 배신감도 느꼈지만 한편으로는 만섭을 움직일 수 있는 좋은 기회라 여겼다. 사업

이란 먹고 먹히는 관계이니 그리 대단한 일도 아니고.

일에 있어서는 맵고 끊는 것이 정확하고, 철두철미하다는 성민의 보고에 쓰고 버리려니 아까운 생각도 들었으나, 세진처럼 큰 회사를 이끌어 가기에는 여리고 나약한 녀석이라고 보았다. 그런데 발톱을 감춘 사자새끼일 줄이야. 더 굴려보아야 확실할 터.

일안의 입가에 호선弧線이 그려졌다.

"내가 대답해줄 것이라 생각하나?"

서릿발 친 대답에도 의진은 동요하지 않았다.

"네."

한 치의 망설임도 없는 자신감. 홍 회장의 눈썹이 꿈틀거렸다.

"이번 문제를 일부러 흘리신 것 압니다. 그동안 출자전환을 통해 외부로 나가 있는 주식이 상당했고, 경영권 강화를 위해 어떻게든 회수할 방법이 필요하셨던 것 아닙니까? 적은 돈을 들여 최대의 주식을 사들일……. 비자금 문제로 시끄러우니 주식은 바닥을 칠 테고, 언론의 관심은 선거를 앞두고 있으니 다른 곳을 향하겠지요. 세진이 밀고 있는 실세는 따로 있으니, 소문 속 인물이 피해를 보아도 크게 문제가 되지 않았을 테고요. 희생양이 필요하셨던 것 아닙니까? 거기다 제가 수세에 몰리면 그 누군가는 가만히 보고 계시지 않으실 테고, 일이 틀어져도 다른 대안을 충분히 찾을 수 있다고 믿고 계신 것이 아닙니까?"

서류에서 손을 뗀 홍 회장이 소파에 등을 기댔다. 적확한 판단.

"그래서 자네가 하고 싶은 말이 뭔가?"

의진이 다른 서류를 내밀었다.

"주주명부입니다. 아무것도 알지 못하는 연수에게 전환사채 매입

을 하도록 하신 것도 모자라, 사모전환사채까지 인수하도록 하신 이유가 뭡니까?'

홍 회장의 표정이 일순간에 굳었다. 송의진은 그가 가지고 있던 모든 패를 들여다보고 있었다. '필요하시다면 다 드리겠습니다. 발레⋯⋯, 그만두라고 하시면 그만두겠습니다.' 라 말하던 딸아이의 얼굴이 떠올랐다.

"경영은⋯⋯ 다른 사람이 하게 되겠지만, 연수에게 세진을 물려줄 생각이네. 모든 절차는 대선이 시작되기 전에 끝이 날 테고."

예상은 했던 일이지만, 그는 지나치게 서두르고 있었다.

"회장님! 잘못하면 불법증여 문제로 연수에게 피해가 갈 수 있습니다. 그리고 연수는 원하지도 않는데 이렇게까지 서두르시는 이유가⋯⋯."

순간 의진은 홍 회장의 얼굴을 살폈다. 기시감. 이런 똑같은 상황을 전에도 목도한 적이 있는 의진은 놀라 입을 다물었다. 이렇게 서둘러 연수에게 주식을 증여할 만큼 홍 회장의 상태가 좋지 않다는 것이 믿어지지 않았다.

그리고 내밀하게 진행되는 증여라 해도, 남은 가족들이 모를 수 없는 일. 가만히 있지 않을 것이다. 건강상의 이유로 일안이 회장직에서 물러난다면 경영권 승계나 유산상속에 대한 문제가 자연스럽게 표면화되겠지만, 비밀리에 진행된다는 것은 경영권을 누군가에게 넘겨주지 않겠다는 의지였다.

고개를 숙인 의진이 주식명부의 꼭대기에 있는 이름을 확인했다.

홍 회장 다음으로 많은 주식을 보유하고 있는 인물은⋯⋯, 김하선이었다.

"회장님께서 이렇게까지 하시는 이유가 뭡니까?"

일안이 잠시 먼 곳을 응시했다.

"이유라……."

아직 결정하지 못한 두 가지 일.

망설임은 생각으로 이어졌다.

세진을 맡기기에는 부족하다고 생각되어 쳐내려고 했던 녀석인데, 생각했던 것보다 배포도 있고 영민한 구석이 있었다. 거기다가 그가 가져보지 못한 '한 여자만 보는 사랑' 이라니. 그 대상이 제 딸아이이기 때문일까? 일안은 동요되는 마음에 손을 그러쥐었다.

죽은 시연에 대한 마음이 사랑이었는지는 그는 알지 못했다. 감정을 표현한다는 것 자체가 일안에게는 소모적인 것이었고, 익숙하지도 않았다. 제 것은 남에게 빼앗기지 않는다는 것과 어떤 일이든 최종선택권자는 자신이 되도록 훈련받았던 그였기에 시연이 이혼을 요구했을 때도 최종선택권자는 그여야 했다. 감정 따위는 허락하지 않았다. 그러나 제 어미의 손목을 붙잡고 울고 있던 연수와 꺼져버린 시연을 본 순간 일안은 처음으로 눈물을 흘렸다.

6개월 넘게, 정신병원에서 치료를 받고 있는 연수를 보고 돌아설 때마다 시연과 함께 있을 때마다 보여주던 연수의 미소가 떠올랐다. 공기가 있다는 것을 의식하지 못하고 살아가듯 시연은 공기같은 여자였다. 항상 곁에 있어서 의식하지 못했고 소중하게 생각하지 못했던 아내. 그리고 그런 시연의 몸 안에서 함께 꺼져간 생명이 있었다.

시연이 그렇게 가지고 싶어 했던 아이. 제 몸 안에 새 생명이 자라고 있다는 걸 알았다면 약한 마음을 먹지 않았을지도 몰랐으나,

그의 외도로 시연은 심한 우울증을 앓고 있었다. 신경안정제를 복용하고 있었다는 사실도 알지 못했다.

일안은 이미 오래전부터 하데스(Hades)의 왕이었으며, 그 죽음의 세계에서 하선과 함께 살고 있었다. 제 분수를 알고 그 이상의 것은 욕심내지 않는다 생각했으나 그것은 오산이었다. 시연이 자살한 날, 하선이 집에 다녀갔다는 사실을 알았다. 연수가 병원에서 돌아온 날 이후 그가 해줄 수 있는 것은 아무것도 없었다.

웃음을 잃었던 아이가 변해가는 것을 느꼈던 것이 이 녀석을 만날 무렵이었다는 걸 홍 회장은 최근에야 알았다. 인연인가.

하나는 결정해야 했다.

"연수……, 끝까지 지켜줄 자신 있나?"

갑작스런 화두에 내심 놀랐지만, 의진은 홍 회장과 눈을 맞추었다. 그가 원하는 답이었기에 망설임은 필요치 않았다.

"네, 자신 있습니다!"

서류철을 덮은 홍 회장이 말을 이었다.

"아버님께 내가 따로 뵙고 싶어한다고 전하게. 세진그룹 홍일안이 아닌 홍연수 아버지로서 말일세."

그토록 바라왔던 소식임에도 의진은 미소 지을 수 없었다. 소용돌이의 한가운데 서 있는 연수가 이 일을 어떻게 받아들일지 알기에.

집무실을 나온 의진의 시야에 여자의 얼굴이 닿았다. 그는 한눈에 김하선을 알아보았다. 오랜 세월이 흘렀어도 그녀는 여전히 아름다웠고, 당당했으며 사람들의 시선을 끌고 있었다.

의진은 가볍게 고개를 숙였고, 하선은 무심히 그를 훑어본 후 도진 향해 고개를 돌렸다.

"회장님은요?"

하선의 방문 사실을 알린 후 김 실장이 자리에서 일어나 회장실 문을 향해 걸어가는 순간 여비서의 목소리가 들렸다.

"송 상무님, 나오시면 회장님께서 전해드리라고 하셨습니다."

"고마워요."

뒤에서 들리는 부드러운 목소리에도 불구하고 하선은 벼락을 맞은 듯 그 자리에 우뚝 선 채 고개를 돌렸다. 비서를 향해 미소를 지으며, 서류봉투를 건네받는 남자의 모습을 하선은 빠르게 훑었다. 상무 직함을 달기에는 너무나 젊은 외모, 낯설지 않은 얼굴.

하선은 저도 모르게 인상을 찡그렸다.

서류를 받고 돌아서던 의진이, 눈이 마주치자 공손히 고개를 숙여 인사를 한 후 비서실을 빠져나갔다. 그 순간 하선은, 그가 연수의 연인 법무팀 송의진이라는 것을 확신했다.

"어머니, 여기에 들어갈 조각은 못 찾겠어요."

"어디 보자······. 연수야, 혹시 이것 아닐까? 색감도 비슷한 것 같고."

"어디요, 정말이네요!"

막 병실을 들어서는 의진에게 들뜬 연수의 목소리가 들려왔다.

그가 병실 안에 들어선 것도 모르고, 연수와 모친은 머리를 맞대고 종이퍼즐을 맞추느라 온 정신을 쏟고 있었다. 3분의 2정도 맞춘 퍼즐을 보니, 두 여인의 시선을 빼앗아 간 것이 구스타프 클림트의 그림이라는 걸 알았다.

"두 분 뭐하세요?"

"E.J!"

"왔니?"

회사 일을 마치자마자 달려왔을 의진이 연수의 곁에 다가와 앉자, 진은 두 아이들을 보면서 행복한 미소를 지었다.

"다녀왔습니다."

"저녁은?"

"아직입니다. 그나저나 뭐하고 계셨어요?"

"아, 연수가 심심해할 것 같아서 퍼즐을 하나 사가지고 왔는데, 내가 더 빠져버렸지 뭐니."

"고맙습니다, 어머니."

아들의 인사에 진이 미소를 지었다.

"너도 왔으니, 난 이제 그만 가보련다."

"같이 식사하고 가시죠."

"아니다. 집에 들어가서 네 아버지와 함께 해야지. 연수 소식도 궁금해하실 텐데."

병실을 나서려는 진 곁에 연수가 다가서자, 흘러내린 머리카락을 넘겨주며 그녀가 웃어보였다.

"오늘 너무나 감사했어요!"

수줍어하면서도 자신의 허리를 안은 연수의 등을 토닥여주던 진이 의진을 보았다. 무슨 일이라도 있는지 얼굴이 밝았다.

"의진이는 택시 좀 잡아주련?"

"네."

"밖이 더운데, 연수는 나오지 말고……."

"하지만……."

"전화하마."

"조심해서 들어가세요."

연수의 손을 놓은 진이 병실을 나서자, 의진은 연수의 허리를 살 포시 안으며 정수리에 입을 맞추었다.

"퍼즐 맞추고 있어. 어머니 배웅해 드리고 올게."

고개를 끄덕이는 것을 확인한 그가 진을 따라나섰다.

"제가 들겠습니다."

그녀의 손에 들려진 종이가방과 핸드백을 받아들며 의진이 다가 섰고, 진이 먼저 입을 열었다.

"낮에 그 여자가 다녀갔었다."

"……네."

"많은 이야기를 나누지는 못했다. 연수와 네가 약혼한 사이라고 했더니, 무척 놀라는 것 같더라만. 그래 회사에는 별일 없고?"

"홍 회장님께서 아버지를 만나고 싶어 하십니다."

진은 놀라 발걸음을 멈추고, 아들의 얼굴을 올려다보았다. 좋은 일이기를 바라며.

"연수 아버지로서 만나고 싶다 하셨습니다."

대답을 듣고 나서야 안심이 되는 듯 진은 의진의 어깨를 털어주 며 말을 이었다.

"힘들지?"

그 한마디에 수많은 걱정과 위로의 말이 담겨 있었다.

"죄송할 따름입니다. 제 욕심만 차리는 것 같아서요."

"의진아."

"네."

"네 아버지도 나도 널 믿는다. 그러니 걱정하지 말고, 네가 가려고 하는 길을 갔으면 좋겠구나. 연수를 위해서도 그리고 널 위해서도."

"어머니."

아들의 흔들리는 눈빛을 말없이 바라보며 얼굴을 쓰다듬던 진이 그의 손에 있던 짐을 받아 들었다.

"들어가 보렴. 아까 보니까 걱정이 되는지 연수…… 제대로 먹지도 못하더라. 너도 저녁 꼭 챙겨 먹고."

진이 의진을 향해 어서 들어가 보라는 손짓을 한 후 택시에 올라탔다. 차가 시야에서 사라지고 나서도 한동안 그 자리에 서 있던 그가 병실로 향했다.

꽃노을 지는 하늘, 구름이 아스라이 어둠 속으로 사라져갔다.

지하식당에서 그와 함께 저녁을 먹고 올라온 연수가 샤워를 마치고 나왔을 때 의진은 소파에 앉아 남은 퍼즐을 맞추고 있었다.

"거의 다 완성되었네요. 예쁘다!"

그가 맞춘 그림을 내려다보는 연수의 입에서 감탄이 터져 나왔다.

"어디 보자. 하나, 둘, 셋……. 이제 일곱 조각만 맞추면 완성."

테이블 위에 있던 남은 조각 모두를 연수가 손 안에 쥐었다. 의진 옆에 앉으려는 찰나, 그가 연수의 허리를 끌어당겼다. 순식간에 무릎에 앉혀지고 손에 들고 있던 퍼즐조각마저 빼앗겨버린 연수가 그를 돌아보았다.

"E.J!"

"홍연수, 키스 한 번에…… 퍼즐 하나, 어때?"

장난스런 그 제안에 연수는 당황해 얼굴을 붉히면서도 작게 고개를 끄덕였다. 가볍게……, 오른쪽 뺨에 입술이 스친 후 그에게서 받아낸 조각이 엄마 품에 잠들어 있는 아기의 작은 눈을 채웠다. 왼쪽 뺨에 스친 입술이 빼앗아간 조각은 검은 머리칼을 완성시켰고, 턱에 입술이 닿은 후 받은 조각은 아기의 귀를 검은 머리카락 속에 그려 넣었다. 가벼운 입맞춤에도 의진은 미소를 잃지 않았고, 연수는 그의 시선을 피하기에 바빴다.

아랫입술을 스친 후 받은 조각이 아기의 코 위에 올려지고, 코끝에 닿은 연수의 숨결은 아기의 작고 붉은 입술이 있던 자리를 찾아주었다.

남은 키스는 두 번.

연수가 그의 입술 위에 입을 맞추려고 하자, 의진이 목을 빼며 장난스럽게 요리조리 피했다. 창피함에 붉어진 연수의 얼굴을 보며 의진이 결국 피식 웃음을 흘렸다.

오기였을까. 그의 얼굴을 두 손으로 붙잡고 쪽 소리가 나도록 짧은 키스를 한 연수가 냉큼 조각을 빼앗아 작고 동그스름한 아기의 어깨에 퍼즐을 밀어 넣었다.

마지막 조각만 받아내면 완성되는 그림.

엄마와 아기를 물끄러미 내려다보던 연수의 귓가에 나지막한 목소리가 들려왔다.

"마지막 조각이다, 연수야……."

고개를 돌렸고, 그 순간 그가 연수의 왼손에 퍼즐조각을 쥐어 주며 뜨겁게 입술을 삼켰다. 심장이 뛰는 게 느껴질 정도로 연수를 꼭 끌어안은 그가 농밀한 입맞춤을 전할 때 심장에 닿아 있는 아기의 손가락을 완성시킬 마지막 조각을 쥔 채 연수가 그의 목에 팔을 둘렀다.

13.

제법 늦은 시각, '제야'의 주차장은 입구로 들어서는 길목에 서 있는 경호원들로 인해 긴장감이 흘렀다. 기다리고 있던 차가 모습을 드러내자, 한 남자가 다가와 차량의 문을 열어주었다. 주차장을 밝히고 있던 조명이 일시에 꺼졌고, 암흑 속에서도 홍 회장은 도진의 안내에 따라 별채 안으로 들어갔다.

"늦어서 죄송합니다."

약속 시간보다 30분 이상 늦은 일안의 등장. 예상했던 일이라는 듯 송 장관의 입술이 호선을 그렸다. 그런 만섭의 표정을 본 홍 회장이 먼저 손을 내밀었다.

"오랜만에 뵙습니다."

"자네, 예나 지금이나 날 기다리게 하는 것은 변하지 않았군."

"항상 절 외면하는 형님께 이렇게라도 스트레스를 풀어야지, 안 그러면 어떻게 살겠습니까."

뼈 있는 말에 만섭은 흐리게 웃었고, 일안은 자리에 앉았다.

조용한 가운데 음식이 내어지고, 젖은 수건으로 손을 닦은 일안이 중탕으로 담겨진 작은 술병을 집어 들었다. 만섭이 잔을 들어 술을 받고, 일안의 잔도 채워졌다. 따뜻한 술이 내뿜은 향이 방 안을 가득 채웠다.

술잔을 채우고 있던 술을 홍 회장은 말없이 비웠고, 일안의 모습을 바라보던 송 장관이 입을 열었다.

"자네 딸아이를 보내주기로 결심했다고?"

대답 없이 빈 술잔만 내려다보고 있던 일안이 잔을 다시 채운 후 혼자 술을 들이켰다. 잔을 내려놓은 후 그가 고개를 들었다.

"괜찮으시겠습니까? 제 딸아이라도?"

많은 의미가 담겨 있는 말이었다.

연수를 받아들인다는 것은 만섭이 세진과 사돈이 된다는 의미였다. 비자금 문제로 검찰조사를 받는 상황에서 단순히 집안과 집안 문제가 아니었다. 어떤 형태로든 홍 회장은 이 문제에 대해 책임을 져야 했고, 송 장관 또한 지금의 자리를 내어놓아야 했다.

"한 가지만 물어보지. 언제 의진이 녀석이 자네 눈에 들었나?"

"……."

일안은 생각에 잠긴 듯 테이블 위에 놓은 손가락을 까닥거렸다.

"아마도…… 하와이에서 녀석을 처음 보았을 때가 아닐까 싶습니다. 형님과 꼭 닮았으니. 물론 그때야 제 사람으로 만들고 싶은 욕심이었지만, 최근까지도 일이 이리될 줄은 알지 못했습니다. 그러는 형님께선 언제 제 딸아이가 마음에 드셨습니까?"

"작년 여름, 그 아이가 처음 집에 왔을 때였네. 좀처럼 속내를 비치지 않던 의진이 녀석이 연수 앞에서는 싱글싱글 웃는 것도 달리

보이고. 자네도 알다시피 내가 그 녀석에게 제대로 애비 구실을 못한 터라 더 그랬겠지. 연수 그 아이만 보았을 때는 자네에게서 어찌 그런 딸이 나왔는지…… 싶기도 하고."

만섭의 솔직한 대답에 일안은 피식 웃으며 좌식의자에 등을 기댔다.

"외탁을 한 까닭이지요. 그래서…… 걱정입니다."

짧은 대답에 입으로 향하던 만섭의 술잔이 멈추었다.

"연수가 잘 견디어 줄지 말입니다."

"그게 무슨 말인가?"

"이런, 의진이 녀석이 형님께는 아직 이야기하지 않았나보군요. 하긴 아신다 하여 달라지는 것은 없습니다만."

"이보게, 일안이!"

"폐암입니다."

탁, 테이블 위에 거칠게 놓여 진 잔에서 쏟아진 술이 만섭의 손등을 흠뻑 적셨다. 홍 회장의 눈에는 딸아이를 부탁하는 간절함이 담겨져 있었다.

"자네 지금?"

일안은 아무렇지도 않게 빈 술잔을 채운 후 입술을 축였다.

"손을 쓰기에는 너무 늦은 듯합니다. 앞으로 3개월, 그때까지만…… 형님께서 힘드셔도 좀 버텨 주십시오. 연수가 매입한 CB를 주식으로 전환할 수 있는 시점과 제게 남은 시간은 딱 3개월뿐입니다."

충격을 받은 송 장관의 눈빛에도 불구하고 자신의 죽음을 이야기하는 홍 회장의 표정은 잔잔한 호수처럼 고요하기만 했다.

"연수에게 세진을 물려줄 생각입니다. 그 아이 앞으로 제가 가진 주식을 모두 남긴다고 해도, 경영권을 확보하기는 어려울 겁니다. 설령 제1대 주주가 된다고 해도 가족이라고는……."

일안은 한동안 말을 잊지 못했다.

"보호해줄 이가 없으면 위험할 수도 있겠죠."

"이보게!"

엄청난 말에 만섭은 입을 다물지 못했다.

"지금의 제 안사람, 욕심 많은 사람입니다. 세진을 손에 넣기 위해서라면 저보다 더 잔인해질 수도 있고요. 아무것도 모르던 사람을 제가 그리 가르쳤습니다. 결혼하면 의진이 녀석이 연수를 대신해 배후자로서 재산 관리 및 필요한 대리인 자격을 행사하는데, 아무런 문제가 되지 않을 겁니다. 그리고…… 만에 하나 연수에게 무슨 일이 생기면, 형님이 저를 대신해 그 아이 뒤를 돌봐 주십시오. 그게 제가 형님께 드리는 마지막 부탁입니다."

그리고 망설이던 일안은 다른 이야기를 꺼냈다.

지난 40년 동안 세진이 관리한 정치인과 법조계 인사 그리고 하선이 직접 관리해온 자금의 규모 및 그 방법을 상세히 털어놓았다. 그 가지가 어디까지 뻗어 있는지 알게 된 만섭은 놀라 아무런 말도 하지 못했다.

"행여 제가 지금 말씀드린 이 모든 것들을 증명하거나 밝히기 위해 무모한 짓을 하실 생각일랑 말아주십시오. 이 이야기를 형님께 털어놓는 것은 만에 하나 손을 잡거나 싸워야 할 대상이 나타난다면, 그 사람이 적인지 아닌지 정도는 알아두셔야 할 것 같아서 알려 드리는 겁니다. 전환사채 문제만 해결되면 제가 모든 책임을 지고 물러나겠습니다. 살아 있는 권력은 무섭습니다."

단호한 홍 회장의 눈빛을 확인한 만섭은 오전에 아들이 전한 결정을 그에게 말했다.

"의진이가 연수를 미국으로 다시 돌려보내고 싶어 하네. 결혼문제가 표면화되면, 언론에 노출되는 것은 피하지 못할 테니. 자네 생각은 어떤가?"

상속문제가 마무리될 때까지 일안은 두 딸이 자신의 병에 대해 알게 되는 것을 원하지 않았다.

"저도 같은 생각입니다."

기울어진 술잔 속에 한담閑談이 끊이지 않는 밤이었다.

*

"E.J, 오늘 출근 안 해요? 지금 어디 가는데요?"

사흘 만에 연수가 퇴원하던 날, 회사에 출근하지 않은 채 의진은 어디론가 향하고 있었다. 연수가 이유를 알려 달라 채근했다.

"회사는 하루 쉬기로 했고, 오늘은 함께 해야 할 일이 있어서."

이유도 모른 채 의진의 손에 이끌려 미국대사관 안으로 들어선 연수는 그가 내민 '혼인요건증명서'를 마주하고 나서야 놀라 고개를 들었다.

"E.J?"

망설이는 연수를 향해 의진은 미소를 지어보이며 말을 이었다.

"아버님이 우리 결혼, 허락하셨어."

그 대답만으로 두려움과 불안함에 떨던 연수의 심장은 툭 내려앉아버렸다.

"흑……."

북받쳐 오르는 감정을 억누르지 못하고 울음을 쏟아내자, 의진은 연수를 가슴에 끌어안았다.

"연수야, 좋은 남편이 되어줄게."

정수리에 닿는 그의 입술이 뜨거웠다.

"이기적인 놈이라고 욕해도 난 지금보다 더, 널 사랑하고 싶다."

"흑…… E.J!"

머릿결을 쓰다듬는 손길이 너무나 간절했다.

"그러니까 울지 말고 웃는 모습만 내게 보여줄 수 있지?"

울고 있는 연수를 품에서 떼어낸 후 얼굴을 잡고 있는 그의 손에서 떨림이 전해졌다.

"3년 전에도 물었지만, 다시 한 번 묻고 싶다. 홍연수, 내 아내가 되어줄래?"

다시 듣는 청혼. 연수는 하염없이 고개만 끄덕였다.

"사랑한다, 연수야!"

고백과 함께 그의 입술이 닿았다.

아침부터 대사관 안에서 울고 있는 앳된 여자. 그녀에게 키스하는 남자에게 모든 이들의 시선이 쏠렸지만, 의진과 연수는 개의치 않았다. 지금 이 순간 그들에게는 서로만 보였고, 넘쳐나는 행복을 담아낼 수 있는 그릇은 이 세상 어디에도 없었다. 홍연수가 송의진의 아내가 되던 날 아침, 연수는 두 눈이 퉁퉁 부어서 더 이상 눈물을 쏟아낼 수 없을 때까지 울고 또 울어버렸다. 대사관을 나와 구청에서의 혼인신고도 마친 그가 연수를 돌아보았다.

"어머니가 기다리시니까, 점심은 집에 가서 먹자."

그 말에 연수는 해사하게 웃었고, 땀을 식힌 후 통인시장에 들러 과일을 샀다. 예쁘고 탐스러운 과일을 한가득 고른 후 "결혼하고 첫 시댁 나들이니 정성스럽게 포장해주세요."라는 연수의 말에 과일가게 아저씨는 20년 경력을 자랑하며 커다란 과일바구니를 예쁘게 만들어냈다. 의진이 왼손에는 연수의 손을 오른손에는 큼직한 과일바구니를 든 채 본가로 들어서자, 아이들을 기다리던 진이 한걸음에 달려 나왔다.

샤워를 하러 그가 2층에 올라간 사이 차가운 미숫가루를 연수에게 건네며 진은 입을 열었다.

"연수야, 맛있는 미숫가루 만드는 비법 알려줄까?"

아이들이 혼인신고를 마치고 집에 올 것이라는 사실을 미리 알고 있던 진은, 이제 정말 자신의 며느리가 되어버린 연수의 머리카락을 귓바퀴 뒤로 쓸어 넘겨주며 환하게 웃었다.

"네. 가르쳐 주세요."

"비법은 누룽지야."

"네?"

"좋은 쌀로 맛있게 지은 밥으로 만든 누룽지를 햇볕에 잘 말린 후 함께 빻아서 넣어주면, 고소한 미숫가루를 만들 수 있단다."

"정말요? 양은 어느 정도요?"

"음, 그건 아직 비밀인데……."

"어머니?"

궁금증을 참지 못해 눈동자를 굴리는 연수의 눈빛에 장난기가 발동한 진이 조건을 다는 것을 잊지 않았다.

"연수야, 네가 아이를 갖게 되면 그때 알려줄게."

"네?"

"연수 네가 날 할머니로 만들어 주면 그때 알려주겠다고!"

얼굴뿐만 아니라 귀까지 빨개진 연수가 시선을 어디에 둘지 몰라 고개를 숙였고, 그 모습에 터져버린 진의 웃음소리가 거실 안을 가득 채웠다.

온 가족이 함께 저녁식사를 하고 오피스텔로 돌아온 것은 자정이 다된 시각이었다. 샤워를 한 후 거실로 나오자, 의진이 연수를 끌어 당겼다. 무릎에 앉은 그녀와 눈을 맞춘 채 의진이 말했다.

"홍연수 씨."

낯선 호칭에 눈을 동그랗게 뜬 연수가 그를 응시했다.

"홍연수 씨?"

"왜요?"

살짝 야지러진 표정을 본 의진이 나직이 웃었고, 연수가 그의 턱을 아프지 않게 꼬집었다.

"나와 결혼해줘서 고마워요!"

얼핏 장난스러운 말투.

하지만 곱살한 그의 고백에 연수는 대답하지 못했다. 만질만질한 턱을 떠난 연수의 손이 그의 머리칼을 쓰다듬자, 의진은 환하게 웃어보였다.

"홍연수, 네가 내 곁에 있어줘서 너무 행복하다."

스치는 입맞춤을 남긴 그녀가 청염하게 웃었고, 의진의 어깨에 기댄 채 속삭였다.

"고마워요, E.J. 항상 곁에 있어줘서……."

연수의 쇄골에 짧게 닿았던 입술이 다시 옷깃 안에 묻혔다. 비누향과 섞인 체취에 들숨은 깊어졌고, 뺨을 쓰다듬던 연수가 고개를 숙여 의진에게 키스했다.

작은 입술을 열고 그의 아랫입술을 머금자, 목욕가운 위를 더듬던 손길이 망설임 없이 안으로 파고들었다. 맨가슴을 부드럽게 움켜쥐고 놓는 손길에 몸이 움찔거렸다. 입술을 머금던 뜨거운 숨결이 목선을 타고 내려왔고, 열기를 주체하지 못한 연수가 가슴 위를 배회하는 의진의 머리를 필사적으로 그러안았다.

잠시 멀어진 그가 연수를 가볍게 안아들었고, 침대에 뉘어진 후 키스는 다시 시작되었다. 더디고 더디게.

벌어진 가운 사이로 드러난 둔덕에 입을 맞추고, 허리끈 아래 놓인 가는 다리는 끌어올려졌다. 묵직함에 눌려진 채 가슴에서 목덜미로 옮겨지는 열기를 받아내며 연수가 몇 번이고 그를 불렀다.

"내가 언제부터 E.J를 좋아하게 되었는지 알아요?"

짙어진 열망을 누르고 고개를 든 의진의 눈빛은 여전히 뜨거웠고, 고개를 흔들자 머리카락이 흩어져 내렸다. 가려진 그의 이마를 부드럽게 쓰다듬으며 연수가 말을 이었다.

"공연포스터 앞에서 넋을 놓고 있느라, 꽁꽁 얼어버린 손을 잡아준 날, E.J가 따뜻한 코코아를 사주며 내게 함께 발레 공연을 보러 가도 되냐고 물어봐 준 날, 그날부터 당신을 좋아하게 된 것 같아요."

그 고백에 뜨거운 입술이 말간 이마에 닿았다.

"언제부터 내가 E.J만 바라보게 되었는지 알아요?"

대답 없이 미소만 짓자, 뺨을 더듬던 손가락이 그의 입술을 부드럽게 매만졌다.

"발레연습을 마치고 집에 돌아가지 못하고 헤매던 나를 보고 웃어 준 날, 내 손을 꼭 잡고 처음 공원에 데려가 준 날, 그날부터 내 눈에는 E.J만 보였어요."

고개를 숙여 뜨겁게 아내의 입술을 찾았다.

"언제부터 내가 E.J를 사랑하게 되었는지 알아요?"

이마와 콧등을 지나 짙붉어진 입술을 쓰다듬는 그의 손아래서, 연수가 입을 열었다.

"병원에서 깨어났을 때 다시는 아프지 말라고 해준 날, E.J가 날 부서질 듯 껴안아 준 날, 그날 깨달았어요, 내가 정말 당신을 사랑한……"

흘러드는 숨결에 막혀 연수는 더 이상 고백하지 못했다.

겹쳐진 짙디짙은 입맞춤.

손끝에서 떨어진 옷자락이 순백의 시트 위에서 이지러지며 흩어지기 시작했다. 매만져지고 머금어진 곳곳에 초근하게 흔적이 남았고, 눈물이 날 만큼 뜨거운 몸 안에 갇힌 연수는 몇 번이고 도지개를 틀었다. 열기로 흐릿해진 연수의 눈동자를 바라보던 그가 셔츠를 벗어 던졌다. 그다음은…….

번들거리는 아름다운 근육이 일순간 연수의 몸을 덮었다. 조금이나마 남아 있던 이성을 조금씩 빼앗기는 내내 작은 입술 사이로 새어나온 탄식과 가녀린 신음이 다시 격랑 속으로 삼켜졌다.

탄식이 터져 나오는 순간, 모든 것이 멈추었다.

휴지休止의 감각은…… 심장 안의 떨림을 고스란히 전했다.

뭉근한 열기가 세차게 바뀌기 시작했다. 뜨거운 호흡이 침대 위에 쏟아졌고, 팔을 뻗어오는 연수의 몸은 붉디붉었다. 새어나오는 흐느낌이 삼켜질 때 파들거리던 연수가 그의 등을 꼭 끌어안았다. 정사의 열기 속에 맞닿은 심장은 미치도록 뜨겁게 뛰고 있었다.

홍염紅焰한 밤.

꿈속으로 빠져드는 연수의 귓가에 그의 목소리가 들려왔다.

"홍연수, 사랑한다!"

스물세 번째 생일을 채 일주일 남겨둔 그날, 연수는 송의진의 아내가 되었다.

그리고 의진은 "3개월 후에 다시 만나자."는 약속을 하며 아내를 맨해튼으로 돌려보냈다. 출국장으로 사라지는 연수의 모습을 뒤로 하고 세진으로 향하는 남자의 눈빛은 차가웠다. 김하선의 날개를 반드시 꺾어야 했다. 본격적인 싸움은 이제부터 시작이었다.

*

연수가 결혼식도 올리지 않은 채 송의진 상무와 혼인신고를 한 후 미국으로 돌아간 지 두 달. 10월의 어느 날, 도서관에서 나와 주차장으로 향하던 예지 앞에 김 실장이 나타났다.

"무슨 일이세요? 갑자기 학교로 다 찾아오시고?"

아버지만큼 속을 알 수 없는 남자.

숨겨지지 않는 모난 감정을 드러내는 그녀의 얼굴을 보고도 도진은 언제나처럼 찾아온 용건만 간단히 입에 담았다.

"회장님께서 찾으십니다."

"아버지가요?"

동승한 차가 낯선 아파트의 지하주차장에 멈춰 섰다. 그가 아파트 안으로 안내했고, 예지가 거실 안으로 발을 들였다.

어둠이 깔린 도심.

거대한 유리창 아래로 펼쳐진 화려한 불빛을 내려다보고 있는 아버지의 뒷모습이 그녀의 시야에 들어왔다. 익숙하면서도 낯선.

"다녀왔습니다."

"앉거라."

"네."

뒤돌아보지 않는 홍 회장의 뒷모습을 물끄러미 바라보다가, 예지가 소파로 다가가 자리에 반듯하게 앉았다. 시선을 떨구던 그녀의 눈에 테이블 위에 놓인 두툼한 서류봉투가 들어왔다.

"예지야, 이 집에 들어와서 살 거라."

"네?"

너무나 갑작스런 홍 회장의 결정에 아무런 말도 하지 못한 채 멍하니 뒷모습만 바라보았다. 그런 딸의 반응을 예상한 듯 일안이 다가와 마주 앉았다.

"공부하는 것은 힘들지는 않고?"

모두 처음 겪는 일.

"네……."

홍 회장의 얼굴을 살피던 예지가 눈매를 좁혔다. 자상한 아버지는 아니었지만, 그룹 오너로서 그가 얼마나 치열하게 하루하루를 살아왔는지 알고 있었다.

"앞에 있는 건 네 명의로 된 이 집의 부동산 등기부등본과 펀드 그리고 예금계좌 관련 서류다."

이유를 물을 사이도 없이 다음 말이 이어졌다.

"폐암 4기다."

홍 회장의 입에서 흘러나온 말에 예지는 벼락이라도 맞은 듯 미동도 하지 못했다. 아버지가 아프시다는 이야기를 들어본 적도 없다. 그리고 폐암 병기 4기는 치료를 받지 않은 경우 중앙 생존기간 6개월도 채 되지 않았다.

"곧 의사가 될 녀석이니, 이 아비가 하는 말이 무엇을 의미하는지 네가 더 잘 알고 있을 게다. 네 엄마와 연수는 아직 아무것도 모른다. 앞으로도 모르게 할 생각이니 예지 너도 그렇게 알고 있거라."

아버지의 주치의들은 그동안 뭘 했는데? 왜 그가 자신에게만 이런 이야기를 털어놓는지 이해조차 되지 않았다.

독선적인 결정.

딸 앞에서 타인에 대해서 언급하듯 아무렇지도 않게 자신의 병에 대해 이야기하는 홍 회장의 모습에 예지가 주먹을 쥐었다.

"연수에게나 네게 좋은 아비가 아니었다는 것은 안다."

그 말에 참고 있던 흐느낌이 새어나왔다.

"흑……."

결국 두 손에 얼굴을 묻었다.

울어버린 딸의 모습에 일안은 손을 뻗었고, 처음으로 딸아이의 머리를 쓰다듬어 주었다. 두 눈 가득 눈물이 고인 채 아버지의 얼굴을 올려다보는 예지를 향해 홍 회장이 환하게 웃어보였다.

"훌륭한 의사가 되거라. 지금처럼…… 세진 홍일안 회장의 딸이 아닌 의사 홍예지로! 그렇게 살려고 발버둥치는 네가 이 애비는 항상 자랑스러웠다."

흘러버린 눈물처럼 지난 세월을 돌이킬 수 없었다. 그에게도 그리고 눈앞의 이 아이에게도.

그리고…… 시간은 그렇게 계속 흘러갈 뿐이었다.

서류를 살펴보던 하선이 몸을 부르르 떨었다.

불법비자금 문제가 터진 후 시장에 흘러나온 세진 주식을 매입할 기회를 노리고 있던 그녀에게 찾아온 소식은 매번 '놓쳤다.'는 보고. 거기다 기관들이 매도賣渡하는 상황에서도 이상하게 외국인들의 매수買收는 늘어가고 있었다.

검찰조사를 받고 있던 송의진의 장부가 비리를 고발하기 위해 기록되어진 것이라는 이야기가 흘러나왔을 때 연수의 시아버지인 송만섭 장관의 입김이 작용한 것이라고 생각했으나, 사건은 다른 방향으로 흘러가고 있었다. 검찰은 참고인 조사가 필요하다는 명목 하에 하선에게 서면조사를 요청했다.

"도대체 일이 어떻게 진행되고 있는 거예요?"

서류를 살펴보는 하선의 눈빛이 날카로웠다.

"예상하신 대로 주식의 흐름이 심상치 않습니다. 그리고 저희가 알고 있는 사실 말고도……."

"말고도?"

"저, 그게…… 사모전환사채가 발행된 것 같습니다."

김 상무의 보고에 서류를 넘기던 하선의 손이 멈추었다.

"비밀문서 유출 이후 워낙 구조본 쪽에서도 조심을 하는 탓에 정확한 정보를 빼오지는 못했지만, 그 액수가 상당해서 주총 때 주주들이 가만히 있을지……."

들숨소리와 함께 하선의 손 안에 있던 서류가 구겨졌다.

갑작스러운 연수의 결혼과 법무팀 송의진 상무 사이에 뭔가 있다. 그렇지 않고서야 일안이 결혼식도 올리지 않은 연수를 서둘러 미국으로 다시 보낼 리 없다는 생각이 머리에 스쳤다.

"송의진에 대한 자료 가져와요!"

"네?"

"이미 알고 있는 것 말고 우리가 모르는 사실을 찾아내요! 미국에서는 어떻게 지냈는지, 그리고 어디에 살았는지, 무엇을 했는지 그리고 세진에서 지난 3년 동안 어떤 프로젝트를 맡아왔는지 찾아낼 수 있는 자료는 전부 뽑아서 이틀 안에 내 앞에 가져와요!"

일안이 예지를 독립시켜서 내보냈다. 집안 분위기도 뒤숭숭하니, 내년에 있을 국가고시를 마치면 병원으로 출퇴근하기 편한 거리에 사는 것이 더 좋을 거라는 남편의 의견이었다. 하선은 이해가 되지 않았지만, 제 아비와 무슨 말이 오고 갔는지 딸아이는 아무런 말없이 아파트로 들어갔다.

맞선 문제로 하선과 마주치면 치를 떨 정도로 냉기가 서리는 말만 내뱉는 딸아이라도 신경이 쓰이지 않을 수 없었다. 갑작스러운 예지의 독립에 행여 나쁜 소문이라도 날까 주변을 살폈으나, 남자 문제도 아니었다.

연수나 예지나…… 누가 홍일안 자식 아니랄까 봐 지아비처럼 속내를 알 수 없어서 하선의 속은 바싹바싹 타들어갔다. 이사회까지 2주, 그 전에 하선은 자신을 둘러싼 이 이상한 기운의 원인을 찾아낼 필요가 있었다.

맨해튼으로 돌아온 연수는 12월에 있을 공연을 앞두고 매일 늦게까지 스튜디오에 남아 연습을 했다. 많은 일이 벌어지고 있었고, 들려오는 소식은 제한적인 정보뿐이어서 불안했지만, 의진을 믿었고 약속대로 하루하루를 버티고 있었다.

"생각보다 건강해보이는구나."

차에서 막 내려선 연수 앞에 박성민 변호사가 서 있었다. 그의 얼굴을 확인하는 순간 얼어버렸다. 아버지 또는 의진의 신변에 무슨 일이 벌어지지 않고야 그가 이곳까지 직접 찾아올 이유는 없었다.

떨리는 손으로 찻잔을 놓아주는 연수의 얼굴을 성민은 말없이 바라보고 있었다. 그가 좋은 소식을 가지고 온 것이 아니라는 걸 그녀도 짐작하고 있는 듯했다.

"드세요, 뜨거우니까 조심하시고요."

침착해지려고 애쓰면서도 떨리는 목소리는 어쩌지 못했다.

"연수야."

그의 부름에 연수가 고개를 들었다.

흔들리는 눈빛을 마주하는 순간, 하와이에서 지시연의 손을 잡고 그에게 인사를 건네던 어린 연수의 모습이 떠올랐다.

성민은 연수가 태어나기 전부터 세진에 몸을 담아왔던 사람이었고, 홍 회장의 측근이기도 했으며 죽은 지시연과도 친분이 있었다. 젊은 홍일안 사장의 지시로 김하선에게 직접 일을 가르쳤고, 송의진을 곁에서 보아왔다.

그만큼 많은 세월이 흘렀고, 많은 것이 달라졌다.

그리고 앞으로도 달라질 것이다.

세월의 무상함.

홍 회장은 그동안 많은 것을 이루었고, 그 또한 남들이 가져보지 못한 많은 것을 세진을 통해 얻었다.

"늦었지만……, 결혼 축하한다."

감사하다는 인사를 전해야 하는데, 연수는 차마 입술이 떨어지지 않았다. 두려움이 엄습했다.

"말씀해주세요. 무슨 일이든 들을 각오는…… 되어 있습니다."

어리고 나약하게 보이기만 했던 소녀. 그 아이가 어느새 녀석을 만난 후 강한 여자가 되어 있었다. 연수의 모습을 확인한 성민은 망설임과 불안감을 내려놓았다.

"일주일 후에 긴급이사회가 열릴 예정이다. 안건은 세진그룹 홍일안 회장의 사임과 신임 회장 임명동의안 그리고 주식증여에 따른 그룹 경영권 변동에 따른 보고가 될 거다."

"무슨 말씀이세요? 아버지께서…… 사임을 하신다니요?"

"말한 그대로다. 오래전부터 계획된 일이었고, 이제 그 시기가 다가왔을 뿐."

"도대체 왜요? 이해가 되지 않아요. 제가 알기로는 불법비자금 문제는 아직 조사가 끝나지 않았고 그리고 그 사람도 곧……."

"세진의 1대 주주는 곧 연수 네가 될 게다."

"아저씨!"

어릴 적 연수가 성민을 부르던 호칭이 튀어나왔다.

"네 아버지 건강이 그리 좋지 않다. 엄밀히 말하면……, 남아 있는 시간이 얼마 없다. 연수야."

홍 회장의 상태를 알리는 성민의 눈빛은 결연했다. 그 눈빛의 의미는 진실을, 바꿀 수 있는 것은 아무것도 없다는 것을 확인시켜 주고 있었다.

연수는 오열했다.

지난여름 아버지와 얼굴을 마주하고도 알지 못했다.

김 실장에 의해 무작정 본사로 끌려가면서도, 아버지가 내민 서류들에 말없이 사인을 해주면서도, 그와의 결혼은 "다시 생각해보라."는 말에 애증어린 대답만 쏟아버리고 말았다. 자신도 모르게 그를 끌어간 것이 미워서 눈조차 제대로 마주치지 않았다.

그런데 이제 와서 왜? 이제 와서 왜?

모든 것을 남기려고 하는 까닭도 그리고 이렇게까지 병을 철저하게 숨기면서까지 그 모든 것을 준비한 아버지가 이해되지 않았다.

"외부적으로는 이번 비자금 문제에 대한 모든 책임을 지고 회장직에서 물러난다는 발표를 하게 되겠지만, 그 모든 것이 네게 세진을 온전히 물려주기 위한 것이었으니 원망은 하지 말아다오. 그리고 지금으로서는…… 그 과정이 쉽지 않을 듯싶다. 송 상무의 무죄도 완전히 밝혀지지 않았고."

"흑……."

귓속을 파고드는 이명耳鳴에 연수는 더 이상 성민의 설명을 알아들을 수 없었다.

성민은 조용히 연수를 지켜보았다. 지금 그가 해줄 수 있는 것은 사실을 알려주는 것뿐이었다. 그 진실이 무엇이든.

뉴욕 웨스트 59번가. 한 시간 넘게 연수는 주차된 차 안에 앉아 맨션 입구만 바라보고 있었다.

어제 박 변호사가 다녀간 후 연수는 그동안 알지 못했던 많은 것을 알게 되었다. 아버지의 병, 세진 일로 시아버지인 송 장관이 곤란한 상황에 놓인 것 그리고 자신을 위해 송의진이라는 남자가 혼자 감당해왔던 수많은 일들.

그동안 자신이 얼마나 어리기만 했는지, 바보 같았는지를 깨닫는 순간 앞으로 맞서야 할 일 따위는 더 이상 두렵지 않았다. 마음을 다 잡은 연수가 차에서 내리기 전, 수행원을 향해 말했다.

"30분 안에 제가 나오지 않으면, 데리러 올라와 주세요."

차에서 내려선 연수가 맨션 안으로 들어갔다. 방문자 확인을 받고 안내된 엘리베이터. 문이 닫히자 망설임 없이 펜트하우스로 향하는 버튼을 누른 후 그가 알려준 비밀번호를 입력했다. 펜트하우스에 도착한 엘리베이터의 문이 열리자, 긴장감이 엄습해왔다. 그의 공간은 생각보다 차갑지 않았다.

갈색 나무로 깔린 바닥, 흰색 벽과는 대조적으로 검은색 계열의 가구가 넓은 실내를 여러 개의 공간으로 분리해주고 있었다. 하나이면서도 하나가 아닌 것처럼.

"들어왔으면 앉아!"

거실과 오픈된 주방.

아일랜드 식탁을 등지고 싱크대 앞에 선 그의 등이 보였다.

연수가 거실 중앙에 놓인 흰색 소파 위에 앉았고, 곁에 다가온 그의 손에는 찻상이 들려 있었다. 마주 앉은 지윤이 오죽차시(차 수저)로 차호(찻잎을 보관하는 도구)에 있는 찻잎을 다관에 옮겨 담는 모습을 연수는 조용히 지켜보았다.

"뜻밖이네. 지난번에는 다시는 찾아오지 않을 것처럼 그러더니 무슨 심경의 변화라도 겪은 건가?"

다관에 뜨거운 물을 부으며, 지윤이 입을 열었다. 연수가 아무런 대답을 하지 않자, 그가 고개를 들었다. 답은 이미 알고 있으면서, '네 입으로 직접 듣고 싶다.'는 듯 빤히 바라보았다.

"지난번에 말했던 자료, 송의진 씨가 이번 일과 관련이 없다는 걸 증명해줄 자료를 가지고 있다고 했죠? 그걸 제게 주세요."

연수의 얼굴을 물끄러미 바라보던 지윤이 손을 내리며 다시 고개를 숙였다.

"내가 왜?"

예상했던 답이었다. 그가 내민 손을 거절했으니까.

"내가 가진 세진의 주식을 줄게요, 당신이 원하는 만큼."

숙우에 차를 따르던 지윤의 손이 일순 허공에 멈췄다.

또르르, 다관에서 떨어지는 찻물 소리만 침묵 속에 섞였다.

"홍연수, 내가 그 제안을 받아들일 거라고 생각해?"

"아니요. 하지만 받아들여 달라고 부탁하는 거예요. 그리 나쁜 조건은 아니니까. 그 자료 가지고 있어도 강지윤 씨에게는 필요 없는 거잖아요. 하지만, 제게는 꼭 필요한 자료예요. 한 사람의 인생이 아니 제 남편의 목숨이 걸린 일이니까요. 그 자료를 어떻게 손에 넣었는지는 묻지 않을게요."

식힌 차를 연수 앞에 놓아주며 그가 말했다.

"마셔."

찻잔 속의 차는 맑고 투명했다. 들여다보이는데 마셔보기 전에는 그 맛을 알 수 없었다.

흔들리는 파동을 내려다보며 연수가 입을 열었다.

"내게 원하는 것이 뭐죠? 그 자료를 받기 위해서 내가 뭘 하면 되죠?"

찻잔을 입으로 가지고 가던 그가 연수를 응시했다.

한 점의 흔들림 없는 눈빛. 자신 앞에 있는 이 여자가 이런 눈빛을 가지고 있다는 것을 지윤은 오늘 처음 알았다.

"홍연수, 네가 무슨 말을 하고 있는지 알아?"

"내가 생각하는 것과…… 강지윤 씨가 생각하는 답이 다르다는 것은 알아요."

"그래 그럼……. 내가 다른 답을 제시해볼까? 이미 송의진의 아내가 됐으니, 새로운 연인을 하나 더 가져보는 것은 어때?"

모멸감을 참아내는 연수의 속눈썹이 파르르 떨렸다.

"혹시 라 바야데르를 아나요?"

지윤은 대답을 하지 않았다.

"젊고 용맹스런 전사 솔라르와 회교사원의 무희였던 니키아의 사랑을 그린 필리포 타길리오니(Filippo Tagilioni)가 쓴 발레죠. 그 둘은 영원한 사랑을 신神 앞에 맹세하지만, 니키아를 사랑한 브라민은 그걸 알고 가만히 있을 수 없었어요. 자신의 사랑을 니키아에게 고백했지만 거절당했던 그가 어느 날, 라자왕이 딸 감자티 공주와 솔라르를 결혼시킬 결심을 한 것을 알게 되죠. 하지만 질투에 눈이 먼 브라민은 니키아와 솔라르의 관계를 라자왕에게 고해바쳐요."

"……."

"감자티와 솔라르의 결혼식 날, 니키아는 왕이 보낸 꽃바구니 안에 숨겨 놓은 독사에게 물려 죽고, 죄책감에 빠진 솔라르는 망령들의 궁전에서 니키아와 춤을 추다가 꿈에서 깨어나죠. 이 이야기⋯⋯, 우리들의 사연과 비슷하지 않나요?"

"뭐?"

지윤의 표정이 일순간에 굳어버렸다.

"최근에 든 생각인데요, 3년 전 어떻게 아버지가 저와 의진 씨의 관계를 알게 되었을까 궁금해지더라고요. 언젠가 강지윤 씨가 내게 이렇게 말한 적이 있죠. '홍예지는 네 이야기만 나오면 파르르 떠는데, 너는 아니라고⋯⋯. 그래서 홍예지가 굴러온 돌이라는 걸 금방 알았다.'고."

지윤은 기억하고 있었지만 대답하지 않았다.

"그런데 그거 아세요? 홍예지가 굴러온 돌은 맞는데, 모질기는 해도, 가끔 미쳐 날뛰기는 해도 절대로 다른 사람을 시켜서 날 괴롭힌 적은 없거든요. 그렇다면 누구였을까요? 제 아버지에게 그 사진을 보냈던 사람이?"

찻잔을 붙잡고 있던 그의 손에 힘이 들어갔다.

"지금 이 순간에도 난 그 사람을 지켜주고 싶은데, 선뜻 강지윤 씨에게 가겠다고 대답하지 못하는 이유를 아나요? 그 사람은 내게 '네가 세상의 전부'라고 했어요. 그런데 날 그렇게 오랫동안 바라보았다고 한 강지윤 씨는 아니잖아요. 당신이 가진 모든 것을 포기할 만큼 나에 대해 간절하지도, 날 사랑하지도 않잖아요. 내가 아팠다는 걸 알고 가슴 아파했는지는 몰라도 한 번도 먼저 손을 내밀어 준 적이 없잖아요."

"연수야, 그건⋯⋯."

"사랑은 희생이에요. 자신보다 사랑하는 사람을 위해 포기해야 할 것이 더 많으니까. 의진 씨는 제게 그걸 알려준 유일한 사람이었고, 앞으로도 그 사실은 변하지 않을 거예요. 내가 그 사람을 위한다는 이유로 강지윤 씨에게 가버린다면 솔라르처럼 그 사람은 무너져 버릴 거예요."

확실한 거절의 표현. 연수는 마침표를 찍었다.

"지금 한 말 후회 안 할 자신 있니?"

"……후회할지도 몰라요, 아니 후회하지 않으려고요. 다른 것은 몰라도 제 결정이 그 사람의 마음을 아프게 하지는 않을 테니까."

그녀가 테이블 위에 작은 상자를 하나 올려두었다.

"이건…… 제 것이 아닌 것 같아요. 소중한 것인데, 오랫동안 잊고 있었어요. 미안해요."

자리에서 일어나 엘리베이터를 향해 걸어가는 연수의 뒷모습을 바라보며 지윤이 소리쳤다.

"홍연수, 내가 가진 모든 걸 포기한다면, 넌 내게 올래?"

멈춰선 연수가 고개를 돌렸다.

"강지윤 씨는 정말 불쌍한 사람이에요. 그 오랜 세월동안 곁에서 당신만 바라보면서 가슴 아파하던 사람을 알아보지 못했으니까, 놓쳐버렸으니까."

엘리베이터에 올라탄 연수가 마지막 인사를 건넸다.

"강지윤 씨도 언젠가는 행복해졌으면 좋겠어요."

스르륵 닫혀버리는 문 사이로 연수의 마지막 얼굴을 담은 지윤은 미동도 없이 소파에 앉아 있었다. 식어버린 찻물에서는 더 이상 차 향이 느껴지지 않았다.

연수가 놓고 간 상자를 집어든 그가 뚜껑을 열었다. 개의 이빨 자국이 선명한 낡고 헤진 톰 시버의 사인볼.

그 위에 붉은 펜으로 덧쓰인 붉은 글씨가 눈에 들어왔다.

'Repay.'

공을 만지작거리던 지윤이 공을 허공에 던졌다. 떨어지는 공을 두 손으로 안전하게 받아든 그의 눈시울이 뜨거웠다.

긴급이사회가 소집된 날, 세진에는 팽팽한 긴장감이 감돌았다.

건강상의 이유로 홍 회장은 이사회에 불참했고, 송의진 상무는 홍연수와 홍일안 회장의 대리인 자격으로 참석했다. 일안이 가지고 있던 세진 주식의 지분, 그 상당량이 이미 딸에게 넘어가 있었다. 증여라는 이름으로.

홍연수가 사들인 사모전환사채에 대한 공방이 오갔다.

"증여된 주식의 시가차액은 없습니다. 시세 가액의 100%에 해당한 금액으로 매입한 만큼, 홍연수 씨가 보유한 지분이 경영권 확보를 위한 증여라 하더라도 이사회에서 문제가 될 사항은 아니라고 생각합니다."

"그걸 말이라고 하십니까? 인수자가 아무리 홍 회장님 딸이라고 해도, 그룹 경영에 대해서는 문외한인 아이에게 그 많은 지분을 넘기시다니요."

"최 이사님, 홍연수 씨는 아이가 아닙니다."

홍 회장의 측근과 하선을 지지하는 이사들 간의 공방이 오가는 속에 일관되게 침묵을 고수했던 의진의 냉랭한 말에 모두 입을 다물었다.

"뭔가 잘못 알고 계신 것 아닙니까? 홍 회장님이 홍연수 씨에게 주식을 증여한 것은 맞지만, 한 번도 홍연수 씨가 그룹의 경영에 참여하겠다는 의사를 밝힌 적은 없습니다. 이번 이사회의 안건은 홍 회장님이 이번 문제에 대한 도의적인 책임을 지고 회장직에서 물러나겠다는 의사를 밝히신 만큼, 신임 회장 임명동의안을 의결하고 주식증여에 따른 경영권 변동에 따른 보고를 확인하기 위한 자리입니다."

조용히 그를 지켜보던 하선이 입을 열었다.

"송 상무님 입에서 그런 말이 나오다니 우습네요. 비자금 문제가 터진 게 누구 때문인데, 이번 일로 우리 주주들이 본 손해가 얼마나 되는 줄 아시나요? 아니면 믿는 구석이 있어서 그렇게 당당해질 수 있는 것 같군요."

회의장 안에 있던 모든 이들의 시선이 두 사람에게 일시에 쏟아졌다. 결국 이 싸움은 이 둘 간의 힘겨루기나 다름없었다.

"이번 문제는 앞으로 세진그룹이 더 성장하고, 투명한 경영을 해나가기 위해 반드시 필요한 일이었습니다."

"그래서 내부의 적이 되었다?"

하선의 노골적인 공격에 회의실 안이 술렁였다. 회의 진행이 불가능할 정도로 웅성거림은 잦아들지 않았고, 표정 없이 하선을 응시하던 그가 말을 이었다.

"비자금 관리내역을 당사자들 몰래 조사하고 기록한 것은 제가 맞지만, 검찰에 그 자료를 넘긴 것은 제가 아닙니다."

"그 말을 지금 나보고 믿으라는 거예요? 주식이 바닥을 쳤어요. 시가의 100% 가격으로 홍연수가 주식을 매입했다고 해도, 그 덕분에 예전이라면 생각도 못할 엄청난 양을 일시에 사들였다고요. 이런 걸 두고 불법 경영승계라고 하는 거예요. 그런 연수와 결혼한 송 상무의 입에서 '투명경영'이라는 말이 튀어나온다는 게 어불성설이지 않나요?"

날카로운 대치 속에 회의 진행자에게 조용히 다가와 귓속말을 건네는 남자 때문에 시선이 분산되었다.

"잠시, 회의 진행에 필요한 변동 사항이 있어 알려드리겠습니다."

"흠, 세진그룹 주식의 외국인 지분의 상당수를 보유하고 있는 TL 그룹과 장 회장님이 보유 지분에 대한 의결권 전부를 송의진 상무에게 위임했습니다."

"말도 안 돼!"

날카로운 비명과 함께 하선이 자리에서 벌떡 일어섰다.

일안과 연수가 보유한 주식을 모두 합쳐도 25.7%, 하선과 이사진이 보유한 주식을 합치면 30%에 육박했다. 그런데 외국인 지분의 상당수를 보유하고 있는 장 회장이 의결권을 송의진에게 넘기다니, 믿을 수 없는 발표였다. TL 쪽으로 흘러들어간 주식의 영향력도 무시할 수 없었다.

"그리고 한 가지 더, 비자금 장부를 검찰에 보낸 이가 조금 전에 검찰에 자진 출두했다고 합니다."

마지막 발표에 테이블을 짚고 서 있던 하선의 몸이 휘청거렸다.

정식 주총에서 확인받게 되겠지만, 사전의결권을 통해 세진그룹 창립 이래 처음으로 전문경영인 어영진 사장이 신임회장으로 추대되었다. 그리고 하선을 지지했던 이사진 일부가 그녀에게서 등을 돌렸다.

"축하합니다. 송 상무!"

악수를 청하는 박 전무의 손을 의진은 잡지 못했다. 그 모습에 피식 웃어버린 그가 다시 말을 이었다.

"송의진?"

의진이 고개를 들었다. 만감이 교차했다.

"병원으로 가봐라! 연수…… 어제 오후에 들어왔다."

이사회 내내 차갑기만 했던 그의 눈빛이 흔들렸다. 그 모습에 툭툭, 어깨를 두들겨 준 그가 먼저 회의실을 빠져나갔다.

의진이 휴대폰을 들었다.

"늦었지만, 결혼 축하한다."

오랜만에 듣는 반가운 목소리.

의진의 얼굴에 감사와 안도의 표정이 스쳤다.

"송의진, 내 결혼 선물은 마음에 드냐?"

"고맙다."

그가 토마스에게 인사를 건넸다.

"고맙긴 자식! 뭐, 난 네가 3년 전에 조언해준 대로 투자하는 셈 치고 주식을 조금씩 사들인 것뿐이니까. 덕분에 생각지도 못한 재미도 많이 봤고. 그래도 너 인마, 우리 카지노 일 계속 해준다고 했던 약속은 물리면 안 된다."

"그래!"

밝은 의진 대답에 토마스가 짧은 인사를 건넸다.

"맨해튼에서 보자! 끊는다."

텅 빈 회의실에 놓인 빈 의자들을 바라보던 그가 회의실 문으로 성큼성큼 걸어갔다. 길고 지루했던 여정. 이제 송의진이 돌아갈 곳은 단 한 곳뿐이었다.

홍연수, 그의 아내가 자신을 기다리고 있는 그곳으로.

이사회를 마치고 집으로 돌아간 하선은 곧장 방으로 들어갔다.

거칠게 코트를 벗어 던진 그녀의 시야에 침대 위에 놓인 낯선 서류봉투가 들어왔다. 봉인된 봉투를 뜯어내고 침대 위에 내용물을 쏟아내자, 디스크와 몇 가지 서류 그리고 편지봉투가 떨어졌다.

연수에게 주식을 증여한 일로 일안과 그녀는 대립을 하고 있었고, 일안은 최근엔 아예 집에도 들어오지도 않았다. 봉투를 열어 그 안에 든 편지를 꺼내 읽은 하선의 손이 부들부들 떨렸다. 봉투에 담겨져 있던 것들을 손에 들고 거실로 나간 하선은 TV를 켜고 유니버설 플레이어(universal player)에 디스크를 넣었다.

아련한 느낌이 들 정도로 오래된 화면들.

너무나 익숙한 장소가 그녀의 눈에 들어왔다. 그리고 그 속에 하선이 있었다. 죽은 지시연과 함께.

"생각보다 잘 지내고 있네?"

"당신은 홍일안이라는 남자를 몰라도 너무 몰라!"

"잘생기고 능력 있는 홍일안 같은 남자를 유혹하는 여자들이 나 하나뿐이었을까? 더 있었을지도 모르지…… 하지만 그 사람이 내 곁에 있는 이유가 뭘까? 우린 지독히도 닮았거든! 돈과 권력을 위해서라면 무슨 일이든지 할 준비가 되어 있는 것도, 내 몸 위에서 몇 번이고 절정의 신음을 내뱉던 남자가 아무 일도 없었다는 듯 집으로 돌아가 자신의 정숙한 아내의 몸을 올라탈 정도로 죄책감 따위는 느끼지 않는다는 사실도 말이야! 당신이 목숨보다 더 아끼는 연수, 그 아이 몸에도 홍일안의 피가 흐르고 있다는 사실을 설마 잊은 것은 아니겠지? 그 남자에게서 벗어나겠다고 발버둥 치면서 그 남자의 딸을 가슴에 품고 있는 당신이라는 여자, 정말……!"

곧 들려온 엄청난 충격음과 함께 하선이 몸을 떨었다.

지시연에게 뺨을 맞던 순간의 기억이 고스란히 떠올랐다. 몸을 움츠렸다. 알 수 없는 두려움에 전율했다. 오래전 하선이 시연에게 쏟아냈던 잔인한 말들이 기록되어 화면 속에 남아 있었다. 그리고 그녀가 제2거실을 나간 후 시연이 오열하기 시작했다. 닫혀있던 문이 다시 열리고, 연수가 들어왔다. 우는 시연의 모습을 본 연수가 따라 울기 시작했다.

"연수야, 네 아빠를 증오해! 네 아빠가 엄마를 속였어. 그 오랜 시간 엄마가 아닌 다른 여자를 사랑해 놓고, 엄마가 가진 모든 것을 빼앗아 놓고, 아무것도 주지 않았어! 그 여자가…… 널. 넌 홍일안의 딸이니까……. 엄마가 떠나도 넌 날 기억해 줄 거지? 잊지 않을 거지? 네가 엄마를 잊지 않는다면 언젠가는 다시 만날 수 있을 거야. 그러니까…… 흑…… 흑…… 연수야, 내 딸 연수, 가여운 내 딸 연수…… 사랑한다!"

심장이 조여 왔다.

미치지 않고서야, 평소의 지시연이라면 저런 말을 연수에게 쏟아낼 리가 없었다. 시연이 연수를 어떻게 생각했는데, 그런데…….

있을 수 없는 일이 벌어지고 말았다.

지시연은 연수가 잠든 사이에 욕실에서 자살했고, 일안이 연수를 발견했을 때 아이는 제 엄마의 팔목을 붙잡고 울고 있었다고 했다. 아니 정신을 잃었다고 했던가? 기억이…… 나지 않았다.

그 일이 있은 후 하선은 오랫동안 현실을 외면했다. 잊으려고 노력했다. 시연의 자살에 자신은 아무런 잘못도 하지 않았다고 스스로 몇 번이고 되뇌고, 되뇌었다. 그런데, 그런데…….

툭, 등 뒤에서 들려오는 인기척에 눈가가 젖어 있던 하선이 흠칫 놀라 고개를 돌렸다.

"예지야?"

단말마 같은 비명에도 예지는 반응이 없었다.

언제 들어왔는지, 거실 한편에 우두커니 서 있는 딸아이의 시선은 커다란 TV 속에 고정되어 있었다. 무너져버린 시연의 품 안에서 우는 어린 연수의 모습, 그 울음소리만이 거실을 가득 채우고 있었다.

경직된 딸아이의 표정을 본 하선이 놀라 리모컨으로 TV를 끄고 예지에게 달려갔다.

"예지야!"

하선이 다가서자 예지가 흠칫 놀라 한 걸음 물러났다.

"예지야?"

물러서는 딸아이의 팔을 필사적으로 붙들고 있자, 한 손으로 눈물을 훔쳐낸 예지가 붉어진 눈으로 그녀를 노려보았다.

"연수가 알아요?"

"뭐?"

예지가 무엇을 묻고 있는지 아는 그녀의 낯빛은 창백했다.

"연수가 아냐고요? 엄마가……, 저렇게 한 것. 연수가 봤냐고요?"

아니라고 말해야 했다. 아니니까.

그날 하선이 집 안으로 들어섰을 때 시연은 연수를 2층으로 올려 보내고, 고용인들도 모두 별채로 내려가도록 했으니까. 아무리 그녀라도 연수가 있었다면 저렇게까지 지시연을 몰아붙이지는 못했을 테니까. 아니야, 그러니까……

거세게 고개를 젓는 엄마의 모습에 예지는 비소했다.

"결국 이거였어? 이 집에 처음 들어오던 날, 왜 연수가 그렇게 미쳐 날뛰었는지 이제 알 것 같아. 다 이유가 있었네. 풋, 난 바보같이 그것도 모르고 연수 그 바보 같은 계집애만 잡았으니……."

"홍예지?"

하선은 딸아이의 입에서 무슨 말이 나올지 너무나 두려웠다.

"좋아요? 행복해요? 저렇게까지 해서 나한테……, 나한테 세진그룹 홍일안 회장 딸 자리를 쥐어주고 나니까 엄마는 행복했어요?"

하선은 대답하지 못했다.

일안은 젊은 하선에게는 꿈과 같은 사람이었다. 가지고 싶었지만 너무나 멀리 있어서 꿈같았던 사람. 그런데 어느 날 하선은 그를 가졌고, 그 사람 곁에 있을 수 있다는 사실만으로 행복했다. 그래서 더 놓치기 싫었던 남자. 그의 아이를 먼저 낳았고, 죽은 시연보다 더 긴 시간을 그와 함께 했다. 그런데…….

"이거 놔요!"

예지가 붙잡힌 팔을 빼냈다.

"이사회 소식은 들었어요. 아버지 지금 병원에 계시니까 빨리…… 가보세요!"

"뭐?"

놀란 하선이 현관으로 향하는 예지의 팔목을 붙잡았다.

"그게 무슨 소리니?"

"가서 엄마가 두 눈으로 직접 확인하세요. 이미 모두…….."

울컥 치밀어 올라오는 슬픔에 예지가 더 이상 말을 맺지 못했다.

"나, 당분간 엄마 안 봐요. 아니, 오랫동안 안 볼래. 내가 미치는 것 보고 싶지 않으면, 나…… 찾아오지 말아요. 혹시 알아요? 엄마가 지은 죄, 나라도……."

하선의 손을 거칠게 뿌리친 예지가 정원으로 달려 나갔다.

"예지야, 예지야! 흑……."

거실바닥에 주저앉아 눈물을 쏟아내는 하선의 등 뒤로 구겨진 편지가 한 장 떨어져 있었다.

하선에게.

'널 사랑하지 않은 적은……, 없었다. 미안하다!

-일안-

눈물을 떨구며 중환자실에서 나오던 연수의 시야에 그가 들어왔다. 자신을 향해 걸어오는 의진의 모습. 연수는 한 걸음도 앞으로 다가서지 못한 채 우두커니 서 있기만 했다.

미안한 사람, 사랑하는 사람 그리고 보고 싶은 사람.

눈에 맺히는 인영이 뚜렷해질수록 연수는 더 이상 울지 않으려고 힘겹게 눈물을 삼켰다. 세 달 만에 다시 만난 그에게 웃는 모습을 보여주고 싶었는데, 이미 숨기지 못한 눈물방울이 뺨 위로 흘러내렸다.

눈물이랑 위로 그림자가 드리워질 만큼 가깝게 다가선 그가 서늘한 두 손을 들어 그녀의 얼굴을 감싸 안았다. 눈물 자국을 지우며, 의진이 옅게 미소를 지어보였다.

"아픈 곳은 없지?"

마음이 찢어질 듯 아팠지만, 그의 물음에 고개를 끄덕였다.

"어제 왔다며……, 병원 복도에서 꼬박 밤을 새운 거야?"

대답 대신 그의 허리를 꼭 끌어안았다.

차가운 기운을 머금은 슈트 위로 콩닥콩닥 뛰는 건강한 그의 심장소리가 느껴졌다. 작은 어깨를 감싸 안은 그의 입술이 연수의 머리 위에 닿았다.

"E.J, 지금처럼 그때도 먼저 내게 와줘서 정말 고마워요."

아련하기만 한 수많은 기억들이 연수의 머릿속에 스쳐지나갔다. 이 사람이 곁에 있어서 이겨낼 수 있었던 아픔, 그리고 앞으로 함께 할 미래 그 모든 것이 감사했다.

연수의 등을 부드럽게 쓸어내리며 그가 말했다.

"홍연수, 설마 너무 오래전이라고 잊은 건 아니지?"

품에 얼굴을 묻고 있던 연수가 알 수 없다는 표정으로 고개를 들었다. 눈동자가 붉었다.

마음이 싸할 정도로. 많이 울었구나.

"처음, 네가 내게 왔잖아. 그때 네가 하늘색 원피스를 입고 흰색 머리띠를 하고 있던 것도 난 생생하게 기억하는데……."

그의 말에 기억이 난 연수가 젖은 눈으로 미소를 보였다.

"어둠이 깔린 리조트 안에서 꼬맹이가 겁도 없이 성큼 다가왔을 때 내가 얼마나 놀랐는지 넌 모르지?"

연수의 뺨을 부드럽게 쓸어내리며 그가 속삭였다.

"치마 위에 가득 담아 두었던 플루메리아 꽃잎을 내게 전부 뿌려주었던 건 기억해?"

그리고 치마를 들어 그의 입가에 묻은 피를 닦아주었던 기억. 연수가 고개를 가볍게 끄덕였다. 젖은 눈가를 부드럽게 어루만지던 그의 손가락이 연수의 아랫입술을 쓸었다. 건조하게 갈라진 입술,

흐린 핏자국이 보였다.

"그때부터 넌 언제나 내겐 축복이었다. 그러니까 연수야, 이제는 아파도 내 품 안에서만 아프고, 울어도 내 품 안에서만 울었으면 좋겠다."

생명이 꺼져가는 아버지를 앞에 두고 그 앞에서 울지 않기 위해 버티고 있는 연수의 모습에 의진은 마음이 아팠다. 고개를 숙이자, 그의 입술이 아내에게 부드럽게 닿았다 떨어졌다.

"사랑해요, E.J!"

그의 가슴에 얼굴을 묻은 연수가 소리 내어 울었다.

그리고 사흘 후…….

홍 회장은 가족들이 지켜보는 가운데, 조용히 눈을 감았다. 일안의 장례식을 마치고, 의진과 연수는 맨해튼으로 돌아왔다.

미국으로 돌아온 의진은 M&H로 복귀하는 대신 작은 변호사 사무실을 개업했다. 수많은 스카우트 제의를 거절한 그가 홀로 맨해튼에 작은 변호사 사무실을 연다는 소식에 로펌에서 오랫동안 그의 비서로 있었던 리사 라이언이 한걸음에 달려와 함께 일을 하게 되었다. 변호사로서 의진이 하는 일은 크게 달라지지 않았다.

의사국가고시를 본 예지는 합격 발표가 있기 전에 네팔로 떠났다. 언니가 한국을 떠났다는 소식을 연수는 예지가 보낸 짧은 엽서를 받고 나서야 알게 되었다.

한국을 떠나 네팔 카트만두를 거쳐 이곳에 들어온 지 어느새 2개월이 지났다. 내가 있는 곳, 말레마을을 이곳 사람들은 '그늘마을'이라고 불러. 해발 2천 미터, 척박하고 추운 이곳에서 자란 커피나무가 가장 향기로운 커피를 만든다는 사실이 놀랍지 않니?

너도 그랬을까?

어쩌면 널 처음 본 그 순간부터 난…….

네가 되고 싶었는지도 모르겠다.

연수야, 정말…… 미안하다.

20XX.3.10

언니가

"어디에 놓아드릴까요?"

"이쪽에 놓아주시겠어요?"

예지에게서 받은 엽서를 읽고 있던 연수가 배달원에게 서랍장을 놓을 위치를 알려주었다. 예지에게서 받은 엽서를 다시 한 번 읽어 본 연수는 제자리를 찾은 가구의 맨 아래 서랍을 열고 그 엽서를 소중히 넣어 두었다.

모처럼 연습이 없어서 쉬게 된 날, 바쁘다는 핑계로 오랫동안 미뤄두었던 대청소를 연수는 시작해야 할 시간이었다.

현관문을 열고 들어서는 의진의 눈에 낯익은 가구가 들어왔다. 청혼을 한 후 연수가 그에게 처음으로 사달라고 졸랐던 선물. 미국으로 돌아와서도 한동안 보이지 않아 궁금했는데, 연수가 오늘 집 안으로 다시 들여놓은 모양이었다.

재킷을 벗고, 넥타이를 풀어 의자에 걸쳐 놓은 후 의진은 소파 앞으로 다가갔다. 책을 아슬아슬하게 붙잡고 소파 위에 웅크린 채 잠이

청염 399

들어 있는 연수의 모습에 피식 웃어버리고 말았다.

손에 걸린 책을 빼내고, 손을 뻗어 말간 얼굴 위로 흘러내린 머리칼을 손가락으로 부드럽게 쓸어 넘겼다. 간지러운지 눈썹을 파르라니 떨던 연수가 천천히 눈을 떴다. 테이블에 앉아 자신을 내려다보고 있는 그와 눈과 마주치자, 잠결에도 해맑은 미소를 지어보였다.

"언제 왔어요?"

"방금."

"어떡해! 오늘은 맛있는 저녁을 해주고 싶었는데, 대청소한다고 뛰어다니다가 피곤해서 그냥 잠들어버렸나 봐요."

소파에서 내려선 연수가 고개를 숙여 그의 입술에 가볍게 입을 맞추고는 주방으로 가기 위해 몸을 돌렸다.

"아!"

손목을 붙잡은 의진이 그녀를 끌어당겼다.

"배 안 고파요?"

그의 품 안에서 장난기 어린 표정을 바라보며, 연수가 짧게 수염이 올라온 그의 턱을 부드럽게 매만졌다.

"배고파. 사실 일이 바빠서 점심을 제대로 못 먹었어."

"그런데요?"

"너무 예뻐서."

연수가 피식 웃어버렸다.

"오늘 다시 들여왔네?"

그의 시선이 서랍장에 뻗어나가자, 연수가 고개를 끄덕였다.

"그동안 어디에 있었어?"

"음, 저만의 비밀 공간에요."

알 수 없는 대답에 의진의 이마에 주름이 생겼다. 그 표정이 재미있어 연수가 손가락으로 그의 미간을 눌렀고, 부드럽게 몇 번이고 쓰다듬었다.

"찡그리지 말아요. 만약에 얼굴에 주름 생기면, 절대로 안 가르쳐 줄 거예요."

장난스런 경고에 의진은 '그렇게 하겠다.'는 대답 대신 턱을 끌어당겨 키스했다. 입맞춤이 깊어지자, 그가 연수를 안아 소파에 뉘었다. 셔츠 안으로 들어온 손이 허리를 쓰다듬다 아래로 향하기 시작했다. 연수가 그의 손목을 붙잡았다.

"E.J, 잠깐만요. 알려줄게요."

뜨거운 숨결을 쏟아내는 의진을 올려다보며, 그녀가 먼저 백기를 들고 말았다.

"싫은데."

그 대답에 이번에는 연수의 미간에 주름이 생겼고, 의진은 결국 웃음을 참지 못했다.

서랍장 앞에 선 연수가 첫 번째 서랍을 열고 그 안에 들어 있던 편지봉투를 꺼내 의진에게 건넸다.

"원래는 버릴까 생각했지만, 그러기에는 이 안에 들어 있는 지난 2년간의 기억이 너무 소중해서 버리지 못했어요. E.J와 함께 하지 못한 시간이지만 그래도 꼭 전해주고 싶었어요. 물론 서랍장은 말고 편지만요."

해사하게 웃는 아내의 표정을 본 그가 뺨을 쓰다듬은 후 손에 들려진 봉투를 열었다.

그 안에는 연수가 스무 살이 되던 날의 아픔이 고스란히 남아 있었다. 찬란해야 할 그때, 그의 선택으로 인해 눈물로 며칠 밤을 지새운 모습이 떠올라 그녀를 와락 끌어안았다.

"미안하다."

"으응, 미안하라고 주는 것 아닌데……. 내가 송의진이라는 남자를 이만큼 사랑했고, 사랑한다는 것을 알려주려고 한 선물인데."

맑은 연수의 목소리에 의진이 고개를 숙여 눈을 맞추었다.

"연수야, 이 편지…… 1년에 한 통씩만 받을게. 그 대신 편지가 있던 자리에 내가 너에게 주지 못한 선물과 마음을 담아줄게. 그렇게 해도 되지?"

"정말요? 와, 좋아라!"

연수가 아이처럼 웃으며 그의 목에 매달렸다.

"그런데요, 그렇게 하면 E.J가 손해 보는 건데 괜찮아요? 일 년에 한 통씩이면, 12년이나 걸린단 말이에요."

긍정의 의미로 의진이 말없이 고개를 끄덕이자, 연수가 웃으며 그의 뺨을 쓰다듬었다.

"에잇, 기분이다. 팍 깎아서 한 달에 한 통. 어때요? 그러면 1년 안에 다 볼 수 있는데……."

연수의 눈동자를 물끄러미 바라보던 그가 고개를 숙였다.

"올해 네 생일에는 결혼식을 올리자, 연수야. 그날부터 12년, 아니 평생 네가 원하는 것은 다 해줄게. 사랑한다, 홍연수!"

의진의 고백에 연수가 청염하게 웃었다.

깨끗하고 어여쁘게.

맑고 품위 있게 아리따움을 빛내며.

14.

　미명이 채 가시지 않은 새벽, 먼저 눈을 뜬 그가 손을 들어 아내의 이마를 짚었다. 신열로 붉었던 얼굴빛도 제 색을 찾았고, 체온도 정상으로 돌아와 있었다.

　연수가 깨지 않게 조심스럽게 침대를 벗어난 그가 이불 끝을 여며 주었다. 욕실로 들어가 간단히 씻고 옷을 갈아입은 후 아래층으로 내려갔다. 주방에서 풍겨오는 고소한 잣죽 냄새가 집 안을 가득 채우고 있었다.

　"안녕히 주무셨어요."

　아들의 인사에 전자레인지 앞에서 죽 냄비를 젓고 있던 진이 고개를 돌렸다.

　"일어났니? 연수는 좀 어떠니?"

　맨해튼을 떠나올 때부터 안색이 나쁘다 싶었는데 임신 7개월의 몸으로 장시간의 비행은 무리였는지, 어제 서울에 도착한 이후 연수는 만 하루를 꼬박 앓았다. 1년여 만에 아들 내외와 재회한 기쁨도 잠시, 그 모습에 진은 온종일 애를 태웠다.

"열은 다 내렸어요. 밤새 잠도 잘 잤고요."

"정말 다행이다. 네 아버지도 걱정이 되시는지, 새벽부터 전화를 하셨더라."

학회가 있어 만섭은 며칠째 해외출장 중이었다.

"밤새 한숨도 못 주무셨죠?"

죄송한 마음에 그가 묻자, 불을 끈 진이 미소를 지으며 돌아섰다.

"너만 하겠니. 그리고 하루 잠 못 잤다고 어떻게 될 리도 없고. 내 욕심에 힘들어하는 아이를 괜히 불렀나 싶었다만, 살은 오르지 않고 저리 배만 불룩 나와서야……. 이제부터라도 연수 잘 좀 챙겨 먹여야겠다."

진은 걱정스러운 표정을 완전히 지우지 못했다.

지난해 여름 의진은 약속대로 연수와 하와이에서 결혼식을 올렸다. 봄에 맨해튼에 다녀갔던 진과 만섭은 참석하지 못했지만, 토마스 랭스턴과 리사 라이언 그리고 애니 폴락이 결혼식을 축하해주었다. 그리고 빅 아일랜드에서의 허니문은 눈물 날 만큼 아름다웠고, 뜨거웠다.

일상으로 돌아온 연수는 새로운 공연 준비로 바빴고, 의진은 법률사무소 일과 새로 집필을 시작한 소설을 쓰느라 정신없이 지냈다.

그러던 어느 날, 가을 정기공연을 준비하던 연수가 연습 중 쓰러졌다는 소식에 의진은 아연실색했다. 피임에 실패했다는 예상치 못했던 결과에 둘은 한동안 말을 잊지 못했다.

갑작스럽게 찾아온 아기였다. 그러나 그의 걱정과는 다르게 연수의 결정은 빨랐다. 연수는 예술감독에게 달려갔고, 임신 사실을 이야기했다. '임신한 몸으로라도 무대에 오를 수 있다면 서겠다.'는 연수의 의지에 발레리노와 부딪혀야 하는 안무는 일부 바뀌었지만, 걱정을 접을 수 없던 연수는 매주 병원에 다니면서도 필사적으로 무대에 올랐다. 그리고 선택했다.

스물넷 젊은 나이에 찾아온 은퇴.

출산 후 발레리나로 복귀할 수 있을지 불투명했지만, 연수는 엄마가 된다는 사실을 기쁘게 받아들였다. 하지만 배가 불러올수록 힘들어하는 연수의 소식을 들은 진은 아이들에게 한국에 들어오라고 간청했다.

해를 넘기고 '하던 일들이 정리되는 대로 봄에 한국으로 들어가겠다.'는 소식을 들은 진은 아이들이 살 집을 먼저 알아보았다. 하지만 연수가 함께 살고 싶어 해, 진은 신교동 집의 2층 벽을 털고 낡고 오래된 욕실을 새로 고치는 등 인테리어 공사를 다시 했다.

"밤새 병구완하느라 힘들었을 텐데, 너부터 한 술 뜨렴."

식탁 위에 죽 그릇을 올려놓는 진의 귓가에 연수의 목소리가 들려왔다.

"어머니, 안녕히 주무셨어요."

얇은 모직 원피스에 카디건을 걸친 연수가 천천히 주방으로 들어섰다. 어느새 돌아선 의진이 연수의 어깨에 팔을 둘렀다.

"조금 더 누워 있지 왜 벌써 내려왔어?"

"배고픈 게지. 뱃속에 있는 이슬이가 밥 달라고 제 엄마를 무던히도 괴롭혔나보다."

진의 말에 연수는 미소를 지었고, 의진은 '아!' 하는 묘오妙悟한 표정을 지었다.

그 모습에 두 여자가 웃고 말았다.

이른 아침을 먹은 후 연수가 목욕을 하는 사이에 의진은 풀지
못한 짐을 정리했다. 환기를 시키기 위해 2층 창문을 열자, 비에
젖은 싱그러운 풀잎이 그의 눈에 들어왔다. 오래전 이 집에 처음
이사 오면서 어머니가 취미로 시작한 정원 가꾸기는 이제 전문가
의 솜씨가 느껴질 만큼 달라져 있었다. 파종을 한 지 얼마 되지
않은 듯 마당 한편에 이랑을 만들어 놓은 땅이 비에 흠뻑 젖어 있
었다.

"어머니가 라벤더를 심으셨대요."

욕실에서 나온 연수가 그의 허리를 끌어안은 채 창밖을 내려다보
며 말했다.

"라벤더?"

"네. 살균도 되고 방충 효과가 있다고요. 예쁘게 키워서 아기가
태어나면 방 안에 걸어주신다고 하셨어요."

6월이면 태어날 아기.

만개한 라벤더 꽃을 떠올리며 그가 연수의 이마에 입을 맞추었
다.

"E.J."

"응."

"이슬이 이름이요, E.J가 지어주면 안 돼요? 아버님께서 조금 서
운해 하실지 모르지만, 아기에게 아빠가 지어준 이름을 꼭 붙여주고
싶어요. 예쁜 이름으로 지어줄 거죠?"

기대어린 표정에 그가 피식 웃었다.

"글쎄……."

연수蓮繡, '연꽃으로 수를 놓다.' 는 아내의 이름을 떠올렸다.

하와이에서의 허니문, 둘은 아기가 그때 찾아온 것이라 생각했다. 야청빛 하늘 아래 달빛이 연못에 비치던 그날 밤, 만개한 흰색 수련은 눈부시게 아름다웠다.

그리고 의진은 아내의 몸을 뜨겁게 탐했다. 상아嫦娥, 달 속에 있는 선녀처럼 달과 함께, 수련과 함께 찾아온 아이.

아내의 부른 배를 부드럽게 쓰다듬던 그가 입술을 내렸다.

"루네(lune)라고 하자, 연수야. 달처럼 연꽃처럼 이 아이도 맑고 예쁘게 자랐으면 좋겠다."

"송루네?"

연수의 물음에 그가 고개를 끄덕였다. 너무나 예쁜 이름에 연수가 환하게 웃어보였다.

행복한 입맞춤 위로 물기를 가른 빛살이 비추고 있었다.

따뜻하고 부드럽게.

봄의 시작이었다.

*

살짝 매트리스가 흔들렸다. 품 안으로 조심스럽게 파고드는 온기, 코끝을 간질이는 보드라운 느낌에 막 잠에서 깨기 시작한 연수가 낮은 신음을 내뱉으며 뒤척였다. 작은 손이 옆구리에 살포시 닿자, 잠결에도 미소를 지으며 천천히 눈을 떴다.

살짝 열린 커튼 사이로 쏟아져 들어오는 햇살이 침실 한편에 선명한 그림자를 만들고 있었다. 침대에 머리를 누인 채 품 안에 파고든 작은 천사를 연수는 사랑스럽게 내려다보았다.

졸업논문 준비로 연수가 밤을 새우다시피한 것이 3주가 넘었으니, 거의 한 달간 루네를 재우는 것은 남편의 몫이었다. 아직 다섯 살밖에 되지 않은 아이이니 엄마 품이 그리운 것은 당연했지만, 일요일만큼은 연수가 늦잠을 잘 수 있도록 의진은 루네가 침실 안에 들어오는 것을 허락하지 않았다.

"루네?"

이름을 부드럽게 부르자, 품에 안겨 있던 작은 천사가 고개를 들었다. 자신이 '자고 있는 엄마를 깨워버린 것은 아닐까?' 하는 걱정이 순간 눈빛에 스쳤다. 그 표정을 본 연수가 장난스럽게 아이를 와락 끌어안았다. 까르르 웃음을 토해내는 루네를 안고 연수는 머리와 뺨에 쪽 소리가 날 정도로 키스 세례를 퍼부었다.

"하, 하, 하, 하!"

딸의 자지러지는 웃음소리를 듣고 나서야 연수가 이마 위로 흘러내린 머리칼을 넘겨주며, 입을 열었다.

"루네는 엄마한테 굿모닝 키스 안 해줄 거야?"

연수의 말에 루네가 환하게 웃으며 엄마의 분홍빛 뺨에 쪽 소리가 나게 입을 맞추었다.

"굿모닝, 엄마!"

작은 손으로 목을 와락 끌어안는 루네의 온기에 연수의 얼굴에는 행복이 넘쳐났다. 침대에서 일어나 세수를 하고, 이를 닦는 동안에도 루네는 연수 곁을 떠나지 않고 욕실 변기 뚜껑 위에 앉아 노래를 흥얼거렸다.

처음 아기를 가진 사실을 알았을 때, 연수는 출산 후 무용수로 복귀할 생각을 했었다. 쉬운 일은 아니지만 긴 공백기 이후 성공적으로 복귀해 활동하는 무용수들이 현역에 있었고, 연수의 생각도 크게 다르지 않았다.

루네가 태어난 지 백일이 좀 지나, 무용단으로의 복귀를 고민하던 연수가 의진과 맨해튼에 잠시 머물렀던 기간이 있었다. 하지만 처음 생각과는 다르게 루네가 태어나고 하루가 다르게 자라는 것을 보아버린 연수는 차마 아이를 진에게 떼어 놓은 채 무용단으로 돌아갈 수 없었다. 아기를 보지 못한 몇 주 동안을 눈물로 보낼 정도로 힘들어했으니까.

현역에서 물러나기에는 스물여섯 젊은 나이.

연수는 발레리나로 돌아가는 대신 뒤늦게 공부를 시작했다. 루네가 두 살이 되던 해 뒤늦게 대학에 입학한 연수는 지금 공연예술을 전공하고 있었다.

맨해튼에 처음 문을 열었던 작은 법률사무실도 서울에 사무소를 열만큼 규모가 커졌지만, 의진은 일에 있어서 크게 욕심을 부리지 않았다. 언제나 연수와 루네 그리고 가족이 먼저였다. 그리고 서울로 돌아왔을 때 故김만익 변호사가 하던 일을 그도 시작했다.

"뭐해요?"

루네를 데리고 주방으로 들어선 연수가 아일랜드 식탁 위에 펼쳐진 엄청난 식재료들을 보며, 눈을 동그랗게 떴다.

"우리 꼬맹이가 또 당신 잠을 깨웠네."

의진이 다가와 연수에게 가볍게 입을 맞추었다. 아빠에게 혼이 날까 연수 뒤로 살짝 숨은 루네의 모습을 본 그가 딸을 향해 장난스런

표정을 지었다. 연수가 그러지 말라며 눈매를 좁히자, 그가 루네를
번쩍 안아 식탁 앞에 앉혀주었다.

"루네야, 아빠가 루네하고 엄말 위해서 뭘 만들어주는지 볼까?"

"네!"

기대에 한껏 부푼 청명한 딸아이의 목소리에 의진이 입고 있던
앞치마의 허리띠를 바짝 조였다. 아일랜드 식탁 의자에 앉아 다리를
흔들며 자신의 눈앞에서 초롱초롱한 눈망울을 굴리는 딸아이와 기
대에 부푼 연수의 표정에 그의 손은 더욱 바빠졌다.

단무지를 먹지 않는 연수를 위해 연근을 조리고, 소고기를 좋아
하는 루네를 위해 잘게 간 소고기를 양념해서 프라이팬에 볶았다.
예쁘게 잘라낸 과일이 담긴 샐러드 접시와 막 지어낸 밥으로 만든
윤기가 흐르는 소고기와 치즈 김밥이 보기 좋게 썰려 눈앞에 놓이
자, 루네의 입에서 탄성이 터져 나왔다.

"많이 기다리셨습니다. 우리 공주님!"

"와아!"

연수 또한 그 솜씨에 탄성을 내뱉었다.

"정말, 당신 변호사 안 했으면 아마 지금쯤 아주 유명한 요리사가
됐을 거예요."

아내의 칭찬에 의진이 기분 좋게 웃으며 김밥을 집어 들어 루네
의 입에 넣어주었다. 작은 입 안이 꽉 찰 정도로 가득한 음식을 오물
거리며 맛있게 먹는 딸아이의 모습에 그가 흐뭇한 표정으로 연수를
향해 윙크를 했다.

"커피 내려줄까?"

"아니요, 내가 내릴게요."

연수가 식탁을 돌아 커피머신으로 향하자 의진이 아내의 팔목을 끌어당겨 품에 안았다.

"어어, 왜요?"

"굿모닝 키스."

"아까 했잖아요."

늦은 아침, 아침밥을 먹고 있는 딸아이를 앞에 앉혀두고도 거침 없이 애정표현을 하는 이 남자가 연수는 가끔은 당황스러울 때가 있었다.

"루네가⋯⋯."

말을 채 끝맺지 못하고 고개를 돌리자, 아빠가 만들어준 김밥을 입 안에 가득 물고는 접시 위에 작은 탑 쌓기 놀이에 빠진 루네는 엄마를 쳐다보지도 않았다.

김밥에 밀려버린 자신의 순위에 연수는 결국 웃어버리고 말았다.

"바쁜데 장은 언제 다 봤어요?"

두 팔로 남편의 목을 감싸 안으며 연수가 물었다.

"요즘에는 인터넷 쇼핑이라는 것도 있으니까."

"아!"

새로운 사실을 깨달은 연수의 표정을 본 그가 허리를 더욱더 잡아당겼다. 그리고 의자에 앉아 있는 그를 향해 연수가 고개를 숙이자, 의진의 얼굴에 미소가 피어올랐다.

맛있는 냄새가 가득한 식탁 앞.

달콤한 입맞춤과 함께 서른 번째 생일을 두 달여 앞둔 연수의 여름이 그렇게 시작되고 있었다.

뒷좌석 문을 열자, 후끈한 공기가 순식간에 차 안으로 파고들었다. 작열하는 한여름의 태양은 아스팔트를 뜨겁게 달구고 있었고, 차향의 그림자가 채 닿지 않은 보도블록은 뜨거운 지열을 고스란히 내뿜고 있었다. 신발에 열기가 느껴질 정도로.

"주차하고 들어갈게, 더우니까 루네하고 먼저 들어가 있어."

차에서 먼저 내려서 딸아이의 손을 잡고 돌아보는 연수를 향해 그가 고개를 숙였다.

"네, 그렇게 할게요. 몇 번 게이트인지는 알죠?"

의진이 고개를 끄덕였고 차가 출발하자, 연수가 루네의 손을 잡고 공항청사 안으로 들어갔다.

뒤늦게 여름휴가를 떠나는 인파로 공항 안은 매우 혼잡했다. 사람들을 피해 루네와 나란히 걷는 연수의 귓가에 아이의 목소리가 들렸다.

"아빠는요?"

연수와 의진이 공부와 일로 바쁜 탓에 진의 손에 거의 키워지다시피 한 루네는 제 또래 아이들보다 제법 어른스러웠다. 거기에 예쁜 말투까지.

"주차장에 차 세워두시고 따라오실 거야. 루네야, 아까 엄마가 뭐라고 했는지 기억해?"

'네' 라는 대답 대신 종종걸음으로 연수를 따라 걸으며 루네가 고개를 몇 번 끄덕였다. 비행기의 도착 시간을 알려주는 전광판 앞에 서자, 연수는 눈을 떼지 못했다. 그런 엄마의 표정이 신기한 듯 한참 동안 연수를 올려다보던 루네가 제 손을 꼭 쥐는 엄마의 행동에 고개를 돌렸다.

입국장 게이트에서 쏟아져 나오는 수많은 사람들 속에 있던 한 여자가 연수와 루네를 향해 천천히 다가왔다. 낡은 청바지와 워커, 흰색 민소매 셔츠를 입고, 허리에 낡은 카디건을 질끈 둘러맨 여자의 눈빛은 이미 촉촉이 젖어 있었다.

"언니?"

아버지의 장례식 이후 6년 반 만에 마주한 두 자매는 서로를 마주한 채 아무런 말도 하지 못했다.

티베트에서 봉사활동을 하며 간간이 예지가 보내는 엽서를 통해 연수는 언니의 소식을 들을 수 있었고, 연수는 답장을 통해 자신이 아기를 가지게 되었다는 것, 발레를 그만두겠다는 결정, 예지에게도 예쁜 조카가 생겼다는 소식, 그리고 서울의 일상을 전한 것이 전부였다.

어릴 적 함께 있을 때 알지 못했던 많은 것들을 오히려 멀리 떨어져 있는 동안 알게 되고 공유하게 되었지만, 이렇게 마주보는 것은 아직도 익숙하지 않았다.

"잘 지냈어?"

예지의 미소에 눈가에 눈물이 맺힌 연수가 말없이 고개를 끄덕였다. 그런 동생을 보며 어색한 미소를 짓던 예지가 놀라 어깨를 움츠렸다. 서늘한 손을 살며시 붙잡은 작고 따뜻한 손. 예지가 저도 모르게 시선을 떨어뜨렸다.

제 엄마를 쏙 빼닮은 크고 맑은 눈동자를 굴리며, 자신을 올려다보는 아이의 눈빛에 심장이 뛰었다. 연수가 보내주었던 사진으로만 보았던 아이의 존재를 처음으로 실감했다.

살며시 미소를 지어보인 예지가 무릎을 굽혀 루네와 처음으로 시선을 마주했다. 예지가 말레마을에 처음 발을 들여 놓았을 때 만났던 꼬마 어니따가 궁금증이 가득한 눈빛으로 자신을 쳐다보던 눈빛이 떠올랐다.

"안녕, 루네!"

그녀가 아이를 향해 환하게 웃어보이자, 루네가 잡고 있던 엄마의 손을 놓고 예지의 목을 와락 끌어안았다.

"안녕하세요, 예지 이모!"

루네의 인사에 예지의 심장이 툭, 떨어져버렸다. 연수를 대신해 루네를 꼭 안아준 예지의 뺨 위로 눈물이 또르르 흘러내렸다.

함께 저녁을 먹고 난 후, 호텔로 가겠다는 예지를 끌고 집으로 돌아온 연수는 예지에게 이것저것을 알려주며 그녀가 쓸 방 안을 계속 서성였다.

"언니가 입을 만한 옷을 몇 가지 사서 옷장에 넣어두었는데, 예전보다 살이 많이 빠진 것 갓 같아서 클지도 모르겠다. 속옷이랑 셔츠는 다 세탁해서 넣어두었으니까 그냥 입으면 되고, 세탁물은 욕실 안에 있는 바구니에 한꺼번에 넣어두면 나중에 빨 때 분리할 거니까, 신경 쓰지 않아도 되고 그리고……."

"홍연수!"

반듯한 침대시트의 주름을 다시 바로잡으며 고개를 돌리는 연수를 예지가 물끄러미 바라보았다.

"아줌마 다 됐다."

"응?"

"이런 네 모습…… 아줌마 다 됐다고."

"아, 나 아줌마잖아. 그리고 애 엄마고."

아무렇지도 않게 환하게 웃어 보이는 연수의 표정에는 행복이 넘쳐났다. '다행이다. 정말 다행이다.' 라는 말이 목구멍으로 새어나오려는 것을 참으며, 예지도 행복하게 웃었다.

의진이 출근하는 것을 배웅한 연수가 루네를 깨우러 아이의 방으로 들어갔다. 빈 침대와 흐트러진 이불, 늦잠꾸러기 꼬맹이가 오늘따라 일찍 자리에서 일어난 모양이었다. 욕실과 다용도실, 놀이방, 남편의 서재 그리고 정원식 발코니까지 연수가 집 안 곳곳을 살폈지만, 그 어디에도 루네의 모습은 보이지 않았다.

"루네? 송루네?"

아이의 모습을 찾지 못한 연수가 결국 예지의 방 앞에 섰다. 긴 여정으로 피곤할 언니의 잠을 방해하고 싶지 않았는데, 살펴보지 못한 공간은 이곳뿐이었다.

망설이던 연수가 살며시 방문을 열자, 예지의 목소리가 들려왔다.

"여기가 아스레와 말레(Aslewa Male)마을이야. 아스레와 말레는 '좋은 사람들이 모여서 사는 곳' 이라는 뜻이 있단다."

헝클어진 머리칼과 잠옷 차림으로 침대 위에 앉아 있는 예지의 팔 안에 안겨 있는 루네가 언니의 손에 들린 작은 앨범을 뚫어지게 바라보고 있었다.

루네는 안개가 자욱한 마을 풍경사진을 바라보며 이모가 설명해 주는 이야기에 정신없이 빠져 있었다.

"산인데도 사람이 살아요?"

"그럼, 많지는 않지만 이곳에도 엄마랑 아빠랑 언니, 오빠랑 사는 꼬맹이들이 있는데……."

"루네만 한 아이도요?"

"응, 하지만 가난해서 루네보다 조금 더 큰 아이들도 학교에 다니지 못하고 일을 하는 경우도 있어."

"음, 가난한 게 뭐예요?"

다섯 살짜리 꼬마 아이에게는 '가난'이라는 말이 너무 어렵다는 사실을 예지는 처음 깨달았다.

"먹고 싶은데 먹을 것을 살 돈이 없거나, 아주 많이 아픈데 돈이 없어서 병원에 가지 못하는 것을 가난하다고 해."

아이의 보드라운 머리칼을 쓰다듬던 예지를 루네가 촉촉한 눈빛으로 올려다보았다.

"그래서 이모 또 가요? 아픈 사람 치료해주러?"

순간 루네의 정수리에 닿아 있던 예지의 손이 멈추었다. 대답을 하지 못했다. 그녀가 왜 네팔에서 떠도는지 설명해주기에는 루네는 너무나 어렸다. 그리고 예지에게는 이곳에서 꼭 만나야 할 사람이 있었다.

"이모도 아직 잘 모르겠어. 그래도 만약에 가게 되면 루네한테 제일 먼저 알려줄게. 알았지?"

자신에게 제일 먼저 말해주겠다는 예지의 대답이 만족스러운 듯 루네가 고개를 몇 번이고 끄덕였다.

똑똑, 노크 소리에 예지가 고개를 들었다.

"언니, 아침 먹자. 루네도!"

엄마의 목소리에 단숨에 침대에서 뛰어내려온 루네가 연수에게 달려갔다. 연수의 허리를 끌어안고 예지에게 들은 이야기를 털어놓는 루네의 얼굴은 신이 나 있었다.

"루네가 빨리 씻고, 밥도 잘 먹으면 예지 이모가 더 재미있는 이야기를 해줄지도 모르는데……."

엄마의 말에 루네는 '정말이냐?'는 듯 이모를 돌아보았고, 예지는 미소를 지으며 고개를 끄덕여주었다.

연수가 루네와 방을 나가자, 예지가 루네가 앉아 있던 자리로 잠시 시선을 떨구었다. 남아 있던 온기가 서서히 식어갈 때쯤 침대에서 내려온 예지가 욕실로 들어갔다.

포크를 손에 쥐고 제법 익숙한 솜씨로 혼자 스크램블 에그를 먹는 루네의 모습에 예지는 대견한 듯 미소를 지었다. 연수와 엄마를 제외하고는 이 세상에 자신과 연결된 누군가가 한 명 더 존재한다는 사실이 낯설었지만, 설렘도 일었다.

그런 예지의 표정을 물끄러미 바라보던 연수가 입을 열었다.

"언니, 한국에서 정착할 생각은 없어?"

고개를 든 예지의 시선이 연수에게 향했다. 잠깐의 망설임이 침묵을 대신했다.

"아직 잘 모르겠다."

"아직 모르겠다는 건 가능성은 있다는 거야?"

연수의 관심어린 궁금증에 예지가 대답하지 않은 채 손가락으로 식탁을 톡톡 두드렸다. 무엇인가 생각에 잠길 때면 손가락으로 책상이나 테이블을 두드리는 습관.

아버지와 너무나도 닮은 저 습관을 '언니 본인은 알고 있는지?' 연수는 궁금했다.

"언니?"

"생각 중이야. 서일병원이 내년부터 해외의료진 연수프로그램을 실시할 계획이라, 현지 사정을 잘 아는 의료진의 채용을 원한다고 연락을 해왔거든."

"그럼?"

예지의 답변에 연수의 얼굴에 화색이 돌았다.

"아직 결정한 것 아니니까, 김칫국부터 마시지 말라고."

"응!"

"응!"

연수의 쾌활한 목소리에 루네가 웃으며 흉내를 냈다. 그 소리에 두 자매의 시선이 아이에게 향했다.

"루네야, 예지 이모가 이곳에 있었으면 좋겠지?"

연수의 물음에 머리핀이 흘러내릴 정도로 루네는 고개를 세게 끄덕였고, 그 모습을 본 연수와 예지는 웃음을 터트렸다. 그 소리가 허공 속에 상쾌하게 울려 퍼졌다. 작은 천사의 귓가에도.

연수를 닮은 루네의 청염한 미소와 함께.

*

피아니스트 맥스 마컴의 초청독주회가 끝나고, 그에게 사인을 받기 위해 줄을 선 사람들로 홀 앞은 인산인해를 이루고 있었다. 만화 속에서나 등장할 법한 외모를 가진 금발의 솔로 피아니스트의 매력에 빠진 여고생들의 모습도 간간이 보였다.

앨범 재킷 위에 통역대로 메시지를 적은 그가 팬에게 사인한 음반을 건네고 고개를 돌리자, 동그란 눈과 시선이 마주쳤다. 제 키만큼 높은 테이블 위로 목을 빼고 고개를 내밀고 있는 여자아이.

옅은 쌍꺼풀이 진 큰 눈과 귀여운 입술을 가진 예쁜 아이였다.

"우리 엄마가 아저씨 좋아해요!"

앙증맞은 작은 두 손으로 블랙 벨벳이 깔린 테이블 위에 조심스럽게 음반을 올려놓으며 아이가 말했다. 뜻 모를 언어에 맥스는 두 눈을 깜빡였고, 낮은 웃음소리 후 통역원이 그 의미를 알려주었다. 아이를 향해 맥스가 환하게 웃어보였다.

"뭐라고 써 줄까?"

통역원의 물음에 잠깐 생각에 빠진 아이가 입을 열었다.

"사랑하는 엄마에게, 루네가!"

"루네!"

아이의 이름을 부르는 소리에 사람들의 시선이 돌아갔다. 아이를 향해 걸어오는 남자의 얼굴은 굳어 있었다.

의진이 음반 값을 치르기 위해 지갑을 꺼내는 그 짧은 순간 사라져버린 루네 때문에 그는 가슴이 덜컹했다. 그런데 그 사이 딸아이는 사인을 받기 위해 맨 앞자리까지 차지한 모양이었다.

"아빠, 엄마한테 줄 거니까 엄마 이름도 쓰면 안 돼요?"

놀란 가슴을 쓸어내릴 사이도 없이 자신의 허락을 기다리는 딸아이의 표정에 의진은 결국 지고 말았다.

"그래."

안도감에 겨우 딸의 머리를 쓰다듬는 의진이 고개를 끄덕였고,

통역원의 설명에 귀를 기울이고 있는 맥스 마컴의 표정은 즐거워 보였다.

"'사랑하는 엄마에게, 루네가!' 이렇게 써 주면 되니?"

"네. 그리고 엄마 이름도요."

통역원이 맥스에게 메시지를 전했고, 아이에게 다시 물었다.

"엄마 이름이 뭔데?"

"홍, 연, 수."

메시지를 적던 맥스 마컴의 손이 멈칫했다. 고개를 들어 아이의 얼굴을 다시 한 번 살펴보았다. 어디서 본 듯한 익숙함의 이유를 이제야 알 것 같았다. 연수, 홍연수의 아이.

수려한 필체로 적어낸 메시지 아래 맥스가 약간 떨리는 손으로 정성스럽게 그 이름을 남겼다. 사인 후 건네 준 음반을 받아드는 루네가 맥스를 향해 해맑게 웃으며 인사와 함께 작은 손을 내밀었다. 아이의 미소 속에 연수가 보였다.

"고맙습니다!"

"Thank you!"

의진의 인사에 맥스가 잡고 있던 루네의 손을 놓아 주었다.

아이의 손을 잡고 총총히 걸어가는 남자의 뒷모습을 바라보는 맥스의 얼굴에 미소가 가득했다.

서둘러 나온 듯 코트 단추도 잠그지 못한 채 종종걸음으로 달려오는 아내의 모습에 의진이 미소를 지었다. 지난 가을부터 공연기획팀에서 인턴교육을 받고 있는 연수는, 이 연말 누구보다 바쁜 일상을 보내고 있었다. 엄마를 기다리고 있던 루네가 연수를 보자마자 뛰어갔다.

"엄마!"

루네를 받아 안은 연수의 허리가 휘청거렸다.

"많이 기다렸죠? 뒷정리가 너무 늦게 끝나서……."

루네의 머리를 쓰다듬으며, 다가오는 의진을 향해 연수가 고개를 돌렸다.

"아니, 조금 전에 나왔어. 힘들었지?"

인턴교육도 오늘이 마지막이었다.

"아니요. 독주회는 어땠어요? 루네는 어땠어?"

연수가 딸아이를 향해 시선을 내렸다. 기다렸다는 듯 루네가 손에 들고 있던 앨범을 내밀었다.

"이건 루네가 주는 크리스마스 선물이에요."

지난번 독일 공연 실황이 담긴 피아니스트 맥스 마컴의 새 앨범이었다. 그의 사진 위에 루네가 부탁한 메시지가 선명했다.

"와아! 이렇게 소중한 걸 받아도 될까?"

앉아서 딸과 시선을 맞춘 연수가 기쁘게 물었고, 루네는 고개를 끄덕였다.

"고마워, 루네!"

루네를 꼭 안아준 연수가 딸의 손을 잡고 일어섰다.

"집에 가기 전에 우리 일루미네이션(illumination) 축제 잠깐 보고 갈까?"

의진의 제안에 모녀가 동시에 고개를 끄덕였다.

바로 눈앞에 보이는 광장에는 수십만 개의 전구를 사용해 만들어 놓은 터널이 검푸른 하늘 아래서 화려한 불빛을 만들고 있었다.

그들은 나란히 루네의 손을 잡고 빛의 터널 안으로 들어갔다. 블루의 조명 위에 눈이 내린 듯 쏟아지는 흰색 전구 그리고 그 뒤로 이어진 꽃길 조명까지 천천히 걸으며 마음껏 빛을 담았다.

기념사진을 남기고, 빛의 터널을 빠져나올 때까지 "와아!" 탄성을 지어내던 루네가 차에 올라타자 피곤한 듯 두 눈을 비볐다. 뒷좌석에 루네를 눕히고 코트로 딸아이의 몸을 덮어준 의진이 운전석에 올라탔다.

"루네가 준 크리스마스 선물은 받았고, 내가 줄 선물은 아직 남았는데."

"뭔데요?"

조수석에 앉은 연수가 의진을 돌아보자, 설핏 미소를 보인 그가 팔을 뻗어 조수석의 글러브 박스를 열었다. 그가 건넨 선물을 받아든 연수가 망설이다 포장을 풀었다. 선물은……, 내년 1월에 출간 예정인 소설가 E.J의 세 번째 신작 소설이었다.

연수가 놀란 눈으로 남편을 돌아보았다.

"아직 출간도 되지 않았는데, 어떻게?"

"펼쳐봐!"

그의 말에 연수가 조심스럽게 표지를 넘겼다. 의진은 미소를 짓고 있었고, 연수는 놀란 표정으로 하늘색 색지 위에 쓰인 글자를 응시했다.

무례한 발레리나, 연수에게.
　　　　　　　　　　-그녀를 영원히 사랑하는 E.J-

"연수야, 넌 그 넓은 맨해튼에서 날 찾아냈다."
그 목소리에 고개를 돌린 연수의 눈동자는 이미 젖어 있었다.
"사랑한다, 연수야!"
고개를 기울인 그가 키스하기 전, 다시 한 번 속삭였다.
"홍연수, 메리크리스마스!"

눈이 내리고 있었다.
온 세상을 덮을 순백의 눈이, 청염淸艶하게.

-세상을 마음껏날 수 있는 날개를 달아주신 부모님, '용기'의 또 다른 이름은
'지지 않는 것'이라는 것을 가르쳐 주신 선생님께 이 글을 바칩니다.-

참고문헌

발레이야기 | 이은경 저 | 열화당 | 2001.12.01
발레 베이직(원제 Ballet basics) | 샌드라 놀 해먼드 저 | 최성이 역 | 음악세계 | 2000.12.27

주석 참고문헌

두산세계대백과사전 | 편집부 저 | 두산동아 | 1997.05.12
두산백과 | 백과사전부 저 | 두산잡지BU | 1989.05.01
시사상식바이블 | pmg지식엔진연구소 저 | 박문각 | 2008.11.05

참고 사이트

http://en.wikipedia.org